rororo

Robert Kviby, geboren 1976, lebt in Stockholm. «Korrupt» ist sein erster Roman und Auftakt der Reihe um Annie und Max Lander.

ROBERT KVIBY

KORRUPT

Kriminalroman

Aus dem Schwedischen von
Lotta Rüegger und Holger Wolandt

Rowohlt Taschenbuch Verlag

Die Originalausgabe erschien 2012 unter dem Titel
«De Korrupta» bei Telegram Forlag, Stockholm.

Deutsche Erstausgabe
Veröffentlicht im Rowohlt Taschenbuch Verlag,
Reinbek bei Hamburg, Oktober 2013

Redaktion Nike Karen Müller
Umschlaggestaltung
HAUPTMANN & KOMPANIE Werbeagentur, Zürich
(Foto: plainpicture/Arcangel; shutterstock.com)
Satz aus der Warnock Pro bei
Dörlemann Satz, Lemförde
Druck und Bindung CPI – Clausen & Bosse, Leck
Printed in Germany
ISBN 978 3 499 25394 2

Sowohl der Autor dieser Aufzeichnungen als auch die Aufzeichnungen selbst sind erdacht. Nichtsdestoweniger sind Menschen wie der Verfasser dieser Aufzeichnungen nicht nur denkbar, sondern unausbleiblich, wenn man jene Verhältnisse in Betracht zieht, unter denen unsere Gesellschaft sich gebildet hat.

Fjodor Dostojewskij:
Aufzeichnungen aus dem Kellerloch

Kaum ein Land in Europa, Asien, Afrika oder der westlichen Hemisphäre, das sie dabei nicht unterwandert oder korrumpiert hätten. Dass sie so lange unsichtbar bleiben konnten – in vielen dieser Länder sind sie es noch –, lag weniger an ihrer eigenen Abgefeimtheit als an der Arglosigkeit der Gesellschaften, die ihnen zum Opfer fielen.

Claire Sterling: Die Mafia.
Der Griff nach der weltweiten Macht

Sie würde noch mehr Gründe zum Weinen haben, die Frau, die schluchzend neben dem noch nicht getrockneten Blutfleck des erschossenen Ministerpräsidenten stand. «Das ist nicht möglich! Nicht in Schweden!» Wenn sie gewusst hätte. Von neuen Zysten der schmutzig grauen Machtamöbe, die sich im Pulsrhythmus ihres Landes, des schwedischen Königreichs, bewegte, begriffen in einer furchterregenden Verwandlung. Vom Aufstreben der neugeborenen, aber starken kriminellen Allianzen, die im Verborgenen von der schwedischen Großfinanz unterstützt wurden. Vom erkauften Schweigen der Polizei, das jene Verbrechen deckte, die den Täter unwiderruflich zu einer Persona non grata gemacht hätten. Von politischen Schulden, die so hoch waren, dass es Jahrzehnte dauern würde, sie zu tilgen. Von Ereignissen, deren Konsequenzen gegenwärtig nicht einmal für die Beteiligten überschaubar waren. Von den Gralshütern der Geschichtsschreibung, die eifrig daran arbeiteten, ihr und denen, die ihre Trauer teilten, die Wahrheit vorzuenthalten. Mehr Gründe für weit aufgerissene Augen. Mehr Tränen. Hören. Schauen. Sie zulassen, als wären sie der letzte Tropfen Wasser.

EINS

Freitag, 13. Januar – Samstag, 4. Februar 1989

MÄNNER UND FRAUEN

1

«Ich sehe, hier wird noch fleißig gearbeitet.»

Annie Lander blickte zu Chefredakteur Jan Wikholm auf, der im Mantel vor ihr stand. Es war Freitagabend, kurz vor sieben, und die Redaktion der Polizeireporter gähnend leer. Annie lächelte. Er drückte seine Zigarette in dem überfüllten Aschenbecher auf dem Nachbarschreibtisch aus und lehnte sich an die Tischkante.

«Wie wär's? Noch ein paar Bier mit mir und den Jungs in der Vasagatan, bevor du nach Hause fährst? So eine hübsche Begleitung würde sie beeindrucken, glaub mir.» Er sah sie an.

«Kann ich mir denken», erwiderte sie und zog die Brauen hoch. «Ich fühle mich geschmeichelt, aber ich treffe mich mit Max. Wir sind zum Essen eingeladen. Bin eh schon spät dran.»

«Deine oder seine Freunde?»

«Seine.»

«Okay?»

«Vollkommen okay.»

Jan Wikholm schob die Unterlippe vor. «Was machst du dann noch hier?»

«Ich muss noch eine letzte Sache zu Ende lesen», antwortete sie und tippte mit dem Zeigefinger auf einen Stapel Ausdrucke. «Sonst habe ich das ganze Wochenende keine Ruhe.»

«Geht es immer noch um diese Mädchen?»

«Eher um diese Männer, würde ich sagen.»

Er nickte und zündete sich wieder eine Zigarette an. Er inhalierte und blies den Rauch zur Seite. «Lebt dein Freund immer noch vom Gitarrespielen?»

«Mein Mann. Ja, warum?»

«Ich habe unlängst eine Redensart gehört, oder vielleicht sollte man eher sagen, einen Witz: Was ist der Unterschied zwischen einer Pizza und einem Gitarristen?»

Sie schüttelte den Kopf.

«Von einer Pizza wird die ganze Familie satt.» Er legte den Kopf schief.

«Jetzt sei nicht so spießig. Er macht das, was er liebt, und zwar virtuos. Und dafür liebe ich ihn. Du bist ja nur eifersüchtig.»

«Vermutlich», antwortete er und blies den Rauch Richtung Decke. «Um die Wahrheit zu sagen, sind wir alle eifersüchtig. Obwohl viele sich richtig Mühe geben, das zu verbergen. Tatsache ist, dass jeder Mann in der Redaktion davon träumt, dass du ihn heiratest.»

Sie schob ihren Stuhl zurück. «So ist das immer mit euch Männern. Ihr reduziert jede Frau auf eine Madonna, die euch aus eurer eingebildeten Hölle retten soll. Wie eine verdammte Florence Nightingale.»

Wikholm klemmte die Zigarette zwischen die Lippen, zuckte mit den Achseln und knöpfte sich den Mantel zu. «Don't shoot the messenger, Annie.»

«Ich habe eine Neuigkeit, und es steht dir frei, die anderen Kollegen bei passender Gelegenheit daran teilhaben zu lassen.»

Wikholm verzog das Gesicht. «Ich befürchte, das wird jetzt wehtun, aber spuck's aus. Ich bin ohnehin in einer Stunde betrunken.» Er lachte.

«Die Neuigkeit ist, dass ich einen Mann habe, mit dem ich alt werden will, und es gibt nichts und niemanden, der auch nur einen Einzigen von euch retten könnte, denn ihr seid einfach nicht zu retten.»

Er sann über ihre Worte nach und nickte. «Ich glaube, dass meine Frau vor ein paar Jahren so was Ähnliches gesagt hat.» Er drehte sich um und ging auf die Tür zu. «Viel Spaß bei dem Essen, Lander. Du bist hart, aber gerecht.» Er lachte und winkte zum Abschied.

«Lass es nicht zu spät werden», rief sie ihm belustigt hinterher.

Sie wandte sich wieder ihren Unterlagen zu und las noch einmal die Informationen über das Mädchen durch, die sie von der Polizei erhalten hatte. Marianne war die letzte von mehreren jungen Frauen, die tot aufgefunden worden waren. Sie war siebzehn Jahre alt gewesen. Ihr Fall wies zu viele Gemeinsamkeiten mit denen der anderen Mädchen auf, als dass man einen Zusammenhang hätte ausschließen können. Aber Annie war es nicht gelungen, eine Verbindung zu finden, und auch an diesem Abend würde es keinen Durchbruch geben.

Sie warf einen Blick auf die Uhr. Spät dran. Sie war mit Max im Tennstopet an der Dalagatan, Ecke Odengatan verabredet. Sie überlegte anzurufen, damit sie sich stattdessen gleich bei Patrik und Lisa trafen, entschied sich dagegen und zog ihren Mantel an. Die Arbeit konnte warten. Max wartete sicher schon seit einer Stunde. Vier Bier, dachte sie. Vielleicht auch fünf. Was sollte sie machen, schließlich hatte sie sich verspätet.

Annie und Max hatten sich im April 1987 kennengelernt. Sie hatten sich ins Gras gelegt, geschmust und keine Angst vor dunklen Wolken gehabt. Sie genossen den Sommer und lernten sich näher kennen, ohne aus ihrem Kokon blinder Verliebtheit zu fallen. Ein Jahr später zogen sie zusammen und heirateten. Ein weiteres Jahr verstrich, und sie erwarteten ein Kind. Ohne darüber zu reden. Sie hatten es einfach getan.

Zum ersten Mal waren sie sich in einem Jazzclub begegnet, in dem Max gespielt hatte. Annie war mit Kollegen von der Zeitung dort, und es war einer jener Abende, von denen noch so oft die Rede sein sollte, dass sie zum Mythos wurden. Wie das so ist, es gab keine Erwartungen. Alle waren schön. Die Muscheln die besten. Das Bier kein bisschen abgestanden. Und die Musik: Keiner hat das verstanden, aber sie war wie eine Droge. Nur Annie und Max wussten, dass dieser Abend ihr Leben verändern würde. Die anderen freuten sich einfach über den gelungenen Abend in dem kleinen Lokal. Es war die Zeit nach dem Debakel im Zusammenhang mit der Ermordung Olof Palmes. Sie waren froh, dass sie ein neues Lokal entdeckt hatten und nicht nur über die Situation in Schweden redeten, sondern ein paar Gläser tranken, lachten und über ihre Chefs Witze machten. Aber die beiden wussten Bescheid. Sie sahen sich an, und vier Takte machten den Jazz zur Arbeit. Max spielte den ganzen Abend. Er kannte nur wenige Flirttricks, ließ aber keinen einzigen aus. Am Tag darauf ging Annie allein in das Lokal, um Max spielen zu hören. Später am Abend begleitete er sie nach Hause.

«Ich habe eine Theorie», sagte sie vor ihrer Haustür. «Man schreibt, weil man etwas zu sagen hat, das man nicht für sich behalten kann, und man macht Musik, weil man Sex will.»

«Na, dann haben wir heute Abend vielleicht beide Glück», sagte er und lächelte. Sie lachte, und beide wussten, dass sie ein Paar werden würden. Später hatte Max oft gedacht, dass es mutige Worte gewesen waren. Mit ihr war es von Anfang an etwas anderes gewesen.

Als Patrik sein Glas hob und die Gäste willkommen hieß, sahen sich alle an. Max' Blick fiel auf Annie. Er hielt inne und wünschte sich, sie wären allein. Die erste unsichere Zeit einer Schwangerschaft war noch nicht überstanden, und sie wollten ihr Geheimnis noch ein paar Wochen für sich behalten. Die ganze Sache machte ihn nervös, aber auch froh. Vor allem, weil er Annie über alles liebte, aber auch ein klein wenig, weil es ihm gelungen war, mit ihr ein Kind zu zeugen. Eine innere Stimme, bei der es sich um ein Relikt aus der Steinzeit handeln musste, sagte ihm: Du bist ein Mann, der sich fortpflanzen kann! Und es gab zwei Milliarden Frauen, die sich theoretisch fragten, ob er sich dafür auch ihnen zur Verfügung stellen würde. Er dachte an den ersten Grund und sah Annie in die Augen. Den zweiten Grund spülte er mit einem Schluck Wein hinunter.

Annie beobachtete Max. Sie bemerkte, dass er nicht mehr nüchtern war. Es ärgerte sie, dass sie so lange gearbeitet hatte.

«Annie, du bist doch Journalistin», begann Erik. «Was hältst du eigentlich von diesem Männer-Frauen-Thema?» Er war sonnengebräunt, trug ein weißes Hemd, die Ärmel aufgekrempelt, und eine große Armbanduhr.

«Was meinst du damit?»

«Irgendwie hat man das Gefühl, dass in den Zeitungen eine Debatte läuft, hinter der ihr Journalisten steckt. Über Männer, wenn du verstehst.» Er lächelte.

«Nein, ich verstehe nicht.» Annie stützte die Ellbogen auf den Tisch. «Kannst du mir das auch genauer erklären?»

Patrik mischte sich ein. «Dieses panische Moralisieren wegen dieser Frauenmorde. Natürlich ist das furchtbar, aber das bedeutet doch noch lange nicht, dass alle Männer Monster sind.»

«Genau», meinte Erik, indem er Annie zuvorkam. «Ich habe

da was von einer Aktionsgruppe gegen Pornographie gelesen. Was wollen die damit sagen? Dass Pornofilme pervers machen und jeder, der sie konsumiert, zum Frauenmörder wird?»

Er lachte, trank einen Schluck Wein und wartete auf Annies Antwort.

Eriks Freundin Anneli wurde rot.

Annie sah Max an. Ihre Blicke trafen sich. Er dachte, mach ihn fertig, und hoffte, sie würde seine Gedanken lesen.

«Ich glaube nicht, aber es kann doch nicht schaden, das Thema Pornographie aufzugreifen. Man kann darüber wie über vieles andere diskutieren. Ich gehöre nicht zu den Leuten, die finden, dass über gewisse Dinge nicht diskutiert werden darf. Du etwa?»

Erik senkte den Blick und schob den letzten Bissen auf seinem Teller hin und her. «Nein», antwortete er und schaute hoch.

Max lächelte. Sie war sein Idol.

«Ich will dir sagen, was mich beunruhigt. Dass über einige Dinge in der von dir erwähnten Debatte *nicht* diskutiert wird.»

«Und zwar welche?»

«Im Jahr 1976 wurde der Vorschlag für eine neue Gesetzgebung für Sexualverbrechen vorgelegt. Die Kommission bestand aus neun Mitgliedern, davon eine Frau. Die acht Männer waren alle über sechzig. Ihr Vorschlag lief darauf hinaus, die Altersgrenze für sexuellen Umgang mit Kindern von fünfzehn auf vierzehn Jahre zu senken. Der Paragraph für schwere Zuhälterei sollte gestrichen werden. Auch Inzest sollte nicht mehr geahndet werden. Die Bezeichnung Vergewaltigung sollte nur noch in Fällen außerordentlicher Brutalität und Grausamkeit angewendet werden. Das Verhältnis zwischen Opfer und Täter sollte in die Waagschale geworfen werden, ebenso wie die Frage, ob die Frau dem Mann vor dem Übergriff Annäherungen gestattet hatte. Dies und vieles andere zeigt auf, wie es um unsere Gesellschaft steht oder stand. Eine Gesellschaft, die sich viele Machthaber wünschen.»

Erik lehnte sich zurück und verschränkte die Arme. «Du meinst also, dass Männer über sechzig für alle Missstände in Schweden verantwortlich sind?»

«Nein, aber wenn du eine Frau bist, die keine einflussreiche Stellung innehat, dann liegt dein Schicksal meiner Meinung nach größtenteils in ihren Händen. Dein Leben. Abhängig von ihrem Good Will. Und damit meine ich, dass sie auch, ohne einen Finger zu rühren, mit ansehen, wenn etwas geschieht. Sie sind bereit, einiges dafür zu tun, dass sich nichts ändert, nichts ans Licht kommt oder in Frage gestellt wird.» Annie beugte sich vor. «Wie ist es möglich, dass in Stockholm Jahr für Jahr Frauen ermordet werden, ohne dass die Schuldigen gefasst werden? Ist es möglich, dass die Polizei nicht allen Verbrechen mit dem gleichen Eifer nachgeht? Ist der Mord an einer Prostituierten eventuell nicht so wichtig? Gewisse Leute wollen vielleicht auch gar nicht, dass ein solcher Fall aufgeklärt wird.»

«Das ist ein schwerer Vorwurf, Annie», meinte Patrik.

«Was meinst du, Max?», fragte Erik.

«Was?», erwiderte dieser blinzelnd.

«Was könnte die Polizei dazu veranlassen, eine Straftat nicht aufklären zu wollen?», fragte Anneli, ehe Erik Max erklären konnte, worum es gerade ging. «Das ist doch ihre Arbeit», fuhr sie säuerlich fort und schielte zu Max hinüber, der ganz in Gedanken zu sein schien und wahrscheinlich ohnehin zu betrunken war, um sich an einer Diskussion zu beteiligen.

«Ich sage nicht, dass die Polizei solche Verbrechen nicht aufklären will», machte Annie deutlich, «sondern, dass sie gewisse Menschen nicht als Täter betrachten möchte. Und es muss auch nicht unbedingt die Polizei sein, die dafür sorgt, dass nichts rauskommt.»

«Wer sonst?», meinte Patrik.

«Denk doch nur an die Geijer-Affäre. Die Reichspolizei schickt dem Ministerpräsidenten ein Memorandum, aus dem hervorgeht, dass sein Justizminister häufig ein Bordell aufsucht, in dem Polinnen arbeiten, die Verbindungen zum russischen Geheimdienst unterhalten. Das gelangt an die Presse und wird vertuscht. Die Zeitung muss sich entschuldigen, Abbitte leisten. Das war sicher nicht das erste und auch nicht das letzte Mal, dass etwas vertuscht wurde.»

«Vorausgesetzt, es wurde überhaupt etwas vertuscht», wandte Erik grinsend ein. «Vielleicht hat sich die Polizei ja geirrt. Oder dieser Geijer hatte einen Doppelgänger.»

«Oder der schwedische Ministerpräsident wollte etwas vor seinen Wählern geheim halten. So wenige Wochen vor der Wahl.» Annie ließ Erik nicht aus den Augen. Unter dem Tisch wippte ihr Fuß im Takt einer Musik, die nur sie hörte.

«Was meinst du?», fragte Erik. «Dass dieser Zirkus um die ermordeten Prostituierten nur Teil einer Verschleierungskampagne ist?»

«Könnte sein», antwortete Annie. «Man sollte der einfachsten Theorie den Vorzug geben und keine überflüssigen Hypothesen aufstellen. Ockhams Rasiermesser eben. Wenn die Polizei einen Täter nicht findet, ist die einfachste Erklärung dafür manchmal, dass sie es einfach nicht will. Oder es nicht darf.»

Patrik nickte und hob sein Glas. «Interessant. Du solltest darüber schreiben.»

Patrik und Annie waren in fast allen Dingen unterschiedlicher Meinung. Aber sie hatte ihn gern. «Vielleicht mache ich das ja», sagte sie und lächelte.

Sie kamen auf alltägliche Dinge wie den kalten Winter zu sprechen und versuchten sich gegenseitig davon zu überzeugen, welche Restaurants im Augenblick die besten waren. Annies Gedanken schweiften ab zu der Artikelserie über die Mordopfer, an der sie arbeitete.

Marianne, das letzte Opfer, war nur eine von vielen gewesen. Ihre Leiche war ein paar Monate zuvor in Rosersberg gefunden worden. Die erste Leiche war bereits vor sieben Jahren entdeckt worden. Marie, 22 Jahre alt, im Mai 1982 tot aufgefunden im Humlegården. Catrine, 27 Jahre alt, im Juli 1984 tot aufgefunden in Solna. Elisabeth, 24 Jahre alt, im Februar 1985 tot aufgefunden in Hägersten. Alle waren Prostituierte und unter dreißig gewesen. Aufgefunden in kleinen Wäldchen und Parks. Unbekleidet. Sie waren ermordet und dann im Freien abgelegt worden. Annies Überzeugung nach systematisch. Die vier Frauen waren demselben Mann begegnet, und das hatte ihren Tod bedeutet.

Sie hatte davon gehört, dass Männer Feste organisierten, bei denen Prostituierte die Drinks servierten. Und davon, dass er in einem Séparée residierte. Der Papst. Der Bock. Er hatte viele Namen. Wie alle, die geliebt oder grenzenlos gefürchtet wurden. Immer im Hintergrund. Wenn sich die Tür einen Spalt öffnete, versuchten sie einen Blick in diesen Raum zu erhaschen. Die Männer taten alles, um hineinzugelangen. Die Frauen taten alles, um draußen zu bleiben. Aber sie hatten sich bezahlen lassen, um das zu tun, was er wollte, also blieb ihnen nichts anderes übrig. Sie konnten nur darauf warten, dass die Tür aufgeschlossen und von der anderen Seite wieder abgeschlossen wurde. Den Rest vergaßen sie lieber. Das Leben als Hure.

Annie würde alles dafür tun, damit die Verantwortlichen zur Rechenschaft gezogen wurden. Das war sie als Frau den Opfern schuldig. Das war sie als Tochter ihrer Mutter schuldig.

Nach dem Tod ihrer Pflegeeltern hatte sie die Wahrheit über das Schicksal ihrer Mutter erfahren. Oder zumindest die halbe. Es war immer davon die Rede gewesen, dass sie sich das Leben genommen hatte. Tatsächlich war sie ermordet worden, und der Täter lief immer noch frei herum. Da «Vater unbekannt» auf ihrer Geburtsurkunde stand, war Annie zu Pflegeeltern gekommen. Ihr Vater hatte nie Kontakt mit ihr aufgenommen.

Aus irgendeinem Grund hatte Annie Max das alles nie erzählt. So etwas konnte in einer Beziehung passieren. Man verschwieg eine Sache so lange, bis es am Ende unmöglich war, sie auszusprechen. Aber sie würde es noch tun. Auf jeden Fall, bevor das Kind zur Welt kam, nur nicht gerade jetzt. Stattdessen versuchte sie die Wahrheit darüber herauszufinden, was dreißig Jahre zuvor geschehen war. Das hatte auch zu ihrer Artikelserie über die ermordeten Frauen geführt. Sie arbeitete bei einer der größten schwedischen Tageszeitungen im Ressort Panorama und war eine der Besten. Hauptsächlich recherchierte sie Kriminalfälle. Wenn es jemanden gab, der die Wahrheit herausfinden konnte, dann sie.

Sie schob ihre Gedanken beiseite, als Lisa unter Jubel das Dessert servierte.

«Es wäre super, wenn du dich auch mal an einer Diskussion beteiligen würdest», sagte sie im Taxi auf dem Weg nach Hause.

«Ein wenig teilnehmen würdest.»

Max sah sie an, aber es gelang ihm nicht, ihr in die Augen zu schauen. Sie klang nicht vorwurfsvoll. Er nahm ihre Hand. Der Fahrer fuhr viel zu schnell. Max starrte auf die Kopfstütze des Beifahrersitzes und blieb ihr eine Antwort schuldig. Sie sah ihn an und drückte seine Hand, als ihm die Augen zufielen. Er öffnete sie wieder und erwiderte ihren Händedruck.

TRADITION UND AMBITION

1

Die Treibjagd des zweiten Tages war die ersten Stunden ereignislos verlaufen, als einer der Stöberhunde endlich anschlug, dass es bis zum Herrenhaus widerhallte. Der Fuchs war in seinen Bau verschwunden, und Buster Droth wurde damit beauftragt, den Terrier zu holen. In dieser Zeit wartete Johan Droth, Busters Vater, einen Fuß auf einen schneebedeckten, entwurzelten Baum gestützt, wenige Meter von dem Bau entfernt. Sie hatten zwei Zugänge entdeckt, und als Buster zurückkehrte, gab ihm sein Vater ein Zeichen, den Terrier in den Bau zu lassen. Er war ein guter Hund, und Johan Droth verließ sich auf ihn. Es sollte sich zeigen, dass das berechtigt war. Es dauerte nicht lange, da schoss der Fuchs aus dem Bau, Droth hob seine Zwölfmillimeterflinte, und eine Ladung Schrot warf das feuerfarbene Tier in den Schnee. Die anderen Jäger gratulierten, als er auf den leblosen Fuchs zutrat. Sie waren froh, dass er das Tier geschossen hatte. Nicht so sehr seinetwegen, sondern vielmehr ihretwegen.

Fuchsjagd in Uppland war Tradition, seit Johan Droths Vater den Gutshof bei Gimo ein paar Jahre nach seiner Rückkehr aus Amerika in den dreißiger Jahren gekauft hatte. Nach dessen Tod hatte Johan Droth selbst die Verwaltung des Hofes übernommen. Jedes Frühjahr versammelte er dort sämtliche Direktoren seines Imperiums für das jährliche Thing, das stets mit einer zweitägigen Jagd begann. Es gab viele Geschichten über Fuchsjagden, bei denen Unterdirektoren etwas erlegt hatten, Johan Droth jedoch mit leeren Händen zum Gutshof zurückgekehrt war. Das hatte damit geendet, dass einer von ihnen zur Beute geworden war. Denn Johan Droth wollte etwas erlegen, entweder mit seiner Flinte oder mit seiner grenzenlosen Macht. Alle Anwesenden wussten das, obwohl man nicht darüber sprach. Es wurde zwischen zwei Atemzügen und unter vier Augen angedeutet, dann tat man wieder so, als sei nichts. Scherze über Macchiavelli. Scherze über Größenwahn. Spitznamen.

Johan Droth blies selbst kurz vor zwölf zum Ende der Jagd und dankte beim darauffolgenden Mittagessen den Gästen für ihr Erscheinen an diesem Tag. Unter ihnen war ein etwas heruntergekommener Politiker aus Uppsala. Er war Vorsitzender eines Bauausschusses, der gerade erst mehrere Beschlüsse zugunsten des Imperiums gefasst hatte. Wer das Gutshaus nicht verließ, wurde um zwei Uhr im Saal zur Eröffnung des Things erwartet. Dort wurde bis zum großen Ereignis des Abends, in Form eines Galadiners mit Dresscode, gearbeitet. Serviert wurde ab zehn Uhr.

Um Viertel vor zwei versammelten sich alle im Herrenzimmer neben dem Saal, um vor dem Thing einen Whisky zu trinken. An einer Wand hing ein Porträt Johan Droths senior, das Bianca Wallin, die Malerin des Prinzen, Ende der fünfziger Jahre gemalt hatte. Aus diesem Grund wurde das Herrenzimmer etwas großspurig das Gustaf-Adolf-Zimmer genannt.

Buster Droth war als Erster zur Stelle, und als die anderen eintraten, hatte er bereits in einem Sessel vor dem offenen Kamin Platz genommen. Auf dem Beistelltisch stand eine Flasche Bourbon, die er sich vom Hausdiener hatte bringen lassen. Eine

Flasche Elijah Craig, seine Lieblingssorte aus den USA. Als sein Vater die Flasche sah, rief er den Hausdiener. In der folgenden Stille sah er Buster mit einem mitleidigen Lächeln an.

«Behalt dein amerikanisches Parfüm, Buster. Wir anderen trinken Single Malt.»

Alle lachten. Erst vorsichtig, dann lauter. Eine weitere Flasche wurde auf den Tisch gestellt, und die Männer bedienten sich, während sie unter Johan Droths Aufsicht lachten. Buster beobachtete die Männer und leerte sein Whiskyglas, erhob sich und ging auf die Tür des großen Saals zu, ohne jemandem in die Augen zu sehen.

Johan Droth junior, geboren in New York, war als Elfjähriger kurz nach der Weltwirtschaftskrise nach Schweden gekommen. Er war in der 72nd Street, Central Park West, aufgewachsen, und die Familie hatte zeitweilig im selben Haus wie der Radiostar Walter Winchell gewohnt. Im Jahr 1931 war die Familie Droth an Bord der MS Kungsholm gegangen, um von New York nach Göteborg umzusiedeln. Seine Mutter hatte ihm einen Matrosenanzug gekauft und seine älteren Schwestern Merill, Rosie und Judith entsprechend eingekleidet, damit die anderen Passagiere sie während der Reise bewundern konnten. Seiner Mutter waren diese Dinge wichtig gewesen. Dass alle sahen, wo sie hingehörten. Dass sie keine verarmten, heimkehrenden Auswanderer waren, die ihren Traum von Amerika aufgegeben hatten. Sie hatten Erfolg gehabt, und zwar nicht zu knapp. Der Vater Johan senior war zusammen mit anderen Landsleuten zu Beginn des Jahrhunderts in die USA gekommen, aber bereits erfolgreich und vermögend gewesen, noch ehe er den Dampfer verlassen und ein Fuhrwerk nach Chicago gefunden hatte. Eine Zeitlang hatte er Geschäfte mit dem Vater des ersten katholischen Präsidenten des Landes gemacht. Über ihr gemeinsames Interesse an der Whiskybranche hinaus hatten sie auch Geschäfte an der Wall Street vereint.

Johans Vater war in New York zu Macht und Geld gekommen. Die Rückkehr der Familie nach Schweden war mit der Absicht erfolgt, dort den Traum des Vaters von einer richtigen Dynastie zu verwirklichen. Es war die Zeit der Alkoholrationierung gewesen, und die Schweden waren genauso durstig wie die Männer und Frauen in New York. Der Schnaps kam aus Estland und Deutschland, einer finanzierte ihn, ein anderer schmuggelte.

Seit sein Vater Mitte der dreißiger Jahre alle kleinen Akteure in Stockholm in den Konkurs getrieben hatte, hatte sich viel verändert. Schweden war inzwischen ein anderes Land in einer ganz anderen Welt. Aber die Familie hatte sich angepasst und diszipliniert ihre Position genutzt, um neue Gebiete einzunehmen. Ihrem Wahlspruch, «die stillschweigende Übererfüllung ist unser Standard», war Johan junior wahrhaftig gerecht geworden, seit er die Führung übernommen hatte.

Der Tisch im großen Saal war hufeisenförmig. In der Mitte saß Johan junior, flankiert von seinem engsten Berater Martin Hellsten und seinem einzigen Sohn Buster. Die Runde bestand aus weiteren zwölf Personen, alles Männer aus der Mittelschicht, denen ein hoher IQ, aber nicht unbedingt ein Vermögen in die Wiege gelegt worden war. In der Direktorenriege hatte es nie eine Frau gegeben. Nicht einmal zum Stenographieren, was die Dinge vereinfachte. Der jüngste Teilnehmer übernahm stets die Rolle des Sekretärs. Dem inzwischen vierundvierzigjährigen Conny Jonsson war diese Rolle fünf Jahre in Folge zugefallen, bis Buster in den Kreis aufgenommen worden war. Buster war der Jüngste der Versammlung und der Einzige unter vierzig.

Alle sahen Johan Droth an, und dieser ließ seinen Blick von einem zum anderen wandern. Er schwieg. Selbst seine langjährigen Mitarbeiter spürten, wie sich ihre Atmung veränderte, wenn er ein Zimmer betrat. Die neuen Mitglieder hatten auf einmal gerötete Gesichter. Lord Vader ist eingetroffen, hatte Buster Droth einmal gescherzt, was aber nur dazu geführt hatte, dass alle weggeschaut und recht bald das Zimmer verlassen hatten.

Johan Droth trank einen Schluck aus seinem Wasserglas und räusperte sich: «Die meisten von euch wissen, dass ich mich für Geschichte interessiere und in der Geschichte auskenne. Mit ihr will ich also beginnen. ‹Wenn die Geschichte sich wiederholt und immer das Unerwartete geschieht, wie unfähig muss der Mensch sein, durch Erfahrung klug zu werden.› Das hat der Schriftsteller George Bernard Shaw einmal gesagt. Gibt es hier jemanden, der ihm zustimmt?» Er blickte in die Runde. Die meisten Männer sahen einander an, einige starrten auf die Tischplatte. Johan Droth verzog den Mund, womit er ihnen zu verstehen geben wollte, dass sie nichts als Arschkriecher seien. Das war einer der Gründe, weshalb er sie angestellt hatte.

«Shaw irrte. Wir blicken auf eine beeindruckende Geschichte zurück, und man kann aus ihr lernen, um sich eine ebenso beeindruckende Zukunft zu sichern. Auch der Umstand, dass ich zu Beginn jeden Jahres alle in den majestätischen Wäldern Upplands versammle, hat historische Gründe. Mein Vater kaufte diesen Herrenhof, dessen Geschichte ein wenig an meine eigene erinnert. Bevor wir uns den Geschäften zuwenden, wollen wir etwas bei ihr verweilen.» Er lehnte sich bequem zurück.

«Die hiesigen königlichen Eisenwerke wurden 1643 an den Vater der schwedischen Industrie, Louis De Geer, verkauft. Er war nicht in Schweden zur Welt gekommen, aber er machte Schweden zu seinem Land. Sein kaufmännisches Wissen hatte er von seinem Vater und auf seinen vielen Reisen erworben. Diese Parallele zu meinem Werdegang ist mir natürlich aufgefallen.» Er nickte, ließ seinen Blick schweifen, und jeder, der zu ihm hinübersah, nickte zustimmend. So waren sie nun einmal, die Arschkriecher: Sie hatten Angst, ihren Job, das Haus, ihr Auto und ihre Mitgliedschaft zu verlieren.

«Wie De Geer», fuhr er fort, «haben wir die Industrien und Dienstleistungsunternehmen des Landes durch innovatives Denken vorangebracht. Wir haben ein florierendes Sicherheitsunternehmen aufgebaut, das weltweit operiert, und haben innerhalb der schwedischen Stahlindustrie große Erfolge verbuchen können. Wir stehen dem schwedischen Staat mit Rat und Tat zur Seite. In der Öffentlichkeit, aber auch hinter verschlossenen Türen. De Geer machte sich um die schwedischen Kolonien verdient. Er gründete beispielsweise die Afrikanische Compagnie in Cabo Corso, die spätere Schwedische Goldküste, das spätere Ghana. Es heißt, dass es dort immer noch ein Dorf gibt, in dem die Mohren das Schwedisch De Geers sprechen. Seit Jahrzehnten zählen wir zu den erfolgreicheren Imperien, die es verstehen, zwischen Schweden und potenziellen Kolonien Kontakte zu knüpfen und zu pflegen.» Er schwieg einen Augenblick und kam zum Schluss: «Und jetzt haben wir uns hier versammelt. Mit der Aufgabe, diese Tradition weiterzuführen. Da will ich sicher sein, dass gerade Sie die Richtigen für diese Aufgabe sind.» Er betrachtete die Männer, die ausnahmslos ins Leere blickten. Einige hörten Johan Droths Rede zum ersten Mal, andere hatten schon ein Dutzend Mal Löcher in die Luft des Herrenhauses gestarrt. Es schien immer das Bequemste zu sein, den Blick im Nirgendwo ruhen zu lassen.

Johan Droth musterte jeden Einzelnen, dann hielt sein Blick bei dem Mann inne, der zum ersten Mal dabei war. Das war kein Zufall, Droth kannte alle. Er wusste, was er über jeden wissen wollte. Es gab keine Zufälle.

«Jan Karlvik, warum sind Sie hier?»

Jan Karlvik hatte markante Gesichtszüge, dunkelbraunes Haar, Seitenscheitel. Ein Nadelstreifenanzug verbarg einen athletischen Körper. Er war 42 Jahre alt und erst unlängst Direktor des Stahlunternehmens geworden, das im Augenblick am stärksten expandierte. Deutsche Schule, Dolmetscherinstitut des Heeres, Universität Uppsala, Hochschule für Wirtschaft. Alles, was dazugehörte. Elite.

«Entschuldigung?»

Johan Droth stand auf und lehnte sich an den Tisch. Er ließ sein Opfer keine Sekunde aus den Augen.

«Es tut mir leid, aber ich habe die Frage nicht verstanden.»

«Die Frage war und ist immer noch: Warum sind Sie hier?» Er hob die Stimme: «Was hält mich davon ab, Sie gleich jetzt zu feuern und in das Taxi zu setzen, das mit laufendem Motor vor dem Haus steht? Erklären Sie mir das.»

Jan Karlvik holte tief Luft. Er hatte bereits davon gehört, wie es auf dem Gut zugehen konnte, war auf die Direktheit der Frage jedoch nicht vorbereitet gewesen. Er trank einen Schluck Wasser, um einen Augenblick nachzudenken, und wandte sich wieder seinem Stammeshäuptling zu.

«Es gibt sicher mehrere Arten, diese Frage zu beantworten. Die einfachste ist folgende: Ich mache meine Sache gut und werde dem Konzern Werte generieren, wie das nur wenige andere können.»

«Und welche Eigenschaften, die den anderen hier Anwesenden fehlen, besitzen Sie?»

Jan Karlvik sah Johan Droth schweigend an. Dann fixierte er den Mann, der ihm gegenübersaß und mit dem er sich am Vormittag unterhalten hatte, von dem er aber plötzlich nicht mehr wusste, wie er hieß und wo er arbeitete.

«Lassen Sie sich mit Ihrer Antwort nicht allzu viel Zeit, sonst könnte noch der Eindruck entstehen, dass Ihre Ernennung nicht so weise war.»

«Ich bin rücksichtslos», stieß Karlvik hervor. «Wenn ich mir ein Ziel gesetzt habe, dann arbeite ich unablässig daran, es zu erreichen. Und ich bin schlauer als die meisten.»

«Also», unterbrach ihn Johan Droth, «Sie behaupten, wenn Sie die hier versammelten Männer betrachten, dass Sie rücksichtsloser und schlauer sind als die meisten von ihnen und dass Sie sich daher besser als Geschäftsführer Ihrer Firma eignen. Richtig?»

Er schluckte und bemühte sich, den Blicken der anderen auszuweichen. Er überlegte, ob bereits alles entschieden war. «Korrekt», antwortete er schließlich.

«Gut. So soll es sein. Aber wenn man so vorlaut ist wie Sie, wenn man sich hierher auf das Gut begibt und behauptet, rücksichtsloser und intelligenter als einige der Herren zu sein, die bereits bedeutend länger und mit Erfolg im Konzern arbeiten, dann will ich gerne hören, was Sie im kommenden Jahr mit der Firma vorhaben. Und ich will nicht das normale Geschwätz von Zuwachs und Gewinnmargen hören. Das ist in ihrer Anwesenheit nicht nötig. Fangen Sie an, Ihnen stehen fünf Minuten zur Verfügung, um uns zu überzeugen.»

Karlvik dachte, jetzt oder nie. Er hatte nichts zu verlieren. Außerdem war er im Recht. Die anderen Männer im Saal würden ohnehin nie enge Freunde werden, dafür war es schon zu spät. Aber immerhin würde er seine Sache vortragen, ehe er sich vom Fahrer dabei helfen ließ, seine Tasche und seine Reisegarderobe mit dem nicht verwendeten Smoking im Kofferraum zu verstauen, um dann seine Frau mit der schlechten Nachricht zu überraschen. Er stand auf und begann. Er sei Geschäftsführer einer kleinen Fabrik in Söderfors unweit von Gimo, wo alles begonnen hätte. Es gebe gute Gründe, sich dies in Erinnerung zu rufen und sich auf die Firmenkultur, die dort geschaffen worden sei, zu besinnen. Er hatte sich die Geschichte der Firma angelesen, ging kurz auf die Höhepunkte ein und kam dann auf eine geplante Fusion der Fabrik in Schweden mit einem ähnlichen Unternehmen in Österreich zu sprechen. Noch ehe jemand fragen konnte, erklärte er, dass sie die Firma in Österreich eigentlich nicht benötigten. Das schwedische Unternehmen käme auch so zurecht, verzeichne große Gewinne, die Liquidität sei phantastisch, und die Synergien mit den Österreichern seien nur begrenzt. Die dortige Leitung würde nichts von Wert beitragen können, ehe sie alle ihre Schreibtische räumen müssten. Einige Abteilungsleiter würden bleiben, der Rest müsse gehen. Was die österreichische Firma zu bieten habe, sei ihr internationales Profil. Die Fusion bringe Produktionsstandorte in Schweden, Österreich, Deutschland, Brasilien, Belgien, in der Türkei, in China, in den USA und in Mexiko mit sich. Er betonte den Namen jedes Landes ebenso deutlich wie Palme in seiner Weihnachtsansprache über die Bombardierung Hanois. Die Pointe war, dass das Unternehmen dank der neuen Konstellation innerhalb eines Jahres an die Börse gehen könne. Das eröffne neue Möglichkeiten. Für größere Fusionen. Vielleicht für eine vertikale Integration. Einen Verkauf. Wer wisse das schon. Schlau und rücksichtslos. Vier Minuten und 45 Sekunden.

Er setzte sich, und Johan Droth nickte wortlos. Dann richtete er seinen Blick auf das nächste Opfer, den Mann, der gegenübersaß und den Jan Karlvik begrüßt, dessen Namen er jedoch vergessen hatte. Theorin, richtig, so hatte er geheißen.

Johan Droth knöpfte sich einen nach dem anderen vor. Keiner wurde ausgelassen – mit Ausnahme von Hellsten und Buster. Das Taxi stand mit laufendem Motor vor der Tür, und je mehr Zeit verstrich, desto lauter dröhnte der Motor. Buster erhielt während des Meetings etwa einhundert Anweisungen. Fragen, die er notieren musste, Versprechungen, die abgegeben worden waren und deren Einlösung überprüft werden mussten, Zweifelsfälle, die vor dem nächsten Meeting geklärt werden mussten, Kontakte, die herzustellen waren, Besprechungen, die vereinbart werden mussten, und Mitarbeiter, die informiert werden und besser ausscheiden sollten. Alles musste protokolliert werden.

Am Ende des Meetings stank es im Saal nach Angstschweiß.

2

Buster stellte sich hinter Johan Droth und Hellsten, legte seinem Vater eine Hand auf die Schulter und wartete geduldig, bis sie ihre Unterhaltung beendet hatten und ihm ihre Aufmerksamkeit schenkten. Niemand hatte es eilig. Alle beherrschten die Kunst des Abwartens. Der Kaffee war gerade serviert worden, und das Diner stand kurz vor seinem Abschluss.

«Ja?» Johan sah ihn fragend an.

«Ich wollte euch nicht unterbrechen, aber ich gehe bald zu

Bett, weil ich morgen früh aufbrechen muss, um meinen Flug zu erwischen.»

«Wenn du dir vor dem Schlafengehen noch etwas vorlesen lassen willst, musst du dich an jemand anders wenden. Nicht einmal, als du noch Bettnässer warst, habe ich dir abends vorgelesen, Buster.»

Buster verzog das Gesicht und schielte zu Hellsten hinüber. «Das wollte ich auch nicht, aber danke, dass du das noch einmal erwähnt hast. Ich wollte dir nur für diesen Abend danken und ein Treffen vorschlagen, sobald ich wieder zurück bin. Ich habe eine Idee für das Vermögen in Curaçao.»

Johan Droth sah zu ihm hoch und stellte seine Tasse scheppernd auf die Tischplatte. Mehrere Männer fuhren erschrocken herum. Im Raum herrschte spürbare Nervosität. Buster sah Hellsten an, der auf seinen leeren Dessertteller starrte. Johan Droth schien noch etwas sagen zu wollen, wandte sich dann aber ab und begann eine Unterhaltung mit dem Mann zu seiner Linken, während er ein kleines Stück von seiner Torte aß. Buster betrachtete seinen Rücken. Alle im Saal musterten Buster. Er spürte, wie er errötete, und wischte sich mit dem Handrücken den Schweiß von der Stirn. Als er zur Tür ging, blickte ihm ein Dutzend Augenpaare nach. Auf dem Weg zu seinem Zimmer kam er an der Bar vorbei und bat um eine Flasche Jack Daniel's und einen Kasten Cola.

Er ertrug sie nicht. Diese Mittelmäßigen, diese Schleimer. Er wollte höher hinaus als sie alle. Ihnen würde er es noch zeigen. Er füllte ein Glas bis zur Hälfte mit Jack Daniel's und schenkte Cola bis zum Rand nach. Dann begegnete er seinem Blick im Spiegel über der Kommode. Wenn die wüssten, dachte er und lächelte, dann würden sie sich um *mich* scharen.

3

Johan Droth erwachte um kurz nach vier mit einem Ruck. Er wusste nicht gleich, wo er war, obwohl er in diesem Zimmer im Lauf der Jahre Hunderte von Malen geschlafen haben musste. Er setzte sich auf die Bettkante, und langsam kam die Erinnerung zurück. Wo er war und was er hier tat. Er hatte einen unheimlichen Traum gehabt. Buster und er hatten vor dem Fenster auf dem Kiesplatz gestanden. Er hatte eben einen Schuss aus seiner Schrotflinte abgefeuert, und Buster war in die rechte Schulter getroffen worden. Das Blut sickerte in den Kies. Einige Schrotkörner hatten ihn im Gesicht verletzt. Ein Zahn fehlte. Unbekannte Stimmen gratulierten ihm zu dem Schuss. Er drehte sich um, aber da war niemand. Buster lächelte, als wollte er sagen: Du kannst mich weder mit noch ohne Waffen besiegen. Ich bin dir überlegen. Und im Traum hatte er gespürt, während er zu begreifen versuchte, wie sein Sohn noch hatte aufrecht stehen können, wie es in seiner Brust zu schmerzen begann. Der Schmerz breitete sich blitzschnell in den linken Arm aus, und im nächsten Augenblick hatte er die Flinte fallen lassen und war auf die Knie gesunken. Er stützte sich mit einer Hand ab und presste die andere ans Herz. Er trug ein Nachthemd. Buster kam näher, und aus seinem Blut wurden Regentropfen, die auf ihn niederfielen. Sie drangen durch den Stoff, und sein Rücken wurde nass. Ihm wurde warm. Und im Traum wusste er, dass es sich nur um Sekunden handelte, bis er starb.

Johan Droth sammelte seine Kräfte, erhob sich von der Bettkante, trat ans Fenster und blickte in den Hof. Er strich sich mit der Hand über den Rücken und stellte fest, dass er schweißnass war. Im Schein einer Laterne sah er, dass es schneite.

Kleine, durchsichtige Flocken. Er hatte Hunger. Er beschloss, das Nachthemd zu wechseln, in die Küche zu gehen und den Kühlschrank zu plündern. Es geschah immer häufiger, dass er zu dieser nächtlichen Stunde aufwachte, obwohl das nur selten an Albträumen lag. In solchen Fällen konnte er nur wieder einschlafen, wenn er sich satt gegessen hatte. Das würde sich in seinem Gewicht widerspiegeln, aber er fand, dass er sich das in seinem Alter erlauben konnte.

Auf dem Weg durch die dunkle Diele blieb er vor Busters Zimmer stehen. Ein Lichtstreifen war unter der Tür zu sehen. Buster war wach. Droth trat näher und legte sein Ohr an die Tür. Er hörte Stimmen, konnte aber nichts verstehen. Dann begriff er, dass er nur Busters Stimme hörte. Er telefonierte. Plötzlich verstummte die Stimme, und Droth kehrte in sein Zimmer zurück. Essen und Schlaf konnten warten.

Droth hatte gerüchteweise gehört, dass Buster schlechten Umgang pflegte. Er hatte weder Zeit, Gelegenheit noch Lust, ihn zur Rede zu stellen, und er wusste ohnehin, dass Buster sowohl machtgierig als auch leicht zu beeinflussen war. Daher ging er davon aus, dass das Gerücht der Wahrheit entsprach. Der vergangene Abend hatte diese Vermutung bestätigt. Er war sich auch ziemlich sicher, dass einige der Vorschläge, die Buster in letzter Zeit bezüglich der Geldanlagen in den USA und der Verwendung des in Curaçao versteckten Vermögens vorgebracht hatte, nicht von ihm stammten. Jemand hatte etwas gegen ihn oder die Familie in der Hand und machte sich das zunutze. Vielleicht einer der Eingeweihten. Buster hatte nicht genug Mumm, um so etwas allein durchzuziehen, aber er war verblendet genug, um sich zu einer Marionette machen zu lassen. Es war an der Zeit, herauszufinden, wer der Drahtzieher war.

ZWEI

Dienstag, 19. September – Freitag, 13. Oktober 1989

NAMEN UND ORTE

1

Der letzte Freier des Abends schien Mitte vierzig zu sein. Er war teuer gekleidet, beiger Mantel, großer Regenschirm. Französisch, sagte er. Sonst nichts. Er schlug vor, sie solle unter seinen Regenschirm kommen und ihn nach Hause begleiten. Der Vorschlag war verlockend, da es den ganzen Abend genieselt hatte, und sie fror. Er wohnte in der Jungfrugatan. Im Treppenhaus war es dunkel. Er sagte, das Licht sei wieder kaputt, sein Vermieter sei ein geiziger alter Sack, der das Haus verkommen lasse. Er nahm sie vorsichtig bei der Hand und führte sie die Treppe hoch. Seine Hand war warm und feucht. Sie gingen Stockwerk um Stockwerk nach oben, und als sie vor der Eisentür standen, die zum Speicher führte, begriff sie, dass etwas nicht stimmte. Sie konnte ihn jedoch nicht mehr fragen, was das solle, denn er versetzte ihr einen Schlag aufs Ohr. Sie prallte gegen die Wand, er schloss die Tür auf und zerrte sie auf den Speicher, kniete sich auf ihren Brustkorb und legte ihr die Hände um den Hals. Sie versuchte, seine Hände wegzuschieben, aber er war stärker. Dann hob er einen Arm und begann sie zu schlagen. Immer wieder. Sie war sich sicher, dass sie sterben würde.

2

Die Uhr auf dem Schreibtisch zeigte Viertel nach eins, und Annie begann unruhig zu werden. Abgesehen von der Bankerlampe mit dem grünen Glasschirm, deren Licht auf ihre Notizen fiel, war es in der Wohnung dunkel. Die Lampe war ein Geschenk von Max. Er hatte sie gekauft, als sie in Paris gewesen waren. Sie waren frisch verliebt und hatten das Zimmer in der Rue de Poitou kaum verlassen. Als sie es doch einmal getan hatten, waren sie mit der Lampe und mit einem Lichtenstein-Druck zurückgekehrt. Das war ein halbes Jahr, nachdem sie zusammengekommen waren.

Eigentlich hätte er zu Hause sein müssen. Wenn er sich nach seinem Auftritt gleich auf den Weg gemacht hatte. Er spielte in der Regel bis Mitternacht und hatte versprochen, anschließend nach Hause zu kommen. Sie hatten am nächsten Morgen einen Termin mit der Hebamme.

Noch eine halbe Stunde, dann würde sie zu Bett gehen, egal, ob er da war oder nicht.

Sie begann, in den Abschriften der auf Tonband aufgenommenen Interviews mit Sissi zu lesen. *Einundzwanzig Jahre alt. Kontakt durch Sonja. Wohnten zeitweilig zusammen, im Augenblick jedoch nicht. Auf der Malmskillnadsgatan, seit sie vierzehn war. Kam zusammen mit älteren Freundinnen dorthin. Drogenprobleme, seit sie sechzehn war. Kürzere Perioden clean. Debüt vor zwei Jahren.*

Sonja war die Erste, die Annie im Frühjahr kennengelernt hatte. Sonja war 26 und schon länger dabei als Sissi, die einen kleinen Sohn hatte, den ihr das Jugendamt weggenommen hatte. Sein Foto steckte in ihrer Brieftasche. Manchmal sprach sie von dem Tag, an dem sie ihn überraschen wollte. Sie wollte eine richtige Mutter sein, ordentlich, mit Geschenken und einer Zukunft. Sissi war trotz ihrer Sucht noch recht gut beieinander. Annie hatte keinen Zweifel daran, dass Sissi mehr als nur eine redselige Hure war. So hatte sich ein Polizist ausgedrückt, als Annie über Informationen diskutieren wollte, die sie von Sissi erhalten hatte. Er war einer von den ignoranten Beamten gewesen und hatte Annie gar nicht richtig zugehört. Es gab etliche solcher Polizisten, besonders unter den uniformierten Gorillas von der alten G-Streife, mit gewienerten Stiefeln, die sie von ihrem eigenen Geld gekauft hatten. Annie mied sie, wann immer sie konnte.

Sie war sich sicher, dass Sissi etwas wusste, was ihr zum Durchbruch verhelfen konnte. Aber Sissi redete immer um den heißen Brei herum, und ehe sich etwas Wesentliches ergab, musste sie schon wieder weiter und war nicht aufzuhalten.

Anfang des Jahres hatte Annie begonnen, sämtliche Informationen zusammenzutragen. Kommentare von Polizisten, Staatsanwälten oder, was seltener war, von Verteidigern. Sie versuchte, aus den Streitigkeiten zwischen Dezernaten und Polizeibezirken schlau zu werden und herauszufinden, was die Polizei Västerort über die Polizei Norrmalm dachte und umgekehrt. Oder ihre Ansichten über die Idioten von der Staatsanwaltschaft miteinander zu vergleichen. Manch einer redete mehr, als ratsam war. Gelegentlich hatte sie das Gefühl, dass man sie als Mittel zum Zweck einsetzen wollte, um die Ermittlungen in eine bestimmte Richtung zu lenken, wenn man ihr Informationen lieferte in der Hoffnung, dass diese in der Zeitung erschienen. Aber darauf fiel Annie nicht herein und erfuhr dennoch genug, um zu der Überzeugung zu gelangen, dass sie auf dem richtigen Weg war. Was fehlte, waren Beweise, die vor

Gericht Bestand hatten. Die so eindeutig waren, dass sie in der Zeitung erscheinen konnten, ohne dass eine Verleumdungsklage ins Haus flatterte.

Es hieß, es gebe einen Club oder eine Loge, der Herrenbund genannt wurde, mit Kontakten zu jungen Prostituierten. Er war jedoch nicht so geheim, dass man nicht die Adresse und die Telefonnummer einer höflichen Person gefunden hätte, die an eine andere Person verwies. Der Club bestand aus Männern aus Wirtschaft und Politik, und die meisten Mitglieder hatten wahrscheinlich nichts zu verbergen. Die Herausforderung bestand darin, zum inneren Kreis vorzudringen, auf den das nicht zutraf. Dem inneren Kreis, der Frauen als Handelsware betrachtete, mit der man nach Belieben umspringen konnte. Die Frauen hatten bereits geredet und festgestellt, dass sie von der Polizei nicht ernst genommen wurden. Annie hoffte, dass einer der Eingeweihten sich melden und seine Geschichte erzählen würde. Einer, der auf den Quellenschutz vertraute. Einer, der sein Gewissen erleichtern wollte und genügend Einblick und Mut besaß.

«So viel Verwegenheit findet man nur in den griechischen Sagen», hatte Jan Wikholm gemeint, als Annie ihm ihr Anliegen erläutert hatte. «Diese Gerüchte kursieren schon seit Jahrzehnten, sie sind aber nie bestätigt worden. Ein Gerücht besagt, dass einige Namen mit Verbindungen zum Herrenbund auf der Liste standen, die die Polizeibehörde an Palme geschickt hat. Darunter waren auch Wirtschaftsbosse und Politiker, die sich der Mädchen in der Bordell-Affäre bedient haben. Diese Sache mit Justizminister Geijer.» Er fuhr sich durchs Haar. «Das war Mitte der siebziger Jahre, als du noch von dem glamourösen Leben als Journalistin geträumt hast und nicht wusstest, dass es so etwas wie Vertuschung überhaupt gibt.» Er lachte spöttisch.

«Es gingen Gerüchte über eine Menge Leute um. Wirtschaftsbosse. Ein General. Journalisten und Künstler. Einem Gerücht zufolge hat der Herrenbund dafür gesorgt, dass Geijer und Fälldin und ein paar weitere auf die Liste gekommen sind.»

«Ohne beteiligt gewesen zu sein?»

«Man wollte sicher sein, dass die Namen ausreichend lange in einem Tresor weggeschlossen wurden, damit alle tot waren, wenn die Dinge ans Licht kamen. Daher gerieten auch Leute auf die Liste, die dafür sorgen konnten, dass dies geschah.»

«Eine raffinierte Form der Erpressung.»

Er nickte. «Zu jener Zeit entstand auch das Gerücht, dass der Herrenbund über einen Befehlsempfänger ganz oben in der Polizeihierarchie verfügte.»

Nach dieser Bemerkung war Jan Wikholm weitergeeilt, und sie hatte nicht mehr erfahren. Bei Gelegenheit würde sie ihm ihr Material vorlegen, neben dem die Geijer-Affäre ausgesprochen blass aussehen würde.

Annie blätterte weiter. Sie hatte die Frauen fast ein halbes Jahr lang interviewt, oft mehrmals in der Woche. Manchmal beschlich sie ein mulmiges Gefühl, aber sie war nie bedroht worden. Im Grunde waren die Frauen harmlos und ziemlich kaputt. Wenn sie eine dabei überraschte, wie sie sich gerade einen Schuss setzte, wurde sie verspottet, wenn sie sich abwandte. Die Männer sammelten das Geld ein. Manche ließen die Mädchen dealen und hielten sich fern, wenn Annie in der Nähe war. Sie hörte die Mädchen über sie reden. Am meisten fürchteten sie sich vor einem, den sie Jugo nannten. Die Freier waren leicht zu erkennen, viele kamen immer wieder. Der Architekt, der immer ein Messer dabeihatte, aber nie gewalttätig wurde. Der Taxifreier, der die Mädchen durch die Gegend fuhr. Der alte Chirurg, der keine Medikamente mehr verschreiben durfte und Schlafplätze in seiner Wohnung zur Verfügung stellte, weil er sonst nichts zu bieten hatte. Er fürchtete die Einsamkeit mehr als alles andere. Betrüblich. Diese Menschen begegneten sich in ihrer gemeinsamen Dunkelheit und opferten bei jeder Begegnung ein Stück von sich selbst. So kam es Annie jedenfalls vor.

«Ich kann mich an jedes Gesicht erinnern», hatte Sissi ihr einmal erklärt. «An den eigentlichen Akt kann ich mich aber nie erinnern. Ich meine, an den Sex. Ich besitze gewissermaßen zwei Persönlichkeiten, eine für die Straße und dann die andere. Ich bin Sissi, wenn ich verkaufe. Nicht einmal Dick, mein Zuhälter, weiß, wie ich wirklich heiße. Ich schalte ab, eine andere Person verkauft den Sex.» Dann hatte sie von verschiedenen Freiern zu erzählen begonnen, wobei die Unterhaltung richtig unheimlich geworden war. Es ging um die geschlossenen Gesellschaften der Oberschicht, um Männer, die stets bekamen, was sie wollten, die Feste veranstalteten und dafür Prostituierte organisierten. Mehr als einmal waren diese Feste ausgeartet. Vor allem ein Mann zeichnete sich durch Gewalttätigkeit aus, und er hatte mehrere Mädchen übel zugerichtet. Der Polizei sei das vollkommen egal, meinte Sissi und deutete an, dass etliche Polizisten korrupt seien und die Mädchen zum Sex ohne Bezahlung zwängen. Andernfalls gäbe es Ärger mit der Behörde. «Es gibt also niemanden, an den man sich wenden kann. Wir erstatten auch nie Anzeige. So gesehen sind wir perfekt. Man kann mit uns machen, was man will, wenn du verstehst. Es stellt kein Risiko dar, über jemanden wie mich herzufallen», hatte sie gesagt und erzählt, sie träume davon, nach Spanien zu ziehen und ein normales Leben mit Mann und Kindern zu führen. Sie hatte sich einen Pass ausstellen lassen, den sie immer bei sich trug. Als Annie sie gefragt hatte, ob sie sich das Passfoto einmal ansehen dürfe, hatte sie verneint und den Pass rasch wieder in ihrer Tasche verschwinden lassen. Im Pass stand ihr richtiger Name, und wie der lautete, durfte niemand auf der Straße erfahren. Denn dann war der Zauber gebrochen. Der Pass sei ihr Amulett, sagte sie. Sie mache sich nie Sorgen um die Zukunft. Sie sagte immer, alles werde gut.

«Du machst dir mehr Sorgen als ich», hatte Sissi einmal gesagt und auf Annies Bauch gedeutet. «Denk an dein eigenes Leben.»

Vielleicht hatte sie recht. Aber Annie hatte irgendwie das Gefühl, dass sie dafür verantwortlich war, Sissi und den anderen Frauen von der Straße so etwas wie Genugtuung zu verschaffen. Weil sie wie der letzte Dreck behandelt wurden. Annie fühlte sich wie eine Schwester, die die Verantwortung dafür trug, die Träume der Frauen von einem besseren Leben zu verwirklichen. Den Traum von Kindern, einem Reihenhaus und einem Volvo. Darüber wollte sie schreiben, egal, wem sie dabei auf die Zehen trat.

Annie warf noch einen Blick auf die Uhr und beschloss, zu Bett zu gehen. Kurz vor zwei und immer noch kein Max. Das war nicht das erste Mal, und sie wusste, was sie erwartete.

Das Telefon klingelte. Annie schreckte aus dem Schlaf und griff im Dunkeln nach dem Hörer.

«Max?»

«Nein, Andreas Larsson. Tut mir leid, wenn ich dich geweckt habe.» Die Nachtredaktion.

«Wie spät ist es?»

«Spät. Es geht um Sissi.»

«Was ist los?»

«Ihr ist etwas passiert.»

3

«Lass mich in Ruhe!», schrie Sonja und hastete weiter. «Du verdammter Geier, lass mich in Ruhe.»

Annie hatte Sonja in einem Obdachlosenasyl in Hägersten ausfindig gemacht und versuchte sie einzuholen. «Jetzt warte doch. Ich will mit dir reden.»

Sissi war kurz nach Mitternacht ins St.-Göran-Krankenhaus eingeliefert worden. Schwer misshandelt. Sie hatte Annies Nummer in der Redaktion gewählt und Larsson von der Nachtredaktion erreicht. Verängstigt hatte sie behauptet, sie würde verfolgt. Als Annie im Krankenhaus eintraf, war sie spurlos verschwunden.

«Zwei Polizeibeamte haben nach ihr gefragt», sagte die Nachtschwester. «Als ich zehn Minuten später in ihr Zimmer kam, war sie weg. Die Polizisten im Übrigen auch.» Die Schwester konnte sich an keine Namen erinnern. Noch bevor es hell wurde, hatte sich die Sache mit Sissi auf der Straße herumgesprochen, und am Vormittag kursierten bereits mehrere Geschichten darüber, was vorgefallen war, wer sie gefunden hatte und wohin sie verschwunden war.

Sonja drehte sich um. Ihre Augen waren gerötet, was entweder ihrer Besorgnis oder ihren Entzugserscheinungen zuzuschreiben war, und Annie hielt abrupt inne. Getrocknete rosa Farbe blätterte von ihren Lippen.

«Du hast schon genug angerichtet. Sissi ist weg, und das verdammt noch mal nicht freiwillig. Kapierst du das? Das ist deine Schuld. Du verdammter Vampir!» Sie trat einen Schritt nach vorn, holte mit ihrer Handtasche aus und traf Annie an der rechten Schläfe. Der Schlag trieb Annie die Tränen in die

Augen. Schweigend standen sie sich gegenüber. In Sonjas Tasche lag eine Hantel. Eine Passantin mit Hund wechselte die Straßenseite.

Die Wange schmerzte, aber Annies Tränen waren versiegt. «Ich hatte nie die Absicht, euch in Gefahr zu bringen», begann sie. «Oder Sissi und dich …»

«Aber getan hast du es trotzdem. Ich kenne sie so gut, als wäre sie meine Schwester. Wir haben zusammen gewohnt, und wenn ihr nichts zugestoßen wäre, dann hätte sie sich schon längst bei mir gemeldet.» Sonjas Stimme klang heiser. «Ihr ist etwas zugestoßen, sage ich. Wegen deiner verdammten Fragen. Du hast zu viele Fragen gestellt, und sie hat geantwortet, weil sie es nicht besser weiß. Jetzt ist sie weg. Ich wünsche dir, dass du in der Hölle schmorst, denn du bist schuld!»

Sonja ging mit großen Schritten weiter. Es hatte keinen Sinn, ihr zu folgen.

Annie legte sich die Hand auf den Bauch. Ihr wurde schwarz vor Augen. Wehen. Sie lehnte sich an einen Laternenpfahl und atmete tief durch. Sie hatte den Termin bei der Hebamme vergessen. Max war frühmorgens erst nach Hause gekommen. Als sie die Wohnung verließ, lag er noch auf dem Sofa und schlief. Im Wohnzimmer war eine Luft, als hätte jemand den Fußboden mit Gin gewischt.

Annie ließ sich in der U-Bahn Richtung Stadt auf einen Sitz sinken und weinte. Um sie herum starrten alle zu Boden. Ein alter Mann stieg in Liljeholmen zu und setzte sich ihr gegenüber. Lächelnd reichte er ihr ein Taschentuch. Es war nicht mehr ganz sauber, aber sie nahm es trotzdem. Er schloss die Augen und nickte, als würde er sie verstehen.

Die Tage nach Sissis Verschwinden erlebte Annie wie in Trance. Sie ging nicht in die Redaktion. Sie saß im Mikrofilmlesesaal der Kungliga Biblioteket und las alles, was sie über den Herrenbund finden konnte. Wie sehr sie sich auch dagegen sträubte, sie sah immer wieder Sissis hoffnungsvolles Gesicht vor sich. Sie redete sich ein, dass Sissis Verschwinden nichts mit ihren Recherchen zu tun hatte. Sissi war ein Junkie. Junkies verschwanden gelegentlich und tauchten nach einer Weile wieder auf. Doch im nächsten Augenblick brach es wie eine Welle über sie herein. Falls Sissi etwas zugestoßen war, war das ihre Schuld. Sie hatte das Gefühl gehabt, mit den Informationen, die ihr die Mädchen anvertraut hatten, vorsichtig umgegangen zu sein. Aber jetzt war sie sich nicht mehr sicher, vielleicht war trotzdem etwas durchgesickert. Vielleicht hatten ihre Fragen nach den ermordeten Mädchen jemanden nervös gemacht, und dieser Jemand hatte daraufhin Nachforschungen angestellt. Ihr wurde bewusst, dass sie sich außer auf Max auf niemanden verlassen konnte. Aber um ihr Ziel zu erreichen, musste sie auch anderen vertrauen und Risiken eingehen.

4

«Haben Sie schon mal vom Herrenbund gehört?», fragte Annie.

«Dem Club?», fragte Kay Orha, der seit langem an den Ermittlungen über die ermordeten Frauen beteiligt war. Sie hatten nicht oft miteinander gesprochen, aber Annies Name war ihm im Gedächtnis geblieben.

«Ja, der Club.»

«Klar.» Er schwieg eine Weile. «Nicht im Zusammenhang mit einer Ermittlung, aber sonst schon. Wieso?»

«Ich beschäftige mich immer noch mit den Morden an den Prostituierten. Es deutet einiges darauf hin, dass auch Mitglieder des Herrenbundes involviert sind.»

«Das erstaunt mich nicht. Es gibt schon seit einer ganzen Weile Gerüchte. Eine Zeitlang hieß es sogar, der Herrenbund habe einflussreiche Polizeibeamte bestochen, damit Beweise verschwinden.»

«Das habe ich auch gehört. Man kann also sagen, dass dieses Gerücht immer noch kursiert.»

«Und was glauben Sie?»

«Kein Rauch ohne Flamme.»

«Schon möglich.»

«Es heißt, dass man in solchen Fällen doppelt so viele Beweise braucht.»

«Angeblich. Allerdings kann ich das bisher nicht bestätigen. Es gibt weder glaubwürdige Zeugen noch eindeutige Beweise. Es muss also jemand aussagen oder auf frischer Tat ertappt werden.»

«Früher oder später taucht immer irgendwas auf. Man muss seine Quellen nur lange genug bearbeiten.»

«Ja», antwortete er nachdenklich und verstummte. «Aber diese Warterei raubt einem den letzten Nerv.»

Annie hatte Kay Orha an der Polizeihochschule kennengelernt. Er hatte dort unterrichtet, als sie im Auftrag der Zeitung an einer Fortbildung teilgenommen hatte. Und er beschäftigte sich mit Fragen, die auch sie interessierten. Gewalt gegen Frauen. Prostitution als Geschlechterfrage. Sie diskutierten das Machtgefälle zwischen Männern und Frauen. Die Vorstellung der Männer, die die Frau als Hure oder Madonna sahen, was zur Folge hatte, dass Männer ihre sexuelle Befriedigung in Zusammenhängen suchten, die sie und nicht die Frauen kontrollierten. Das wurde von einigen Beamten nicht goutiert. Denn Orha richtete den Blick auch auf die eigenen Reihen und tat das auch ganz offen im Seminar. Er konnte sich das aufgrund seiner vielen Verdienste erlauben. Niemand konnte etwas anderes behaupten, als dass er einer der besten, der erfahrensten und engagiertesten Polizeichefs des Landes war.

Er räusperte sich nach langem Schweigen. «Ich weiß nicht, ob Sie das wissen, aber ich setze mich nun schon seit einigen Jahren gegen die Ausbeutung von Frauen ein. Mit größter Wahrscheinlichkeit hat sich das nicht gerade positiv auf meine Karriere ausgewirkt. Dass wir keinen Schritt weitergekommen sind, ist nur schwer zu akzeptieren. Einige der Frauen auf der Straße sind fast noch Kinder. Ich denke an ihre Familien. Haben Sie Kinder?»

«Ich bin schwanger.»

«Herzlichen Glückwunsch. Wenn Sie mich fragen: Kinder sind ein Segen. Ich will Ihnen jetzt keine Angst machen, aber die Elternschaft bringt eine neue Verantwortung mit sich. Eine, die immer bleibt. Auch wenn die Kinder erwachsen sind. Darf ich ein bisschen privat werden?»

«Natürlich.»

«Ich habe eine Tochter. Sie ist fast vierundzwanzig und wohnt in Dublin. Dort hat sie einen Mann kennengelernt, der fast zehn Jahre älter ist als sie. Sie ist mit ihm verlobt, und ich bin ihm noch nicht ein Mal begegnet.»

«Sie hat sich bestimmt den Richtigen ausgesucht.»

«Sie schreibt, dass er Lorcan heißt. Wenn ich anrufe, ist sie nie zu erreichen.» Er seufzte. «Wie auch immer. Sie ist eine erwachsene Frau, aber für mich bleibt sie immer mein kleines Mädchen.»

«Ich verstehe. So ist das vermutlich bei allen.»

«Haben Sie ein gutes Verhältnis zu Ihren Eltern?»

«Sie sind leider schon lange tot», antwortete Annie.

«Das tut mir leid. Jetzt will ich Sie aber nicht länger aufhalten. Ich glaube, Sie haben sich da ganz schön viel vorgenommen, Annie. Auch schon andere haben versucht, diese oder ähnliche Affären aufzudecken. Aber bisher konnten kein einziges Mal genügend stichhaltige Beweise zusammengetragen werden, um die Staatsanwaltschaft zu überzeugen. Vielleicht haben Sie ja Glück. Zögern Sie nicht, um Hilfe zu bitten. Ich bin auf Ihrer Seite.»

5

Annie hatte immer noch den Geschmack des Frühstücks im Mund, und sie spürte den kalten Morgen schmerzend in ihren Fingerspitzen, als sie in die Wärme trat. Sie und Max hatten am Abend gestritten. Wie immer war es um seine Trinkgewohnheiten gegangen. Annie hatte das ungute Gefühl, nicht zu Max durchgedrungen zu sein. «Es ist nicht nur, dass es keinen Spaß macht, mit dir zusammen zu sein, wenn du betrunken bist», hatte sie gesagt, als die Diskussion sich etwas beruhigt hatte, «sondern ich muss auch ständig befürchten, dass du dich betrinkst. Wie wird es wohl heute Abend?, denke ich. Was wird sein, wenn du von der Arbeit nach Hause kommst? Ich will mir nicht andauernd Sorgen machen, und vor allem will ich nicht, dass unser Kind damit rechnen muss, dass der

Papa betrunken ist, wenn er nach Hause kommt. Begreifst du das, Max?»

Er hatte resigniert genickt, sich auf die andere Seite gedreht und wortlos das Licht ausgemacht. Jetzt saßen sie nebeneinander und sahen die Hebamme an.

«Es ist ganz normal, dass Fragen auftauchen, die sich nicht so leicht beantworten lassen», sagte die Hebamme und schaute von Annie zu Max. Schon als die beiden eingetreten waren, hatte sie die Angespanntheit gespürt und erklärt, es sei ganz normal, dass man sich als Frau Sorgen mache und dass man während der Schwangerschaft unter Stimmungsschwankungen leide.

«Es kann sich dabei um Fragen handeln, wie die Zukunft der Beziehung aussieht», fuhr sie fort und legte Annie eine Hand auf die Schulter. «Oder ob das Kind gesund ist. Ob das Geld reicht. Es gibt vieles, worüber man sich den Kopf zerbricht. Aber das bedeutet nicht, dass Sie sich weniger darauf freuen, Mutter zu werden. Sie brauchen also kein schlechtes Gewissen zu haben.»

Nachdem sie sich von der Hebamme verabschiedet hatten, die ihnen versichert hatte, dass alles in Ordnung sei, eilte Annie Richtung Redaktion. Nach zwanzig Metern drehte sie sich um. Sie sah, wie Max langsam auf den tosenden Verkehr zuschlenderte, und sie fragte sich, welche Gedanken ihm wohl gerade durch den Kopf gingen. Wenn sie Zeit gehabt hätte, wäre sie ihm hinterhergerannt und hätte vorgeschlagen, den Jazzclub aufzuschließen und so zu tun, als würden sie sich gerade kennenlernen. Zeit, dachte sie, beschleunigte ihren Schritt und überlegte, wie sie Kontakt mit der Herrenloge aufnehmen sollte.

Die Räumlichkeiten des Herrenbundes lagen in einem gelben Gebäude auf Blasieholmen. Eine leere Fahnenstange ragte über dem Portal auf die Straße. Es war Mittag. Annie behielt die schwere Holztür im Auge. Sie hatte sich im gegenüberliegenden Torbogen postiert, und zwischen ihr und dem Portal lagen nur zehn Meter Kopfsteinpflaster. Sie hoffte herauszufinden, welcher Typ Mann Clubs wie den Herrenbund frequentierte.

Es pfiff ein eisiger Wind, und sie zog den Mantel enger, schob die Hände in die Taschen und drückte sich an die Wand. Auf Blasieholmen waren laut Legende im 14. Jahrhundert die Käpplinge-Morde verübt worden. Etwa siebzig Menschen waren in einem Haus eingesperrt und dort verbrannt worden. Dann war ein Unwetter über Stockholm hereingebrochen, und die Piraten hatten die Herrschaft übernommen. Die Vitalie-Brüder. Die Seeräuber der Ostsee, die sich nahmen, was sie haben wollten. Es hieß, sie seien die ersten Piraten gewesen, die die Beute gerecht unter allen aufteilten. Jeder sollte reich werden. Annie fragte sich, ob die, nach denen sie suchte, davon wussten oder dieser Legende etwas abgewinnen konnten.

Viele Passanten unauffälliger, durchschnittlicher Erscheinung waren aufgetaucht und wieder verschwunden, aber um kurz vor zwei wurde Annie aufmerksam. Die Männer, die jetzt das Haus verließen, waren irgendwie anders. Zwei gingen voraus, dicht gefolgt von einem dritten. Dieser war bedeutend älter, und die beiden Jüngeren schienen ihn mit großem Respekt zu behandeln. Er war um die siebzig, groß und schlank und hatte weißes Haar. Sein Hals war faltig und erinnerte an Echsenhaut. Die drei standen knapp zehn Sekunden vor dem Portal, als eine Limousine neben ihnen hielt und einer der Männer den hinteren Schlag öffnete. Als sich der Ältere beim Einsteigen am Türrahmen festhielt, fiel sein Blick auf Annie, und er hielt inne. Annie nahm ihre Tasche und entfernte sich Richtung Blasieholmstorget. Sie wartete auf das Geräusch der zuschlagenden Autotür als Beweis dafür, dass er sich ins Auto gesetzt hatte, aber es blieb still. Vermutlich starrte er ihr hinterher. Sie wartete kurz neben dem byzantinischen Pferd auf dem Blasieholmstorget, bis sie hörte, dass die Limousine auf der Arsenalsgatan zurücksetzte. Als sie sich umdrehte, war niemand mehr zu sehen, und das Auto verschwand um die Ecke. Sie war überzeugt, dass die drei Männer zu jenen gehörten, für die sie sich interessierte. Sie war sich ebenfalls sicher, dass sie sie bemerkt hatten. Sie nahm ihren Block, lehnte sich an das Denkmal und notierte die Autonummer. Dann schob sie den Block in ihre Tasche und ging Richtung Stadtzentrum.

Es dauerte keine vierundzwanzig Stunden, bis Annie dank ihrer Kontakte den Namen des Mannes mit dem Reptilienhals herausgefunden hatte. Von der Zulassungsstelle erfuhr sie, dass die Limousine einer Aktiengesellschaft gehörte, die einen Catering-Service anbot und Limousinen vermietete. Diese Aktiengesellschaft gehörte einer Immobilienfirma. Annies Kontakte bei der Steuerbehörde und beim Dezernat für Wirtschaftskriminalität wussten einiges über diese Firma, obwohl nichts davon geahndet worden war. Sie gehöre einer Holding in den Niederlanden, die ihrerseits einer Stiftung in den Niederlanden gehöre, und inwiefern und warum brauche nicht zu interessieren. Aber eines schien den Behörden sicher. Die Stiftung wurde von einem Schweden kontrolliert: von Johan Droth jun.

In der Bildredaktion konnte Annie problemlos Fotos von Johan Droth jun. besorgen. Zweifellos war er der Mann, den Annie vor dem Club gesehen hatte. Derselbe kühle Blick auf allen Fotos. Unmut darüber, fotografiert zu werden. Vom Promireporter ihrer Zeitung bekam sie ein Mitgliederverzeichnis des Herrenbundes. Die Mitglieder waren in alphabetischer Ordnung aufgeführt. Nachname und Vorname, Geburtsdatum, Titel, eine Jahreszahl, die wahrscheinlich den Eintritt in den Club angab. Sie suchte nach Buchstabe D.

Droth, Johan jun., 11. 9. 1920. Direktor. 1950.
Droth, Buster, 23. 2. 1952. Student der Betriebswirtschaft. 1977.

Buster, dachte sie und schrieb die Daten in ihren Block. Sie blätterte weiter. Viele Namen waren ihr schon mal begegnet. Politiker, Firmenchefs, alteingesessene Familien. Sie schienen ihren Treffpunkt gefunden zu haben. Bei Buchstabe K wurde Annie klar, dass sie ein Problem hatte. Der Name lautete:

von Konow, Carl, 14. 12. 1939. Betriebswirt. 1971.

Ihr Herz schlug schneller. Sie hatte kürzlich einen Artikel über P2 gelesen. *Propaganda Due.* Den geheimen, aber unlängst aufgeflogenen Freimaurerorden Italiens. Alle Mächtigen waren Mitglieder gewesen. Vertreter der Mafia, des Vatikans, der politischen Elite, der Polizei und der Staatsanwaltschaft. Sie verfügten über Mittel, das ganze Land zu kontrollieren, und standen den Mächtigsten des Landes nahe. Und den Mächtigsten der Welt. Ein ehemaliger CIA-Mann hatte sich über die Verbindungen der USA zur P2 geäußert. Die P2 sei beim Kampf gegen die Kommunisten behilflich gewesen, etwa indem sie Terrorismus und Rauschgiftschmuggel in Ländern unterstützt habe, die auf der gemeinsamen Feindesliste standen. Die CIA habe der P2 als Gegenleistung erlaubt, ihr Archiv an einem sicheren Ort in den USA anzulegen. Politische Motive hatten auch den Vatikan ins Spiel gebracht. Dieser habe ebenfalls die Kommunisten gefürchtet und die P2 unterstützt. Obwohl es Katholiken nicht erlaubt sei, solchen Logen beizutreten, habe der *Osservatore Politico* eine Liste mit den Namen von 121 Kardinälen, Bischöfen und Prälaten veröffentlicht, die Mitglieder der P2 gewesen seien. Männer mit enger Verbindung zu den Päpsten Pius XII. und Paul VI. Wenn man bedenke, dass die P2 die Medien kontrolliere, unter anderem durch den Kauf der auflagenstärksten Tageszeitung *Corriere della Sera*, und Kontakte zur Mafia pflege, läge es auf der Hand, dass diese Männer ein ganzes Land kontrollieren könnten.

Unser Land ist korrupt, und wir wissen nichts darüber. Wir sitzen nur gedankenlos hier herum und begreifen gar nichts, dachte Annie und sah sich im Büro um. Sie hatte allerdings keinerlei Beweise dafür, dass Direktor Johan Droth jun. etwas mit den Prostituierten zu tun hatte, die in den letzten zehn Jahren ermordet worden waren. Ihre Intuition sagte ihr jedoch, dass sie auf der richtigen Fährte war. Sie war seinem Blick begegnet. Sie spürte, wenn jemand etwas zu verbergen hatte. Etwas, das lebenswichtig war. Aber diese Begründung würde Wikholm natürlich nicht genügen, wenn sie ihn um mehr Zeit und Mittel bat. Sie musste mehr über Johan Droth in Erfahrung bringen, ehe sie sich von Wikholm absegnen lassen konnte, einen Club zu infiltrieren, zu dessen Mitgliedern auch ihr Geschäftsführer zählte. Seit achtzehn Jahren.

«Was weißt du über einen Mann namens Johan Droth?»

«Wie viel Zeit hast du?», fragte Leon lächelnd. Er arbeitete schon seit einer Ewigkeit für die Zeitung und wusste mehr über alle, als irgendjemandem lieb sein konnte.

Annie zog sich einen Stuhl heran und nahm Platz. «Wenn nötig, den Rest des Tages.»

«Na, dann», sagte er und lachte. Er lehnte sich zurück und rieb sich das Kinn. «Johan Droth. Einziger Sohn einer Familie, die in die USA auswanderte, jedoch wieder zurückkehrte. Sie waren arm und wurden reich. Dem Vater und Patriarchen, auch er hieß Johan, hat man wie vielen anderen vorgeworfen, sein erstes Vermögen auf zweifelhafte Art und Weise angehäuft zu haben. In den letzten Jahren ist der Großkonzern in gewissen Kreisen für seine Geschäfte in Südamerika und für Steuerhinterziehung mittels eines Dschungels aus Stiftungen und Scheinfirmen kritisiert worden. Aber nichts daran ist besonders erstaunlich. Sie bedienen sich derselben Methoden wie alle anderen, die fürchterlich reich werden. Sie versuchen mit allen Mitteln an das ganze Geld zu kommen, und wenn sie es erst einmal haben, dann wollen sie so viel wie möglich davon behalten.»

«Und welche Firmen sind das?»

«Alles Mögliche. Sind im Finanzsektor tätig. Dann gehört ihnen eines der größten Sicherheitsunternehmen der Welt, und sie spielen, soweit ich weiß, eine große Rolle in der Stahlindustrie.»

«Wieso weiß man nicht mehr über sie? Sie sind nicht sonderlich bekannt.»

Er nickte und hob einen Papierstapel hoch, dann einen zweiten und noch einen dritten, um seine Zigaretten zu finden.

«Die Zurückhaltung ist beabsichtigt. Keine bunten Schlipse und kein Kennedy-Komplex. Wenn du verstehst, was ich meine.»

Sie nickte, er zündete sich eine Zigarette an und blies den Rauch über den Tisch.

«Sie stehen immer auf beiden Seiten, es gibt also nie einen klaren Feind, der sie kritisieren und angreifen könnte.»

«Was meinst du mit beiden Seiten?»

Er legte die Zigarette in den Aschenbecher und machte eine ausholende Geste. «Einerseits gilt in ihren Firmen äußerste Gewinnmaximierung. Andererseits pflegen sie gute Beziehungen zu den Gewerkschaftsbonzen. Einerseits unterstützen sie den Dachverband der Gewerkschaften, andererseits überlassen sie der Rechtspartei mietfrei Räumlichkeiten.» Er nahm die Zigarette wieder zwischen die Finger, ohne an ihr zu ziehen. «Es gelingt ihnen, auf allen Stühlen gleichzeitig zu sitzen. Sie können die Leute an der Macht davon überzeugen, dass Kapitalismus mit menschlichem Gesicht möglich ist.» Er rümpfte die Nase und zog an der Zigarette.

«Wie lässt sich mehr über sie herausfinden?»

«Was willst du wissen?»

«Ich würde mir gerne einen Einblick in ihr Imperium verschaffen.»

Er schüttelte den Kopf. «Schwierig. Das haben schon viele versucht. Alle, die eine Weile dabei waren, schweigen wie ein Grab.»

«Und wenn man es trotzdem versuchen wollte? Mit wem würde man anfangen?»

Er fuhr sich mit dem Zeigefinger über die Lippen. «An deiner Stelle würde ich mich an den Neuen in der Gruppe halten. Aber es wird sicherlich einiges an Überredungskunst erforderlich sein.»

Sie lächelte. «Ich habe es nicht eilig. Wer ist denn der Neue?»

Leon schwieg eine Weile und überlegte. «Ich würde mich auf Jan Karlvik konzentrieren. Er ist der recht frische Generaldirektor von Scansteel, einem ihrer Stahlunternehmen. Kommt aus der Branche und hat schnell Karriere gemacht. Aber er passt bei Droth nicht rein. Karlvik ist tough und kantig, er gibt nicht klein bei, und das funktioniert nur, solange er sich nicht gegen Johan Droth auflehnt. Denn dann werfen sie ihn raus. Ein paar Jahre Flitterwochen, dann weg mit ihm.»

«Das genügt mir.» Sie notierte sich den Namen.

«Du musst aber geschickt vorgehen, etwas über seine Branche schreiben, über ein Gebiet, auf dem er Experte ist und über das er gern redet.»

«Und das wäre?»

«Ich kenne mich mit Leuten aus, aber nicht mit der Stahlindustrie. Was möchtest du in Erfahrung bringen?»

«Ich beschäftige mich mit mächtigen Privatclubs. Er ist in so einem Club Mitglied. Also dieser Droth.»

«Du meinst, so was wie die Freimaurer?»

Annie nickte und erhob sich. Sie wollte keine weiteren Fragen über ihre Absichten beantworten.

«Sei vorsichtig mit deinen Fragen. Droth hat ein paar Journalisten lebenslängliches Hausverbot erteilt, nur weil sie die falschen Fragen gestellt haben. Hoffentlich ist es mit Karlvik einfacher, aber wenn er einen Verdacht schöpft, bist du geliefert. In diesen Kreisen denkt jeder nur an sich.»

Sie lächelte, ging auf die Tür zu und drehte sich noch einmal um. Leon blätterte bereits wieder in seinen Papieren.

«Du?»

«Ja?» Er blickte auf und sah sie über den Rand seiner Brille hinweg an.

«Danke.»

Annie sah auf die Uhr. Halb sechs. Sie packte ihre Unterlagen zusammen, zog den Mantel an und ging, um Max zuzuhören.

Das Kind regte sich, sie legte eine Hand auf den Bauch und atmete tief durch. Heute Abend wollte sie nicht an die Arbeit denken. Sie hatte Max nichts von ihren Fortschritten erzählt, aber das würde sie bald tun. Es würde ihm nicht gefallen. Eine so bedrohliche Wirklichkeit würde ihn schockieren. In dieser Beziehung war er unglaublich naiv, aber gerade das liebte sie so sehr an ihm.

Sie ging in Jan Wikholms Büro und legte ihm eine Mappe auf den Schreibtisch.

«Die große Enthüllung?», fragte er schmunzelnd.

«Wenn du ohne Sarkasmus auskommen wolltest, müsstest du vermutlich stumm bleiben», entgegnete sie und ging auf die Tür zu.

«Kannst du noch einen Augenblick bleiben und die Tür zumachen?»

Sie schloss die Tür, lehnte sich dagegen und sah ihn abwartend an.

«Was hattest du denn für eine intime Besprechung mit dem guten Leon?»

«Wieso? Bist du eifersüchtig?» Annie lächelte spöttisch.

«Ich kann dir ansehen, wenn du einer Sache auf der Spur zu sein glaubst, aber niemandem davon erzählen willst. Im Zusammenhang mit Leon macht mir das Sorgen.»

«Es gibt keinen Grund zur Besorgnis. Ich werde dich schon nicht blamieren.»

«Um mich mache ich mir auch keine Sorgen, Lander.»

Sie schaute zu Boden.

«Riskiere nicht zu viel, ohne dass wir vorher miteinander geredet haben. Okay?»

«Okay.»

«Schau mich an.»

Sie blickte auf und sah ihm in die Augen.
«Versprochen?»
«Versprochen.»

Eine Stunde später klopfte Jan Wikholm an die Tür jenes Mannes, den er, wenn es ihm passte, seinen Chef nannte, den er im Übrigen aber möglichst ignorierte. Carl von Konow. Der Silberlöffel in seinem Mund saß so tief, dass er fast schon wieder zum Hintern herauskam.

Auf seiner Visitenkarte stand Geschäftsführer, auf dem Stammbaum Sohn von Charles Gustaf Uno Falkman und Maria Eleonora von Konow. Und auf seiner Stirn, nördlich seines vorstehenden Kinns und seiner geraden Nase, stand die Zusammenfassung: Oberschicht.

Von Konow war geradewegs dem Riddarhuset entsprungen. Seine Familie hatte mittels einer ihrer nach Pferdemist stinkenden Stiftungen, der es nicht gelungen war, ihre Mittel unter den Bedürftigen zu verteilen, eine Ecke der Zeitung gekauft. Dort hatte von Konow eine Stimme und diente gleichzeitig als Dekoration.

Es war gut, einen Mann an der Stelle zu haben, wo die Nachrichten ausgewählt wurden. Es gibt viele Dinge, die gut zu haben sind, dachte Jan Wikholm kopfschüttelnd, während er sich nach einer Zigarette sehnte und überlegte, warum er eigentlich aufzuhören versuchte.

Wikholm reichte eine Plastikmappe über den Tisch, die Kopien der Unterlagen enthielt, die ihm Annie ausgehändigt hatte, um ihn davon zu überzeugen, ihr mehr Zeit und Mittel zur Verfügung zu stellen. In der Mappe lag auch der Entwurf eines ersten Artikels.

«Hier sind die Unterlagen, von denen ich gesprochen

habe», sagte Wikholm. «Schau dir das hier mal an und entscheide, ob weitergemacht werden soll oder nicht.»

Von Konow nahm die Mappe und legte sie auf seine Knie. «Und was findest du?»

«Ich hätte nichts dagegen, wenn der Sache auf den Grund gegangen würde, bin mir aber nicht sicher, ob ich bei der Enthüllung Chefredakteur sein möchte.» Er war Zeitungsmann und hatte für Kamikaze nichts übrig. Das war immer schon so gewesen, und er saß schon recht lange auf seinem Posten. Zahlte seine Steuern. Hatte sein Auskommen. Hatte gelegentlich eine Affäre. Mehr nicht. Aber er verabscheute auch solche Menschen, denen Annie Lander auf der Spur war.

«Hieb- und stichfest?»

Wikholm zuckte mit den Achseln. «Das ist ja eine alte Geschichte. Schon vor Jahren hat mir ein Bekannter, der beim *Expressen* in der Polizeiredaktion gearbeitet hat, davon erzählt. Ich glaube, jede Redaktion hat von diesen Gerüchten schon einmal gehört. Aber Annie hat etwas Neues herausgefunden. Nichts Gutes.»

«Und der Grund, warum wir weitermachen sollten?»

«Das verstehst du, wenn du es gelesen hast.»

«Ist die Sache heikel? Egal, was wir tun – bringen wir die Story, haben wir eine Verleumdungsklage am Hals. Bringen wir sie nicht, heißt es, wir ließen uns beeinflussen.»

«Deshalb bist du vermutlich Geschäftsführer, von Konow», sagte Wikholm und ging zur Tür, «weil du so verdammt schlau bist.»

Carl von Konow öffnete die Mappe und begann zu lesen. Die Unterlagen, die er vor sich hatte, würden nur Probleme mit sich bringen. Plötzlich ahnte er, warum Martin Hellsten am Vormittag mit ihm hatte reden wollen.

Auch Carl von Konow war zu Ohren gekommen, dass Wirtschaftsbosse und Politiker Feiern mit Prostituierten veranstalteten. Darüber wurde nicht unbedingt offen gesprochen, aber unter den genannten Namen waren auch Männer aus seinem eigenen Club. Es hieß ferner, dass diese Feste manchmal ausarteten. Dass manche Männer «spezielle Wünsche» hatten. Offenbar waren diese Gerüchte auch zu Annie Lander vorgedrungen, und sie hatte sich darum bemüht, eine konkrete Spur zu finden. Wie diskret sie auch vorgegangen sein mochte, die Beteiligten waren wahrscheinlich darauf aufmerksam geworden, dass eine Journalistin Fragen stellte. Er konnte sich keinen anderen Grund vorstellen, warum der Anwalt der Familie Droth sonst mit ihm sprechen wollte. Es drängte sich die Schlussfolgerung auf, dass Annie Lander etwas aufgespürt hatte, was gewisse Leute in gewissen Positionen für sich behalten wollten. Er wusste nicht, welche Spur sie verfolgte, und auch nicht, ob ihre Behauptungen zutrafen, aber er war sich sicher, dass er nichts mit einer Sache zu tun haben wollte, die mehr kostete, als sie einbrachte.

Annie blieb vor dem Jazzclub stehen. Die Fenster waren beschlagen. Auf der kleinen Bühne saß Max, wie immer, aber schöner denn je. Gedämpfte Musik drang nach draußen. Er spielte auf der gelben Gitarre, die sie ihm geschenkt hatte, und vielleicht dachte er hinter seinen geschlossenen Augen gerade an sie beide und daran, wie ihr Blick bei ihrer ersten Begegnung auf ihm geruht hatte, als sie ihn von ihrem Tischchen aus angesehen hatte. Sie schreckte aus ihren Gedanken auf, als plötzlich ein Mann in beigem Mantel neben ihr auftauchte und die Tür öffnete. Er sah sie an, zögerte einen Augenblick, als wolle er fragen, ob sie auch in die Wärme wolle, und trat ein. Irgendetwas hielt Annie davon ab, einzutreten und Max zuzuwinken, als Max den Luftzug von draußen spürte und hochschaute. Es ging nicht um ihn oder sie, sondern um alles um sie herum: die Welt. Sie hatte ihre Haken nach Annie und Max ausgeworfen und zog sie mit jedem Tag weiter voneinander weg. Sie fragte sich, wann das ein Ende nehmen würde.

NEUE LÜGEN UND ALTE WAHRHEITEN

1

«Nur ein lausiger Tropfen», zischte Johan Droth und blickte auf die glatte Wasseroberfläche in der Toilette, die ihn zu verhöhnen schien. Stirnrunzelnd betrachtete er sich im Spiegel. Er nahm sich vor, den Hausmeister zu bitten, ihn abzuhängen, damit er sich nicht bei jedem Toilettenbesuch selbst ins Gesicht sehen musste. Er hielt sich aufrecht, hatte volles Haar, einen festen Blick und einen festen Händedruck. Er trug einen schwarzen Zweireiher von Cordings, seiner englischen Lieblingsmarke. Seine Hemden waren immer weiß und gestärkt, dazu trug er eine cremefarbene Seidenkrawatte. Er fand sich für seine fast siebzig Jahre verdammt gutaussehend. Aber die Krankheit war unbestechlich, und die entwürdigende Macht der Natur über das Leben brachte sich unerbittlich in Erinnerung, als er versuchte, einen ersten Tropfen herauszupressen. Sein Leiden hatte sich in den letzten Monaten verschlimmert. Er schluckte seine Medikamente, konnte aber kaum noch Wasser lassen, und die Rückenschmerzen waren betäubend. An manchen Tagen blieb er vor der Kloschüssel stehen, bis seine Beine schmerzten, und wünschte sich, der Krebs hätte sein Gehirn befallen, dann wäre es ihm zumindest erspart geblieben, dieses Elend bei vollkommen klarem Verstand zu erleben.

Er gab auf, betätigte die Spülung, wusch die Hände und stützte sich auf den Waschbeckenrand. Er atmete tief durch und sah, dass ihm ein Schweißtropfen über die Stirn lief. Er zog sein Taschentuch mit dem Familienwappen aus der Tasche, wischte den Schweißtropfen weg und legte den weichen Stoff auf seine Unterlippe, um das unsichtbare, deutlich spürbare Zittern zu mindern. Wenn herauskam, dass er krank war, würde das Chaos ausbrechen. Einige von denen, die er als seine Vertrauten ansah, würden sich auf ihn stürzen wie Wölfe auf ein verletztes Rehkitz. Auch seine Feinde würden mit ihren Angriffen nicht auf sich warten lassen. Wahrscheinlich würden sie üble Gerüchte darüber in Umlauf bringen, wie schlecht er dran sei und auf welch unwürdige Weise er sich das Leiden zugezogen hatte, das ihn Verstand und Leben kosten würde. Vielleicht würden sich einige erdreisten zu behaupten, er sei ein Päderast und habe sich durch seine nächtlichen Aktivitäten die Schwulenpest zugezogen. Wenn diese Gerüchte ein entsprechendes Ausmaß erreicht hatten, würden sie jemanden aus seinem Umfeld dazu verdonnern, ihn zu liquidieren. «Aus Barmherzigkeit», würden sie sagen, falls Überredung oder Zustimmung nötig sein sollte. «Wenn er auf dem Totenbett über sein Erdendasein Rechenschaft ablegen will, ist es völlig offen, wem er was erzählt. Wieso sollten wir dieses Risiko eingehen?» Er kannte sie gut und wäre genauso verfahren. Die Mitglieder des Clubs würden seinem Abgang im Stillen applaudieren und niemals zugeben, ihn gekannt zu haben. Die Beweise ihrer zahlreichen Vereinbarungen würden sich rasch vernichten lassen. Die Schließfächer in der Enskilda Banken würden nach der Nachricht von seinem Tod ungewöhnlich häufig aufgesucht werden, und in sämtlichen offenen Kaminen in den großen Wohnungen in der Villagatan würden Dokumente verbrannt werden, denen gemeinsam war, dass er seine Unterschrift daruntergesetzt hatte. Die Clubmitglieder trugen bedeutende

Namen und Siegelringe, hatten blaues Blut und Zeugnisse von den feinen Schulen, aber darüber hinaus begriffen sie nichts. Er hegte keinerlei Sympathien für sie, und er wollte ihnen die Freude und Erleichterung nicht gönnen, die sein Ableben bedeuten würde. Jenen, die die Kunst beherrschten, ihn mit einem Blick anzusehen, in dem sich sowohl Verachtung als auch Furcht spiegelten, und gleichzeitig zu lächeln, wollte er das Vergnügen nicht lassen, bei der Lektüre seines knapp bemessenen Nachrufs amüsiert die Augenbrauen hochzuziehen und diskret auf bessere Zeiten anzustoßen. Er war nicht bereit, das Handtuch zu werfen. Wenn der Tod an die Tür klopft, dann greif zu deinem Gewehr, hatte ein weiser Mann gesagt. Nicht einmal seine Nächsten wussten, dass er sich von einem Ärzteteam der Uniklinik Freiburg in Süddeutschland behandeln ließ, die er in drei Stunden mit dem Auto von seinem Haus in Luxemburg erreichte. Es gebe Hoffnung, behaupteten die Ärzte. Der Krebs sei zwar nicht abgegrenzt, habe aber noch nicht in die Knochen gestreut. Vielleicht erhielten alle armen Teufel, die sie gezwungenermaßen aufsuchten, diesen Bescheid, aber er hoffte, dass sie die Wahrheit sagten, denn er musste noch eine Weile am Leben bleiben.

Er gab sich einen Ruck und warf einen entschuldigenden Blick in den Spiegel, weil er so in Gedanken gewesen war. Er hatte einige schlaflose Nächte hinter sich, und die Grübeleien hatten ihn ermüdet. Er brauchte seinen Schlaf. Er bildete sich außerdem ein, dass ihn seine Medikamente reizbarer machten. Nun gut, dachte er, es ist, wie es ist. Hör jetzt auf zu jammern. Er rückte seinen Hemdkragen zurecht und ging in das Zimmer, in dem Buster wartete.

Der Club, der Herrenbund, war für Johan Droth wie ein zweites Zuhause. Er existierte seit 1800, einer Zeit also, die sie alle als die «gute alte Zeit» bezeichneten. In der Broschüre war nachzulesen, dass es damals weder Stress noch Termindruck gegeben habe, weder im Wörterbuch noch in der Wirklichkeit, als Gentlemen mit Zylinderhüten, Stehkrägen und einer Perle in der Krawatte nach verrichteter Arbeit zum Club spazierten, um sich für ein paar Stunden zu entspannen. Immer mit einem Glas Whisky Soda in Reichweite. Johan Droths Vater war seit dem Krieg Mitglied gewesen. Er selbst war mit dreißig beigetreten, und Buster hatte die drei nötigen Empfehlungen im Alter von fünfundzwanzig Jahren erhalten. Ein Club dieser Art erfüllte einen wichtigen Zweck, da er Männern aus Politik und Wirtschaft einen angemessenen und diskreten Treffpunkt bot. Hier konnte er am selben Tag den ehemaligen Chef des militärischen Geheimdienstes, den Chef von Volvo, den Geschäftsführer der größten Tageszeitung, den Parteichef der Moderaten und den Regierungspräsidenten von Stockholm treffen. Hier konzentrierte sich die Macht, die sie benötigten.

«Hier beim Herrenbund werden seit langem Beschlüsse gefasst», hatte er Buster mitgeteilt, als sie zum ersten Mal allein dort gewesen waren. «So funktioniert das, egal, wohin man kommt. Daher ist es äußerst wichtig, in den richtigen Clubs Mitglied zu sein, Buster. In London ist es der Savile Club in der Brooke Street, in New York gehen wir mit unseren Beratern zum Lunch in den Lotos, und wenn wir in Brüssel sind, in den Königlichen Automobil Club. In Schweden muss man dem Herrenbund angehören, und der Grund dafür ist die Mischung von Leuten aus Politik und Wirtschaft. Die Politiker in der Tasche zu haben war für uns immer von großer Bedeutung. Schließlich wurde in diesem Raum der Beschluss gefasst, die Innenstadt von Stockholm zu modernisieren. Das, was man später die Regulierung Norrmalms genannt hat.»

«Als das Klara-Quartier abgerissen wurde?»

«Genau. Das war 1948. Ich war ein paar Jahre jünger als du jetzt und saß auf dem Sessel da drüben neben dem offenen Kamin und hörte zu, wie dein Großvater mit den ranghöchsten Politikern der Stadt sprach. Die Sache war ein phantastischer Erfolg für uns. Wir etablierten uns in neuen Branchen und erhielten Einfluss auf die wichtigen Gewerkschaften. Das war das Beste, was passieren konnte. In Palermo lief das genauso. Dort ist die Rede davon, Palermo abzuschlachten.»

Im offenen Kamin in der Ecke knisterte ein Feuer. Tiefe, schwarze Ledersessel umstanden runde Tische aus dunklem Holz. In einem Sessel saß Buster mit dem Rücken zur Tür, seit einer Viertelstunde schon. Johan Droth ließ sich ebenfalls in einen Sessel sinken, schlug die Beine übereinander, zog die Bügelfalten gerade und trank einen Schluck Whisky aus dem Glas auf dem Tisch. Er schloss die Augen, spürte die Wärme im Hals und leckte die letzten Tropfen mit der Zunge von den Lippen, ehe er die Augen wieder öffnete und auf seinem Sohn ruhen ließ.

Buster war 37 Jahre alt. Er hatte eine sonnengebräunte, leicht gerötete Haut, das Haar zurückgekämmt und war schlecht rasiert. Johan Droth vermutete, dass er im Solarium gewesen war. Vielleicht besaß er sogar selbst eines. Er war immer noch Junggeselle. Seine Augen waren blau wie der Himmel und durchdringend wie ein Gewitter. Sein Jackett hing über der Stuhllehne. Er trug dunkelblaue Hosenträger und ein weißes Hemd ohne Krawatte. Johan wäre es lieber gewesen, wenn er sich etwas diskreter gekleidet hätte. Seine Mutter stammte aus Glasgow, und wahrscheinlich hatte ihn sein schottisches Blut geprägt. Er war empfindsam und manchmal zu aggressiv und impulsiv. Johan Droth hatte ihn zu besonnenem, emotionsfreiem Handeln erzogen. In seiner frühen Jugend war Buster Johan wie die Erfüllung seines Gebets um einen brauchbaren Erben erschienen. Aber dann war es doch anders gekommen. Sein Sohn hatte das Geschäft und die Kniffe gelernt, hatte aber auch einen starken und eigenen Willen entwickelt. Vielleicht zu viel eigenen Willen, um ein Geschäftsimperium zu verwalten, das noch zu seinen Lebzeiten hundertjähriges Bestehen feiern würde. Johan Droth unterstützte Eigeninitiative, forderte aber auch bedingungslosen Gehorsam, der Buster sehr schwer fiel. Das war auch einer der Gründe, warum sie sich jetzt gegenübersaßen.

«Ein amerikanisches Konsortium hat mir einen Vorschlag unterbreitet», begann Buster.

«Leute, die wir schon kennen, vermute ich?»

Buster nickte. «Verschiedene Interessenten, darunter ein paar Familien aus New York.»

Johan Droth zog die Brauen hoch. «Warum haben sie sich an dich gewandt? Wäre es nicht naheliegender gewesen, mit Ruben zu sprechen? Sie wissen, dass er mit uns zusammenarbeitet und der Ansprechpartner für allfällige Geschäfte ist.»

Buster zuckte mit den Achseln. «Ja, vielleicht, aber jetzt haben sie jedenfalls bei mir angerufen.»

Johan Droth schob die Unterlippe vor und nickte nachdenklich. «Und was veranlasst diese New Yorker Familien, sich an ihre alten Freunde in Schweden zu wenden?»

«Sie wollen Geld leihen.»

«Was hält sie davon ab, zu einer Bank zu gehen?», fragte Johan Droth spaßeshalber, da er bereits wusste, dass das nicht in Frage kam.

Buster biss sich auf die Oberlippe und kniff die Augen zusammen. «Es geht um eine große Summe, und sie benötigen sie in cash.»

Johan Droth sah ihn belustigt an und schwieg.

«Zehn Millionen Dollar», fuhr Buster nach einer Weile fort. «Von den Zinsen war noch nicht die Rede, aber wir können davon ausgehen, dass sie besser sind denn je.»

«Was du nicht sagst», erwiderte Johan Droth verblüfft. «Wenn jemand zehn Millionen Dollar in bar leihen will, dann setzt doch wohl nicht der Schuldner den Zinssatz fest. Wozu brauchen sie das Geld eigentlich?»

«Das weiß ich nicht», erwiderte Buster. «Ich hielt es nicht für angemessen, diese Frage zu stellen.»

«Dann will ich dir das mal erklären», sagte Johan, beugte sich vor und stützte die Arme auf die Knie. «Unsere Freunde vom Konsortium wollen sich eine große Summe von Leuten leihen, die über Schwarzgeld verfügen, das im System nicht existiert. Sie wollen das Geld investieren, um ihrerseits Schwarzgeld zu erzeugen, mit dem sie dann die Zinsen zahlen.» Er lehnte sich zurück. «Es gibt gute Dinge, in die man sein Schwarzgeld investieren kann, aber es gibt auch schlechte. Davon hängt unsere Antwort ab.»

«Wovon?», wollte Buster wissen.

«Von dem Verwendungszweck. Wenn sie das Geld zu noch höheren Zinsen weiterverleihen wollen, dann ist das kein Problem für uns. Wenn sie damit in großem Stil Drogen kaufen wollen, dann lautet die Antwort nein.»

«Macht das für uns einen Unterschied?»

«Nein.»

«Was spielt es dann für eine Rolle?»

«Die Antwort auf diese Frage kennst du, Buster. Sie ist, seit es dich gibt, immer die gleiche: Wir beteiligen uns nicht an solchen Geschäften. Punkt.»

Buster erhob sich hastig. «Im Krieg haben wir Züge mit deutschen Truppen durch Schweden geschleust. *Unsere* Familie hat Eisenerz nach Deutschland verkauft, und wir wussten, was damit gemacht wurde. Wo ist da der Unterschied?»

«Das war damals», antwortete Johan Droth ruhig. «Jetzt ist heute. Fertig diskutiert. Frag sie, wozu sie das Geld brauchen, und erst dann fasse ich einen Beschluss.»

Buster starrte zu Boden: «Das war nicht ganz die Antwort, die ich erhofft hatte.»

«Und was hattest du dir erhofft?»

«Dass du sagen würdest, super, Buster, du tust dein Möglichstes, um der Familie Geld einzubringen. Übernimm die Verantwortung und herzlichen Dank für deinen Einsatz.»

Johan Droth lachte. «Du übernimmst keine Verantwortung, Buster. Du bist mein Sohn. Aber du trägst keine Verantwortung. Ich bin der Chef dieser Familie. Ich entscheide, was getan wird. Bilde dir bloß nichts ein. Hast du das verstanden?»

Buster setzte sich erneut, stützte das Kinn in die Hände und nickte langsam.

Johan Droth hatte ein Imperium geschaffen, das zu überblicken unmöglich war. Das hatte steuerliche Gründe und diente nicht dem Zweck, Gelder für kriminelle Aktivitäten zur Verfügung zu haben. Das Zentrum bildete eine Stiftung in Holland. Dieser Stiftung gehörte eine Holdinggesellschaft, ebenfalls mit Sitz in Holland. Der Holding gehörten die Firmen. Von der Holding flossen Gelder in andere Gesellschaften in Luxemburg, beispielsweise Vergütungen für Patente. Die Gesellschaft in Luxemburg gehörte einer Firma mit Sitz auf den Antillen. Diese wurde von einer Verwaltungsgesellschaft auf Curaçao kontrolliert. An den Gesellschaften, in die Einblick gewährt wurde, besaß Droth keine Anteile. Er kontrollierte die Stiftung und die Gesellschaft auf Curaçao, und hier konzentrierte sich die eigentliche Macht, deren er sich nicht für Drogengeschäfte zu bedienen gedachte. Die Summe, die das Konsortium in New York leihen wollte, stellte kein Problem dar, sofern der Zinssatz stimmte. Der Verwendungszweck beunruhigte ihn. Er war kein Idealist, und im Lauf der Jahre hatte er Geld für verschiedene lichtscheue Zwecke verliehen. Das lag in der Natur der Sache, da legitime Kreditnehmer eine normale Bank aufsuchen konnten. Johan Droth war immer ein absoluter Drogengegner gewesen, und kein Geld der Welt konnte daran etwas ändern.

Johan Droth tastete in der rechten Jacketttasche nach seinen Zigarillos. Als er merkte, dass die Tasche leer war, erinnerte er sich wieder daran, dass er nicht mehr rauchte. Er legte die Arme wieder auf die Sessellehnen und nickte, als wollte er sich selbst bestätigen, wie vernünftig dieser Entschluss gewesen war. Er nahm eine aufrechte Sitzhaltung ein, leerte sein Glas und wischte sich einen unsichtbaren Tropfen vom Kinn. Er musterte mit zusammengekniffenen Augen seinen Sohn und versuchte, seine Gedanken zu erraten.

«Unsere Tätigkeit baut auf Wissen und einfache Prinzipien», begann er. «Wir wissen, auf welchen Gebieten unsere Stärken liegen; auf diesen betätigen wir uns, von den anderen lassen wir die Finger. Wir kennen uns in der Industrie aus. Wir kennen uns in der Sicherheitsbranche aus. Wir kennen uns mit den Gewerkschaften aus. Wir beginnen nicht plötzlich, Handys zu produzieren. Auch von Arzneimitteln lassen wir die Finger. Wir investieren unser Geld und unseren Einfluss nicht in die falschen Geschäfte. All das solltest du wissen. Vor allem du, da du an meiner Seite groß geworden bist.»

«Ich weiß das», antwortete Buster und sah ihn versöhnlich an. «Ich wollte nur meinen Teil dazu beitragen.»

Johan Droth nickte langsam und sah in seinem Sohn plötzlich den kleinen Jungen, der er einmal gewesen war und der es seinem anspruchsvollen Vater recht machen wollte. «Genug davon, Buster. Unten wird das Essen serviert. Lass es uns genießen, ohne an Geschäfte zu denken.»

«Natürlich», erwiderte Buster, stand auf und reichte seinem Vater die Hand, sah ihn an und dachte, dass er geschrumpft sei. Wie er über sein Glas gebeugt dasaß, wirkte er klein, als hätte sich sein Skelett zusammengezogen, jedoch nicht seine Haut. Wie ein verletztes Vogeljunges, das wusste, dass es auf andere angewiesen war, um zu überleben. Ihn durchströmte plötzlich ein Gefühl der Macht. Als er Johan in die Augen schaute, wusste er, dass auch dieser verstand. Buster hatte Gerüchte von den Dienstboten in Luxemburg gehört. Johan habe einen Arzt in Deutschland konsultiert. Bedachte man, wie oft er die Toilette aufsuchte, lag die Vermutung nahe, dass er an Krebs erkrankt war. Buster war einer der Haupterben; wenn Johan also wusste, dass seine Tage gezählt waren, und wenn sie sich in wichtigen Fragen nicht einig waren, dann würde er bald einen entscheidenden Zug tun. Und vielleicht sein Testament ändern.

Johan ergriff Busters Hand, und dieser half ihm auf. Als sie sich gegenüberstanden, lächelte Buster seinen Vater an und dachte, der wird sich noch wundern, wenn er merkt, dass ich, sein Thronerbe, die ganze Zeit schon die Nase vorn hatte.

Auf dem Heimweg rief Johan Droth Martin Hellsten von einer Telefonzelle aus an. Er bat ihn, für den folgenden Tag eine telefonische Besprechung mit Ruben Martinez in New York zu vereinbaren.

2

«Nennen Sie mir einen guten Grund, warum ich nicht Carl von Konow anrufen soll, damit er Sie feuert.» Jan Karlvik stürmte in sein Büro zurück. Annie saß auf dem Besucherstuhl vor seinem Schreibtisch. Vor zehn Minuten hatte er sich höflich entschuldigt, das Interview unterbrochen und den Raum verlassen. Fünf Minuten später war er zurückgekehrt, jedoch mit keinen guten Nachrichten.

«Ich weiß nicht, wovon Sie sprechen», sagte Annie, um Zeit zu gewinnen.

Jan Karlvik ging um den Schreibtisch herum und nahm wieder Platz. «Sie haben mich hinters Licht geführt, und ich will wissen, warum.»

«Das stimmt nicht», versuchte sie.

«Wie kommt es dann, dass ich bei Ihrer Zeitung anrufe und mir gesagt wird, dass Sie im Polizei- und nicht im Wirtschaftsressort arbeiten? Sie behaupteten, für den Wirtschaftsteil zu schreiben, als wir den Termin vereinbart haben.»

Sie senkte den Blick.

«Ich habe ein Gespür dafür, wenn jemand nicht die Wahrheit sagt.»

Sie verfluchte sich, weil sie so ungeschickt gewesen war. Sie hatte mit Fragen über seine Karriere eingeleitet und offenbar auf einige seiner Gegenfragen falsch geantwortet, woraufhin er Verdacht geschöpft hatte.

«Und?», fragte er. «Was wollen Sie wirklich?»

«Ich arbeite an einer Sache, in die auch Männer aus der Wirtschaft involviert sind, allerdings nicht Sie. Ich wollte mit jemandem sprechen, der sich in dieser Welt bewegt. Das ist alles.»

«Und was ist das für eine Sache?»

«Das kann ich Ihnen nicht sagen, wenn Sie mir nicht versprechen, Stillschweigen zu bewahren.»

«Überschätzen Sie sich nicht ein wenig, wenn Sie jetzt auch noch Forderungen stellen? Verstehen Sie denn nicht, dass Sie mich in Schwierigkeiten bringen, wenn Sie hierherkommen und versuchen, mich auszuhorchen?»

«Doch.»

«Aber Sie finden es in Ordnung, zu lügen und anderen Menschen das Leben schwerzumachen, um an Ihre Informationen zu gelangen?» Er stand auf, stellte sich hinter seinen Stuhl und fuhr fort, ehe sie antworten konnte: «Ich empfange Sie und beantworte offenherzig Ihre Fragen, und dann? Lese ich meine Worte später in einem ganz anderen Zusammenhang?»

«Das war nicht meine Absicht. Ich hatte nicht vor, etwas über Sie zu schreiben. Ich wollte mir nur ein Bild von dem Großkonzern machen, in dem Sie arbeiten.»

«Aber wenn Sie nichts schreiben, was soll das Ganze dann?»

Sie schwieg.

«Sie schulden mir eine Antwort!»

Schweigen.

Er ging auf die Tür zu. «Zeit für Sie zu gehen. Ich will von Ihnen nie wieder hören. Außerdem werde ich alles, was ich gesagt habe, abstreiten, falls Sie es drucken. Es ist nicht meine Art, mit Kontakten zu drohen, aber wenn Sie meinen Namen auch nur ein einziges Mal erwähnen, dann ruft mein Anwalt Carl von Konow an und sorgt dafür, dass Sie aus dem Dementieren nicht mehr rauskommen.» Er schwieg eine Weile, als würde er über seine Worte nachdenken. «Wenn meine Gegner schmutzige Tricks anwenden, zögere ich nicht, das ebenfalls zu tun.»

«Ich habe vor von Konow keine Angst», sagte sie. Das Tonband lief in ihrer Tasche, und manchmal waren diese Aufnahmen von beachtlicher Qualität.

«Das verstehe ich», antwortete er. «Aber vielleicht ist Ihnen Ihr Ruf wichtig. Sie wollen vermutlich nicht, dass man Sie für einen Menschen ohne Integrität oder ohne Respekt anderen gegenüber hält.»

Sie betrachtete ein Foto auf der Kommode hinter Karlviks Schreibtisch, das vermutlich seine Frau und seine Kinder zeigte. Konnte ein Mann wie Jan Karlvik dem Herrenbund angehören? Ihre Intuition sagte ihr, dass das nicht der Fall war. Sie hätte ihm gegenüber von Anfang an ehrlich sein sollen.

Jan Karlvik öffnete die Tür und hielt die Klinke fest. Annie drehte sich zu ihm um.

Seine Sekretärin schaute herein und fragte: «Brauchen Sie etwas?»

Er sah Annie erwartungsvoll an.

«Also gut», entschied sie. «Schließen Sie die Tür.»

Nachdem er die Tür geschlossen hatte, setzte er sich mit verschränkten Armen hinter seinen Schreibtisch.

«Sie müssen mir versprechen, dass das unter uns bleibt», sagte sie.

«Fair enough», erwiderte Karlvik und nickte. «Aber dann will ich von dieser Begegnung auch nichts in der Zeitung lesen.»

«Kann ich mich auf Sie verlassen?»

Er lachte. «Ich finde, es steht Ihnen wirklich nicht zu, auf diese Frage eine Antwort zu erwarten.» Er schwieg einen Moment. «Aber durchaus, wenn ich mich auf Sie verlassen kann, können Sie sich auch auf mich verlassen.»

Sie atmete tief durch und nahm einen Schluck von dem

Wasser, das ihr gebracht worden war. Sie stellte das Glas wieder auf den Tisch und begann: «Ich beschäftige mich nun schon seit längerem mit Morden an Prostituierten. Vielleicht haben Sie davon in der Zeitung gelesen.»

Er nickte. «Wirklich tragisch.»

«Es deutet einiges darauf hin, dass es sich um den- oder dieselben Täter handelt, obwohl die Leichen in recht großen Zeitintervallen und an verschiedenen Orten gefunden wurden. Entweder waren die Taten geplant oder sind im Affekt verübt worden. Einiges spricht dafür, dass sämtliche Prostituierten zu ein und demselben Netzwerk gehörten und für Privatfeste gemietet werden konnten.» Sie war gespannt, wie Karlvik reagierte.

«Privatfeste?»

«In Clubs. Die Mädchen waren völlig ausgeliefert.»

«Ausgeliefert? Privatfeste? Das müssen Sie mir aber schon genauer erklären. Von welcher Art von Feiern sprechen Sie eigentlich? Von Sexorgien?»

«Die Frauen wurden sexuell missbraucht, zum Teil mit schwerwiegenden Folgen. An diesen Übergriffen waren ganze Gruppen beteiligt, nicht nur Einzelpersonen.»

Karlvik zog die Brauen hoch.

Annie trank einen Schluck Wasser. «Anschließend wurde aufgeräumt und alles so manipuliert, als wäre die Tote an einer Überdosis gestorben. Gerüchten zufolge nahmen an diesen Orgien auch Polizeibeamte und Ärzte teil.»

«Moment», unterbrach Karlvik und hob die Hand. «Sie sagen also, dass diese Männer Prostituierte einladen und sich dann», er suchte nach einer passenden Beschreibung, «an ihnen vergreifen?»

«Ja.»

«Und dass Frauen dabei zu Tode gekommen sind und anschließend alles vertuscht wurde?»

«So lautet meine These.»

«Das klingt vollkommen verrückt. Wer sollte zu so etwas fähig sein?»

Sie schluckte. «Mir liegen Informationen vor, denen zufolge diese Feste unter anderem in einem ganz bestimmten exklusiven Club stattfanden. Dem Herrenbund.»

«Ich kenne diesen Club, ohne selbst Mitglied zu sein», erwiderte er, als wolle er sich von allem distanzieren, was mit dem Club zu tun hatte.

«Ich weiß», erwiderte Annie lächelnd. «Ich habe Einsicht in das Mitgliederverzeichnis.»

«Natürlich.» Karlvik nickte.

«Ich glaube, es gibt einen inneren Kreis mit einer Person, die die Fäden in der Hand hält. Jemand mit Einfluss. So viel Einfluss, dass die anderen schweigen.»

Er lachte. «Jetzt verstehe ich. Sie glauben, dass es sich bei dieser Person um Johan Droth handelt.»

Sie schwieg, was Karlvik als Zustimmung deutete.

Er stützte die Ellbogen auf. Irgendwie wirkte er erleichtert. «Ich bin mir sicher, dass Sie sich irren», meinte er. «Johan Droth führt ein sehr puritanisches Leben. Er ist wirklich kein Mensch, den man mit Dekadenz in Verbindung bringen würde. Er …» Er unterbrach sich, als wäre ihm gerade eingefallen, dass er darüber lieber nicht reden sollte.

«Wie gut kennen Sie Johan Droth?», fragte Annie.

«Ich kenne ihn eigentlich kaum, würde ich sagen.»

Ihr war klar, dass er es vorzog, sich im Zusammenhang mit ermordeten Prostituierten lieber nicht über Johan Droth zu äußern. Ebenso wenig in jedem anderen Zusammenhang.

«Wahrscheinlich haben Sie recht», meinte Annie und verstaute ihren Block in ihrer Tasche. «Aber ich muss allen Spuren nachgehen. Vielen Dank, dass Sie sich die Zeit genommen haben, und entschuldigen Sie bitte den Auftakt. Ich hätte von Anfang an mit offenen Karten spielen müssen.» Sie suchte nach den passenden Worten. «Ich hatte keine bösen Absichten, sondern wollte nur jemanden treffen, der mein Bild vervollständigen konnte.»

«Dann haben Sie hier nicht viel erreicht, fürchte ich.»

«Ich hoffe, dass mein Besuch unter uns bleibt?»

«Mir ist nicht ganz klar, wie ich jemandem davon erzählen könnte, ohne vollkommen verrückt zu wirken. Entschuldigen Sie meine Offenheit.»

«Schon in Ordnung», erwiderte Annie und erhob sich. «Hier ist meine Telefonnummer.» Sie reichte ihm einen Zettel.

«Warum sollte ich Sie anrufen wollen?», fragte er.

«Vielleicht fällt Ihnen ja irgendwann auf, dass die Welt verrückt ist und nicht ich.» Den Arm hatte sie immer noch ausgestreckt. «Auf jeden Fall können Sie mich dann erreichen.» Sie legte ihre Telefonnummer auf Karlviks Schreibtisch und ging zur Tür.

Ein paar Minuten nachdem Annie gegangen war, legte Jan Karlvik den Zettel mit ihrer Telefonnummer in die oberste Schreibtischschublade. Er bat seine Sekretärin, keine Telefonanrufe außer die seiner Frau durchzustellen. Er dachte an die Konferenz auf dem Gutshof zurück. Wenn er sich Johan Droth zusammen mit einer Frau vorstellte, schauderte es ihn.

Als Annie in der Redaktion eintraf, rief Jan Wikholm sie zu sich.

«Wo warst du, Lander? Ich habe dich gesucht.»

«Ich hatte ein Interview. Wieso?», sagte sie und hoffte, dass Karlvik sich an ihre Vereinbarung gehalten hatte.

«Komm», sagte Wikholm, «von Konow hat dir etwas mitzuteilen.» Es war ihm anzumerken, wie sehr ihm diese Worte widerstrebten.

«Schlappschwänze!», brüllte Annie. Speicheltröpfchen landeten neben dem Foto von Carl von Konows Gattin auf dem Schreibtisch. Von Konow registrierte das stillschweigend. Zuerst war Annie erleichtert darüber, dass die Besprechung nichts mit ihrem Besuch bei Jan Karlvik zu tun hatte. Dann wäre es ihr aber fast lieber gewesen. «Ich will wissen, was los ist!»

Von Konow lehnte sich zurück und legte die Fingerspitzen aneinander. «Jetzt beruhige dich erst mal, Annie, und setz dich.»

«Ich will mich nicht setzen.»

«Denk an das Kind.»

«Denk an deinen Ruf.»

Er nickte und warf Wikholm einen raschen Blick zu. «Genau das tue ich, Annie. Die These, ich meine, die du in den Unterlagen aufstellst, die Jan von dir erhalten hat, kann diese Zeitung nicht so ohne weiteres unterstützen. Das Thema ist interessant, zugegeben, aber es gibt zu viele Mutmaßungen, vage Behauptungen von zweifelhaften Personen. Ich möchte deshalb, dass du einen Gang zurückschaltest.»

«Bist du auch dieser Meinung?» Annie wandte sich an Jan Wikholm. Dieser nickte, ohne sie anzusehen. Schweißtropfen perlten auf seiner Oberlippe.

«Und das hat nichts damit zu tun, dass du ebenfalls Mitglied in diesem Club bist?», wollte Annie von Carl von Konow wissen. «Damit, dass du Angst hast, wichtigen Personen unbequem zu werden?»

Von Konow musterte sie. Er hatte vorausgesehen, dass sie ihm diese Frage stellen würde, und sich eine Antwort zurechtgelegt. «Mir ist klar, dass dieser Eindruck sehr leicht entstehen kann. Aber wer mich kennt, weiß, dass bei mir die Politik nie vor der Wahrheit kommt. Ich erwarte nicht, dass du mir glaubst, aber so ist es. Im Übrigen hast du keine Wahl. Ich habe nicht vor, derart leere Behauptungen zu veröffentlichen. Aber deine Glosse über den Tod der schwedischen Unschuld können wir drucken. Der Text ist wirklich gut.»

Bedächtig und wie in Zeitlupe ließ sich Annie auf einen Stuhl vor dem Schreibtisch sinken.

Wikholm beugte sich über sie. «Annie, alles in Ordnung?», fragte er. Sie war außerstande, ihn anzusehen oder ihm zu antworten. Mit Mühe erhob sie sich wieder.

«Ihr wisst genauso gut wie ich, dass sich hinter diesem Material viel mehr verbirgt. Es gibt aber Leute, die nicht wollen, dass wir weiterrecherchieren. Das habe ich die ganze Zeit gewusst. Mir war bislang allerdings nicht klar, dass auch ihr zu den Leuten gehört, die nichts von der Wahrheit wissen wollen», fauchte sie, riss die Tür auf und ging.

Sie packte die Sachen von ihrem Schreibtisch in die Tasche, zog den Mantel an und schaute auf die Uhr. Halb sieben. Sie hätte eigentlich schon zu Hause sein sollen. Sie gaben sich beide Mühe. Das klappte nicht besonders gut.

Sie ging Richtung Malmskillnadsgatan, um Sonja ausfindig zu machen.

3

Annie überquerte langsam und ohne große Hoffnung die Regeringsgatan. Dann bog sie in die Malmskillnadsgatan ein und kam an ein paar lärmenden Teenagern vorbei. Sie hatte gehofft, von Jan Karlvik Insiderinformationen zu erhalten. Nach ihrer Begegnung war ihr jedoch klargeworden, wie naiv das gewesen war und dass sich Johan Droth mit Leuten umgab, die darauf gedrillt waren, nichts preiszugeben. Wenn sie keine direkte Verbindung zwischen Droth und den Mädchen fand, dann hatte sie nichts in der Hand. Keiner der Männer würde reden, und den Frauen glaubte sowieso niemand.

Ihr fiel wieder ein, was der Gerichtsmediziner Cratz in Solna gesagt hatte, bei dem geschmacklosen Versuch vor einem Jahr, als er bei ihr Eindruck schinden wollte. Sie schaute auf die Uhr. Es war kurz nach sieben und von Sonja keine Spur. Annie blieb vor einer Telefonzelle stehen und beschloss, Cratz anzurufen. Er arbeitete häufig auch abends noch und ging immer ans Telefon.

«Annie, das ist aber eine Überraschung.»

Offenbar schmeichelte ihm ihr Anruf. Sie wollte eventuellen Missverständnissen gleich vorbeugen. «Ich hätte eine Frage. Es geht um einen Artikel über Frauenmorde, die nie aufgeklärt wurden.»

«Lass hören», sagte Cratz und klang etwas enttäuscht, weil sie nicht anrief, um mit ihm etwas trinken zu gehen.

«Du hast vor einiger Zeit erzählt, ihr würdet mit einem Unternehmen in England zusammenarbeiten, um die Spuren von Tatorten zu analysieren.»

«DNA-Profile», erwiderte Cratz.

«Genau. Wie funktioniert das eigentlich?»

«Willst du das mehr allgemein wissen, oder interessierst du dich dafür, wie das rein wissenschaftlich funktioniert?»

«Allgemein genügt», meinte sie lachend.

«Dann lautet die Antwort, dass das gefundene Material, beispielsweise Blut, Speichel oder Sperma, analysiert wird. Es handelt sich ganz einfach um eine biologische Spur, ein DNA-Profil ist die DNA-Kombination bestimmter untersuchter Teile des Erbguts und für jedes Individuum einzigartig.»

«Es handelt sich also um ein sicheres Beweismittel?»

«Wenn man über eine ausreichend große Menge sichergestellten Materials verfügt und es gegen eine ausreichend große Menge von Individuen abgleicht, dann ja. Aber die Technik ist noch nicht ausgereift.» Er verstummte. «Aber unter uns gesagt, ist man schon weiter, als man zugibt. Jedenfalls haben die englischen Kollegen mir diesen Eindruck vermittelt.»

Die DNA-Technik sei nicht so sicher, wie man es sich erhoffe, und ein einziger Fehler könne ihr Ende bedeuten, ihre Glaubwürdigkeit vernichten. Daher wagten die Kollegen sich noch nicht so weit vor. Cratz hatte den Labors Trace Diagnostics in Abingdon in Oxfordshire bereits mehrere Male einen Besuch abgestattet, und nach Feierabend war im Pub immer hitzig diskutiert worden.

War es moralisch verantwortbar, eine Technik zurückzuhalten, mit der sich Sexualstraftäter zwar nicht überführen ließen, Unschuldige jedoch von einer Ermittlung ausgeschlossen werden konnten, oder mit deren Hilfe Ermittler bedeutende Hinweise oder entscheidende Beweise erhalten konnten? Den moralischen Aspekt, habe der englische Kollege gemeint, könne man in das Reich der Fabel verweisen. Da hatten sie schon einiges intus gehabt.

«Um das mal zusammenzufassen», fuhr Annie fort. «Falls bei den ermordeten Prostituierten Blut oder Sperma sichergestellt worden wäre und dir die Blut- oder Spermaprobe eines Verdächtigen vorläge, könntest du mit einem solchen Test feststellen, ob er sich in der Nähe des Opfers befunden hat?»

«Ja. Aber bei den toten Prostituierten, die du meinst, gibt es ein Problem.»

«Und zwar welches?»

«Sie waren vollkommen spurenfrei, was nur zwei Schlüsse zulässt: Entweder haben wir es mit einem kaltblütigen Mörder zu tun, der es nicht eilig hatte, die Leiche loszuwerden, oder der Mörder hat sich von jemandem helfen lassen, der genau weiß, wonach wir suchen.»

«Verdammt», sagte Annie.

«Es gibt allerdings eine Ausnahme», meinte Cratz.

«Ja?»

«Diese Information stammt nicht von mir.»

«Du kannst dich auf mich verlassen, das weißt du doch.»

«Ich würde das auch niemand anders anvertrauen», erwiderte Cratz zögernd. «Ich weiß eigentlich gar nicht, warum ich mich auf so etwas einlasse, schließlich darf ich dich auch nie einladen.»

«Du weißt doch, dass ich verheiratet bin. Entweder du erzählst es mir aus alter Freundschaft, oder du lässt es», entgegnete Annie.

«Bei einem Opfer lag ein Kondom im Magen», sagte Cratz rasch, damit sie nicht auflegte. «Das Mädchen, das in Rosersberg gefunden wurde, hatte ein Kondom im Magen.»

«Und wie ist das dort hingeraten?», wollte Annie wissen.

«Lass deiner Phantasie freien Lauf», antwortete Cratz und hüstelte. «Nun, lass mich eine Hypothese aufstellen. Bei der jungen Frau handelt es sich um eine Prostituierte. Sie befriedigt einen Freier, der ein Kondom benutzt, mit dem Mund. Er verwendet das Kondom entweder, um sich vor Krankheiten zu schützen oder um keine Spuren zu hinterlassen. Wie auch immer, das Kondom lag im Magen, und was wichtiger war: Es war benutzt.»

«Wenn euch also biologisches Material eines Mannes vorläge, könntet ihr testen, ob er es war ...» Sie verstummte.

«Ich wusste gar nicht, dass du so prüde bist, Annie.» Cratz lachte. «Falls der Schluss deines Satzes lauten sollte, der das Kondom getragen hat, dann lautet die Antwort ja.»

«Was fehlt dir also, um diesen Test durchzuführen?»

«Das ist doch wohl klar: DNA-Material dieses Mannes.»

4

Gewöhnlich begab sich Jan Wikholm nur freitags in den Presseclub, aber jetzt saß er bereits mit dem zweiten leeren Glas vor sich dort. Sein Blick schweifte über die Gemälde bedeutender Zeitungsleute, die er bewunderte. Pioniere und legendäre Gestalten aus allen Epochen. Er hatte sich stets ihres Erbes würdig erachtet. Bislang zumindest. Noch nie hatte er so sehr um seinen Job gebangt, dass er jemand anders im Stich gelassen hatte. Er bestellte noch ein Bier, aber das würde auch nichts helfen. Nicht einmal ein richtiges Besäufnis würde seinen Schädel durchputzen. Auf der Erde verlief eine Trennlinie. Er stand auf der falschen Seite, und es gab keinen Weg zurück.

Der Tod der schwedischen Unschuld
von Annie Lander

Das Königreich Schweden ist ein sicheres Land, ein unschuldiges Land, ein Land der Gleichheit, in dem Straftäter in fairen Gerichtsverhandlungen gerechte Urteile erhalten. Oder etwa nicht? Glauben wir wirklich diese offensichtliche Lüge? Oder schließen wir alle unsere Augen und drücken ganz fest die Daumen, in der Hoffnung, dass dieser nationale Bluff nicht auffliegt? Wenn uns Nachrichten über Ungerechtigkeiten außerhalb unserer Grenzen erreichen, über Schauprozesse und einflussreiche Persönlichkeiten, die trotz erdrückender Beweislast freigesprochen werden, dann heben wir gerne einen mahnenden Zeigefinger, schütteln angesichts der Macht des Geldes und des Einflusses sofort den Kopf und bedauern die Unfähigkeit der Umwelt, sich die Gleichheit aller Menschen ins Gedächtnis zu rufen. Dann klopfen wir uns gegenseitig auf die Schulter, weil wir Schweden so viel klarer sehen. Ich frage mich: Wann wachen wir auf? Wann sehen wir ein, wie es um uns selbst steht?
Ich zweifle an der schwedischen Unschuld. Ich glaube, dass die schwedische Oberschicht von den Regeln und Konventionen der anderen ausgenommen ist. Man könnte diesen Umstand mit diplomatischer Immunität vergleichen. Die auserwählten Familien, es handelt sich um weniger als ein Dutzend, könnten ungeschoren Taten begehen, die im Normalfall Anklagen und schwere Strafen zur Folge hätten. Es geht um Menschen, die sogar mit einem Mord davonkommen. Kann das möglich sein, wird sich der Leser denken, dass Menschen in Schweden, in unserem Rechtsstaat, ungestraft einen Mord begehen können? Ich glaube, die Antwort lautet ja.

Seit Anfang der achtziger Jahre sind mehrere junge Frauen in Stockholm tot aufgefunden worden, ohne dass der Täter gefasst werden konnte. Diese Frauen hatten mehrere Gemeinsamkeiten: Sie waren Prostituierte. Sie waren unter dreißig. Sie wurden in Parks oder Wäldchen gefunden. Sie waren unbekleidet, als sie entdeckt wurden. Sie waren nicht am Fundort ums Leben gekommen. Ausführlich habe ich Prostituierte in Stockholm befragt und viel Zeit mit ihnen verbracht. Unter anderem auf der Malmskillnadsgatan, aber auch in ihren Wohnungen oder Wohnheimen. Sie haben mir eine erschreckende Wirklichkeit beschrieben und von Freiern aus der Oberschicht gesprochen. Männern, die sich allein oder mit Kollegen oder Freunden Prostituierte in ihre Wohnungen oder Hotelzimmer bestellen und mit ihnen nach Gutdünken verfahren; Männern, die der Auffassung sind, dass alles nur eine Frage des Geldes ist. Sie leben ihre Phantasien an Prostituierten aus, für die sie mit einem Hunderter extra bezahlen. Werden die Frauen verletzt, zieht das keine Klage nach sich, verschwindet eine dieser Frauen, wird sie von niemandem vermisst. Wie ist das möglich?
Ich glaube, dass wir die Wahrheit über diese Verbrechen nicht sehen, weil wir sie nicht sehen wollen. Vielleicht auch, weil es jemanden gibt, der nicht will, dass wir sie sehen. Ich bin jedenfalls davon überzeugt, dass es Beweise gibt. Jetzt ist nur noch ein Mensch mit offenen Augen vonnöten. Ein Mensch, der mutig genug ist, von Macht, Reichtum und Status abzusehen, der die Courage hat, sich für die ermordeten Prostituierten einzusetzen. Wir behaupten immer, dass es in Schweden, in unserem sicheren und gerechten Land, viele solcher Menschen gibt. Ich frage mich nur, wo?

5

Von Konow hatte Annies Artikel tatsächlich gedruckt, obwohl sie nicht ihre Zustimmung dazu erteilt hatte. Außerdem hatte er die Passagen gestrichen, die von dem zweifelhaften Vorgehen der Polizei, der Staatsanwaltschaft und der lichtscheuen Clubs handelten. Carl von Konows Clubs. Etwas anderes hatte sie auch gar nicht erwartet, wobei sich die Frage stellte, ob er auf Anweisung handelte. Annie war von Wikholm enttäuscht, aber nicht sonderlich erstaunt. Sie hatte ihm bei der Besprechung angesehen, dass er nicht den Schneid haben würde, sich für sie einzusetzen. Er hatte Angst. Vielleicht wollte er seine Stelle nicht verlieren, vielleicht gab es einen anderen Grund. Aus Angst hängte er sein Mäntelchen nach dem Winde. Sie war ihm am Morgen auf dem Gang begegnet und hatte seinen Gruß nicht erwidert. Ihm war anzusehen gewesen, dass er sich selbst verabscheute und dass er am Vorabend im Presseclub ordentlich über die Stränge geschlagen hatte. In der Hoffnung auf eine Unterredung trat er an ihren Tisch. Sie bat ihn, diese auf den folgenden Tag zu verschieben. Wikholm war verkatert und wagte es nicht, ihr zu widersprechen. Sie wollte ihn nicht in ihrer Nähe, damit er nicht merkte, dass sie etwas plante. Er hatte ein gutes Gespür dafür. Sie brauchte die ganze ihr zur Verfügung stehende Zeit, um etwas Druckreifes zustande zu bringen. Einen Text, der alle Männer mit schmutziger Phantasie aus ihren Löchern locken und sie dazu bringen würde, Klage gegen die Zeitung zu erheben. Eine Rache an Carl von Konow, die schmerzlicher sein würde als alles, womit er kontern konnte.

Sie würde die Passagen verwenden, die er gestrichen hatte, und einen Artikel schreiben, der einen der exklusiven Herrenclubs mit den Morden an den Prostituierten in Verbindung brachte. Sie würde schreiben, dass es Indizien gab, die einen Zusammenhang zwischen dem Club und mehreren Ministern und Industriellen herstellten. Es würden Reaktionen folgen, und das Spiel konnte beginnen. Die Verleumdungsklage würde allerdings nicht der Mann anstrengen, den sie suchte. Denn dieser würde sich noch besser hinter den Schatten verstecken. Sie beschloss, Überstunden zu machen und zwischen der ersten und zweiten Ausgabe den Nachtchef Hans-Christer Bergström aufzusuchen und ihm von Wikholm auszurichten, dass eine späte Änderung vorgenommen werden müsse. Wenn sich Bergström bei Wikholm erkundigte, würde ihr Plan auffliegen. Ansonsten könnte es klappen. Sie setzte darauf, dass Wikholm in den Presseclub gehen würde. Es war zwar Donnerstag, aber wenn er verkatert war, dann trank er normalerweise an zwei Abenden hintereinander, um seine Panik zu unterdrücken.

Sie lehnte sich zurück und überflog den Text, den sie geschrieben hatte. Sie würde Halbwahrheiten und Mutmaßungen als Fakten präsentieren. So weit war es nun schon mit ihr. Die demokratische Pflicht der Journalistin, dachte sie und lachte. Dies würde ein ungewöhnlicher Artikel werden und Teil der Kriegsführung sein. Es hieß ja immer, das erste Opfer des Krieges sei die Wahrheit. Von Konow und Wikholm hatten die Regeln aufgestellt. Sie ließ sich einfach nur auf das Spiel ein. Ein einziger Fehltritt bringt mich schon nicht in die Journalistenhölle, dachte sie. Und mit etwas Ärger an der Pforte kann ich leben.

Sie hatte versucht, Max zu erreichen, um ihm zu sagen, dass es spät werden würde. Er war nicht ans Telefon gegangen. Sie reichte Bergström ihren Artikel.

«Späte Änderung. Anweisung von Wikholm.»

Bergström zog die Brauen hoch. «Davon weiß ich nichts. Janne hat vor Feierabend noch bei mir vorbeigeschaut und kein Wort gesagt.»

«Nun, der Text ist erst sehr spät fertig geworden.»

«Allerdings.» Bergström kratzte sich am Kinn. «Nicht, dass ich dir nicht glauben würde, Annie, aber du hast doch sicher nichts dagegen, wenn ich Janne anrufe und mir das bestätigen lasse?»

«Natürlich nicht.» Sie blieb vor Bergströms Schreibtisch stehen, während er Wiklunds Privatnummer wählte. Sie wusste nicht, ob ihre Übelkeit von ihrer Befürchtung verursacht wurde, Wikholm könne an den Apparat gehen, oder von ihrem schlechten Gewissen, weil sie Bergström anlog.

«Guten Abend, Frau Wikholm, hier ist Bergström. Entschuldigen Sie, dass ich so spät noch störe. Könnte ich bitte mit Janne sprechen?» Er hörte sich die Antwort an, verzog das Gesicht und beendete das Gespräch. «Offenbar ist er nicht zu Hause», sagte er.

Sie schmunzelten beide, und Annie spürte, wie ihre Anspannung nachließ.

«Dann probieren wir es im Presseclub», meinte Bergström und wählte eine Nummer, die er im Kopf hatte. «Hier ist Hans-Christer Bergström von Schwedens bester Tageszeitung», sagte er, als abgehoben wurde, und lachte. «Ich suche meinen Chefredakteur, Herrn Wikholm. Ich warte.» Er warf Annie einen Blick zu und feixte. Sie kreuzte die Finger hinter ihrem Rücken.

«Nicht?», sagte Bergström und runzelte die Stirn. «Grüßen Sie ihn, wenn Sie ihn sehen, und sagen Sie ihm, dass ihn seine Frau zumindest dort vermutet.» Er lachte über die Antwort am anderen Ende der Leitung. «Gut, bis dann», entgegnete er und legte auf. «Kein Janne weit und breit», sagte er und setzte seine Brille auf. «Wann hast du noch gleich mit ihm gesprochen?»

«Kurz bevor er gegangen ist. Dann habe ich mich wahnsinnig angestrengt, um den Text fertig zu kriegen.»

«So was teilt er mir aber immer mit.»

«Er wirkte nicht sonderlich fit, als er aufbrach. Vielleicht war er mit seinen Gedanken woanders.»

«Er muss aufpassen, fast sechzig und eine ziemliche Wampe. Ich passe auf.» Er tätschelte seinen Bauch. «Ich kümmer mich drum. Hoffentlich ist das jetzt in Jannes Sinn.»

Annie verließ Bergströms Büro und kurz darauf das Zeitungshaus. Sie hatte das Gefühl, gerade einen Sprengsatz deponiert zu haben.

6

Eine fast leere Weinflasche stand auf dem Couchtisch. Annie rief nach Max. Keine Antwort. Sie zog die Schuhe aus und trat ins Wohnzimmer. Max saß mit Kopfhörern und Gitarre vor der Stereoanlage. Sie hörte die Klänge einer seiner Jazzplatten aus dem Kopfhörer und legte ihm eine Hand auf die Schulter. Er zuckte zusammen und warf das Weinglas um, das neben ihm auf dem Boden stand.

«Scheiße!» Er brachte ein Plattencover vor dem Wein in Sicherheit. «Du hast mich ganz schön erschreckt.» Er nahm die Kopfhörer ab und sah sie an.

An seinem Blick war zu erkennen, dass er die Flasche allein geleert hatte.

«Ich bin gleich fertig», meinte er und setzte die Kopfhörer wieder auf. «Nur noch ein paar Minuten.»

«Und der Wein?», fragte Annie und deutete auf die rote Pfütze auf dem Parkett.

«Bring ich in Ordnung, sobald ich fertig bin.»

Sie ging in die Küche, ohne sich die Jacke auszuziehen, holte einen feuchten Lappen und begann, den Wein aufzuwischen.

Max sah sie an und setzte langsam die Kopfhörer ab. «Ich habe doch gesagt, dass ich das mache.»

«Wenn wir einen faulen Sohn kriegen, der immer alles aufschiebt, dann wissen wir jedenfalls, von wem er das hat», meinte Annie und begegnete streng seinem weichen Blick.

«Wenn er einen Schaden davonträgt, weil jemand zu viel gearbeitet hat, dann wissen wir auch, wessen Schuld das ist», erwiderte Max.

Annie hielt inne und sah ihn an. Aus dem Kopfhörer war ein Crescendo zu hören. Sie schlug ihm den mit Wein getränkten Lappen ins Gesicht. «Unsensibler Idiot!»

Sie rannte Richtung Toilette, und Max wusste, dass es keinen Sinn hatte, ihr zu folgen. Sie knallte die Tür so fest zu, dass ein Passant auf der Åsögatan beinahe die Polizei gerufen hätte, weil er meinte, auf dem Medborgarplatsen einen Schuss gehört zu haben.

Max griff zu seinem Glas und schenkte sich den letzten Rest aus der Flasche ein. Er dachte bei jedem Schluck: Du hast sie nicht verdient. Als er diese Worte aussprach, traten ihm die Tränen in die Augen. Er fuhr sich mit der Zunge über die Vorderseite der Zähne, und ein durchdringender Kopfschmerz breitete sich zwischen den Augen und den Schläfen aus. «Max Lander, du bist ein Versager, ein unglaublicher Versager.»

Er ging mit dem Weinglas in die Küche, stellte es in die

Spüle, ging mit einem anderen Lappen ins Wohnzimmer und begann, den Boden zu putzen. Der Wein war bis zum Teppichrand gelaufen. Er holte das Salzfass und schüttete die Hälfte des Inhalts auf den Fleck. Wie Sand aus einem Stundenglas fielen die Salzkörner auf den Teppich, und er hatte plötzlich das Gefühl, nicht mehr viel Zeit zu haben. Es gab keine Abkürzung. Ein einfaches «Entschuldige» würde nicht genügen. Das hatte er ihr angesehen. Jetzt war Krise.

Zu Anfang ihrer Beziehung hatten sie noch miteinander reden können, aber dann hatten sie beide immer öfter die Zähne zusammengebissen und geleugnet, dass etwas nicht in Ordnung sei. Sie hatten die Schwächen des anderen toleriert. Erst ehrlich, dann nur noch zum Schein. Kalter Krieg. Im Gegensatz zu dem wirklichen Kalten Krieg gab es einen fettigen Fingerabdruck auf dem roten Knopf. Sie arbeitete immer mehr. Er trank demonstrativ immer mehr und saß mit Kopfhörern im Wohnzimmer. Beide lagen nachts wach und dachten an das Kind und daran, wie sehr sie einander liebten, und grübelten über die Frage nach, auf die es keine Antwort gab: Wie bringe ich das bloß wieder in Ordnung? Beide fühlten sich machtlos. Nur Gott konnte ihnen helfen. Wobei ihnen wohler gewesen wäre, wenn zumindest einer von ihnen an ihn geglaubt hätte.

Er setzte sich auf den Fußboden vor die Toilette und lehnte sich an die Wand neben der Tür. Er hörte Annie auf der anderen Seite der Tür atmen und wusste, dass sie ihn hörte.

«Mir ist dieses dauernde Streiten zu anstrengend», sagte sie. «Warum tun wir das?»

«Ich weiß nicht.»

«Heute will ich mich nicht mit dieser Antwort begnügen. Streng dich an!»

Er hätte sich in jenen Winkel seiner Seele begeben müssen, der die Wahrheit über ihn beherbergte, und das war ein Ort, an dem er sich nur ungern aufhielt und den er nach Möglichkeit mied. Er mied ihn, so gut es ging. Genau so, wie er immer die Nachrichten ausschaltete, wenn sich ihm die Bilder von der Welt allzu eindringlich und schrecklich aufdrängten. Sein Leben lief darauf hinaus, nicht alles zu wissen, weder über sich noch über die Welt. Wieder stiegen ihm die Tränen in die Augen, und er presste die Lippen zusammen. Ich bin so ein kleiner Mensch, dachte er. Ich hätte im Arsch einer Ameise Platz, so klein bin ich.

«Ich kann nichts dafür», begann er.

«Du musst lauter reden, Max.»

«Kannst du nicht einfach rauskommen?»

«Nein.»

Er nickte. Er wollte seine Gefühle beschreiben, aber er brachte kein Wort heraus. Ihm kam es so vor, als hätte er seine Fähigkeit, das Leben zu meistern, vor langer Zeit gegen seine Musikalität eingetauscht. Eine bessere Gelegenheit, diesen Tausch rückgängig zu machen, würde sich nie wieder bieten. Ich kann nichts dafür, wollte er sagen. Ich habe Angst, dass ich dich nicht verdient habe. Was bin ich schon? Ein Junge in einem Männerkörper. Ich widme mein Leben Unnützem. Mir fehlen deine Kenntnisse. Ich bin egozentrisch. Ich schalte um, wenn im Fernsehen über ernste Themen berichtet wird. Ich habe mich dir immer unterlegen gefühlt, weil ich dir unterlegen bin. Er wollte ihr sagen, dass er das Gefühl hatte, zu anhänglich zu sein. Ich habe das Gefühl, mich einer Welt aufzudrängen, in der ich nichts zu suchen habe. Er wollte ihr erklären, dass er das Gefühl hatte, dass alle anderen mindestens ebenso berechtigt waren, an ihrem Leben teilzuhaben, wie er. «Verstehst du?», wollte er sagen. «Ich bin nicht mehr wert als die anderen. Ich bin deines Vertrauens nicht würdig. Ich bin deiner Zeit, deiner Träume und deiner Zukunft nicht würdig.»

Stattdessen schwieg er, ging ins Wohnzimmer und legte sich aufs Sofa. Als Annie das Badezimmer verließ, schlief er bereits.

Als sie im Bett lag, überkamen sie Reuegefühle. Sie hatte nicht logisch gedacht. Die Ereignisse der letzten Tage hatten sie etwas verwirrt. Jedenfalls konnte sie ihre Gefühle nicht in die richtigen Worte fassen. Eigentlich müsste sie ihn wecken, sich bei ihm entschuldigen und ihn bitten, ihr zu erzählen, was ihn beschäftigte, und ihm erklären, wie mulmig ihr war angesichts der Welt, in der sie lebten. Dass sie gezwungen sein würden, für das Leben zu kämpfen, das sie sich wünschten. Dass sie sich vielleicht an ihrem Arbeitsplatz so unbeliebt gemacht hatte, dass sie mit einer Kündigung rechnen musste, und dann ihr einziges festes Einkommen pünktlich zu Leonards Geburt verschwinden würde. Dass sie das Gefühl hatte, dass alle Ungerechtigkeiten, die ihr jemals widerfahren waren, sie einholten. Dass sie mit der Welt abrechnen wollte. Das wollte sie ihm sagen. Vielleicht würde er sie ja verstehen und ihr irgendwie helfen können. Aber dann behielt sie doch alles für sich.

Ein Plädoyer für die Offenheit

Von Annie Lander

In Stockholm gibt es einen Club, in dem sich schon immer die mächtigen Männer getroffen haben, und auch zweihundert Jahre nach seiner Gründung werden keine Frauen aufgenommen. Es ist unumstritten, dass informelle Netzwerke Beschlüsse in Politik und Wirtschaft entscheidend beeinflussen. Naheliegend ist, dass zu dieser informellen Macht nur Männer Zutritt haben.

«Die Jungs mögen natürlich Frauen, finden es aber sehr angenehm, dass ihnen das Posieren und Flirten erspart bleibt.»

Diese Antwort erhielt ich von einem der Männer auf die Frage, warum Frauen nicht zugelassen seien. Wie auch andere will er anonym bleiben und hat dafür seine guten Gründe. Wer sich außerhalb des innersten Kreises über den Club äußert, läuft Gefahr, ausgeschlossen zu werden. Zum innersten Kreis zählen durchaus bekannte Namen. Minister, mehrere Staatssekretäre, Richter und sehr viele andere Juristen sind Mitglieder. Erstaunlich? Nein, erstaunlicher ist eher, dass niemand reagiert. Was wäre, wenn ein Minister, ein Richter oder ein Mitglied des Parlaments als Mitglied einer Vereinigung enthüllt würde, die keine Juden oder Homosexuelle aufnimmt! Die Proteste würden nicht ausbleiben. Interessant ist auch, welche Art von Gesinnung ein solcher Club schafft, das Frauenbild, das dort und an ähnlichen Orten gepflegt wird und das in seinem Extrem dazu führt, dass man Prostituierte behandelt, als seien sie keine vollwertigen Menschen. Ihr Leben ist weniger wert als das anderer Menschen. Vielleicht ist es auch gar nichts wert.

Der Club gehört einem Netzwerk ähnlicher Vereinigungen an. Im Laufe des letzten Jahrzehnts wurden vier Prostituierte in Stockholm ermordet. Mindestens zwei von ihnen haben an Festen teilgenommen, die das Netzwerk veranstaltet und Prostituierte als Kellnerinnen beschäftigt hat. Mit größter Wahrscheinlichkeit dokumentiert der Club seine Zusammenkünfte in Form datierter Teilnehmerlisten. Es wäre interessant, die Aufzeichnungen des Clubs mit den Polizeiakten über die Prostituierten abzugleichen. Dies muss veranlasst werden. Der Umstand, dass etliche Mitglieder des Clubs Rechtsanwälte und Richter sind, deren Aufgabe darin besteht, jeden Tag diese Art von Verbindungen zu untersuchen, stellt ein Hindernis dar.

Es ist nicht zu erwarten, dass sich die betroffenen Frauen an die Polizei wenden – einige der Männer haben sich als Polizisten ausgewiesen und durchschimmern lassen, dass sie ihre Arbeit gratis zu verrichten haben, wenn sie eine Anzeige bei der entsprechenden Behörde vermeiden wollen. Geheimbünde wie der Club begünstigen als Gesetzgeber, als Staatsanwälte und als Richter eine zwielichtige Industrie. Sie tragen die Schuld daran, dass Frauen den Tod finden. Reine Spekulation? Schon möglich. Aber der Mangel an Einblick lässt keine anderen Deutungen zu. Wie wäre es mit etwas Offenheit?

7

Max lag, in eine Decke gehüllt, in einer Stellung, die nur auszuhalten war, wenn der Schlaf an Bewusstlosigkeit grenzte. Er hatte sein Gesicht im Kissen vergraben und lag auf einem Arm, ein Bein abgespreizt. Seine langsame Atmung erwärmte sein Gesicht.

Annie hatte geduscht, die Haare geföhnt, neue Kleider aus dem Schrank genommen und das Frühstück zubereitet, ohne dass er wach geworden war, obwohl sie absichtlich besonders viel Lärm gemacht hatte. Sie wusste, dass ein klärendes Gespräch nötig war, dazu fehlte ihr aber die Kraft. Sie hatte mit angesehen, wie er stetig mehr getrunken hatte, und ahnte, dass dies mit ihrer Schwangerschaft zusammenhing und dass er genauso große Angst hatte vor der Zukunft wie sie. Sie musste ihm begreiflich machen, dass sie ihn verstand, und ihn gleichzeitig dazu bringen, weniger zu trinken. Wegen des Kindes, wegen ihr, wegen ihm.

Sie betrachtete sich im Spiegel von der Seite, drehte sich hin und her und beschloss, sich noch einmal umzuziehen. Sie wollte das anziehen, was sie zuerst herausgesucht hatte. Mit einer gewissen Üppigkeit konnte sie leben, wollte aber nicht fett wirken. Jetzt noch eine Kleinigkeit essen und dann aufbrechen. Es war schon fast acht. Sie hatte die Zeitung gelesen, sowie sie der Zeitungsbote durch den Briefkastenschlitz geschoben hatte. Ihr Artikel war drin. Sie hätte ihn gerne Max gezeigt, legte die Zeitung aber in ihre Tasche. Sie war seltsam gelassen, obwohl sie wusste, was sie erwartete. Ich habe das Richtige getan, dachte sie. Für die Mädchen. Für Sissi.

«Liebling», flüsterte sie und fuhr Max mit der Hand durchs

Haar. «Hörst du mich?» Er grunzte. «Liebling. In der Küche gibt's Toast, wenn du möchtest. Und Kaffee.»

Er hörte ihre Stimme nur gedämpft, wie durch Watte. «Hm», antwortete er.

«Liebling», wiederholte sie, aber der Rest des Satzes konnte nicht mehr zu ihm vordringen. «Ich gehe jetzt.»

«Hm», sagte er noch einmal, drehte sich um, ohne das Kissen vom Gesicht zu nehmen und glitt in seinen Traum zurück. Er stand in einem Saal vor einem riesigen Publikum. Alle applaudierten ihm. Er war in Trance. Bevor alles den Bach runtergegangen war, vor seinem Umzug an die Westküste, hatte er sich wie Charlie Parker gefühlt. Er hatte gespielt, und alle im Saal hatten gewusst, dass es Jazz war. Sein Herz pochte so heftig, dass er den Puls in den Daumen spüren konnte. Der Swing war perfekt. Er sehnte sich nach nichts anderem als dem nächsten Akkord. Nicht nach seiner Frau, nicht nach dem Kind, das sie erwarteten, nicht einmal nach einem Gin Tonic, nur nach dem nächsten Akkord. Zwischendurch schämte er sich den Bruchteil einer Sekunde, aber das war vor dem nächsten Takt immer vorbei. Den nächsten Takt, mehr brauchte er jetzt nicht. Das war das Einzige, was er jetzt brauchte. Aus dem Augenwinkel sah er, dass C (was für Chef stand) ihn anschaute. Er wusste, dass er auf die Uhr klopfen würde, die er von seinem Vater geerbt hatte, wenn ihre Blicke sich trafen. Aber er sah nicht auf. Nur noch ein bisschen, dachte er. Ich weiß, wie spät es ist, aber nur noch ein bisschen. Dann gehe ich nach Hause und liebe meine Frau und mein Kind und tue alles, was von jemandem wie mir erwartet wird. Wenn alles vorbei sein und er in den kalten Herbstabend treten würde, dann würde er sich nach allem anderen sehnen und es lieben, da er wusste, dass es viel wichtiger war als er selbst und der nächste Takt. Aber jetzt nicht, bat er im Traum. Nur noch ein bisschen.

«Nur noch ein bisschen», flüsterte er in das leere Zimmer. «Nur noch ein bisschen.»

Die Wohnungstür schlug zu, und Annies Schritte hallten auf der Treppe. Es war halb neun, ein kalter Tag begann. Wie eine Vorahnung.

8

Carl von Konow saß an seinem Schreibtisch. Jan Wikholm auf dem Stuhl, auf dem Annie vor wenigen Tagen gesessen hatte. Er drehte sich um und sah Annie an. Er war blass, seine Augen waren gerötet. Vielleicht lag das an seinem Kater, vielleicht aber auch an dem Artikel, den er vor sich liegen hatte und den ihm von Konow gerade gegeben hatte.

«Verdammt, Annie», begann Wikholm, als sich ihre Blicke trafen, wurde aber von von Konow unterbrochen, der betont förmlich zu reden versuchte, um seine Erregung zu verbergen. Was misslang.

«Annie Lander, du bist laut Arbeitsschutzgesetz ab heute beurlaubt. Binnen dreißig Tagen teilen wir dir mit, welche Disziplinarmaßnahmen wir ergreifen. Wahrscheinlich brauche ich nicht zu erläutern, dass diese vom Umfang des Schadens abhängen, den du angerichtet hast. Ich halte es für nicht unwahrscheinlich, dass jemand eine Verleumdungsklage gegen dich anstrengt. Solange du suspendiert bist, erhältst du keinen Lohn. Die zuständige Vertretung des Journalistenverbands ist informiert, ihr werdet einiges zu besprechen haben. Du weißt, wo ihr Büro ist, falls du dort vorbeischauen möchtest. Ich habe auch mit Hans-Christer Bergström telefoniert. Ich habe nicht die Absicht, seine Worte zu wiederholen, aber zusammenfassend meint er, dass er so etwas in seiner gesamten Karriere noch nicht erlebt hat. Von dir hätte er so etwas am allerwenigsten erwartet. In dieser Frage, muss ich sagen, gingen unsere Erwartungen allerdings auseinander.» Er setzte seine Lesebrille auf und reichte Annie ein Papier, das sie in Empfang nahm, ohne es anzuschauen. «Pack deine Sachen zusammen und verlasse unverzüglich das Haus. Es sei denn, du hast wider Erwarten etwas zu deiner Verteidigung vorzubringen.»

Wortlos trat sie aus dem Büro.

Auf Annies Schreibtisch klebte eine Haftnotiz am Telefon, die sich noch nicht dort befunden hatte, als sie sich in von Konows Büro begeben hatte. Offenbar hatte sie während der Besprechung, die ihr nicht länger als sechzig Sekunden erschienen war, einen wichtigen Anruf verpasst. Es wurde um unverzüglichen Rückruf gebeten. Die Vorwahl lautete 0157, das war in Sörmland. Carl von Konow ging vorbei und warf ihr einen mürrischen Blick zu. Um ihm zu zeigen, dass sie sich von ihm nicht einschüchtern ließ, griff sie betont langsam zum Hörer und wählte die Nummer auf dem Zettel. Nach dem zweiten Freizeichen hatte sie einen Mann am Apparat.

«Hallo?», sagte die Stimme.

«Mit wem spreche ich bitte?», fragte Annie.

«Mit wem spreche *ich*?»

«Hier ist Annie Lander. Ich sollte diese Nummer anrufen.»

«Richtig, ausgezeichnet, vielen Dank, dass Sie zurückrufen.» Die Stimme klang wie die eines alten Mannes.

«Worum geht es?»

«Ich glaube, ich habe eine Information, die Sie interessieren könnte.» Er räusperte sich, und sie presste den Hörer ans Ohr.

«Ich habe Ihren Artikel in der Zeitung gelesen.»

«Und?»

«Ich habe lange Jahre als Journalist gearbeitet. In Flen. Jetzt bin ich Rentner. Ich habe nie in einer so großen Redaktion gearbeitet wie Sie.»

«Wie war noch gleich Ihr Name?»

«Den habe ich gar nicht genannt.» Er räusperte sich erneut. «Ich heiße Sture Hult.»

«Und was wollen Sie mir erzählen, Herr Hult?»

«Auch ich habe mich mit brutalem Missbrauch von Frauen und mit Tätern beschäftigt, die nie verurteilt wurden, obwohl sie Mörder waren. Und das aufgrund ihrer Stellung in der Gesellschaft.»

«Entschuldigen Sie bitte, falls das herablassend klingt: Wenn Sie so etwas vermuten und auch beweisen können, warum gehen Sie dann nicht zur Polizei?»

Er schnaubte, und Annie wusste nicht genau, ob er nieste oder seine Verachtung zum Ausdruck brachte. «Die wollen sich solche Geschichten nicht anhören. Am allerwenigsten von einem Provinzjournalisten, der auf eigene Faust Nachforschungen angestellt hat. Ich denke, Sie wissen genau, was ich meine.»

«Und was veranlasst Sie, zu glauben, dass ich Ihnen zuhören werde?»

Seine Stimme klang plötzlich beharrlicher: «Weil ich Ihre Mutter kannte und weiß, dass sie sich angehört hätte, was ich zu sagen habe.»

Annie verlor auf ihrem Stuhl kurz das Gleichgewicht und trat gegen den Schreibtisch. Der Telefonhörer glitt ihr aus der Hand, und als sie ihn am Kabel anhob, sah sie, dass sie den Kaffee verschüttet hatte, den sie sich nach der Besprechung geholt hatte. Sture Hult war noch am Apparat.

«Meine Mutter?»

«Sie sind Annie, Karins Tochter, Karin Åkessons Tochter. Nicht wahr?»

«Ja.»

«Sie waren drei oder vier Jahre alt, als ich Sie das letzte Mal gesehen habe, aber ich habe Sie an Ihren Augen sofort wiedererkannt, als ich Ihr Foto unter dem Zeitungsartikel gesehen habe. Sie waren das Mädchen, das zurückblieb. Es war eine Tragödie. Vielleicht sind Sie mir deswegen im Gedächtnis geblieben.»

«Entschuldigen Sie mein anfängliches Misstrauen.» Sie hatte einen trockenen Mund. «Wo sind Sie meiner Mutter begegnet?»

«Ich habe sie kennengelernt, als sie nach Flen zog. Das war Ende der Fünfziger. Ich weiß nicht, ob Ihnen das bekannt ist, aber vorher wohnte sie in Västerås. Jedenfalls glaube ich, dass sie ursprünglich von dort stammte.»

«Und wie haben Sie sie kennengelernt?»

«Wie gesagt, ich war Journalist. Bei der Lokalzeitung *Folket* in Flen. Eine meiner Aufgaben war es, die Einwohner zu interviewen. So haben wir uns kennengelernt. Sie war nach Flen gezogen, und ich habe ein Porträt geschrieben. Fotos habe ich auch gemacht. Ich musste sie allerdings dazu überreden. Anschließend grüßten wir uns und wechselten auch ab und zu ein paar Worte. Gelegentlich gingen wir einen Kaffee trinken. Ich glaube, sie fühlte sich etwas einsam und freute sich, wenn sie mit jemandem reden konnte. Nach Ihrer Geburt trafen wir uns seltener, aber einige Male auch zu dritt. Sie waren damals vermutlich noch zu klein, um sich daran erinnern zu können.»

«Wahrscheinlich», antwortete sie und versuchte, das, was sie gerade gehört hatte, zu begreifen. «Ich erinnere mich kaum noch an meine Mutter. Wie war sie?»

«Sie war ein wunderbarer Mensch», sprudelte es aus Sture Hult heraus. «Karin hatte eine unglaubliche Energie, die man auch spürte, wenn man sie kaum kannte. Ich hatte den Eindruck, dass sie einen ausgesprochen starken Willen besaß, der nicht immer gut für sie war, wenn Sie verstehen, was ich meine.»

Der Apfel fällt nicht weit vom Stamm, dachte sie und lächelte.

«Soweit ich weiß, kündigte sie ihre Arbeit in der Fabrik in Västerås, weil sie fand, dass man die Gastarbeiterinnen aus Italien nicht korrekt behandelte. Sie packte kurzerhand ihre Habseligkeiten, verließ den Ort und kam nach Flen. Sie war ganz einfach ein Mensch, der nicht klein beigab.»

«War sie eine schöne Frau?»

«Aber ja. Ich habe immer noch das Foto, das ich für meinen Artikel von ihr gemacht habe. Ich kann Ihnen gerne einen Abzug machen.»

«Das würde mich sehr freuen. Sehen wir uns ähnlich?»

«Sehr sogar. Als ich das Foto in der Zeitung sah, dachte ich erst, sie sei es.»

Annie spürte, wie ihr die Tränen in die Augen traten. Sie war erleichtert, dass sie ihre Mutter endlich kennenlernen konnte. Darauf hatte Annie ihr Leben lang gewartet. «Das freut mich sehr», sagte sie. «Danke.» Sie verstummte. «Ich habe immer geglaubt, meine Mutter hätte sich das Leben genommen, aber nach dem Tod meiner Pflegeeltern erfuhr ich plötzlich, dass sie ermordet worden ist. Was ist damals eigentlich geschehen?»

«Das ist eine lange, komplizierte Geschichte, die, wenn Sie mich fragen, noch nicht zu Ende ist.» Sture Hult räusperte sich. «Die Nachricht von Karins Tod war ein Schock. Es war unmöglich, in Erfahrung zu bringen, was genau geschehen war. Die Ermittlung wies große Nachlässigkeiten auf. Es verging viel Zeit, bis feststand, dass sie umgebracht worden war. Anfänglich wurde behauptet, sie habe Selbstmord begangen, obwohl das überhaupt nicht sein konnte.»

«Haben Sie ihre Leiche gesehen?»

«Ich habe das Paar interviewt, das sie gefunden hat. Sie haben von Verletzungen im Kopfbereich und blutigen Kleidern erzählt. Jeder, der die Volksschule abgeschlossen hat, weiß, dass Tote nicht bluten und dass sie sich die Verletzungen vor ihrem Tod zugezogen haben muss. Trotzdem hieß es lange, sie seien entstanden, als die Leiche an die Felsen am Seeufer gespült worden ist. Ich habe versucht, das Material zu präsentieren, das ich zusammengestellt hatte, aber es war offensichtlich, dass niemand wissen wollte, was wirklich geschehen war. Man war zu einem stillschweigenden Einvernehmen gelangt, und die Todesursache lautete zwar nicht mehr Selbstmord, sondern Tod durch Ersticken, aller Wahrscheinlichkeit nach unfreiwillig. Es wurden zu wenige Vernehmungen durchgeführt und keine weiteren Zeugen vorgeladen, als dass von einer ernsthaften Tätersuche die Rede sein konnte. Es hieß, der Fall sei zu undurchsichtig, um etwas beweisen zu können. Ich würde eher sagen, dass gewisse Leute ihre Arbeit nicht vernünftig gemacht haben, und das aus zweifelhaften Gründen.»

«Und Sie?»

«Ich schäme mich, einzugestehen, dass ich mich danach wieder gänzlich auf Porträts über neue Einwohner von Flen beschränkt habe. Ich habe wohl resigniert. Aber abends bin ich in den Keller runter und habe mich mit dem Fall befasst, bis ich nicht mehr weitergekommen bin. Es wollte mir ohnehin niemand zuhören. Schließlich habe ich den Fall, wie so vieles andere, ad acta gelegt. Bis ich heute in der Zeitung auf Ihren Artikel stieß. Ich fühlte mich plötzlich um dreißig Jahre zurückversetzt. Als ich Ihr Gesicht sah, kehrte die Erinnerung an alles wieder. Ich begann, nach dem Karton mit meinen Aufzeichnungen zu suchen, um mich zu vergewissern, dass ich das alles nicht nur geträumt hatte. Aber nein, da stand er. Und alles lag unberührt darin.»

«Waren Sie bei der Beerdigung meiner Mutter?»

«Ja. Sonst wäre nur der Pfarrer dort gewesen. Karin hatte nicht viele Freunde. Jedenfalls nicht nach ihrem Tod.»

Annie schwieg eine Weile. «Sie müssen entschuldigen, aber ich bin ziemlich überwältigt.»

Sture Hult erwiderte nichts, als würde er darauf warten, dass sie weitere Fragen stellte.

«War das Zufall, was glauben Sie? Ich meine, dass sie ermordet wurde. Dass sie einfach zum falschen Zeitpunkt am falschen Ort war?»

Sture Hult überlegte. «Haben Sie jemals in Erfahrung gebracht, wer Ihr Vater ist?»

«Nein», antwortete sie. «Die Informationen, die mir meine Pflegeeltern über meine Mutter hinterlassen haben, waren recht dürftig, und als ich selbst nachgeforscht habe, bin ich nur auf den Vermerk ‹Vater unbekannt› gestoßen.» Plötzlich richtete Annie sich auf, wobei sie vermied, ihren Ärmel in die Kaffeepfütze zu legen. «Wieso? Wissen Sie etwas?»

«Ja», antwortete er ohne Zögern.

«Und was?»

«Leider nichts, was Sie erfreuen würde.»

«Also gut», erwiderte Annie und bemühte sich, gefasst zu klingen. «Dann raus mit der Sprache.»

Er ließ sich mit seiner Antwort ein paar Sekunden Zeit, dann sagte er: «Ich glaube, es ist der Mörder Ihrer Mutter.»

9

Das System funktionierte ausgezeichnet. Ein Anruf von Martin Hellsten. Ein Fax von einer Anwaltskanzlei in Luxemburg an das venezolanische Konsulat in New York zu Händen von Ruben Martinez. Es enthielt nur zwei Zeilen, die Außenstehenden als blanker Nonsens erscheinen mussten.

JD-PH
+1 – 1500

Ruben Martinez war nicht nur der Konsul, sondern kümmerte sich auch um die Geschäfte der Familie Droth in Südamerika. Er entnahm dem Fax, dass am nächsten Tag um 15 Uhr schwedischer Zeit eine telefonische Besprechung mit Johan Droth stattfinden würde. Normalerweise betrachtete Martinez zu diesem Zeitpunkt die Wandgemälde in der King Cole Bar des St. Regis Hotel, aber da dieses seit einem Jahr wegen Renovierung geschlossen war, nahm er den Anruf in einem Restaurant unweit vom Konsulat entgegen, in dem Frühstück serviert wurde.

Johan Droth saß in einem Zimmer des Grand Hotel. Er wohnte nicht dort und zog es auch nicht in Erwägung, sich wegen seiner Rückenschmerzen auf dem Bett auszustrecken.

Er brauchte nur ein Telefon. Für Telefonate, die sich nicht zurückverfolgen lassen durften, ließ er sich das Zimmer eines Hotelgastes geben, der den Tag in einem der Museen der Stadt verbrachte. Dieser rief dann ohne sein eigenes Zutun ein New Yorker Restaurant an und unterhielt sich mit einer Person, an die sich die Kellner nicht erinnern würden.

«Es kam eine Kreditanfrage rein», begann Johan Droth, nachdem er sein Gegenüber begrüßt hatte, um sich zu vergewissern, dass er wirklich mit Ruben und sonst niemandem sprach. «Zehn Millionen, von einem Syndikat in New York. Ich will zwei Dinge wissen. Erstens: Ist die Anfrage glaubhaft? Eigentlich hätte sie ja über dich laufen müssen. Zweitens: Wozu wird das viele Geld benötigt? Wenn mein Verdacht zutrifft, würde das auch klären, warum du nicht kontaktiert worden bist. Nämlich weil sie wissen, was du ihnen antworten würdest. Ich höre.»

«Ich möchte ein paar Worte zur Situation hier sagen», begann Ruben Martinez auf seine träge Art, nachdem er eine Weile nachgedacht hatte. «Im *New York Magazine* wurde sie unlängst folgendermaßen beschrieben, eine meines Erachtens zutreffende Darstellung. Unterbrich mich, falls dir etwas unklar ist», sagte er, weil er wusste, dass Johan Droth manchmal mitten im Gespräch auflegte, wenn er nicht länger zuhören wollte. «In New York gibt es 200 000 Junkies. Mit anderen Worten ist da viel Geld zu verdienen. Die Konkurrenz nimmt zu. Vor zehn Jahren hielt das Syndikat die meisten Fäden in der Hand, jetzt sind es die Israelis aus Brighton Beach, die Jamaikaner und die Pakistani. Auch der Druck vonseiten der Polizei nimmt zu. Vor zehn Jahren arbeiteten fünfhundert Beamte beim Rauschgiftdezernat, heute sind es zwölfhundert. Aber damit nicht genug: Mit dem Rauschgiftpreis geht es bergab. Vor fünf Jahren erzielte ein Kilo Kokain 47 000. Jetzt liegt der Preis nur noch bei 12 000. Schön für den Käufer, weniger schön für den Verkäufer.» Er lachte. «Das Syndikat in New York importiert seit langem Drogen aus Venezuela, was aber nicht mehr genügt, also hat es einen Deal mit den Sizilianern gemacht, der etwas geradezu Geniales hat, muss ich sagen. Das Heroin wird in den Ländern des Goldenen Dreiecks in Teakmöbeln verstaut und nach Indien und von dort weiter nach England transportiert. Das ist nur wegen der recht frei auslegbaren Regeln innerhalb des British Commonwealth möglich. Waren, die von Indien nach Großbritannien verschifft werden, müssen nicht verzollt werden!» Ruben Martinez lachte wieder. In der Leitung war es still, aber er wusste, dass Johan Droth zuhörte und nur etwas sagte, wenn es unbedingt nötig war.

«Dieser Transport ist also im Großen und Ganzen risikolos», fuhr er fort. «In England wird alles neu beschriftet im Hafen. Wenn die Möbel beispielsweise in Montreal eintreffen, sieht es so aus, als kämen sie aus England und nicht aus Thailand. Das macht die Fracht in den Augen der kanadischen Grenzbeamten natürlich weniger verdächtig. Diese Vorgehensweise war nahezu perfekt, aber vor einigen Jahren traten zwei Probleme auf. Die italienische Polizei hat Scotland Yard darauf aufmerksam gemacht, wie viel Heroin via England in die USA gelangt ist. Außerdem sind die Engländer inzwischen auch auf den Geschmack gekommen, und nur noch ganz wenig wurde in die USA weitergeleitet. Das Syndikat in New York ist quasi leer ausgegangen, und die Sizilianer haben mehr denn je mit dem verdient, was sie auf den Straßen von London verkauft haben. Daraus folgten zwei Probleme, und jetzt wird es interessant. Zum einen hatte das Syndikat jetzt kein Heroin mehr, um es auf den Straßen in New York zu verkaufen, zum anderen wurden die sizilianischen Familien mit jedem Tag reicher und mächtiger. Es fand also, was die Kontrolle des globalen Drogenhandels angeht, eine größere Machtverschiebung statt, und zwar von den USA nach Sizilien.» Ruben Martinez hielt inne. «So sieht es aus. Die Antwort auf deine erste Frage: Ja, es stimmt, dass es eine Anfrage des Syndikats in New York gibt. Dann fragst du dich natürlich: Wozu brauchen die das Geld?»

Johan Droth schwieg.

«Meine Vermutung lautet, dass das Syndikat in New York eigene Bezugsquellen im Goldenen Dreieck oder im Goldenen Halbmond etablieren will. Sie streben die Unabhängigkeit von den Sizilianern an. Das kostet sehr viel Geld. Dieses Geld haben sie im Augenblick nicht. Sie müssen sich das Geld also bei jemandem leihen, der nicht fragt, wozu sie es brauchen. Dafür zahlen sie sehr hohe Zinsen. An jemanden, der über große Summen verfügt und nicht zu viele Fragen stellt. Mehrere durchschnittliche Kreditgeber haben sicher schon abgewinkt, vermutlich, weil es politisch riskant ist, neue Vertriebswege zu schaffen, die Sizilien ausschließen. Es besteht die Gefahr, dass ein Krieg ausbricht, was die Rückzahlung der zehn Millionen erschweren könnte.»

«Das Syndikat in New York will also mit dem Geld eine neue Route für den Drogenhandel finanzieren. Wenn sie den Kredit nicht bekommen, wird sich ihre Macht noch weiter verringern. Habe ich das richtig verstanden?»

«Ja. Das entspricht auch meiner Annahme.»

«Das war auch das, was ich geglaubt habe.»

«Und was soll ich tun?»

«Die Augen offen halten und dich umhören», antwortete Johan Droth, legte auf und verließ das Zimmer.

10

Annie erbrach sich ins Waschbecken, dass es an die weißen Fliesen hinter dem Seifenspender spritzte. Sie stützte sich ab, drehte das Wasser auf und übergab sich erneut. Schlechter Kaffee und Toast. Trauer und Ekel.

Sie setzte sich auf die Toilette und atmete zehn Minuten lang tief durch. Dann spülte sie ihren Mund aus und entriegelte die Tür. Sie stand eine Weile im Dunkeln, ehe sie den Raum verließ. Als wartete sie darauf, dass ihr jemand die Tür öffnete. Vielleicht würde sie an einem völlig anderen Ort rauskommen. Vielleicht war alles nur ein Traum. Und sie würde aufwachen.

Annie öffnete die Tür und hörte das gedämpfte Gemurmel der Redaktion. Die Wirklichkeit. Ihr Make-up war verschmiert, ihre Augen glänzten, und diejenigen, die ihr nachblickten, als sie ein Besprechungszimmer betrat, glaubten vermutlich, ihre Beurlaubung hätte sie derart aus der Bahn geworfen. So wurde sie eingeschätzt: Sie war schonungslos, nahm sich aber auch alles sehr zu Herzen.

Sie rief zu Hause an. Max ging nicht an den Apparat. «Verdammt, Max, heb schon ab!» Sie war sich ziemlich sicher, dass er noch zu Hause war, dass er mit Kopfhörern im Wohnzimmer stand, verschwitzt und mitten in einem Stück, das sie nicht verstand. Sie rief nochmals an. Erfolglos. Sie schaute auf die Uhr, wählte die Nummer seines Clubs und ließ es zwanzig Mal klingeln. Vergeblich.

Beruhige dich, dachte sie. Ordne alle Fakten. Atme tief durch. Sie sah sich um und nahm einen Block und einen Stift, den ein Kollege vergessen hatte. Sie schrieb auf, was sie wusste und was sie nicht wusste. Dann versuchte sie Zusammenhänge herzustellen. Das war ihre Art, schwierige Situationen in den Griff zu bekommen.

Ein Mann ruft im Büro an. Er hat ihren Artikel gelesen und sie wiedererkannt. Er weiß, wer ihre Mutter ist. Entweder sagt er die Wahrheit und kannte ihre Mutter, oder er hat gut recherchiert. Warum ruft er jetzt an? Warum hat er nicht schon früher angerufen? Er will ihr Foto in der Zeitung gesehen und sie erkannt haben. Ihre Frage: Ich schreibe schon seit Jahren für diese Zeitung. Warum erst jetzt? Seine Antwort lautet, seine in Solna wohnhafte Tochter hat ihn besucht und die Zeitung mitgebracht. Er liest sie sonst nicht, aber seine Tochter kauft sie jeden Tag. Ein unglaublicher Zufall, sagt er. Wenn seine erste Behauptung eine Lüge ist, dann ist vermutlich auch alles andere eine Lüge. Das mit ihrer Mutter. Und ihrem Vater.

Sie verband die Stichworte Sture Hult, mein Artikel und Mama mit Linien. Bis auf weiteres will ich davon ausgehen, dass er die Wahrheit sagt, dachte sie. Was dann? Er sagt, dass er in Flen wohnt und dass auch Mama dort gewohnt hat. Er hat sie mit einem kleinen Kind getroffen, mit mir. Es gibt einen Vater, und Sture Hult behauptet, dass er weiß, wer er ist, dass er und Mama ihre Beziehung aber geheim hielten. Der Vater hat die Vaterschaft auch nie anerkannt. Das kann nur zwei Dinge bedeuten: Mama wusste nicht, wer er war, oder sie wollte oder konnte nicht sagen, wer er war. Wenn Sture Hult wusste, wer mein Vater war, muss Mama es auch gewusst haben. Zwei weitere Möglichkeiten, warum sie es nicht sagen konnte oder wollte: Sie schämte sich, oder der Mann wollte es nicht. Annie malte um die zweite Hypothese einen Kreis. Der Mann, der ihr Vater war, wollte also nicht, dass jemand von seinem Kind erfuhr. Warum nicht? Dafür gab es eine Reihe von Erklärungen. Ihre Mutter war seine Geliebte gewesen, und er hatte bereits eine Familie, die er nicht verlassen wollte. Er bekleidete eine Position, in der ihm ein uneheliches Kind geschadet hätte. Vielleicht war er Gemeindepfarrer. Den Gemeindepfarrer strich sie durch und schrieb «Familie» und «Position» darunter und kreiste die Wörter ein. Der Mann, der ihr Vater war, wollte nicht, dass ihre Mutter seinen Namen preisgab, entweder, weil er bereits eine Familie hatte, oder, weil es unpassend gewesen wäre, mit einer Frau wie ihrer Mutter ein Kind zu haben. Nicht einmal nach ihrem Tod gab er sich zu erkennen, um sich seiner Tochter anzunehmen.

Annie bereute, das Gespräch mit Sture Hult so rasch beendet zu haben. «Es ist nicht so einfach», hatte er gesagt. «Ich zeigen Ihnen alles, was ich habe, dann können Sie sich selbst ein Bild machen.» Er hatte ihr keine Telefonnummer nennen können, unter der er erreichbar gewesen wäre. Aber er würde sie gerne sehen, am nächsten Tag bereits, falls ihr das recht sei. Er beabsichtige, seine Tochter in Stockholm eine Woche lang zu besuchen. Annie, die immer noch recht benommen war, hatte eingewilligt. Dann hatten sie aufgelegt. Ihr journalistischer Scharfsinn war wie weggeblasen gewesen.

Annie fuhr mit dem Finger über das Papier. Ein Mann im Leben ihrer Mutter war in den Unterlagen nicht vorgekommen. Niemand hatte ihn erwähnt. Annie war immer davon ausgegangen, ihr Vater sei eine Zufallsbekanntschaft ihrer Mutter gewesen, sie sei unabsichtlich schwanger geworden und ein gemeinsames Leben sei nie geplant gewesen. Möglicherweise hatte ihr Vater nichts von ihrer Existenz gewusst. Sie hatte jedenfalls damals, als sie in ihrer Jugend versucht hatte, etwas über ihre Herkunft in Erfahrung zu bringen, nichts herausfinden können. Es war, als hätte es diesen Mann nie gegeben. Er war und blieb verschwunden. Das bedeutete, dass er die Fähigkeit besaß, zu verhindern, dass man nach ihm suchte, obwohl es gute Gründe dafür gab.

Jetzt meldete sich die Journalistin in ihr zu Wort, und das Kind in ihr wischte sich seine Tränen aus dem Gesicht. Es gab ein Datum. Sture Hult hatte ein Datum genannt, und sie hatte es aufgeschrieben. Samstag, den 17. Oktober 1959. Vor fast genau dreißig Jahren war Annies Mutter ermordet worden. Laut Sture Hult in einem Haus, das später angezündet worden war, um Spuren zu vernichten. Dann hatte man die Leiche an den Ort gebracht, wo sie gefunden worden war. Dieser Ort war weit genug von dem Haus entfernt gewesen, das abgebrannt war, damit niemand auf die Idee kommen würde, dass es einen Zusammenhang gab. Niemand, außer dem jungen Sture Hult. Annie beschloss, das Datum zu überprüfen. Und seinen Namen. Auf den Mikrofilmen der Kungliga Biblioteket. Dort lag die Antwort, und damit konnte sie nicht bis zum nächsten Tag warten.

Den ersten Artikel, datiert auf den Montag nach dem Freitag, an dem ihre Mutter laut Sture Hult gestorben war, entdeckte sie in der Tageszeitung *Folket*.

Ein Paar machte am Seeufer des Båven eine fürchterliche Entdeckung. Gegen halb neun am Sonntagmorgen fanden die Spaziergänger eine übel zugerichtete Frauenleiche. Die Identität der Frau konnte erst gestern ermittelt werden. Es handelt sich um Fräulein Karin Kristina Åkesson, geboren 1933. Als Todesursache wurde Ertrinken festgestellt. Fräulein Åkesson hinterlässt eine dreijährige Tochter.

Annie wischte sich eine Träne von der Wange. Sie überlegte, woran ihre Mutter wohl zuletzt gedacht hatte. Sie war sich bewusst gewesen, dass ihr kleines Mädchen allein in der Welt zurückbleiben würde. Das hatte sie vermutlich ebenso entsetzt wie die Tatsache, sterben zu müssen. Sie setzte ihre Lektüre fort und stieß auf den nächsten Artikel.

Rätselhafter Brand auf Gut Töversta in Helgesta

Sie fuhr mit dem Finger die Zeilen entlang, bis sie zum letzten Absatz kam. Sie hatte das Gefühl, als risse ihr jemand das Herz aus der Brust. Sie kniff die Augen zusammen und hielt den Atem an. Der Text war immer noch da.

Das Gut Töversta befindet sich im Besitz des Industriellen Johan Droth sr. aus Stockholm. Sein Sohn, Johan Droth jr., befand sich während des Feuers auf dem Anwesen, ist aber unversehrt.

Annie lehnte sich zurück und griff sich an den Hals. Sie konnte nicht mehr klar denken. Ihre Mutter. Das Gut Töversta. Die Prostituierten. Der Herrenbund. Männer, die Menschen kauften. Frauen, die sich wie Ware feilboten. Frauen, die sich nach einem anderen Leben sehnten. Sture Hult. Johan Droth.

Sie nahm ihre Tasche und eilte Richtung Toilette. Ein Paar stritt in einiger Entfernung in einer fremden Sprache, eine ältere Frau versuchte sie zu beruhigen. Tränen brannten auf Annies Wangen und schmeckten salzig. Das Früher und das Jetzt standen plötzlich in einem ganz neuen Zusammenhang. Ihre

Mutter spielte eine Rolle. Und der Mann, von dem es hieß, er sei ihr Vater, spielte eine andere. War Annie jemand gefolgt und hatte dafür gesorgt, dass sie auf diese Spur stieß? Wie war ein solch teuflischer Zufall möglich? Was konnte der Mann, über den sie mit großer Mühe Nachforschungen angestellt hatte, mit ihrer Mutter zu tun haben? War das überhaupt plausibel? Sie musste sich sofort mit diesem Sture Hult in Verbindung setzen. Egal, was für ein Spiel er mit ihr trieb, sie würde ihn zum Reden bringen. Aber vorher musste sie ihn finden.

Annie drehte das kalte Wasser auf, hielt ihr Gesicht unter den Hahn und trank in großen Schlucken.

Als sie die Toilette verließ, sah sie sich um.

Sie rief zu Hause an. Keine Antwort.

Sie wählte Kay Orhas Nummer. Er meldete sich nach dem zweiten Freizeichen.

Sie redete schnell, erzählte von Sture Hult, Johan Droth und ihrer Mutter. Kay Orha stellte einige Fragen, sie antwortete. Sie bat um Hilfe, und er versprach zu tun, was er konnte, um Sture Hult ausfindig zu machen. Wie benommen beendete sie die Verbindung. Sie musste dringend mit Max sprechen.

Annie verließ die Bibliothek. Der Nachmittag war kalt, aber sie knöpfte ihren Mantel nicht zu. Sie schwitzte. Sie wollte zum Club, um nachzusehen, ob Max dort war. Er musste dort sein. Er war ihre Familie, dieselbe heute wie gestern. Davon abgesehen hatte sich alles verändert. Sie wollte, dass er sie mit dem für ihn so typischen Gesichtsausdruck ansah.

Sie zog ein kleines Notizbuch aus der Tasche mit Namen, Daten, Orten und hielt es aufgeschlagen in der Hand, als erwarte sie, dass sie noch etwas entdecken würde. Eine Ungereimtheit. Eine Erklärung. Jemand rempelte sie von hinten an, sie drehte sich um. Ein Mann murmelte eine leise Entschuldigung, und sie sah ihn wütend an. Sie hielt einen Augenblick inne und atmete tief durch. Ihr war warm, sie zog ihren Mantel aus und legte ihn über ihre Umhängetasche. Sie bog in die David Bagaresgatan ein, um dem Gedränge zu entfliehen. Hier war es still. Keine Menschenseele war zu sehen. Sie hielt auf der Anhöhe zur Regeringsgatan inne und stellte ihre Tasche ab. Die Treppen waren ihr zu viel. Alles war ihr zu viel. Sie zog den Mantel wieder an. Es war gar nicht so warm.

Plötzlich hatte sie das Gefühl, das Kopfsteinpflaster sause ihr entgegen, als wollte es sie erschlagen, und sie stützte sich an einem Verteilerkasten ab. Sie musste sich sammeln und mit jemandem reden, der ihr helfen konnte, alles wieder ins Lot zu bringen. Der Einzige, der ihr einfiel, war Max. Sie sehnte sich nach seiner Umarmung. Sie brauchte ihn mehr denn je.

Als sie sich bückte, um die Tasche zu nehmen, spürte sie, dass jemand sie beobachtete. Sie drehte sich um. Hinter ihr stand ein Mann. Er war Anfang vierzig, gut gekleidet, Seidenschal. Der Mann, der sie angerempelt und sich dann entschuldigt hatte. Er war ihr gefolgt.

«Kann ich Ihnen irgendwie behilflich sein?», fragte Annie.

«Sie sind doch Annie Lander?», fragte er und lächelte, die Hände in den Manteltaschen vergraben.

«Und wer sind Sie?», fragte sie zurück und überlegte, ob sie ihn kennen musste. Sein durchdringender Blick war ihr unbehaglich.

Da hörte sie, dass sich ein Auto näherte. Sie war erleichtert, denn jetzt waren sie nicht mehr allein auf der leeren Straße. Unten auf der Birger Jarlsgatan drängten sich die Passanten, aber das war weit weg. Jemand schloss ein Fenster, und die Musik, die aus der Ferne zu ihr gedrungen war, verstummte. Max war nur noch zweihundert Meter entfernt, und sie bildete sich ein, dass sie sein ausgelassenes Lachen hören konnte, wenn sie sich nur genug anstrengte. Der Wagen hielt, und sie drehte sich um. Eine Hintertür wurde geöffnet, aber niemand stieg aus. Was ist hier eigentlich los?, dachte sie.

DREI

Freitag, 13. Oktober – Freitag, 20. Oktober 1989

GROSSE ZEITEN NAHEN

1

Vitomir Jozak meinte, den Geruch des Geldes wahrzunehmen, das in der offenen Tasche lag. Schmutzige, gebrauchte Scheine, Hunderter und Tausender, mit Gummibändern gebündelt. Er warf noch einen raschen Blick in die Tasche. Jetzt gehörte dieses Geld ihm. Der Kerl ihm gegenüber, Kenneth, nannte die Summe: 500 000. Bald würde Vitomir Jozak genug Geld haben, um die größte Partie Heroin zu kaufen, die jemals in Schweden umgesetzt worden war. Wenn dieses Heroin erst einmal gestreckt, umgepackt und verkauft worden war, konnte ihn niemand mehr aufhalten.

Vitomir Jozak war unbewaffnet, aber seine beiden Begleiter hatten genug dabei, um die Hälfte der Gäste der Sturecompagniet umzunieten und, um sich schießend, den Club zu verlassen. Vitomir saß mit dem Rücken zur Wand, flankiert von seinem Bruder Ranko und Avram Gavrić.

Kenneth war mit einem der reichsten Typen der Stadt befreundet, mit Buster Droth, und hatte gerade den Inhalt der Tasche in das Unternehmen von Vitomir Jozak investiert. Vitomirs Anwalt Henrik Olsson wusch Geld gründlicher als seinen eigenen Sack. Sobald die Rendite stimmte, würden auch Kenneths reiche Freunde einsteigen und so viel Geld investieren, wie Jozak entgegennehmen würde. Vitomir lachte innerlich bei dem Gedanken an diese gesegnete Aussicht.

Das Geld in der Tasche war ein Kredit, der mit einem Prozent pro Woche verzinst werden würde. Vitomir Jozak wollte mit dem Geld zwei Restaurants kaufen, das eine auf Kungsholmen, das andere in Sundbyberg, beide vom selben Eigentümer. Sie hatten ihn ein paar Monate lang unter Druck gesetzt, und jetzt stand er vor dem Bankrott. Falsche Rechnungen, ein korrupter Rechnungsprüfer. Das Übliche. Jetzt waren die Restaurants für 50 000 zu haben. Sie waren bedeutend mehr wert, aber hier ging es nicht um einen fairen Preis. Dieses Geschäft sah aus wie alle anderen Geschäfte Vitomirs. Wir schlagen dir die Scheiben ein und vergraulen deine Gäste, außerdem werden deine Türsteher so teuer, dass du sie dir nicht mehr leisten kannst. Entweder meldest du Konkurs an, oder du verkaufst für ein Trinkgeld, ziehst in eine andere Stadt und lässt dich hier nie wieder blicken. Viele sahen eines Morgens ein, dass ein solches Geschäft nicht das schlechteste war. Denn sie hatten von Vitomir Jozak geträumt, und aus solchen Träumen wollte man auch wieder erwachen.

Vitomir war Anfang vierzig und keine Schönheit. Jeder Blick in den Spiegel erinnerte ihn daran, warum verängstigte Männer für seine Dienste bezahlten und warum er verängstigte Frauen für ihre bezahlte. Seit er, jedenfalls nach seinen Maßstäben, reich geworden war, gab es mit Frauen keine Probleme mehr. Seine Hände waren grob. Sein Bauch war flach und hart, ohne den geringsten Ansatz von Fett. Seine dunklen Augen standen wie die Mündungen einer Schrotflinte dicht nebeneinander, seine Blicke waren genauso furchterregend wie seine behaarten Fäuste. Die Sandsäcke im Boxclub in der Östgötagatan konnten ein Lied davon singen, wie sie sich anfühlten. Und viele teilten diese Erfahrung.

Interpol war auf ihn aufmerksam geworden, hatte ihm aber

bislang nichts nachweisen können. In seiner Akte stand Folgendes: «Vitomir Jozak alias der Pate. Geboren 1950 in Pančevo nördlich von Belgrad. Seine Familie pflegte Kontakte zur Geheimpolizei (Uprava državne bezbednosti, UDBA) und war mit Tito befreundet. Zog in den 1970er Jahren nach Schweden. Sein neun Jahre jüngerer Bruder Ranko folgte ihm einige Jahre später. Arbeitet als sein Leibwächter. Mutter in Belgrad. Vater verstorben. Engster Vertrauter ist Avram Gavrić. J. betreibt Restaurants und Fitnessstudios. Schmuggelt gefälschte Markenjeans, Zigaretten und Drogen, vor allen Dingen Heroin, aber auch Kokain, nach Schweden. Wird einiger Morde verdächtigt. Des Mordes an dem Schriftsteller Ante Mikulić in Paris 1978. Des Mordes an dem Geschäftsmann Stjepan Tuksor, Berlin, Westdeutschland, 1979. Des Mordes an dem ehemaligen Offizier Nahid Jozak, Carcaixent, Spanien, 1981. Filmte vermutlich im Auftrag der UDBA im Gegenzug für die Genehmigung zum Zigaretten- und Drogenschmuggel aus Mazedonien eine Demonstration für die kroatische Unabhängigkeit in Stockholm im Herbst 1985, was die schwedische Polizei bestätigt.»

Im Herbst 1979 war er nach Schweden gekommen, einige Monate nachdem sein Kumpel Božko einen Kumpan mit Waffengewalt aus einem Stockholmer Gerichtssaal befreit hatte, was für Schlagzeilen gesorgt hatte. Seither wurden alle Jugoslawen in Stockholm mit Božko in Verbindung gebracht, ob es ihnen recht war oder nicht. Das nahm mit jedem Jahr zu. «Kennst du Božko?», wurde er oft gefragt. «Arbeitest du für Božko?» Es gab Leute, die in den Clubs am Stureplan seinen Namen erwähnten, um sich bei jungen Frauen à la Jannike Björling wichtig zu machen, aber er gehörte nicht dazu. Früher hatte er mit ihnen zusammen Läden ausgeraubt. Rotznasen, dachte er jetzt. Candyman, Zika, Vule, Božko und er. Irgendwie hatten sich ihre Wege einige Jahre lang unentwegt gekreuzt. Er arbeitete für den Staat, Božko arbeitete für den Staat. Er fuhr nach Rom, als sein Kumpan Davocic nach Triest gezogen war und ein paar Leute von der Mafia kennengelernt hatte, die für ihn Arbeit in Rom hatten. Als er dort eintraf, war Božko bereits da. Sie hielten die ganze Zeit miteinander Schritt, doch das machte sie nicht zu Freunden. In dieser Branche hatte man keine Freunde. Er bezahlte ihn, wenn er ihn brauchte, und hielt sich von ihm fern, wenn es ihm ratsam erschien. Jetzt fuhr Božko einen rosa Cadillac, trug teure Anzüge und eine Rolex. Vito hatte gehört, dass er sich so in Belgrad zeigte.

Kenneth fragte: «Sollen wir Champagner bestellen und feiern?»

Ranko und Avram sahen Vitomir an. Dieser dachte, warum nicht, und nickte. Sie winkten einen Kellner herbei, und Vitomir warf noch einen Blick in die Tasche. Nichts übertraf den Anblick von Cash.

Aus zwei Gründen hatte er Belgrad verlassen: Dort war es kaum möglich, Geld zu verdienen, und die Strafen waren hart. Für den Umzug nach Schweden hatten drei Faktoren gesprochen: Dort gab es Geld, schlechte Schlösser und kurze Strafen. Er hatte keinerlei Absichten, nach Belgrad zurückzukehren. Freunde von ihm waren gewarnt worden: «Verlass die Stadt, es wird blutig und schmutzig.» Hinter vorgehaltener Hand wurde auf der Straße, in Restaurants und Bars über die Pläne von Slobodan Milošević gesprochen. Bald würde in allen Medien darüber berichtet werden, auch bei CNN. Die Serben sind das große Volk, sagte er. Die anderen sind gegen uns. Sie sind unsere Feinde. *Nebeski narod*, wir sind das himmlische Volk. Vitomir Jozak hatte jedoch keine Lust, in den Krieg zu ziehen, weil irgendjemand anderes Blut oder eine andere Kultur hatte. Er kämpfte nur um eines: Geld.

Er blickte auf, als der Kellner mit dem Champagner kam, schob seine Manschette hoch und sah auf die Uhr. Eine digitale Armbanduhr mit einem unterhaltsamen Spiel mit einem Fallschirmspringer. Es war 0.52 Uhr. Sie hoben ihre Gläser, und Kenneth grinste. Partner, dachte Vitomir und grinste ebenfalls.

«Jede Woche», sagte Vitomir und lehnte sich über den Tisch, «kommt mein Anwalt und zahlt dir zwei Prozent Zinsen. Aber der Kredit bleibt bestehen. Du kannst ihn nach Belieben fällig stellen, aber dreißig Tage brauche ich. Okay?»

«Kein Problem. Wie investiert ihr?»

«Darüber mach dir mal keinen Kopf. Das Einzige, was dich zu interessieren hat, ist, dass unsere Zinsen höher sind als die deiner Bank. Das legt nahe, dass wir anders investieren als deine Bank. Überlegen darfst du, das macht mir nichts aus, aber fragen darfst du nicht. Jetzt stoßen wir an. *Ziveli*!»

Sie tranken.

Kenneth stellte sein geleertes Glas in die Mitte des Tisches und beugte sich zu Vito vor. «Und was ist, wenn ich mehr Geld zuschießen will?»

«Wir fangen mit dem in der Tasche an.» Er musste gelassen bleiben, damit es den Anschein hatte, als wollten sie etwas von ihm und nicht umgekehrt. «Wenn du zufrieden bist, können wir uns später darüber unterhalten.»

«Ich kenne mehrere Leute, die auch gerne mitmachen wollen. Das Geld in der Tasche ist nur ein Bruchteil von dem, was sie aufbringen können.»

«Das klingt gut, aber wir machen nicht mit jedem Geschäfte, und wir sind auch keine Bank, die man seiner Verwandtschaft und seinen Freunden empfiehlt. Du kannst Geschäfte mit mir machen, weil du Geschäfte mit Ranko machst und weil er dir vertraut.» Er sah Ranko an. Dieser nickte ernst. Kenneth war einer seiner größten Kokain-Abnehmer. «Wir wissen, wer deine Freunde sind, und wir wissen, wer du bist.»

«Klar. Ich wollte das nur sagen. Ich meine, dass es mehr Geld gibt. Viele sind an einem guten Deal interessiert.»

Vito nickte und leerte sein Champagnerglas. Er würde den ganz großen Hai an Land ziehen, ihm die Zähne aus dem Maul ziehen und sie als Schmuckstücke verkaufen.

Vitomir Jozak stand früh auf und joggte ein paar Runden im Humlegården, um seinen Kater loszuwerden. Ranko hatte das Geld mitgenommen, und Vitomir hatte ein Mädchen abgeschleppt, dessen Namen er sich gar nicht erst gemerkt oder gleich wieder vergessen hatte. Es roch nach ihr, als er nach dem Joggen aus der Dusche kam. Er öffnete ein Fenster. Dann verließ er das Haus. Avram wartete schon. Sie wollten dem Mann mit den beiden Restaurants erzählen, dass er einen neuen Teilhaber hatte.

Das Flamingo war ein Lokal, das kein Mensch zielbewusst ansteuerte, das aber trotzdem immer halb voll war. Man ging dorthin, wenn man auf Kungsholmen wohnte und billig ein Glas Bier vom Fass trinken wollte. Hier wurde jedes Jahr sehr viel Geld umgesetzt, und genau das war Vitomir wichtig. Außerdem wollte er über dieses Lokal Heroin an seine Dealer verteilen.

An der Tür nannte er seinen Namen und wurde eingelassen. Ein junger Mann eskortierte ihn, Avram und Ranko ins Hinterzimmer. «Håkan wartet», sagte er und fuhr sich mit der Hand durchs Haar.

«Gut.» Bleib nicht mit der Hand an deinem gegelten Haar kleben, verdammte *Peechka*, dachte Vitomir und lächelte.

Håkan, der Eigentümer, saß an einem kleinen, in der Ecke versteckten Tisch. Er wusste, dass er an diesem Abend verlieren würde, und hatte schon ein paar Gläser getrunken, damit es nicht so wehtat. Vor ein paar Jahren war sein Anzug noch schick gewesen. Er auch. Im Zimmer roch es nach Damenparfüm und warmem Champagner. Håkan lächelte. «Nimm Platz, Vitomir. Kann ich dir etwas anbieten?»

«Noch nicht.» Vitomir nahm ihm gegenüber Platz und legte ein Paket auf den Tisch. Fünfzigtausend in bar waren in ein Stück Papier gewickelt. Er klopfte zweimal auf das Paket und schob es zu Håkan hinüber. «Das ist dein Geld, Håkan. Fünfzigtausend Kronen.» Er stützte den Ellbogen auf den Tisch.

Håkan biss sich auf die Unterlippe und nickte. Er sah die beiden anderen an, die abwartend hinter Vitomir stehen geblieben waren. «Okay. Und was soll ich damit machen? Ich vermute mal, dass du dich nicht mit mir verabredet hast, um mir ein Geschenk zu überreichen. Oder weil das dein Einsatz beim Roulette ist.» Er lachte nervös.

«Mit dem Geld kannst du machen, was du willst. Du kannst deinem Sohn, der, wie ich zufällig weiß, bald fünfzehn wird, ein Moped kaufen. Oder du kannst deine Frau zu einer Reise einladen. Oder du kannst die Rechnung deines Kokainlieferanten begleichen. Ich habe den Eindruck, dass du ihm noch einiges schuldest?» Er sah Ranko an. «Mach, was du willst. Diese fünfzigtausend gehören dir. Ich bin nicht dein Vater. Aber ich bin von jetzt an dein Partner. Ich habe gerade neunzig Prozent deiner beiden Restaurants gekauft. Hast du das verstanden?»

Håkan ließ den Kopf hängen und starrte auf die Tischplatte.

Vitomir schlug ihm mit dem Handrücken seiner Rechten ins Gesicht. «Håkan, guck mich gefälligst an und sag, dass du das verstanden hast.»

Überrascht griff Håkan sich an die Wange. «Neunzig Prozent ist viel, Vitomir. Ich muss eine Familie versorgen, das weißt du doch. Was bleibt für mich, wenn du deinen Teil gekriegt hast?»

«Du hast keine Wahl. Deine Lokale laufen schlecht. Bald gehst du in Konkurs, dann kann ich sie bei der Zwangsversteigerung kaufen. Und für deine Familie bleibt überhaupt nichts. Mit mir zusammen werden deine Geschäfte besser laufen, und du bekommst jeden Monat deinen Anteil. Dagegen ist doch nichts einzuwenden?»

«Da bleibt aber wenig übrig. Bei zehn Prozent, meine ich.»

«Ist es dir lieber, dass ich jetzt gehe, ohne dass wir uns geeinigt haben? Kein Geld für dich und ein unzufriedener Partner? Dieser Håkan, werde ich dann zu Ranko und Avram da drüben sagen, auf den ist kein Verlass. Ich dachte, wir waren uns einig. Und jetzt überlegst du es dir anders? Ich habe für Leute nichts übrig, auf die kein Verlass ist.» Er beugte sich vor und fasste Håkan am Kinn. «Ich kann mich doch auf dich verlassen, Håkan? Dass es keine Probleme gibt. Denn sonst nehme ich einfach das Geld und gehe wieder, und dann bist du deine Restaurants trotzdem los. Verstehst du?»

Håkan lehnte sich zurück und entzog sich so der Hand. «Ja, verdammt, schon gut. Natürlich kannst du dich auf mich verlassen. Aber für mich ist das ein ganz schön harter Deal.»

«Ein harter Deal?»

«Ja, das ist verdammt wenig Geld für zwei Restaurants mit recht vielen Gästen, selbst wenn es in letzter Zeit etwas zäh lief.»

«Du bist eine blöde Schwuchtel, Håkan. Das Geld reicht. Kapiert?»

Schweigen.

«Ich bin nicht blöd, Vitomir.»

«Dann sag ein paar kluge Worte, Håkan.»

«Ich verstehe.»

«Was verstehst du, Håkan?»

«Dass es nur diesen einen Deal gibt.» Er wollte noch etwas sagen, besann sich aber eines Besseren.

«Na also.» Vitomir breitete die Arme aus und lächelte. «Dann sind wir uns ja einig. Wozu das Theater? Wir sind uns einig. Schlag ein, Partner!» Håkan nahm zögernd Vitomirs Hand, und dieser schüttelte sie fest. Er sah erst Håkan, dann den jungen Mann an, der einen Schritt von Ranko und Avram entfernt stand. «Wie heißt unser junger Freund?», fragte er Håkan.

«Jens.»

«Jens», rief er und winkte den jungen Mann heran. «Wie du siehst, haben dein Chef und ich uns geeinigt. Wir geben uns die Hand. Der Deal ist perfekt. Wir sind zufrieden, und das muss gefeiert werden. Also hol uns allen ein Bier.»

Der junge Mann gehorchte. Die beiden Männer saßen am Tisch und tranken. Vitomir sprach über Dinge, die mit den Restaurants nichts zu tun hatten. Er verachtete Männer wie Håkan, die sich anderen Männern gegenüber nicht behaupten konnten. Die sich nicht wehrten, wenn ihnen jemand das nahm, was sie im Schweiße ihres Angesichts mit ihren Händen aufgebaut hatten. Männer, die schwach waren. Aber er war auf sie angewiesen, als Strohmänner für die Unterlagen. Für die Schanklizenz und vieles andere. Håkan würde nie mehr als diese fünfzigtausend bekommen, und die Hälfte davon ging ohnehin an

Ranko für Kokain, das er auf Pump gekauft hatte. Håkan war ein Loser. Sie würden sein Auto verkaufen, um Waren zu bezahlen, die die Firma zum Weiterverkauf erworben hatte. Sie würden eine Hypothek auf sein Haus aufnehmen, um neue Spielautomaten zu kaufen, die sie dann woanders aufstellen würden. Sie würden seine Versicherungen nach Strich und Faden betrügen und ausnehmen. Nach und nach würden sie ihm alles nehmen, sein Leben zerstören. Und wenn nichts mehr zu holen war, dann würden sie ihm ein Seil geben, damit er sich auf dem Speicher erhängen konnte. Er war nur ein kleines Rädchen in ihrer großen Maschinerie, eines der vielen, die Vitomir Jozak für sein Fortkommen benötigte. So einfach war das. Vitomir Jozak musterte Håkan, und als dieser seinen Blick erwiderte, blinzelte Vitomir und trank den letzten Schluck Bier.

«In solchen Situationen muss man auf der Hut sein», sagte Vitomir zu Ranko, als sie wieder auf die Straße traten und zu ihren Autos gingen, die in der Nähe des Rådhuset geparkt waren. «Håkan ist ein Loser. Aber wenn er morgen aufwacht und ihn seine Frau ausschimpft, weil er seine Firma verloren hat, dann steht alles auf der Kippe. Vielleicht geht er dann zur Polizei oder kauft sich eine Pistole und glaubt, dass er so zu seinem Recht kommt. Ich glaube das zwar nicht, aber man kann nie wissen. Man darf niemanden unterschätzen. Auch nicht einen Schwächling.»

«Okay», antwortete Ranko und zündete sich eine Zigarette an, ohne seinen Schritt zu verlangsamen.

«Morgen fahren wir beide mit derselben Summe zu meinem Bullen in Bromma und bezahlen ihn. Dann sind wir auch das Problem los.» Er wandte sich an Avram: «Vielleicht missfällt unser Manöver irgendwelchen Leuten, die Håkan ebenfalls erpresst haben. Bei ihrem nächsten Besuch sind wir da. Bewaffnet. Und dass mir Ranko nichts ohne Rückendeckung macht.»

«Ich bin erwachsen», protestierte Ranko, als Avram eifrig nickte. «Ich kann auf mich selbst aufpassen.»

Vitomir hielt inne und baute sich vor Ranko auf, dass ihre Nasen sich beinahe berührten.

«Markier hier nicht den starken Mann», sagte er leise. «Du bist neu. Du gehst bei Avram in die Lehre. Wir expandieren. Und dabei sehen nicht alle tatenlos zu.» Er klopfte etwas Staub von der Schulter des Sakkos, das Ranko seinetwegen angezogen hatte, ließ ihn aber nicht aus den Augen. «Hör auf mich, Vorsicht ist angezeigt.» Er lächelte, trat einen Schritt zurück und zog die Autoschlüssel aus der Tasche. «Morgen geht's ganz früh los. Unsere Arbeit hat gerade erst begonnen.»

VOLLMOND UND EINSAMKEIT

1

Wie Fliegen um eine Leiche schwirrte eine unheilverkündende Ängstlichkeit im Zimmer herum. Max setzte sich auf. Die Decke lag zusammengefaltet auf der Sofalehne. In der Wohnung war es still. Es roch nach Frühlingsrollen, und der Fernseher flimmerte. Draußen war es hell. Max' Stimme hallte in der Wohnung: «Annie?» Keine Antwort.

Er hatte einen freien Abend gehabt und gehofft, dass sie früh nach Hause kommen würde. Er war nervös gewesen. Er hatte vermutet, dass es spät werden und wieder Streit geben würde. Zuletzt hatte sich seine Unruhe in Wut verwandelt. Das chinesische Take-away stand noch auf dem Wohnzimmertisch. Niemand hatte davon gegessen, und die süßsaure Soße war durch die Pappe auf den Tisch gesickert. Er hatte am Nachmittag in ihrem Büro angerufen und erfahren, dass sie es gerade verlassen hatte, und war davon ausgegangen, dass sie sich auf dem Heimweg befand. Er hatte alles vorbereitet; eingekauft, aufgeräumt und rasch geduscht. Er hatte sich vorgestellt, dass sie essen, sich versöhnen und etwas planen würden für die Zeit nach der Geburt, mit dem Kind. Vielleicht würden sie mit ihm nach Paris fahren. Sie spürte, dass es ein Junge wurde, und er vertraute ihr.

Er nannte ihn Mingus. Nach Charlie Mingus, der Jazzlegende.

Annie sagte: «Leonard.» Nach niemandem benannt.

Er fand: «Leonard Mingus.»

Sie sagte: «Leonard.»

Zu guter Letzt war er eingeschlafen. Jetzt schaute er auf die Uhr. Viertel vor sieben, und sie war nicht nach Hause gekommen. Er wusste, dass irgendwas richtig schiefgelaufen sein musste. Er wusste nicht, was.

Er fuhr sich durchs Haar und strich seine Hose glatt. In Jeans zu schlafen war noch nie eine gute Idee. Er ging ins Schlafzimmer. Das Bett war unberührt. Die Schranktür stand offen, und auf dem Bett lagen die Kleider, die Annie am Vortag anprobiert hatte. Ihr Mantel hing nicht in der Diele. Er hob einen von ihren Pullovern an die Nase und atmete ihren Geruch ein. Es fiel ihr inzwischen schwer, eine passende Garderobe auszuwählen. Sie fand sich hässlich, unsexy. Er versuchte ihr zu erklären, dass sie immer noch wahnsinnig gut aussah. Das gelang ihm nicht sonderlich.

Er ging ins Bad, stützte sich auf den Waschbeckenrand und trank ein paar Schlucke aus dem Wasserhahn. Es roch nach abgestandenem Wasser und Shampoo. Er massierte sich die Stirn mit zwei Fingern und neigte den Kopf zur Seite. Annies Unterwäsche hing auf dem Wäschegestell über der Badewanne. Er dachte an Sex. Die Zahnbürste lag trocken auf der Ablage über dem Waschbecken. Er dachte an ihre weichen Küsse. Auf dem Wasserhahn waren ihre und seine Fingerabdrücke. Wenn sie gestritten hatten, hatten sie sich bisher immer am nächsten Tag versöhnt.

Sie war nicht nach Hause gekommen. Was hatte das zu bedeuten? Dass sie bei einer Freundin übernachtet hatte oder dass ihr auf dem Heimweg etwas zugestoßen war? Das Kind hatte sich entschlossen, zu früh zu kommen, und jetzt warteten sie und Leonard Mingus darauf, dass er sie im Krankenhaus besuchte und in die Arme schloss. Er schaute nochmals auf die Uhr: fünf vor sieben. Wenn sie immer noch wütend war und nicht nach Hause kommen wollte, dann gab es nicht sonderlich viele, bei denen sie untergekrochen sein konnte. Bei ihrer besten Freundin vielleicht. Sie würde dort auf der Couch übernachten, und wenn er anrief, würde er an ihrem Tonfall merken, dass sie ihm die Schuld gab. Er ging zu ihrem Schreibtisch im Schlafzimmer, weil dort auf einem gelben Zettel, der auf der Tischplatte festgeklebt war, die Telefonnummern standen. Dieser Zettel war für ihn, denn sie hatte die Nummern im Kopf.

Noch nie war sie über Nacht weggeblieben, ohne ihn anzurufen. In dieser Hinsicht unterschieden sie sich sehr. Unzählige Male hatte sie auf dem Sofa auf ihn gewartet, dann war sie ins Bett gegangen, wieder aufgestanden und hatte entweder Lena oder Ulla angerufen. Diese hatten sie stets daran erinnert, dass er immer heil nach Hause gekommen war und das vermutlich dieses Mal auch wieder tun würde. Meist war er zu betrunken gewesen, um erklären zu können, wo er gewesen war. Manchmal hatte er sich auch einfach nicht mehr erinnern können. Jetzt waren die Rollen vertauscht. Jetzt war er es, der sie suchte.

«Max! Ist was passiert? Wie spät ist es?» Er hatte Ulla geweckt. Und den Rest der Familie auch, den Hintergrundgeräuschen nach zu urteilen.

«Ist Annie bei dir?»

«Hier? Warum sollte sie hier sein?»

«Sie ist gestern nicht nach Hause gekommen.»

Eine Stimme im Hintergrund. Ulla erklärte. Das ist Max. Offenbar ist Annie nicht zu Hause. Geflüster, sie ist vielleicht … Dann war Ulla wieder zu hören: «Hier ist sie nicht. Hast du schon bei Lena angerufen?»

«Nein. Mach ich gleich. Sorry, dass ich euch geweckt habe.» Sag deinem Mann, er ist lächerlich. Und hässlich. Mundgeruch hat er auch. Außerdem wollte er mich an seinem Junggesellenabend ins Bordell mitnehmen. Bad choice.

«Ruf mich wieder an, wenn du sie nicht erreichst. Es gibt ganz sicher eine Erklärung.»

Er rief Lena an. Dasselbe. Keine Annie und keine Erklärung. Nur Freundinnen mit besorgten Stimmen.

Er zog seine Jacke an und verließ das Haus, um nachzusehen, ob das Auto noch da war. Es stand dort, wo er es am Vortag geparkt hatte. Toyota Corolla. Ein Japaner, auf Pump gekauft. Ein Stück weiter standen zwei Hundebesitzer. Ein Lastwagen rumpelte um die Ecke, und ein paar Nachtschwärmer wankten nach Hause.

Vielleicht war Annie etwas zugestoßen. Vielleicht hatte sie beschlossen, ihn zu verlassen. Die Chancen stehen fifty-fifty, dachte er. Frühmorgens war sein Selbstvertrauen nie auf der Höhe. Er kehrte in die Wohnung zurück und rief in der Redaktion an, obwohl Samstag war, denn irgendjemand war dort immer erreichbar. Annie war schließlich auch zu allen möglichen Zeiten dort. Ihre Arbeit war für sie nicht nur ein Job, sondern eine Berufung. Sie hatte das zwar nie ausgesprochen, aber so kam es ihm vor. Annie war die einzige Person, die er kannte, die eine Berufung hatte.

«Musst ausgerechnet du diese Story schreiben?», fragte er gelegentlich, wenn sie Abend für Abend Überstunden machte. «Kann das denn sonst niemand mit seinem Herzblut schreiben? Oder», meinte er, wenn er sich so richtig nach ihr sehnte, «kann das schwedische Volk nicht noch eine Woche länger ohne diesen hochwichtigen Artikel auskommen?» Er kannte die Antwort. Er hatte sie hundert Mal gehört. Vielleicht sogar tausend Mal. Und jedes Mal, wenn er sie hörte, lief ihm vor Stolz ein Schauer den Rücken hinunter.

«Du weißt, wie ich darüber denke», sagte sie. «Es ist das demokratische Recht eines jeden Mitbürgers auf Information ...»

«Und die demokratische Schuldigkeit der Journalisten, diese zu liefern», fuhr er lachend fort. «Und deswegen liebe ich dich auch so, das weißt du.» In Gedanken strich er ihr eine Haarsträhne aus dem Gesicht. «Ich will doch nur, dass es dir gutgeht. Sei nicht böse. Das ist die Liebe.» In Gedanken küsste er sie. Immer wenn er sie in letzter Zeit gebeten hatte, wegen Mingus nicht so viel zu arbeiten, hatte das zu Streit geführt. Sie entzog sich seinen Umarmungen, egal, wie fest er sie hielt. Dann liebten sie sich in seiner Phantasie wie am ersten Tag.

Beim dritten Versuch hob endlich jemand ab. Ein junger Mann, der sich bereit erklärte, nachzusehen, ob Annie an ihrem Schreibtisch saß. Als Max Schritte hörte, die sich dem Telefon näherten, fragte er sich, was Annie wohl sagen würde. Es gab viele Möglichkeiten, und einige bereiteten ihm Unbehagen. Aber sie war es nicht. Sie war nicht an ihrem Platz, und niemand hatte sie seit dem Vortag gesehen.

«Haben Sie es in den Krankenhäusern probiert?», erkundigte sich der junge Mann.

«Nein.»

«Das sollten Sie sicherheitshalber tun.»

Er rief die Kliniken an und beschrieb Annies Aussehen. Mit jedem Anruf fehlte sie ihm mehr. Ein kleines Muttermal am Kinn. Schwanger. Blond, 170 cm groß. Er hinterließ seine Nummer und bat um Rückruf, falls eine Frau eingeliefert wurde, auf die diese Beschreibung passte.

Warten Sie noch eine Weile damit, die Polizei zu verständigen, wurde ihm geraten. Wie lang ist eine Weile? Warten Sie bis morgen. Es gibt sicher eine Erklärung. Er dachte, dass sie recht hatten, dass es sicher eine Erklärung gab. Aber im Moment fiel ihm einfach keine ein.

Es war halb elf. Es war Samstag, und die Frau, die er liebte, war wie vom Erdboden verschluckt.

Er duschte immer, wenn er sich konzentrieren musste oder wenn er vergessen wollte, dass er existierte. Heiß. Bei geschlossenem Fenster. Bis das Badezimmer einem römischen Dampfbad glich. Oft schrieb er Liebesbriefe auf den Spiegel. Heute allerdings nicht.

Er benutzte ihr Shampoo in der orangenen Flasche, schloss die Augen und sah sie vor sich, wie sie aussah, wenn sie zusammen duschten. Er liebte es, mit ihr zusammen zu duschen. Sie tat das seinetwegen. Ihr nasses Haar war zurückgekämmt, und wenn sie jetzt vor ihm gestanden hätte, hätte er genau gewusst, in welchem Muster das Wasser an ihr hinunterfließen würde. Sie legte ihm die Hand auf die Brust, spreizte die Finger, und seine Brusthaare schauten zwischen ihnen hervor. «Um dein besorgtes Herz zu beruhigen», sagte sie immer, ließ ihr Kinn auf seinem Schlüsselbein ruhen und drückte ihre Brust gegen seine. Sie war so mutig wie Jeanne d'Arc, und das an 365 Tagen im Jahr. Am dreihundertfünfundsechzigsten kam sie leise nach Hause, löschte das Licht im Schlafzimmer und lag mit angezogenen Beinen da, bis er kam, sie in den Armen hielt und wärmte. Mit der heiseren Stimme eines Kindes flüsterte sie: «Ich will unter deine Haut kriechen und für immer dort bleiben.» Er erwiderte: «Dann komm», ohne zu verstehen, was sie quälte. Die Welt, sagte sie. Er empfand ein Gefühl von Stolz, weil der mutigste Mensch, den er kannte, Schutz bei ihm in einer Umarmung suchte, die die ganze Nacht dauerte. Auch wenn das nur an einem dieser 365 Tage geschah.

Er warf das Handtuch aufs Bett und zog den Bademantel an, den sie ohne Gewissensbisse in einem Hotel in Paris hatten mitgehen lassen, weil es so teuer gewesen war. Er betrachtete sich im Spiegel über der Kommode, auf der ein Foto von ihnen beiden stand. Auf dem Foto war er mit der Frau zusammen, die er liebte, und war sich dessen bewusst. Im Spiegel war er allein, und es war ihm anzusehen, dass ihn dieses Alleinsein vollkommen beherrschte. Seine Augen verrieten das.

Der Tag verging. Sie blieb verschwunden. Weitere Telefonate, aber keine Antworten. Die Wohnung beengte ihn. Er zog seine Jacke an und verließ das Haus. Für den Fall, dass sie in der Zwischenzeit nach Hause kam, legte er einen Zettel auf den Tisch. «Mache einen Spaziergang. Bin bald wieder zurück. Warte auf mich. Max.»

Schließlich landete er in einer Kneipe. Ein kleines Lokal, ganz in Rot. Er musste etwas essen und trinken. Er behielt den Schal um und hielt sich die Hände vor den Mund, um sie zu wärmen. Dann bestellte er bei einem schmächtigen Mann mit Rattengesicht ein Bier. Max hatte eine Boulevardzeitung gekauft, schlug sie aber nicht auf. Er ließ sich sagen, dass Tottenham in einem Heimspiel von Chelsea geschlagen worden war, aber das war ihm egal. Er trank einen großen Schluck Bier und spürte wieder so etwas wie Sicherheit. Alles würde wieder gut werden.

Hier war er oft mit Patrik hingegangen. Sie war ihr zweites Zuhause gewesen, bevor sie ihre Frauen kennengelernt hatten. Patrik hatte bereits Kinder. Max hatte versucht, ihn vom Telefon in der Ecke aus anzurufen, aber niemand hatte sich gemeldet. Vermutlich waren sie shoppen. Jedes Mal, wenn die Tür aufging, hoffte er, Patrik würde eintreten. Fehlanzeige. Sie waren Schulter an Schulter durchs Leben gegangen, und eine Zeitlang schien es, als ob es immer so bleiben würde. Das war beruhigend gewesen. Aber in den letzten Jahren hatten sie sich entfremdet. Darin waren sie sich einig.

Max rief zu Hause an. Keine Antwort. Der Zettel lag immer noch herzerweichend unbeachtet auf dem Tisch. Er leerte sein Bier, zog seine Jacke an und beschloss, bei Patrik vorbeizuschauen. Falls er ihn nicht antraf, würde er seine Mutter anrufen. Er wollte sie nicht unnütz beunruhigen, und sie würde ihn nur nervös machen.

Max kannte Patrik seit der siebten Klasse, er war sein bester Freund. Eigentlich verband sie nichts, außer ihre Liebe zur Musik, zum Liverpool FC und zueinander. Mit Patrik hatte er Pläne geschmiedet, sie hatten sich aneinander gemessen, gemeinsame Träume gehabt und vieles ausprobiert. Sie hatten mit Leichtbier um die Wette getrunken. Max hatte gewonnen. Sie hatten darüber geredet, wie es sein würde, mit Mädchen zu schlafen, und darum gewettet, wer der Erste sein würde. Patrik hatte gewonnen. Sie hatten Hemingway gelesen und darum gewettet, wer es riskieren würde, in Pamplona mit den Stieren durch die Straßen zu laufen. Max hatte gewonnen, obwohl Annie fand, dass diese Waghalsigkeit eher etwas für Verlierer war. Sie hatten davon geträumt, vor ihrem dreißigsten Geburtstag Millionäre zu werden. Das hatten sie beide nicht geschafft. Patrik lag allerdings in Führung.

Lisa öffnete die Tür. Max warf einen Blick über ihre Schulter, noch ehe sie sich begrüßten. Am großen Wohnzimmertisch saßen zahlreiche Gäste, und die Wärme von drinnen schlug Max entgegen. Alle waren aufgetakelt, ihre Gesichter waren gerötet. Alle waren da, außer ihm. Und Annie.

Er schwieg.

«Wir veranstalten ein kleines Goûter», sagte Lisa.

«Ein was?»

«Einen afternoon tea. Nachmittagstee kann man wohl sagen.» Sie lächelte. «Allerdings mit Champagner. Dazu Scones.»

Ein Nachmittagstee mit allen, die ich hasse, dachte er. Er entdeckte Erik. Er hasste ihn. Sein Blick fiel auf Anneli. Er hasste sie. Menschen, die Patrik und er vor ein paar Jahren noch gemeinsam gehasst hatten. Herzlose Streber mit albernen Frisuren, die jetzt in Patriks Wohnzimmer beim Nachmittagstee saßen. «Lern mit solchen Situationen umzugehen», pflegte Annie zu sagen. «Ich verstehe nicht, warum du nicht einfach akzeptieren kannst, dass du sie nicht magst, und dich trotzdem anständig benimmst.» Sie begriff einfach nicht, dass er sich ihnen unterlegen fühlte und sie wegen ihrer Fragen hasste. «Spielst du immer noch Gitarre?», fragte ihn jemand und machte eine entsprechende Geste. «Wie sieht es mit Stipendien aus?», fragte ein anderer. Die beiden tauschten einen Blick, und diesen Blick spürte er wie ein kaltes Rasiermesser.

«Verdammt, Max, hätten wir gewusst, dass du nichts anderes vorhast», meinte Patrik, als er in die Diele trat. Er war beschwipst. Seine sonst so beherrschten Züge wirkten, wie immer nach ein paar Gläsern, aufgelöst.

Max schwieg. Er öffnete den Mund, aber die Worte blieben ihm im Hals stecken, und er schaute zu Boden.

«Max», rief jemand aus dem Wohnzimmer. Erik. Rot im Gesicht. Fett und mit glänzender Haut wie ein Metzger. Max lächelte und winkte übertrieben. «Komm schon rein», krakeelte

Erik. Max sah Lisa an, Lisa schielte zu Patrik hinüber. Beide erröteten. «Wo ist deine Frau?», rief Erik.

Patrik fragte: «Max, wo ist Annie?» Seine Stimme klang nüchterner, als hätte er unbewusst den Ernst der Lage erfasst.

Max brachte kein Wort heraus. Alle verstummten und sahen ihn an. Die, die mit dem Rücken zu ihm saßen, drehten sich um. Er wollte etwas Schlaues sagen, ein paar Worte nur, nach denen er hocherhobenen Hauptes wieder gehen konnte. Etwas, das Annies Verschwinden auf seine kleine Welt begrenzte und verhinderte, dass es Wirklichkeit wurde. Damit er weiterhin so tun konnte, als sei nichts. Er holte Luft und wollte etwas fragen. Stattdessen warf er sich schluchzend in Patriks Arme. Zuletzt hatte er so geweint, als sein Vater gestorben war.

FREUNDE UND RATGEBER

1

So viel Besuch hatte er nicht mehr gehabt, seit Annie zu seinem Dreißigsten ein Fest organisiert hatte. Patrik und Lisa mit Kind, seine Mutter, Lena und Ulla waren da. Die Einzige, die fehlte, war Annie. Und Mingus.

Max lag im Bett und sollte schlafen, die anderen saßen im Wohnzimmer. Lisa war Ärztin und hatte ihm Beruhigungstabletten mitgebracht. Sie wollte sich um alles kümmern, ans Telefon gehen, die Straßen absuchen und in Läden fragen, ob jemand etwas gesehen hatte. Er hörte ihre leisen Stimmen. Er hörte, wie sie sich unterhielten, aber nicht, was sie sagten. Es war das gleiche Geflüster wie bei der Beerdigung seines Vaters. Man wollte reden, aber nicht zu laut, damit die Besorgnis nicht bis an Max' Ohren drang. Seine Mutter saß im Wohnzimmer, wahrscheinlich mit einer Tasse Kaffee in der Hand. Er fragte sich, ob sie die Stimmung wohl genauso empfand wie er.

Patrik hatte ihn am Vorabend nach Hause begleitet. Lisa war am Morgen gekommen und hatte Ulla und Lena angerufen. Dann hatten sie seine Mutter verständigt. Max war Einzelkind. Sein Vater war vor vielen Jahren unerwartet verstorben, und ob es einen anderen Mann in ihrem Leben gab, wusste er nicht, und es interessierte ihn auch nicht. Sein Vater war Maler gewesen. Er war in Södermalm aufgewachsen und konnte lange Geschichten darüber erzählen, wie seine Kindheit in Vita Bergen gewesen war. Er war sentimental und am Ende seines Lebens verbittert gewesen. An allem hatten andere Schuld. Palme, die USA, Israel, Björn Borg, die Gewerkschaftsbonzen, die Idioten von der Stadtverwaltung, die Zigarettenhersteller und dieser verdammte alte König, diese Schwuchtel. An allem waren sie schuld. Daran, dass man als Maler keine Chancen hatte, dass sein Stadtviertel verfiel. Dass er krank geworden und dass das Gesundheitswesen so schlecht war, dass seine Diagnose einem Todesurteil gleichkam.

Patrik öffnete die Tür. «Schläfst du nicht?», fragte er.

Max schüttelte den Kopf. «Komm rein.»

Patrik schloss die Tür hinter sich. Er war knapp eins neunzig und setzte langsam an, doch das wollte er nicht gern zugeben. Er hatte ein rundes Gesicht mit schrägstehenden Brauen und trug sein dichtes, schwarzes Haar streng zurückgekämmt. Er sah immer aus wie frisch rasiert, aber mit den Friseurbesuchen nahm er es nie so genau. Patrik setzte sich auf die Bettkante und seufzte. Er und Max hatten nicht viel miteinander gesprochen, aber jetzt war es an der Zeit, das Schweigen zu brechen.

«Wir kennen uns schon lange, Max.»

Er nickte.

«Ich kann dich also alles fragen, und du mich auch.»

Er nickte erneut.

«Ist zwischen Annie und dir alles okay?»

Patrik sah ihn an. «Spuck's schon aus, Max, du weißt eh, dass du ein miserabler Lügner bist.»

Max lächelte schwach. «Wir haben letzte Woche richtig gestritten.»

«Wieso?»

«Nichts Wichtiges.»

«Könnte ihr Verschwinden damit zu tun haben?»

«Nein.» Er schüttelte den Kopf. Der Schmerz war wieder da. «Das ist nicht ihre Art.»

«Hast du irgendwas angestellt?»

«Was?»

«Etwas, was sie verärgert haben könnte.»

«Wie meinst du das?»

«Hast du eine andere?»

Er fuhr zusammen. «Spinnst du?»

«Schon gut!», erwiderte Patrik und hob beschwichtigend die Hand. «Ich musste das fragen.»

Max warf ihm einen vorwurfsvollen Blick zu. «Wie kommst du denn darauf? Hast du etwa?»

«Es geht hier nicht um mich. Vergiss, dass ich gefragt habe.»

Die Tür wurde vorsichtig geöffnet, und Lisa trat ein.

«Ich gehe runter und hole was zu essen. Nimmst du Anton so lange?»

Sie reichte Patrik das Kind. Max betrachtete den Säugling in den Armen seines Vaters. Es war so viel geschehen, seit das Kind auf die Welt gekommen war. Es hatte einen großen Schnuller und eine kleine Mütze und wollte sich aus seiner Decke befreien. Über die Welt, in die es geraten war, wusste es nichts. Es war so klein und süß. Max war gerührt, die zwei so zusammen zu erleben. Die drei. Den Duft eines Babys. Sein Gebrabbel und Gesabber. Er kämpfte mit den Tränen.

«Alles okay?», flüsterte Lisa.

«Du brauchst nicht zu flüstern», meinte Max. «Das ist hier keine Totenwache. Niemand ist tot.»

Sie nickte entschuldigend. Max sah Anton an, und dieser erwiderte mit seinen Kulleraugen den Blick.

«Entschuldige», sagte Max und strich Anton über den Kopf.

«Ich wollte nicht unfreundlich sein, es ist nur …» Er unterbrach sich und ließ seine Hand auf dem Kopf des Kindes ruhen.

Patrik und Lisa sahen ihn an und nickten. Alle wollten nur sein Bestes. Max wollte nicht auf diejenigen angewiesen sein, die nur sein Bestes wollten, war es aber nun einmal. Vierundzwanzig Stunden der Verleugnung gipfelten nun in einem Kater, der sich in einem penetranten Sodbrennen äußerte, das sich kaum hinunterschlucken ließ. Er schluckte.

«Du?» Er sah Patrik an. Lisa stand noch in der Tür.

«Ja?»

«Falls das hier ein Albtraum ist, könntest du mich bitte wecken? Du bist mein bester Freund, kannst du das für mich tun?»

«Tut mir leid», entgegnete Patrik und legte Max die Hand auf die Schulter. «Das ist kein Traum, Max.»

Max spürte, wie ihm die Tränen kamen. «Nein», erwiderte er und nickte. «Dachte ich mir. Aber es war ein Versuch. Ein letzter.»

Max stand auf und ging an Lisa vorbei in die Diele zum Telefon. Er warf einen Blick ins Wohnzimmer. Die Sonne schien durch die dünnen Vorhänge. Die vertrockneten Pflanzen auf der Fensterbank warfen Schatten auf den Fußboden. Neben dem roten Ohrensessel standen seine Gitarren. Dahinter die Wand mit den Langspielplatten. Annies Bücher stapelten sich auf dem Fußboden. Alles sah aus wie immer. Aber alles war anders.

Patrik setzte sich auf die Couch neben Max' Mutter, Lisa war in der Diele stehen geblieben. Max griff zum Telefonhörer und hielt inne. Das Freizeichen in seinen Ohren wurde immer lauter. Lena lehnte sich an Ullas Schulter und begann zu weinen. Eigentlich war sie immer die Starke. Das hatte er sich jedenfalls sagen lassen. Er betrachtete die Menschen, die sich seinetwegen bei ihm zu Hause versammelt hatten. Weil sein Leben eine überraschende Wendung genommen hatte. Weil über ihn das Chaos hereingebrochen war, das sonst immer nur andere heimsuchte. Über das die Boulevardzeitungen berichteten. Sie sahen ihn an und begriffen alle im selben Moment, dass es ernst war. Das Wunder oder die Aufklärung des großen Missverständnisses würde ausbleiben. Alle dachten an ihre eigene Version dessen, was Annie zugestoßen sein könnte. Das verrieten ihre Augen. Max wünschte sich, sie nicht ansehen und ihre Angst nicht spüren zu müssen.

Er wählte eine Nummer. Jemand antwortete. Er sagte die Worte, die er immer wieder gedacht und von denen er gehofft hatte, sie nicht aussprechen zu müssen: «Ich heiße Max Lander. Ich möchte meine Frau als vermisst melden.»

2

Unentschieden. Hellsten gab seinen Service ab, und Johan Droth schnappte sich den Break. Sie spielten seit über zehn Jahren jede Woche zur gleichen Zeit in den Kungliga-Tennishallen. Johan Droth pflegte zu gewinnen. Im letzten Satz, was Hellsten die Möglichkeit gab, zu verlieren, ohne das als Erniedrigung aufzufassen. Droths Vater war einer der Hauptsponsoren der Kungliga-Tennishallen gewesen, und Johan hatte schon als Kind sehr viel Zeit dort verbracht. Sein Vater hatte einmal sogar Marcus Wallenberg geschlagen, der damals als bester Spieler Schwedens gegolten hatte. Sie waren beide Ritter des Seraphinenordens. Das und Tennis waren allerdings ihre einzigen Gemeinsamkeiten gewesen. Ob es wirklich stimmte, dass sein Vater Wallenberg beim Tennis geschlagen hatte, wusste Johan Droth nicht. Beide waren tot, und er konnte nicht mehr fragen.

Er schlug den Ball auf, und Hellsten retournierte ihn ins Netz.

Martin Hellsten war klein und hatte ein Frettchengesicht. Außerhalb des Courts trug er Kleider, die genauso billig aussahen wie seine Frisur. Hellsten war Jurist und Droths Ratgeber. Dass er aussah wie ein zweitklassiger Vertreter, bereitete vermutlich nur seiner Frau Probleme. Johan Droth bezahlte ihn nicht für seine Eleganz, sondern für seine Ratschläge. In diesem Punkt hatte Hellsten ihn bisher nicht enttäuscht. Droth hatte Juristen noch nie leiden können und konnte dafür viele Gründe nennen. Sie waren langweilig. Sie drückten sich umständlich aus, wenn es etwas zu erklären gab. Sie waren ängstlich und wollten sich nie festlegen. Sie kleideten sich wie Bibliothekare. Und als Tüpfelchen auf dem i waren sie unverschämt teuer. Bevor sich Droth Hellsten zugelegt hatte, hatte er eine ganze Reihe von Anwälten der besten Kanzleien des Landes verschlissen. Keiner hatte auf Dauer getaugt. Schließlich war er an Hellsten geraten und hatte es für gut befunden, ihn ganz an sich zu binden. Hellsten wusste, was Johan wollte. In vielen Fragen fungierte er als Droths Sprecher und bildete gewissermaßen einen Puffer zwischen ihm und der Sachfrage. Er war ein phantastischer Unterhändler und ein brauchbarer Tennisspieler.

Johan Droth musterte Martin Hellsten, der seine Rückhand übte. Sie stellte seine Schwäche dar, und das wussten beide.

Johan Droth gewann erwartungsgemäß das Spiel mit fünf zu drei im dritten Satz. Sie saßen eine Weile in der Sauna, dann gingen sie ins Restaurant. Es war fast leer, und sie wählten einen

Tisch, der etwas abseits stand. Johan Droth hob sein Bierglas und prostete Hellsten zu. Hellsten nickte und nahm einen Schluck von seinem Mineralwasser. Er hatte nie Alkohol getrunken. Droth wusste nicht, warum, war aber nie so interessiert gewesen, dass er gefragt hätte.

Für den darauffolgenden Tag war eine Besprechung anberaumt, und wie immer gingen Hellsten und Droth einige der wichtigeren Fragen durch, um sie nicht eingehend in einem größeren Forum erörtern zu müssen, obwohl selbstverständlich nur seine engsten Gefolgsleute an solchen Besprechungen teilnahmen. Diese waren alle unverbrüchlich loyal. Außerdem hatte Johan Droth gegen jeden von ihnen etwas in der Hand. Er hatte Macht über ihr Leben und ihr Glück, und sollte es ihnen in den Sinn kommen, aufzubegehren, dann würden sie erleben, wie hart er wirklich sein konnte. Diese Strategie hatte er von seinem Vater gelernt und wandte sie ganz bewusst an. Man musste sich mit Männern umgeben, die man kontrollieren konnte. Notfalls auch mittels Erpressung. Das galt selbst bei Buster. Die eigenen Nachkommen zu überwachen ist eine ehrenwerte Familientradition, dachte er und lächelte. Dann ging es nur noch darum, zum richtigen Zeitpunkt den richtigen Zug zu machen.

«Was Neues über Aeneid Investment?», fragte Johan Droth, als er sein Glas wieder abstellte.

Hellsten schüttelte kauend den Kopf. «Keine Veränderungen. Unser Freund aus Kevinge ist immer noch spurlos verschwunden. Alles ist ein einziges Durcheinander.»

Der Mann, den sie als Freund aus Kevinge bezeichneten, war ein schwedischer Investor, der gerne große Risiken einging und dem moralische Fragen nicht wichtig waren. Mittlerweile kannte ihn ganz Schweden, denn er war offenbar untergetaucht. Die Boulevardpresse spekulierte, dass es sich auch um

Mord handeln könnte. Nur wenige Jahre zuvor hatten nur Geschäftsleute seinen Namen gekannt. Seine Geschäfte in den frühen Achtzigern hatten ihn jedoch in Verruf gebracht. Er hatte sich wegen eines Kredits an Johan Droth gewandt, und aus Dankbarkeit dafür, dass ihn Droth überhaupt empfing, hatte er ihm ein Gemälde von Anders Zorn aus seiner berühmten Kunstsammlung mitgebracht. Droth hatte das Geschenk angenommen, es zu Hause aufgehängt und dem Kevinge-Mann den Kredit über die Banken in Curaçao zukommen lassen. Dann hatte es Ärger gegeben, einige Unregelmäßigkeiten waren ruchbar geworden, und der Kevinge-Mann war verschwunden. Es hieß, er sei geflüchtet, ohne seinen Kindern sein Versteck zu verraten. Ein anderes Gerücht besagte, jemand hätte ihn in den Kofferraum seines weißen Benz gepackt und diesen bei Landsort auf dem Meeresgrund geparkt.

«Wir müssen uns darauf einstellen, das Geld abzuschreiben», meinte Hellsten. «Es würde deinem Ruf schaden, Anspruch darauf zu erheben, außerdem würden dann alle erfahren, dass der Kredit von dir kam. Die Behörden würden neugierig werden. Langfristig ist es das einzig Richtige, die Sache auf sich beruhen zu lassen.»

Das ist leicht gesagt, wenn es nicht um das eigene Geld geht, dachte Droth, aber er nickte nur und trank einen Schluck Bier. Er dachte an das Wort «langfristig» und an den Krebs. Sie überlegten, was für die nächsten Jahrzehnte das Beste für die Familie sei, und gleichzeitig fraß sich der Krebs durch seinen Körper wie ein hungriges Nagetier. Manchmal bildete er sich ein, ihn zu hören. Wie Mäuse auf einem Speicher.

«Ich fahre in ein paar Tagen für ungefähr eine Woche weg.»

«Das habe ich im Büro gehört.»

«Ach?»

«Du hast die Eintrittskarten ausgeschlagen.»

Droth sah Hellsten fragend an.

«Für das Phantom der Oper.»

«Natürlich», erwiderte Droth. «Die Eintrittskarten.»

Er nickte. Theorin hatte ihn in ein Musical mitnehmen wollen, von dem er behauptete, es sei ein Welterfolg. «Man stelle sich vor», hatte Theorin gesagt, «ich habe es vor drei Wochen am Broadway gesehen, und jetzt ist es hier.» «Ja, unglaublich», hatte Droth erwidert und gedacht, meinetwegen können sie es auf dem Mond aufführen, ich gehe trotzdem nicht in ein Musical. «Ich bin verhindert», hatte er abschließend gesagt. Theorin hatte nicht weitergefragt, weil man Johan Droth keine neugierigen Fragen stellte. Hätte er sich vergessen und es trotzdem getan, hätte er nur einen steinernen Blick geerntet. «Vielleicht frage ich Hellsten», hatte Theorin gemeint. Droth hatte genickt und erwidert, das sei eine gute Idee. Aber Hellsten hatte offenbar ebenfalls keine Zeit. Droth betrachtete Hellstens Frettchengesicht. Was er wohl für Pläne hat?, überlegte er. Und was hatte Theorin eigentlich nach New York verschlagen? Vielleicht ein Weekend mit der Gattin, der Broadway und ein schönes Hotel. Möglicherweise auch etwas anderes. Vielleicht werde ich auch langsam paranoid, dachte er. Theorin hatte nichts mit der Anfrage aus New York zu tun. Und selbst wenn er und Buster das eine oder andere gemeinsame Geschäft tätigten, war er viel zu vorsichtig, um eine solche Initiative zu wagen. Je länger Droth darüber nachdachte, desto klarer wurde ihm, dass es Buster an Urteilsvermögen mangelte. Wie das enden mochte, wollte er sich gar nicht erst ausmalen. Er hatte das Gefühl, dass er seine kleine Familie nicht mehr kannte. Trotzdem sah er sich gezwungen, die Fassade aufrechtzuerhalten, um seine Gefühle wenigstens einigermaßen zu verbergen.

«Was hast du denn für Pläne, Martin?»

«Ich muss zu einem Meeting nach Klaipeda. Wir haben dort Anteile an einer Reederei. Klaipeda liegt in Litauen.»

«Unterschätze mich nicht. Ich kenne Klaipeda sehr gut, obwohl ich nicht wusste, dass wir dort geschäftlich tätig sind.» Er massierte mit Daumen und Zeigefinger seine Brauen. «Der Krieg hat dort gewütet, und danach wurde es noch schlimmer. Hast du davon gehört?»

«Nein, das kann ich nicht behaupten.»

«Erst kamen die Deutschen und ermordeten über zweihunderttausend litauischer Juden. Dann kam die Rote Armee. Wenn sie die verbliebenen Juden nicht gleich erschlagen haben, dann haben sie sie nach Sibirien verschleppt.» Er betrachtete Hellsten, dessen Miene ernst geworden war. «So war das Leben in Klaipeda. So nah und doch so fern.»

Hellsten nickte.

«Eine Reederei, sagst du?»

«Ich habe mir noch kein genaues Bild gemacht. Es handelt sich um einen noch nicht unterschriebenen Vertrag, der für uns sehr profitabel wird, falls bestimmte Umstände eintreten. Die Chancen sind jedoch gering. Das Militär hat immer noch sehr großen Einfluss, und viele müssen bezahlt werden, bevor überhaupt etwas passiert. Buster hat darüber schon einmal einen Vortrag gehalten, jetzt geht es nur noch um die Verträge, und ab jetzt bin ich zuständig.»

Droth nickte. «Ich möchte gern mit dir über Buster sprechen. Er soll von einigen seiner Pflichten entbunden werden.»

Hellsten sah ihn an, ohne eine Miene zu verziehen.

Droth fuhr fort: «Buster ist davon überzeugt, dass wir uns stärker in den USA engagieren sollen. In dieser Frage sind wir uns nicht einig. Lass es mich einmal so sagen: Er weiß über einige Dinge Bescheid, die als Druckmittel verwendet werden könnten, um eine Einigung zwischen den Interessenten in den USA und uns herbeizuführen. Deswegen will ich ihn bis auf weiteres aus heiklen Projekten raushalten und auch dafür sorgen», er verstummte und suchte nach den passenden Worten, «dass uns das, was er eventuell über mich und uns alle weiß, nicht länger schaden kann.»

«Glaubst du, er selbst wäre zu so etwas fähig, oder glaubst du, dass ihm jemand diese Informationen abluchsen könnte, um sie gegen uns zu verwenden?»

«Ich weiß es nicht. Ich glaube nicht, dass er sich seiner eigenen Familie gegenüber so verhalten könnte. Aber ganz sicher bin ich mir nicht. Er wird von anderen Motiven angetrieben als du und ich.» Droths Miene wurde ernst. «Sobald sich eine Möglichkeit bietet, Martin, vernichte alle Spuren, falls du das nicht schon getan hast.»

«Betrachte das bitte als bereits erledigt.»

Droth nickte mit betrübter Miene. «Und ich nehme an, dass es sich nicht vermeiden lässt, über den Artikel vom vergangenen Freitag zu sprechen?»

Hellsten verzog das Gesicht.

Johan Droth fuhr fort: «Ich vermute, du hast ihn gelesen?»

«Habe ich.»

«Du und ich und alle anderen, die sie dort haben herumschnüffeln sehen, wissen ja, dass es um den Herrenbund geht. Aber zu diesem Schluss gelangen mühelos auch andere, weniger gut informierte Leute, denn es gibt nicht so viele Clubs, die da in Frage kommen, und auf welchen auch immer der Verdacht fällt, werden die anderen mit in die Geschichte hineingezogen, nicht wahr?»

«Stimmt.»

«Sie erwähnt in ihrem Artikel, dass es eine Verbindung zwischen dem Club und Prostituierten gibt, von denen einige verstorben sind, aber Beweise hat sie keine. Momentan ist sie auch nicht erreichbar, um Fragen zu beantworten, um es einmal so auszudrücken. Besteht also für uns ein Grund zur Besorgnis? Ist an diesem Artikel überhaupt etwas dran?»

Hellsten zuckte mit den Achseln. «Ich denke nicht. Meiner Meinung nach muss es sich um einen Psychopathen handeln, falls das, was sie in ihrem Artikel behauptet, wahr ist. Dass jemand aus unserem Kreis Prostituierte missbraucht und ermordet, kann ich einfach nicht glauben.»

«Und jetzt ist sie weg. Vermisst?»

«Offenbar.»

«Das ist die offizielle Version, aber ist sie auch glaubwürdig?»

«Es scheint noch keine Spur zu geben. Der Ehemann hat sie laut meiner Quelle heute Morgen als vermisst gemeldet. Ich werde informiert, sobald sich etwas von Interesse ereignet.»

Johan Droth nickte. «Besteht das Risiko, dass eine Verbindung zu mir hergestellt wird?»

«Das halte ich für ausgeschlossen. Wir haben die Sache den Umständen entsprechend perfekt gehandhabt.»

«Gut», meinte Droth, und sein Blick glitt einen Moment ins Leere. «Aber dieser Artikel über den Club existiert immer noch und kann uns, je nachdem, wie sich die Dinge entwickeln, Scherereien einbringen. Wie ist es überhaupt möglich, dass so etwas erscheinen konnte?»

«Laut unserem Mann vor Ort hat sie den Artikel auf eigene Faust gebracht, ohne ihn absegnen zu lassen. Sie hat ihn reingeschmuggelt, kurz bevor die Ausgabe in Druck ging. Das ist erst am nächsten Morgen bemerkt worden. Daraufhin wurde sie beurlaubt. Bis die Angelegenheit untersucht worden ist, heißt es.»

«Daraus lässt sich schließen, dass sie wirklich davon überzeugt ist, dass der Club Prostituierte beschäftigt. Wahrscheinlich wollte sie eine Reaktion provozieren und war sogar bereit, dafür ihren Job zu riskieren. Sind wir uns sicher, dass der Club einer Überprüfung gewachsen ist?»

«Wie gesagt: Kannst du dir vorstellen, dass jemand von uns darin verwickelt sein könnte?»

«Sind dir irgendwelche Kommentare von den anderen über den Artikel zu Ohren gekommen?»

«Nein, nur dass sie es sehr unangenehm finden, dass der Club mit solchen Dingen in Verbindung gebracht wird.»

Da Johan Droth niemals das Skelett im eigenen Schrank vergessen würde, drängte sich ihm die Frage auf, ob es Annie Lander nicht vielleicht auf ihn abgesehen hatte. Oder war sie wirklich auf eine Verbindung zwischen dem Herrenbund und den ermordeten Frauen gestoßen? War es möglich, dass sich solche Dinge ohne sein Wissen im Club zutrugen?

«Um ganz sicherzugehen, Martin, und unangenehmen Überraschungen vorzubeugen: Gibt es irgendjemanden, der uns mitteilen könnte, was Lander weiß und worauf sie hinauswill?»

«Die Polizei hat ihre Unterlagen von der Redaktion erhalten, und mein Kontaktmann hat mir eine Kopie zukommen lassen. Landers These fußt auf der Aussage einiger Personen, mit denen man vielleicht reden sollte. Es handelt sich bei diesen Personen», er räusperte sich, «um Freudenmädchen. Insbesondere eine junge Frau ist interessant, aber die Gruppe, die ich auf sie angesetzt habe, ist noch nicht fündig geworden. Das ist allerdings nur eine Frage der Zeit, Stockholm ist eine kleine Stadt, wenn man sich verstecken will.»

«Gut, Martin. Es wäre mir recht, wenn du Augen und Ohren offen halten und auch die Reaktionen der anderen beobachten würdest. Es wäre widerwärtig, wenn an dem, was sie schreibt, etwas dran wäre. Sollte es einen Verrückten in unseren Reihen geben, muss er weg. Verstanden?»

Martin Hellsten nickte. «Verstanden.»

Johan Droth klopfte mit seinem Tennisschläger auf den Boden. «Du bist ein guter Berater, Martin, ein besserer Berater als Tennisspieler. Und gegen beides habe ich nichts einzuwenden.»

3

Die Herbstsonne schien vom Nybroviken und tauchte das kräftige Rot in echtes Gold, färbte falsche Zähne weiß und die letzte Sommerbräune orange. Die Glasveranda war zum späten Lunch voll besetzt, und die Kellner blinzelten in ihren schwarzweißen Livreen gegen die Sonne.

Vitomir Jozak trug das Gleiche wie die anderen Männer im Raum, ein zweireihiges, dunkles Jackett und ein weißes Hemd ohne Schlips. Aber ihre Garderobe stammte von verschiedenen Herrenausstattern. Vitomir Jozak hatte seine Kleidung nicht einmal gekauft. Er betrachtete seinen Anwalt Henrik Olsson, der ihm gegenübersaß, und strich mit dem Finger über das weiße Damasttischtuch. Er hatte genügend Geld, um alle seine Mahlzeiten in diesem Lokal einzunehmen, aber er tat es nicht, aus dem einfachen Grund, weil ihm das Essen nicht schmeckte. Henrik hatte das Lokal ausgesucht. Ihm gefielen Restaurants wie dieses, in denen Männer mit Marbella-Bräune und nasalen Stimmen verkehrten. Ihre Frauen gingen alle zum selben Friseur oder hatten im selben vornehmen Viertel eine Boutique. Vielleicht arbeiteten sie auch als Sekretärin in einer Botschaft. Vitomir mochte Henrik, hasste aber die Leute, die ihn beneideten. Während seiner ersten Zeit in Schweden pflegte Vitomir Reportagen über Promifeste in Illustrierten zu lesen und dann bei denen einzubrechen, die am wohlhabendsten wirkten und die schlechteste Alarmanlage hatten. «Hallo, ihr verdammten Schwanzlutscher», hätte er am liebsten gesagt. «Ich habe mit euren Juwelen meine Nutten bezahlt, und ich sorge dafür, dass eure Söhne Koks schnupfen können, bis ihnen das Blut auf ihre Ralph-Lauren-Manschetten läuft.»

Er trank einen Schluck Bier.

«Henrik, neben dem Tisch steht eine Tasche mit vierhunderttausend. Nimm sie nachher mit.»

Henrik Olsson nickte. Sein dunkles Haar trug er zurückgekämmt. Sein Aussehen war ihm wichtig. Er hatte Sinn für Schmuck, Armbänder, Uhren. Das war schon immer so gewesen, aber jetzt konnte er sich diese Dinge auch leisten. Die Manschettenknöpfe mit seinen Initialen waren gut sichtbar, und die Uhr an seinem Handgelenk hatte mehr gekostet als das Einfamilienhaus seiner Eltern.

«In einer Woche zahlst du diesem Mann zehntausend.» Vitomir schob eine Visitenkarte über den Tisch. «In der Woche darauf noch einmal zehn. Bis ich stopp sage. Den Rest sparst du. Dafür gibt es in deiner Welt doch einen Ausdruck?»

«Für was?»

«Für Geld, das man für jemand anders aufbewahrt.»

«Mandantenkonto.»

«Genau, ein Mandantenkonto. Das gefällt mir. Ich nenne es verstecktes Cash. Aber ich bin auch kein Anwalt. Wenn ich das wäre, dann bräuchte ich dich nicht.»

«Ich freue mich über deine Einsicht, Vitomir. Der Mann mit dieser Visitenkarte», er hielt sie mit ausgestrecktem Arm von sich weg, weil er weitsichtig war, «dieser Kenneth Friis Jonson, ich vermute, der weiß Bescheid, wenn ich bei ihm auftauche?»

Vitomir nickte. «Er hat mir Geld geliehen. Vielleicht sollte man eher investiert sagen. Ich habe ihm eine bestimmte Rendite versprochen. Zwei Prozent von einer halben Million. Er muss jede Woche zehntausend bekommen.»

«Damit er mehr investiert?»

Vitomir lächelte.

«Und wenn du stopp sagst?»

«Unser Investor versteht, dass unser Projekt sehr riskant ist. Er ist sicher betrübt, wenn die Zinsen ausbleiben. Aber es könnte auch schlimmer kommen, er wollte sogar jetzt gleich noch mehr Geld investieren. Aber, wie du weißt, bringe ich es nicht übers Herz, das anzunehmen.»

«Durchaus, ich kenne dein Herz.» Er lächelte, und Vitomir lächelte. «Und wenn er bei meiner Kanzlei klingelt und wissen will, warum kein Geld mehr kommt, was sage ich dann?»

«Mach dir keine Sorgen. Vertrau mir, Henrik. Ich werde so reich, dass auch du reich wirst. Und dann braucht man nicht mehr aufmachen, wenn jemand vor der Tür steht. Okay?» Er beugte sich über den Tisch und klopfte Henrik Olsson auf die Schulter.

Olsson schloss die Augen und nickte. «Klingt wie ein guter Plan. Ich hoffe, alles klappt. Nur damit wir uns verstehen: Den Rest sparen bedeutet, dass ich das Geld auf das übliche Konto einzahle?»

Vitomir Jozak nickte.

Ein ehemaliger Kommilitone von Olsson, mit dem er 1978 Examen gemacht hatte, hatte längere Zeit bei der PK-Bank gearbeitet. Inzwischen gehörte ihm eine Firma in Luxemburg für Kapitalverwaltung, und seine Zusammenarbeit mit Henrik Olsson bestand darin, dass ihm dieser das Geld seiner Mandanten, zu denen auch Vitomir zählte, per Kurier schickte. Dieses Geld wurde auf ein Luxemburger Konto eingezahlt, und der Kurier kehrte mit einer Visa-Karte des Kontos zurück.

Die Firma in Luxemburg ließ sich diese Dienste mit ein paar Prozent bezahlen, Henrik Olsson nahm für Geldwäsche zwanzig Prozent. Im letzten Jahr hatte er schon einiges verdient, und da war das Geschäft erst angelaufen. Je mehr Geld seine Mandanten hatten, desto reicher würde er werden. Seine wichtigste Aufgabe bestand also darin, dafür zu sorgen, dass Vitomir Jozak auf freiem Fuß blieb. Er war klug genug, nicht zu viele Fragen zu stellen, aber ihm war klar, dass Vitomir Heroin umsetzte, als gäbe es kein Morgen. Er bestach Polizisten, um dem Gefängnis zu entgehen. Wenn es in diesem Stil weiterging, konnte Henrik Olsson noch vor seinem 45. Geburtstag in Pension gehen.

«In der Tasche sind auch noch Papiere», sagte Vitomir Jozak. «Der Vertrag für die Lokale in Kungsholmen und Sundbyberg. Der Verkäufer hat unterschrieben, und ich habe unterschrieben. Alles liegt in der Tasche.»

«Ein Exemplar für jedes Lokal, vermute ich. Sonst noch was?»

«Nein. Schließ das weg, nur für den Fall. Wenn alles nach Plan läuft, brauchen wir die Verträge nie. Das hängt von den Versicherungen und ein paar anderen Dingen ab. Vielleicht kaufen wir die beiden Lokale ja wirklich, wenn wir als Eigentümer firmieren können. Oder sein Restaurant geht in Flammen auf. Wer weiß?»

«Gibt es eine Quittung, dass der Kaufpreis bezahlt ist?»

«Liegt im Umschlag.»

«Gut. Und die Höhe der Summe?»

«Fünfzig.»

Henrik starrte auf die Tischplatte und schüttelte den Kopf. «Gratuliere zu einem weiteren guten Geschäft.»

«Danke.»

Er blickte auf. «Wenn die Rechtsanwaltskammer davon erfährt, kann sie entsprechende Maßnahmen ergreifen, das ist dir doch klar?»

«Natürlich. Aber was wollen die schon groß machen?»

«Sie können mich verwarnen, ein Bußgeld verhängen, mich schlimmstenfalls aus der Rechtsanwaltskammer ausschließen, was zur Folge hätte, dass ich mich nicht mehr Rechtsanwalt nennen darf.»

«Das Bußgeld zahle ich. Versprochen. Wie gesagt: Ich werde reich, du wirst reich. Wir haben gerade erst angefangen, Henrik. Die Clubs sind nur ein Teil. Wir haben viele Eisen im Feuer und viele Leute, die für uns arbeiten.»

«Will ich wissen, welche Arbeiten diese Leute verrichten? Oder ist es besser, wenn ich die Augen schließe und mir die Ohren zuhalte?»

Vitomir beugte sich vor. «Du bist auf meiner Seite. Was diese Kammer von deinem Treiben hält, ist mir egal. Aber ich brauche einen Anwalt. Wenn du kein Anwalt mehr bist und nicht mehr für mich arbeiten kannst, muss ich mir einen anderen suchen. Das Beste ist also, einfach zu tun, was ich sage, ohne zu viel zu fragen oder auf andere zu hören. Nicht, weil ich dir nicht vertrauen würde, sondern deinetwegen. Wenn du genauso schuldig bist wie wir, kannst du uns nicht mehr von Nutzen sein, nicht wahr?»

«Stimmt absolut.»

«Dann lass uns jetzt bestellen. Ich habe Hunger.»

«Noch eine Kleinigkeit.»

«Was?»

Henrik rieb Daumen und Zeigefinger gegeneinander. «Mein Honorar. Ich finde, wir klären das lieber, bevor du eine Flasche Wodka bestellst und ich mit leeren Taschen nach Hause gehe.»

Vitomir machte eine wegwerfende Geste. «Nimm deinen Lohn aus der Tasche.»

«In Ordnung. Zwanzig Lappen?»

Vitomir nickte.

Henrik Olsson winkte einen Kellner herbei. Sie bestellten ihr Essen und ein weiteres Bier.

Während sie auf das Essen warteten, hing Vitomir Jozak seinen Gedanken nach. Er dachte an Ranko. Gegen den Willen seiner Mutter hatte er ihn nach Stockholm geholt. Sie wollte, dass Ranko Offizier wurde wie sein Vater und nicht Gangster wie ihr ältester Sohn. Aber er hatte ihn trotzdem zu sich geholt, denn in Belgrad gab es keine Zukunft. Hier konnte er sich um ihn kümmern. Avram konnte ihn ausbilden, auch wenn das nicht leicht werden würde. Ranko war genauso impulsiv und dumm wie fett, aber er hatte ein großes Herz. Vitomir liebte ihn, aber sie waren nicht vom selben Schrot und Korn. Er ritzte mit dem Zeigefingernagel ins Tischtuch. Dann blickte er auf und begegnete dem Blick einer Frau zwei Tische weiter. Sie starrte ihn an, die Lippen fest zusammengepresst.

«Haben Sie ein Problem, meine Dame?», fragte er.

Sie senkte den Blick. Henrik Olsson sah in ihre Richtung und musste sich ein Lachen verkneifen.

«Sind wir uns schon mal begegnet?», fuhr Vitomir etwas lauter fort. «Vielleicht sind wir im selben Tennisclub? Oder Yachtclub?» Ihr Begleiter sah sich verzweifelt nach dem Kellner um. «Wohl kaum. Du kannst also aufhören, mich so ausländerfeindlich anzuglotzen, du alte Kuh.»

Henrik Olsson lachte. «Hör schon auf, Vito. Es klingt vielleicht unglaublich, aber diese Leute haben nichts gegen dich, weil du aus einem fremden Land kommst. Sie haben aus anderen Gründen Angst.»

«Sie ist genauso ausländerfeindlich wie diese Oberschichtweiber in meinem Haus. Habe ich dir erzählt, was da los war, als ich eingezogen bin?»

Henrik Olsson schüttelte den Kopf.

«Ich kaufe also diese große Wohnung in der Sturegatan. Alle Zimmer mit offenem Kamin. In der Küche genug Platz für einen Billardtisch. Als ich einziehe, hält ein Streifenwagen und die Bullen fragen mich, was ich da zu suchen habe. Ich sage: Ich ziehe in meine neue Wohnung ein. Jemand hat die Polizei verständigt, weil die geglaubt haben, wir würden die Alte beklauen, die vorher da gewohnt hat.»

Henrik Olsson lehnte sich zurück und stützte sich auf die Armlehnen. «Das ist nicht dein Ernst.»

«Doch. Wenn jemand wie ich irgendwo einzieht, denken alle, ich will die Wohnung ausräumen.»

Henrik Olsson schüttelte zweifelnd den Kopf. «Meine Erfahrung sagt mir, dass solche Leute etwas gegen Farbige haben. Neger, wie sie finden, dass man sie nennen darf. Du vom Balkan bist für sie nur ein willkommener Beweis dafür, dass der Sozialismus nicht funktioniert, denn sonst wärst du ja nicht hier.» Er lachte. «Du bist der lebende Beweis dafür, dass sie an das Richtige glauben. Skål!» Er trank einen Schluck Bier.

«Die würde ich gerne mal an einen einsamen Ort mitnehmen. Da würden die echt staunen.»

«Dahin, wo die Wölfe ficken.»

«Was?»

«Ist das nicht so ein Ausdruck von euch? Vukojebina. Der Ort, an dem Wölfe ficken. Dein Bruder hat mir das bei unserer letzten Begegnung beigebracht.»

Vitomir lachte. «Vukojebina. Du hast wirklich einiges gelernt. Drei Jahre mit Vitomir. So was bringen sie einem nicht an der Uni bei, oder?»

«Da lernt man so einiges nicht.» Henrik Olsson lachte. «Aber es gibt Leute, die auf das vertrauen, was sie am Institut für Rechtswissenschaft gelernt haben, und jedes Mal, wenn ich denen vor Gericht begegne, müssen sie erleben, wie es ist, ohne Liebe von hinten gefickt zu werden.» Sie lachten. Henrik Olsson beugte sich vor und flüsterte: «Da wir schon mal beim Thema sind: Sind irgendwelche Feste in Aussicht?»

Vitomir zuckte mit den Achseln und spielte desinteressiert.

«Ja, ja», meinte Henrik Olsson und verdrehte die Augen. «Schweig ruhig, solange du mich verständigst, wenn wieder ein Ding steigt. Es ist schon so lange her, wenn du verstehst.» Seine Anwaltskollegen luden ihn nie ein. Wenn sie nach einem Gerichtstermin noch ein Bier trinken gingen, wurde er nicht gefragt, und Dates am Arbeitsplatz waren ausgeschlossen.

«Bin ich jetzt etwa auch noch dein Zuhälter? Kannst du dir keine Bräute leisten? Was machst du denn mit der ganzen Kohle, Henrik?»

«Hör schon auf. Ruf mich an, wenn ein paar Frauen mit am Tisch sitzen, dann komme ich.»

«Am Mittwoch.»

«Mittwoch», wiederholte Henrik Olsson erfreut. «Dann kaufe ich einen neuen Anzug und schleppe eine Braut ab. Was gibt es zu feiern?»

«Das wüsstest du wohl gern», meinte Vitomir Jozak grinsend.

4

Johan Droth hatte nach dem Essen ein paar Gläser Cognac getrunken. Vielleicht war ihm deswegen so nostalgisch zumute, denn er pflegte dem Alkohol nur sehr mäßig zuzusprechen. Er saß vor einem der offenen Kamine seiner Wohnung und schaute Fotos an. Er besaß ein Dutzend Alben, die er schon seit Jahren nicht mehr aufgeschlagen hatte. Bilder, die seine Mutter und seinen Vater zusammen mit ihm und seinen Geschwistern zeigten. Später: seine Frau mit den Kindern, Cousins und Cousinen. Jetzt hatten sie keinen Kontakt mehr. Sie würden erst zur Nachlasseröffnung wieder von ihm hören. Das ließ sich auf den Fotografien in dem Album nicht erahnen. Sie zeigten das Weihnachtsfest, zu dem sich alle versammelt hatten, so wie immer, als sein Vater noch lebte. Die große Familie am Esstisch im Sommerhaus in Sörmland, das von Erinnerungen erfüllt war, die er von sich wies, gegen die er sich aber nur schwer wehren konnte. Er schlug das Album zu und legte es zu den anderen auf den Tisch neben dem Sessel.

Mit ihm am Ruder war das Unternehmen aufgeblüht, die Familie aber zerbrochen. Seine Frau war nach Schottland zurückgekehrt, und seine Töchter wollten nichts von ihm wissen. Geblieben war nur Buster, der ihm immer fremder wurde. Er riskierte, vorzeitig zu sterben und alles, was er aufgebaut hatte, einem risikofreudigen Erben zu hinterlassen. Vielleicht war es ja besser, wenn Buster vor ihm starb. Dieser Gedanke erstaunte ihn selbst.

5

Hätte sie nicht gespürt, dass sie schwanger war, hätte sie geglaubt, vor Jahren schon im Dunkeln zurückgelassen worden zu sein. Ihre Arme waren am Fußboden gefesselt, und sie konnte das Blut nicht wegwischen, das ihr aus der Nase tropfte. Sie ließ es in den Mund laufen und schluckte. Die Tür wurde geöffnet, und Licht drang zwischen den Gestalten durch den breiten Spalt herein. Als es auf ihr Gesicht fiel, drehte sie den Kopf in die andere Richtung. Das Licht schmerzte ihr in den Augen, nachdem sie seit einer Ewigkeit in dieser Dunkelheit gelegen hatte, wie ihr schien. Zwei Männer betraten den Raum, die Tür wurde geschlossen. Erneut war es vollkommen dunkel, und Annie Lander schrie, so laut sie konnte, ehe ihr jemand eine große Hand auf den Mund legte und sie zum Verstummen brachte.

6

Schreibmaschinen, Textverarbeitungsmaschinen und Kopiergeräte verstummten, und jegliche Betriebsamkeit erlahmte, als Max Lander die Redaktion betrat.

An diesem Montagmorgen war es ohnehin schon stiller als sonst gewesen. Bei der Morgenbesprechung hatte Jan Wikholm berichtet, dass Annie Lander am vergangenen Freitag nach Feierabend nicht nach Hause gekommen sei. Niemand, weder Polizei noch Familie, habe seither von ihr gehört. Niemand, auf den ihre Beschreibung passe, sei in ein Krankenhaus eingeliefert worden. Annie Lander sei ganz einfach wie vom Erdboden verschluckt. Er selbst sei von ihrem Mann am Vorabend angerufen worden, und man habe sich mit der Polizei darauf geeinigt, in der heutigen Ausgabe eine Aufforderung an sie zu veröffentlichen, in der Hoffnung, dass sie sich meldete. Gleichzeitig wende man sich mit der Bitte um sachdienliche Hinweise an die Öffentlichkeit. Im Augenblick sei man vollkommen ratlos, meinte Jan Wikholm. Die Polizei sei auf Hilfe angewiesen. Auch von Annies Kollegen. Er schloss mit der Bemerkung, dass Carl von Konow, der sich in dieser Sache sehr engagiere, und er Annies Mann Max am Vormittag in der Redaktion erwarteten. «Also», rief Wikholm, «an die Arbeit, und wer Informationen über Annie hat, kommt damit zu mir.» Seine Stimme klang wenig überzeugend, und alle, die länger als eine Woche bei der Zeitung arbeiteten, wussten, was das zu bedeuten hatte.

Einige weinten, andere unterhielten sich noch über Cats Falck, die Fernsehjournalistin von Rapport, die einige Jahre zuvor verschwunden und zusammen mit ihrer Freundin in einem Auto auf dem Grund des Hammarbykanals gefunden worden war. Viele waren überzeugt davon, dass es sich um Mord handelte. Falck hatte an einer Reportage über die Beteiligung schwedischer Unternehmen an illegalen Exporten in die Sowjetunion gearbeitet. Auch Regierungskreise einschließlich Ministerpräsident Olof Palme waren angeblich involviert gewesen. Man erzählte sich jedenfalls, sie sei an einer großen Sache dran gewesen. Falls es sich um Mord handelte, befand sich der Täter immer noch auf freiem Fuß. Cats war tot. Palme war tot. «Was ist bloß mit Schweden los», fragte eine junge Frau, «wenn man befürchten muss, dass eine verschwundene Journalistin ermordet wurde, nur weil sie etwas Unbequemes geschrieben hat?»

Zwei Stunden später durchquerte Max die Redaktion, als sei

er auf dem Weg zum Schafott. Die Blicke aller folgten ihm. Es waren die gleichen Blicke wie am Vorabend im Wohnzimmer. Blicke, die sagten: Wir wollen dich nicht begleiten, denn du bist auf dem Weg in die Hölle.

Die Polizei hatte ihm am Morgen des Vortages eine Reihe Fragen gestellt, die vorläufig unbeantwortet geblieben waren. Fragen nach Bewegungen auf Annies Bankkonto. Über ihren Pass. Darüber, wer sie als Letzter gesehen haben könnte. Max hatte eine Vermisstenanzeige aufgegeben, um danach in der Absicht, die gewünschten Angaben nachzureichen, ihren Arbeitsplatz und ihre Bank aufzusuchen.

Also hatte er Jan Wikholm angerufen und erzählt, Annie sei verschwunden. Wikholm hatte versprochen, die Meldung am Montag zu bringen.

Nun gingen sie durch einen schmalen Gang in das nächste von schicksalhaftem Schweigen erfüllte Großraumbüro. In einer Ecke stand ein kleiner Fernseher ohne Ton. Ein Foto von Christer Pettersson war auf dem Bildschirm zu sehen. Max war in der Nacht des Palme-Mordes in der Bar aufgetreten. Kurz nach Feierabend hatte Farao, ein Amphetamin-Junkie und der Bruder von C., totenbleich angeklopft und C. gebeten, das Radio einzuschalten. «Es ist vorbei», hatte er gesagt. «Niemand kann uns jetzt noch retten.» Als das Radio lief, wurde ihnen klar, was er meinte. Die Sondersendung wurde höchstens von heftigem Einatmen unterbrochen. Man hätte glauben können, ein Bürgerkrieg sei ausgebrochen oder ein Putsch habe stattgefunden, der sie dazu zwingen würde, sich in Verstecken zu treffen, nachts durch die Schatten zu schleichen und ständig das laute Klopfen einer Macht zu fürchten, die zwar viele kannten, ihnen aber noch unbekannt war. Jemand sagte: «Schließ die Tür ab, verdammt noch mal.» C. schloss ab. Später hieß es gerüchteweise, in den Nachtclubs am Stureplan sei gejubelt worden, als die Diskjockeys Palmes Tod bekannt gaben, was er jedoch nicht recht glauben konnte. Annie erzählte später, dass es wirklich so gewesen sei. Sie sei selbst dort gewesen, und niemand habe ihre Tränen in der Dunkelheit gesehen.

Max und Jan Wikholm betraten einen Besprechungsraum, in dem sie ein Mann mit einer Kaffeetasse in der Hand erwartete. Hinter ihm stand ein Whiteboard, und mehrere benutzte Tassen verrieten, dass er eben noch Gesellschaft gehabt hatte. Er war zwischen fünfzig und sechzig, sah durchtrainiert aus, musste sich aber auf einem Stock abstützen, als er sich erhob, um Max zu begrüßen. Sein Haar war schütter, und unter seinen Augen hingen dicke Tränensäcke. Er lächelte ein aufgesetztes Lächeln. Sein Gesicht hatte zu viel graue Haut, die über den Kragen seines Hemdes hing, das ebenso weiß war wie seine Zähne gelb. Sein Anzug sah aus, als habe er mehr gekostet als Annies und Max' Auto.

«Ich heiße Carl von Konow», sagte er und sah Max in die Augen. «Bitte nehmen Sie doch Platz.» Alle drei setzten sich. «Kann ich Ihnen etwas zu trinken anbieten? Einen Kaffee?»

«Ja, danke», antwortete Max.

«Ich kümmer mich drum», sagte Jan Wikholm und erhob sich. «Milch und Zucker?»

Max schüttelte den Kopf. «Schwarz.» Er sah Carl von Konow an.

«Wir nehmen die Sache sehr ernst», sagte von Konow, als Jan Wikholm mit dem Kaffee zurückkehrte. «Es war gut, dass Sie uns gestern sofort informiert haben. Wie Sie sicher wissen, haben wir heute eine entsprechende Meldung gebracht. Jan hat Nachforschungen angestellt und in Erfahrung gebracht, wann Annie zuletzt hier war und woran sie gearbeitet hat.» Er warf

Wikholm einen raschen Blick zu und fuhr dann fort: «Schwieriger ist es jedoch, zu verstehen, wie das mit ihrem Verschwinden zusammenhängt.»

«Wir haben auch noch kein klares Bild», ergänzte Wikholm. «Es gibt viele, mit denen ich noch sprechen möchte, natürlich nur, um die Polizei zu unterstützen, bevor wir sicher wissen, ob ihr Verschwinden mit ihrer Arbeit zu tun hat.» Er trank einen Schluck Kaffee und wischte sich mit dem Handrücken über den Mund. «Eine Journalistin von Annies Kaliber hat viele Kontakte. Wir wollen mit allen sprechen oder dafür sorgen, dass die Polizei das tut.»

«Wer könnte etwas wissen?», fragte Max.

«Natürlich die Leute, mit denen sie in der Redaktion zusammenarbeitet. Es sind aber auch Kontakte üblich, so ist das sicher auch bei Annie, obwohl ich nicht weiß, ob sie welche hat. Wenn jemand im Folkets Hus in Oxelösund ermordet wird, ist es wichtig, dass man gute Kontakte hat, um an Informationen zu kommen. Dazu zählen letztendlich auch Staatsanwälte, Psychologen, Ärzte, Rechtspsychiater und Polizisten. Die Liste ließe sich endlos fortsetzen. Jeder von ihnen könnte etwas wissen.» Er machte eine ausholende Handbewegung. «Folgendes haben wir bislang herausgefunden.» Er deutete auf das Whiteboard, auf dem jemand Stichworte notiert und mit Linien verbunden hatte.

«Annie hat an einer Reportage über ermordete Prostituierte gearbeitet. Carl und ich hatten mehr Einblick als üblich in diese Sache, weil sie auf etliche heikle Informationen gestoßen war, vor allem über Männer, die für Sex bezahlt haben. Sie hat auch bei der Polizei Erkundigungen eingeholt. Ich habe heute Morgen nachgefragt, Annie hat noch am Freitagnachmittag mit der Polizei gesprochen. Nichts deutet jedoch darauf hin, dass Annie einen der Männer von ihrer Liste mit ihren Erkenntnissen konfrontiert hat. Diese wissen also aller Wahrscheinlichkeit nach nicht, dass sie sozusagen unter die Lupe genommen werden.» Er tippte sich an die Nase, überlegte und beschloss, sich eine Prise Kautabak unter die Oberlippe zu schieben. «Wir wissen, wer diese Männer sind und wo wir sie, wenn nötig, erreichen können.» Er schwieg einen Augenblick. Alle drei starrten auf das Whiteboard, als hofften sie, dort zwischen den Stichworten die Lösung zu finden. «Was wir mit Sicherheit sagen können, ist, dass Annie am Freitag hier war. Sie hatte keine gute Laune.»

«Wir haben gestritten», sagte Max, ohne nachzudenken. Die beiden anderen sahen ihn an. «Wir haben uns am Donnerstagabend gestritten, vielleicht hatte sie ja deswegen schlechte Laune.»

Wikholm nickte. Carl von Konow meinte: «Ich halte es für unsere Pflicht, Sie davon zu unterrichten, dass Annie am Freitag von ihrer Arbeit beurlaubt wurde.» Auf seinem mageren Hals breiteten sich rote Flecken aus.

«Das habe ich gestern nicht erwähnt», erklärte Wikholm. «Ich wollte Sie nicht noch mehr aus der Fassung bringen.»

«Beurlaubt?»

«Es gelang ihr, einen Artikel in die Zeitung zu schmuggeln, der uns in große Schwierigkeiten bringen kann», sagte von Konow und verschränkte die Arme vor der Brust. «Ihre Vorgehensweise dabei ließ mich den Beschluss fassen, sie zu beurlauben.»

«Was für Schwierigkeiten?»

«Eine Verleumdungsklage beispielsweise», antwortete Wikholm.

«Die Sache könnte aber auch an unserer Glaubwürdigkeit

kratzen», meinte von Konow. «Für das, was sie schreibt, gibt es keine Beweise.»

«Und worum geht es?»

«Wenn Sie wollen, kann ich Ihnen den Artikel geben.»

Max nickte.

Von Konow beugte sich vor: «Es besteht keine Veranlassung zu der Annahme, dass der Inhalt dieses Artikels mit Annies Verschwinden zu tun hat, obwohl ihre Andeutungen gewisse Leute durchaus in Verlegenheit bringen können. Es existieren jedoch keine Beweise, und deswegen wurde sie beurlaubt.»

«Es ist natürlich Sache der Polizei, diese Dinge zu beurteilen, wie Sie sicher verstehen», warf Wikholm ein und fuhr fort: «Um auf den Freitag zurückzukommen: Kurz nach eins war Annie noch im Büro. Etwa zwei Stunden später ruft sie bei der Polizei einen gewissen Kay Orha an, der sich heute Morgen bei uns gemeldet hat. Er nannte den Namen eines Mannes, den sie bei ihrem Anruf erwähnte, aber den haben wir noch nicht erreicht. So sieht es aus.» Jan Wikholm schlug mit der flachen Hand auf den Tisch. «Das ist nicht viel, ich weiß, aber zumindest ein Anfang.»

«Die Frage lautet», meinte Carl von Konow, «wo sie sich in der Zeit zwischen dem Verlassen der Redaktion und dem Anruf bei diesem Polizisten Kay Orha aufgehalten hat. Gibt es irgendwelche Orte, die sie regelmäßig aufsucht?»

«Die Kungliga Biblioteket», antwortete Max, wandte seinen Blick von der Tafel ab und sah von Konow an. «Sie arbeitet immer in der Kungliga Biblioteket. Sie könnte von einer Telefonzelle dort angerufen haben.»

Jan Wikholm schlug vor: «Das sollten wir der Polizei umgehend mitteilen, damit sie dort jemanden vorbeischicken kann. Ich rufe gleich an. Entschuldigt mich einen Augenblick.»

Es entstand eine Pause, dann beugte sich Carl von Konow vor und sagte: «Max, ich verstehe, dass Sie es sehr schwer haben. Ich möchte Ihnen versichern, dass wir diese Sache wirklich ernst nehmen. Wir tun alles, um Ihnen und der Polizei zu helfen. Behalten Sie nichts für sich, wenn Sie mit der Polizei sprechen, alles könnte wichtig sein.»

Carl von Konow erhob sich, als Jan Wikholm im Türrahmen auftauchte. «Wir hoffen wirklich, dass alles bald geklärt ist und dass Annie wieder auftaucht», sagte er.

Max glaubte ihm nicht.

Max war Musiker geworden, weil er gerne Gitarre spielte. Es gab aber auch andere Gründe außer dem einen, an den ihn Annie erinnert hatte, als er sie zum ersten Mal nach Hause begleitet hatte. Musiker zu werden war ein Protest. Er wollte kein gewöhnliches Rädchen in der Maschinerie sein, bei der Sparkasse arbeiten und, wie seine Eltern hofften, es weiter bringen als bis zum Sparkassenangestellten. Er hatte sich schon früh gegen einen solchen Lebensentwurf entschieden und wusste, dass er sie enttäuschte. Er hatte sie verraten, indem er nichts aus sich gemacht und nichts angestrebt hatte. Er hatte nicht einmal seine Abiturientenmütze aufgehoben. Jeden Auftritt hatte er damit beendet, an der Bar ein großes Glas Schnaps zu trinken und Witze zu erzählen. Er war nie abgeneigt weiterzufeiern. Wenn ihm der Koch einen Joint anbot, rauchte er. Wenn einer der Stammgäste LSD hatte, griff er zu. Wenn ein Mädchen ihn abschleppen wollte, ging er mit. Wenn ihn jemand fragte, ob er glücklich war, stand er auf und ging. Dann kam Annie. Es war, als hätte er fünfzehn Jahre auf einer einsamen Insel verbracht. Ein Mädchen kam auf einem Floß daher und bot ihm an, ihn mitzunehmen. Auf dem offenen Meer verliebten sie sich. Damals hatte er sich das nicht eingestehen wollen, denn es kam ihm so vorhersehbar vor, dass ein Mann wie er von einer Frau wie ihr errettet werden musste. Aber er hatte es gewusst. Und er wusste es immer noch. Sie hatte ihn stolz gemacht. So stolz, dass es nicht mehr wichtig war, als Letzter eine Party zu verlassen. Er brauchte sie. Wenn sie nicht da war, hatte er Angst vor dem Einschlafen. Denn er hatte Angst davor, wieder in dem Leben zu erwachen, aus dem sie ihn gerettet hatte. Jetzt war sie weg, jetzt war er an der Reihe, sie zu retten.

7

Max betrat das Polizeipräsidium auf Kungsholmen um Punkt zwei Uhr. Der Mann, mit dem er verabredet war, erwartete ihn am Empfang und stellte sich als Leif Gustafsson vor. Er sah nicht aus wie ein Polizist. Er war gebräunt, hatte sonnengebleichtes Haar, das schütter zu werden begann, schmale Lippen und auffällig weiße Zähne. Ein Mann, der einer Frau aus dem Mantel half, um sich an ihren Formen zu erfreuen. Arnie Becker, dachte Max. Er sieht aus wie Arnie in L. A. Law.

Sie gingen durch eine Wartezone, in der ein paar Leute in Mänteln saßen. Es roch nach Schweiß und nassen Kleidern. Max schaute durch die vergitterten Fenster auf die Kungsholmsgatan, auf der bald die Straßenlaternen angehen würden.

«Der Herbst», sagte Leif Gustafsson, als hätte er Max' Gedanken gelesen, «ist ein geschickter Taschendieb: Er greift dir in den Mantel und nimmt sich, was er haben will.»

Sie gingen eine Treppe hoch. Leif Gustafsson nickte einem Kollegen zu. Die Räume hatten niedrige Decken, die Wände waren weiß, und der Fußboden hatte dieselbe Farbe wie der Rasen an einem Herbstnachmittag nach einem Spiel von Liverpool und den sturen Böcken von Millwall. Max fühlte sich nicht wohl in seiner Haut.

«Dann wollen wir mal», sagte Leif Gustafsson und lehnte sich mit einem Notizblock in der Hand auf seinem knarrenden Schreibtischstuhl zurück. «Ich habe eben mit Jan Wikholm gesprochen, dem Chef Ihrer Frau. Ich vermute, Sie sind im Bilde?»

Max nickte. «Er hat erwähnt, dass er sich mit Ihnen in Verbindung setzen wollte.»

«Gut. Er hat mir erläutert, woran Annie gerade arbeitet. Wir werden die Personen überprüfen, mit denen sie Kontakt hatte, und fragen, ob sie nach dem bislang letzten uns bekannten Telefonat mit ihr gesprochen haben. Zuletzt hat sie jemanden im Präsidium angerufen, aber davon wissen Sie vermutlich auch?»

Max nickte erneut.

«Ich werde Ihnen jetzt ein paar Routinefragen stellen, die bei Vermisstenanzeigen üblich sind. Vielleicht tauchen später noch andere Fragen auf, je nachdem was wir in Erfahrung bringen. Aber erst einmal ist Folgendes wichtig: Der Kollege, mit dem Sie gestern gesprochen haben, bat Sie, Pass, Bankkonten und Kleidung zu überprüfen. Haben Sie das getan?»

«Alles ist da. Der Pass liegt in der Kommode. Unser Geld ist noch auf der Bank, sie hat nichts abgehoben.»

«Und die Kleider?»

Max zuckte mit den Schultern. «Soweit ich sehen konnte, ist alles da. Ich habe keinen sehr guten Überblick, aber die Sachen, die sie besonders mag, erkenne ich, und die sind alle da.»

«Okay.» Leif Gustafsson nickte und machte eine Notiz.

«Dann haben wir das geklärt.» Er suchte nach den passenden Worten. «War Ihre Frau in letzter Zeit unglücklich? Oder gab es Anzeichen dafür, dass sie vielleicht nicht mehr weiterleben wollte?»

Max schüttelte den Kopf. Was sollte diese Frage? «Wir erwarten ein Kind. Ich glaube also, dass sie glücklich ist. Meinen Sie, ob sie deprimiert wirkte?»

«Beispielsweise. Oder ob sie früher an einer psychischen Krankheit gelitten hat.»

«Nein, damit hatte sie keine Probleme.»

«Und in ihrer Familie?»

Er schluckte. «Ihre Mutter hat sich das Leben genommen.»

«Das ist tragisch. Wie lange ist das her?»

«Annie war noch klein. Erst drei.»

«Aber es deutet nichts darauf hin, dass Ihre Frau ebenfalls so etwas planen könnte?»

Max starrte schweigend zu Boden.

«Es tut mir leid, dass ich Sie das fragen muss, Max, aber ich muss alle Möglichkeiten in Betracht ziehen, um nichts dem Zufall zu überlassen.»

«Ich verstehe», antwortete er und schaute hoch. «Nein, dafür gab es keine Anzeichen.» Bilder schossen ihm durch den Kopf. Annie in einer Hotelbadewanne mit rotem Wasser. Annie von einer Decke baumelnd. Annie reglos und umgeben von bunten Pillen. Er schüttelte den Kopf, um diese Bilder zu vertreiben. Er mochte Leif Gustafsson immer weniger. Noch ein paar Fragen, und er würde ihn hassen.

«Leider muss ich noch eine unangenehme Frage stellen. Gab es Probleme in Ihrer Beziehung? Eine Affäre beispielsweise?»

Er hasste Leif Gustafsson. «Wir haben gestritten, aber das

hielt sich alles in Grenzen. Wir erwarten ein Kind, wir arbeiten beide viel. Das stellt schon eine große Belastung dar. Aber das ist auch alles.»

«Keiner von Ihnen war also untreu und ist dabei ertappt worden. Habe ich Sie richtig verstanden?»

Max dachte an Leif Gustafssons Dienstwaffe und daran, was er damit tun könnte. Er würde nicht einmal damit schießen müssen. Er würde mit dem Griff zuschlagen. Bis er endlich schwieg.

«Max?»

«Entschuldigung?» Er rieb sich die Stirn. «Nein, ich war Annie nicht untreu, und sie hat mich auch nicht betrogen, soweit ich weiß.»

Gustafsson nickte und machte einen Vermerk. «Entschuldigen Sie diese Frage, aber das gehört dazu.» Er lächelte und klappte den Block zu und steckte den Bleistift in seine Brusttasche. Er beugte sich vor und betrachtete Max mit zusammengekniffenen eisblauen Augen, die jetzt so schmal waren wie seine gezupften Brauen, die seine Kollegen so belustigten.

«Ich verstehe, dass Sie sich Sorgen machen, Max. Aber das wird sich klären. Jedes Jahr verschwinden allein in Stockholm tausend Personen. Die meisten tun das in der Tat freiwillig und tauchen irgendwann wieder auf. Das ist für Sie heute sicher nur ein schwacher Trost, aber so ist es. Wir haben Annies Foto an alle Streifen weitergegeben und sind davon überzeugt, dass wir sie bald finden.» Er klopfte zweimal auf die Schreibtischplatte. «Jetzt geht's wieder hinaus in das ungemütliche Herbstwetter», meinte er und verzog das Gesicht. «Melden Sie sich, falls Ihnen noch etwas einfällt.» Er hielt Max seine Hand hin, und Max schüttelte sie. Sein Händedruck war schlaff und feucht.

Max Lander hatte immer akzeptiert, dass sein Leben überwiegend von anderen bestimmt wurde. Von seinem Vater, der Schule und während des Wehrdienstes vom Militär. Das hatte er stets ohne Proteste hingenommen. Er war einfach mitgeschwommen und hatte gefunden, dass alles so war, wie es sein sollte. Als er jetzt durch den Kronobergspark ging, sah er ein, dass dieser Teil seines Lebens vorüber war. Er würde diesen Männern, Jan Wikholm und Leif Gustafsson, nicht gestatten, Annies, sein eigenes und das Leben ihres Kindes in ihren Händen zu halten, bis es ihnen durch die Finger glitt und auf den schmutzigen Asphalt fiel, um sich dort für immer und ohne weiteres aufzulösen. Er würde die Sache selbst in die Hand nehmen.

8

Thomas Munkenberg war schon immer geruchsempfindlich gewesen. Als Kind hatte er sich stets beim ersten Toilettenbesuch des Tages übergeben müssen, sofern dieser nicht vor dem Frühstück stattfand. Seine Mutter musste ihn zum Klo schleifen und neben ihm warten, bis er fertig war. Das erzählte er seinen Klassenkameraden jedoch nicht. Es gab Ausdrücke für Leute wie ihn. Unzählige. Alle nicht schön.

So schlimm war es mittlerweile nicht mehr. Er saß in der Sauna des Kronobergsbades. Es stank nicht, roch aber wie immer nach Chlor, verschwitzten Socken und warmem Brot. Wahrscheinlich weil jemand auf den Saunaofen gepinkelt hatte. Ein Kinderstreich, für den seine Kollegen eigentlich zu erwachsen waren. Aber die Menschen waren nun einmal verschieden. Der frischgebackene Kriminalinspektor Munkenberg gehörte nicht zu den Leuten, die auf Saunaöfen pinkelten. Gustafsson im Übrigen auch nicht. Er saß eine Bank tiefer auf einem grauen Handtuch mit verwaschenem Polizeiwappen. Es war zwanzig Jahre lang gewaschen worden, aber er hatte es kein einziges Mal selbst in die Waschmaschine gelegt. Die einzige Person, die mit angesehen hatte, wie sowohl das Wappen als auch Gustafsson zusehends blasser geworden waren, war seine Frau.

Munkenberg und Gustafsson gingen immer zur gleichen Zeit schwimmen und unterhielten sich anschließend meist noch in der Sauna. Über den Tag im Allgemeinen, den Stand der Dinge und alles, was die Zukunft ihrer Meinung nach noch bereitzuhalten schien. Manchmal gingen sie anschließend noch ein Bierchen trinken. In der Nähe oder, wenn sie den ganzen Abend Zeit hatten, irgendwo in der Stadt in der Kungsgatan, wo man Krankenschwestern kennenlernen konnte, die auf Polizisten standen. Munkenberg hatte nie gefragt, ging aber davon aus, dass es bei Gustafsson zu Hause nicht zum Besten bestellt war. Er selbst war nicht gern allein und blieb immer, so lange es ging. Wenn jemand essen gehen wollte, schloss er sich an. Falls es anschließend noch in die Kneipe ging, sagte er ja. Aber heute saß er mit Gustafsson allein in der Sauna, und aus der Kneipentour würde vermutlich nichts werden. Keine Frau würde ihn abschleppen, weil er Polizist war. Vielleicht ergab sich noch ein Bier auf dem Weg zur U-Bahn, wenn er Glück hatte. Munkenberg unterhielt sich gern mit den älteren Kollegen und hörte sich ihre Geschichten an. Eines Tages würden die Neulinge an seinen Lippen hängen und ihn mit großen Augen anschauen. Er war jetzt seit vier Jahren bei der Polizei. Ein paar Monate beim Dezernat für Gewaltverbrechen. Davor bei der U-Bahn-Polizei. Seiner eigenen Einschätzung nach war er Jahrgangsbester. Allerdings war es einigen seiner Kollegen bereits gelungen, an spektakulären, vielbeachteten Fällen mitzuarbeiten. Ein Altersgenosse, den er vom Sehen kannte, war als Erster am Palme-Tatort gewesen und hatte einem Fernsehreporter ein Interview gegeben. Aber das machte Munkenberg nichts aus. Harte Arbeit würde sich am Ende immer auszahlen. Er kannte niemanden, der so hart arbeitete wie er selbst. Er erschien morgens als Erster im Präsidium und verließ es abends als Letzter. Seine Chance würde kommen, und er hatte die notwendige Geduld.

«Heute war es ganz schön hart, Munk», meinte Leif Gustafsson und strich sich das nasse Haar aus der Stirn. «Ich bin wirklich nicht mehr der Jüngste.»

«Ach was», lachte Munkenberg und freute sich, einen Spitznamen erhalten zu haben. «Hattest du einen guten Tag?», wollte er wissen.

«Ich kann nicht klagen», antwortete Gustafsson und rückte sein Handtuch zurecht. «Und du?»

«Eine festgefahrene Ermittlung. Mit jedem Schritt nach vorn machen wir zwei zurück.»

«Und worum geht es?»

«Ein Mann wurde auf der Tanzfläche eines Lokals hier in Kungsholmen fast totgeschlagen. Er hat so viele Tritte kassiert, dass er in einer Blutlache lag, als die anderen Gäste die Tanzfläche verließen. Keiner hat angeblich etwas gesehen. Keiner der Türsteher hat jemanden das Lokal verlassen sehen. Es wird sicher einen Monat dauern, bis das Opfer vernehmungsfähig ist, und ich wette einen Monatslohn, dass er sich an genauso wenig erinnern wird wie alle anderen.»

«Schlimme Zeiten», meinte Gustafsson. «Viele Dinge können einen Menschen vergessen lassen.»

«Und du, Gustafsson», nahm Munkenberg den Faden wieder auf, weil er nicht wollte, dass die Unterhaltung ins Stocken geriet. «Der Typ, den du heute vorgeladen hast, hatte der auch Probleme mit dem Gedächtnis?»

«Wen meinst du denn?», fragte Gustafsson und wandte ihm sein gerötetes Gesicht zu.

«Der Mann auf der Treppe.»

«Ach der», erwiderte Gustafsson und zog die Brauen hoch. «Der wirkte ganz okay. Seine Frau ist verschwunden, und ich verstehe, dass er sich Sorgen macht. Würde ich auch, wenn ich eine Frau hätte, die Reporterin ist und plötzlich eines Abends nicht nach Hause kommt.»

«Könnte er auch selbst daran beteiligt sein?»

Gustafsson schüttelte den Kopf und ließ das Kinn auf die Brust sinken. «Dazu ist er nicht der Typ. Also, wenn ich jetzt raten müsste, rein intuitiv, würde ich sagen, dass sie ihn verlassen hat und dass er unter Schock steht und es einfach nicht wahrhaben will. Vielleicht hat sie sich ins Ausland abgesetzt oder im Wald das Leben genommen. Schwanger war sie auch. Offenbar gab es schon früher Selbstmorde in der Familie.»

«Ach?»

Gustafsson nickte. «Die Mutter. Da war die Tochter noch klein.»

«Hast du Journalistin gesagt?»

«Polizeireporterin. Drüben im Hochhaus.»

Munkenberg nickte nachdenklich und betrachtete die rissige Holzvertäfelung in der Ecke. Daran sind diese Ofenpinkler schuld, dachte er.

«Offenbar war sie an einer brisanten Sache dran», fuhr Leif Gustafsson fort. «Wir haben auch mit dem Ressortleiter und dem Chef gesprochen. Die waren erschüttert.»

«Warum?»

«Weil sie verschwunden ist natürlich, aber auch, weil ihre Arbeit mit ihrem Verschwinden zu tun haben könnte.»

«Woran hat sie denn gearbeitet?»

«An einer Story über irgendwelche hohen Tiere, die Prostituierte missbrauchen. Offenbar hat sie in einem Artikel lose Behauptungen aufgestellt und wurde daraufhin beurlaubt. Seither ist sie verschwunden. Vielleicht war sie einfach so depriminiert, dass sie sich das Leben genommen hat, oder sie ist einfach untergetaucht.»

Ein Mann, den Munkenberg vom Sehen kannte, setzte sich auf die unterste Pritsche, und Munkenberg rückte näher an Gustafsson heran. «Aber ist es überhaupt wahrscheinlich, dass sie sich das Leben genommen hat, wenn sie wirklich schwanger ist?»

«Ich sage ja gar nicht, dass sie sich das Leben genommen hat, sondern nur, dass sie es getan haben könnte. Wahrscheinlicher ist, dass sie ihren Mann verlassen hat und sich jetzt bei einer Freundin die Augen aus dem Kopf weint.»

Munkenberg schüttelte den Kopf. «Ich habe so was im Gefühl, Gustafsson, und mein Gefühl sagt mir, dass da irgendetwas nicht stimmt.»

Gustafsson runzelte die Stirn. Es war nicht seine Art, immer gleich das Schlimmste von den Menschen zu denken. «Du meinst, ihr Mann hat sie in den Wald geschleift und sie dort kaltgemacht? Und jetzt will er uns weismachen, dass ein anderer sie auf dem Gewissen hat, weil sie an einer Story dran war, die für manche unbequem werden könnte?»

Munkenberg rieb sich das Kinn. «So was ist schon vorgekommen.»

«Dann wollen wir mal hoffen, dass du dich irrst», meinte Gustafsson und erhob sich. «Und dass es sich nur um einen armen Teufel handelt, den die Frau verlassen hat, und sonst nichts weiter.»

Leif Gustafsson mochte Munkenberg nicht sonderlich. Er hatte gehört, dass er keinen Alkohol vertrug und bei der Weihnachtsfeier der einen oder anderen Kollegin zu nahe getreten war. Einer dieser Kolleginnen wurde außerdem eine Affäre mit dem Chef vom Nachrichtendienst des Landeskriminalamts, Nathansson, nachgesagt. Der Kollege Borg hatte Nathansson am Morgen nach einer Weihnachtsfeier vor ihrem Haus in ein Taxi steigen sehen. Kein Rauch ohne Feuer, dachte Gustafsson und ging, vor Hitze stöhnend, Richtung Tür. Aber was immer er von Thomas Munkenberg hielt, Leif Gustafsson hatte keine Lust, nach Hause zu gehen. Er drehte sich um: «Noch ein Bier, Munk?»

«Klar», erwiderte Munkenberg. Er dachte immer noch an den Mann, der seine Frau als vermisst gemeldet hatte. Er hatte schon immer ein Gespür dafür gehabt, wenn etwas nicht stimmte. Vielleicht hing das mit seiner Kindheit zusammen. Seine Eltern hatten oft gestritten, und er hatte es immer gespürt, wenn Streit in der Luft lag. Er war so etwas wie ein Zoffbarometer und wusste immer schon eine Stunde im Voraus, wenn jemand etwas Gemeines zu ihm sagen würde. Dafür hatte er einen Riecher. Einen besseren Riecher als Leif Gustafsson. Ich habe sogar einen besseren Riecher als Sherlock Holmes, dachte er, als er unter der eiskalten Dusche stand. Wenn Frauen Opfer häuslicher Gewalt mit Todesfolge wurden, handelte es sich bei den Tätern meist um Männer, die ihnen nahestanden. Munkenberg spürte, dass dies auch in diesem Fall so war. Er würde Augen und Ohren offen halten. Zur Stelle sein, wenn etwas passierte. Energisch sein. Seine Chance nutzen. Er duschte kälter als die anderen und dachte, dass er kurz vor einem Durchbruch stand. Er wusste nur nicht, vor welchem.

LOYALITÄT UND EHRGEIZ

1

Max betrachtete die Nikotinflecken an der Decke und atmete angestrengt. Der Teppichboden roch nach Staub, die Luft nach Zigarettenrauch. Sie saßen in einem Café in der Odengatan. Die meisten Gäste waren eigentlich noch zu jung, um zu rauchen. Max war zu jung, um sich vollkommen davon lähmen zu lassen, dass seine Frau verschwunden war. Aber trotzdem war es so. Sie rauchten schweigend. Es war kurz nach drei, und die Gehsteige waren voller Kinderwagen, die von Leuten geschoben wurden, die viel zu früh im Leben vergessen hatten, wie glücklich sie eigentlich sein müssten.

Patrik legte ihm seine Hand auf den Unterarm. «Ich weiß, dass es schwer ist, Max, aber du musst dich zusammennehmen.»

Max sah ihn an.

«Du musst nachdenken. Du kennst Annie besser als ihre Kollegen und die Polizei, und wenn ihr wirklich etwas zugestoßen ist, bist du ihre beste Karte. Ich helfe dir, aber du musst mitmachen. Du musst dich anstrengen, Max. Ich weiß, wie schwer dir das fällt, aber es gibt keine andere Alternative, wenn wir nicht nur rumsitzen und warten wollen. Verstehst du, was ich sage?»

Max nickte langsam, aber nur, weil er wusste, dass es von ihm erwartet wurde.

Patrik lächelte. Er sah verängstigt aus. So hatte Max ihn noch nie erlebt. Er hoffte, Patrik würde nicht bemerken, dass er noch größere Angst hatte.

«Trink deinen Kaffee und iss dein Brot, damit du zu Kräften kommst.» Patrik schob das kleine Tablett zu Max hinüber.

Max aß und trank. Jeder Bissen kam ihm vor wie der letzte, den er runterbrachte, aber er sah Patrik an, dass er ihm nicht gestatten würde, den Tisch zu verlassen, ehe er aufgegessen hatte. Er hatte sich in ein Kind verwandelt, das einen Erwachsenen brauchte.

«Annie arbeitet an einem Artikel über Freier», begann Patrik, als der Teller leer war und sie sich beide noch eine Tasse Kaffee geholt hatten. «Sie beschäftigt sich schon länger mit der Sache und hat mit Frauen und Männern Kontakt aufgenommen, die sie genauer unter die Lupe nehmen wollte.» Er sah Max an, der wortlos nickte. «Hat sie irgendwelche Namen erwähnt?»

«Nein.»

Patrik nickte enttäuscht. «Wie würdest du selbst vorgehen?»

«Ich weiß nicht. Ich bin kein Journalist.»

«Ich auch nicht, aber denk mal nach. Wenn du den Verdacht hättest, dass da was zum Himmel stinkt. Was würdest du tun?»

Max rieb sich die Stirn. «Ich würde vermutlich versuchen, so viel wie möglich über die Beteiligten in Erfahrung zu bringen.»

«Und zwar wie?»

«So, dass die Betroffenen davon so wenig wie möglich mitkriegen.»

«Wo würdest du suchen? Wir wissen, dass sie mit Frauen

aus dem Metier gesprochen hat, aber das ist nur ein Anhaltspunkt. Wie informiert man sich über Menschen?»

Max sah ihn fragend an.

«Man zieht Erkundigungen ein», beantwortete Patrik seine Frage. «Wenn ich etwas über dich in Erfahrung bringen möchte, dann gehe ich zu deinem Arbeitsplatz und stelle dort Fragen. Um mir ein Bild von dir zu machen. Danach gehe ich bei der Steuerbehörde alle verfügbaren Unterlagen durch, um etwas über deine geschäftlichen Verbindungen herauszufinden. Vielleicht bist du im Aufsichtsrat eines Unternehmens mit interessanten Besitzern oder beziehst Einnahmen aus dubiosen Quellen.»

«Man könnte sich auch bei der Polizei nach Vorstrafen erkundigen», meinte Max.

Patrik nickte. «Man geht alle verfügbaren Informationen durch, bis man auf etwas Brauchbares stößt.»

«Jemand, der neben dir auf einem Foto steht und etwas über dich erzählen könnte.»

«Genau», meinte Patrik. «Annie würde alte Zeitungen durchlesen, um zu sehen, ob über die Person, für die sie sich interessiert, geschrieben worden ist.»

Max überlegte. «Vielleicht waren es ja wirklich die Leute in der Presse, denen sie auf den Fersen war.»

«Prominente zum Beispiel?»

«Genau.»

«Über die müsste es jede Menge geben, Interviews, Artikel und so weiter. Was spricht für diese Vermutung?»

«Ich weiß nicht. Das ist nur so ein Gefühl», meinte Max. «Annie wurde wegen dieses Artikels beurlaubt. Einige der Männer, die Clubs frequentieren, sind schon recht prominent. Und es wäre nicht gerade vorteilhaft für sie, wenn publik würde, dass sie mit Prostituierten verkehren. In so einem Fall ist die Zeitung sicherlich um Vorsicht bemüht.»

«Und deswegen wird Annie gleich beurlaubt?»

Max nickte. «Es will mir nicht in den Kopf, dass Annie etwas geschrieben haben soll, was sie nicht belegen kann. Sie zählt zu den ehrgeizigsten Menschen, die mir je begegnet sind. Sie überprüft alles haargenau, bis sie ganz sicher ist. Wieso sollte sie plötzlich etwas schreiben, was aus der Luft gegriffen ist?»

«Ich habe den Artikel gelesen», sagte Patrik. «Und mir nichts dabei gedacht, nicht einmal am Wochenende, außer dass er sehr typisch ist für Annie.»

«Inwiefern?»

«Eloquent. Aggressiv. Ich hatte förmlich ihre Stimme im Ohr, als ich ihn las. Hast du ihn gelesen?»

Max nickte. «Ich habe ihn in der Redaktion bekommen. Annie muss einen Zusammenhang entdeckt haben. Zwischen dem Club und den Prostituierten.»

«Vielleicht fühlt sich jemand bedroht, weil er glaubt, dass sie hinter ihm her ist. Und die Zeitung will die Spur nicht weiterverfolgen.»

Max sah die Gesichter von Wikholm und von Konow vor sich.

«Was würde Annie tun, wenn sie aufgefordert werden würde, von einer delikaten Sache die Finger zu lassen?»

«Sie würde diesen Leuten nicht mehr vertrauen.»

«Und weiter?»

«Sie würde auf eigene Faust weitermachen. Und das, was sie herausfindet, für sich behalten.»

Patrik trommelte mit den Fingern auf den Tisch. «Wenn ich an einer brisanten Sache dran wäre, würde ich mir nur so weit in die Karten schauen lassen, um weitermachen zu können, ohne dass zu viele Fragen gestellt werden. Ich würde möglichst viel nicht im Büro arbeiten und die wichtigsten Unterlagen mit nach Hause nehmen und dort aufbewahren. Weißt du, wo Annie gearbeitet hat, wenn sie nicht in der Redaktion war?»

Max nickte. «Zu Hause und in der Kungliga Biblioteket. Vielleicht erinnert sich einer von den Bibliothekaren an sie.»

Patrik schaute auf die Uhr. Kurz vor sechs. «Die Bibliothek hat noch auf.»

«Ich habe ihrem Chef erzählt, dass sie oft dort arbeitet. Sie wollten diese Information an die Polizei weiterleiten, für Nachforschungen.»

«Es schadet nicht, wenn wir das auch tun», meinte Patrik. «Aber wir müssen uns überlegen, welche Abteilung wir zuerst nehmen. Warum ist sie in die Bibliothek gegangen? Schließlich konnte sie auch zu Hause ungestört arbeiten. Sie war in der Bibliothek, weil es nur dort etwas gibt, was sie braucht.»

«Klar. Aber was?»

Sie dachten nach.

Patrik runzelte die Stirn. «Mikrofilme.»

2

Als Sissi mit einer Schachtel Zigaretten aus dem Zeitschriftenladen trat, nahm sie den Geruch seines Rasierwassers wahr, bevor sie ihn sah. Es war Dick, ihr Zuhälter. Sie bereute es, dass sie Sonja erzählt hatte, wo sie sich seit dem Überfall versteckte. Nachdem es ihr gelungen war, ungesehen das St.-Göran-Krankenhaus zu verlassen, hatte sie den Taxifahrer-Freier Tomas angerufen. Als sie überlegt hatte, wer ihr helfen könnte, war er ihr als Erster in den Sinn gekommen, und seither wohnte sie bei ihm in Kärrtorp. Von hier aus hatte sie vor einigen Tagen Sonja angerufen, damit sie sich keine Sorgen machte. Jetzt hatte Sonja sie verpfiffen.

«Ich bin allein», sagte Dick, als er Sissis nervösen Blick bemerkte. «Vor mir brauchst du also keine Angst zu haben.» Er legte seine Hand auf Sissis Wange, fasste ihr Kinn und drehte ihren Kopf, um einen Blick auf die Blutergüsse zu werfen.

«Lass mich in Ruhe», sagte sie und versuchte, seine Hand abzuschütteln.

Er rümpfte die Nase und schob ihr Halstuch beiseite, sodass die Würgemale zum Vorschein kamen. «Pfui Teufel, Sissi, wie siehst du denn aus», fluchte er.

«Was willst du?»

«Ich will dich wieder auf der Straße sehen. Die Stammkunden fragen schon nach dir.»

«Ich bin clean und versuche, mein Leben in den Griff zu kriegen.»

«Und? Klappt's?» Er beugte sich vor. «Wie ist es, wenn die Dämonen kommen? Und die Wahnvorstellungen? Wenn du nach einem Rasiermesser suchst, um dir die Arme aufzuritzen, damit dich der Schmerz vom Nachdenken abhält?»

«Bitte, lass mich in Frieden.» Sie schwitzte nachts so sehr, dass die Laken durchnässt waren und stanken. Sie hatte sich übergeben, bis sie nur noch Galle gespuckt hatte.

«Immer mit der Ruhe», sagte Dick und hob die Hände. «Ich wollte mich nur davon überzeugen, dass du okay bist.» Er strich ihr eine Haarsträhne aus der Stirn und legte einen Finger auf ihr blaues Auge. «Man erzählt sich so einiges. Manche denken, du bist tot.»

«Als ob dich das kümmern würde.»

«Sag so was nicht. Du bedeutest mir was.» Er schaute sich um. «So viel, dass ich dir sogar ein Geschenk mitgebracht habe.» Er hielt ein Tütchen Heroin in die Höhe.

Sie schaute zu Boden. «Ich bin clean, habe ich doch gesagt.»

Er nickte und schwenkte das Tütchen in der Luft. «Wie heißt der Typ, bei dem du wohnst? Ist es seinetwegen?» Er sah sie an. «Vielleicht hast du dich verliebt, Sissi?»

Sie antwortete nicht.

«Sag schon!» Er lachte. «Ich werde ihn nicht fertigmachen, wenn du das denkst. Wie heißt er denn? Sag bloß, du wohnst bei diesem ekligen Klaviertypen.» Er lachte höhnisch.

«Tomas», sagte sie und bereute es sofort.

«Tomas», wiederholte Dick und wurde ernst. «Irgendwann hat er es satt, dass eine lädierte Nutte auf seiner Couch wohnt. Wenn dieser Tag kommt, dann denk daran, wo du hingehörst, wo die Leute sind, die sich wirklich um dich kümmern.»

Er schob ihr das Tütchen in die Jackentasche. «Wirf es weg, wenn du es nicht willst. Du weißt, wo ich bin, wenn du einen starken Arm brauchst.»

Sie drehte sich abrupt um und steuerte auf die Wohnung zu.

«Hast du übrigens gehört, was mit deiner Journalistenfreundin passiert ist?», rief er ihr hinterher. «Dem Mädel mit dem dicken Bauch?»

Sissi hielt inne und drehte sich um.

«Annie?»

Dick nickte. «Sie ist verschwunden. Die Bullen glauben, dass ihr Typ sie totgeschlagen hat. Schlimm, was? Eben noch hier und dann plötzlich weg.»

Sissi entfernte sich mit raschen Schritten. Ihr stiegen Tränen in die Augen. Sie schob eine Hand in die Tasche und befühlte das Tütchen. Sie dachte an Annie. Am liebsten wäre sie zu Dick und in das einzige Leben zurückgekehrt, das sie kannte, und am liebsten hätte sie so getan, als sei nichts passiert und als würde nichts passieren. An der Haustür drehte sie sich um. Dick stand immer noch da. Er winkte. Sie ging ins Haus, ohne sein Winken zu erwidern. Im Treppenhaus blieb sie stehen und begann zu weinen. Sie brauchte Geld für ein Ticket in die Ferne, und zwar schnellstmöglich.

3

Munkenberg machte Überstunden und war darüber, wie immer, stolz auf sich. Seine Mutter teilte seine Begeisterung allerdings nicht. Sie hielt nichts von seiner Berufswahl. Sie wünschte, er wäre Lehrer geworden.

«Heutzutage», hatte sie bei seinem letzten Besuch auf der Onkologischen gesagt, «gehen alle Familien auseinander, und die Kinder sind die Leidtragenden. Bald gibt es keine richtigen Familien mehr, alles nur noch Patchwork. Und in der U-Bahn redet niemand mehr Schwedisch, da traue ich mich gar nicht mehr hin, wenn ich hier wieder rauskomme.»

«Warum solltest du dich nicht mehr in die U-Bahn trauen, Mama?»

«Es ist ja nicht so, dass ich diese Leute gering schätze, aber sie sind eben nicht von hier.»

«Welche Leute?»

Sie beugte sich vor. «*Die.* Ich glaube, die meisten sind Iraner. Du weißt schon, Hasse in der Wohnung unter mir ist Polizist in Huddinge. Die haben es nicht leicht mit diesen Iranern. Asylpolitik, Rauschgift, andauernd Ärger, und Verstärkung kriegen sie auch nicht. Aber ständig wird reorganisiert, sagt er. Und er hofft, dass dieser Christer Pettersson nicht schuldig gesprochen wird, denn dann wird der wirkliche Palme-Mörder nie gefasst, und ich glaube, er hat recht.»

«Ich bin auch Polizist, Mama, ich weiß genau, was Sache ist, und …»

«Polizist», unterbrach sie ihn. «Du hättest Lehrer werden sollen. Die können dich brauchen. Und Milch kriegen die Kinder in der Schule auch keine mehr. Wir sind zu viele. Bald ist es hier wie in China. In Hallunda bei Monica im Haus herrschen offenbar unglaubliche Zustände.»

So ging es weiter, bis sie einschlummerte und er sie ihrem Nachtschlaf überließ.

Er hatte den Fall mit der verschwundenen Journalistin von Leif Gustafsson übernommen. Übernommen war vielleicht zu viel gesagt. Er hatte sich anerboten mitzuhelfen. Gustafsson hatte sich gefreut. Es hatte Munkenberg keine zwei Stunden gekostet herauszufinden, dass sich die Mutter keinesfalls das Leben genommen hatte, wie der Ehemann der Verschwundenen Gustafsson gegenüber behauptet hatte. Sie war ermordet worden. Der Typ log also, weil er etwas zu verbergen hatte. Er wollte der Polizei weismachen, dass seine Frau in puncto Selbstmord vorbelastet war. Gustafsson war zu abgestumpft, um selbst die offensichtlichsten Ungereimtheiten zu bemerken. Im Grunde genommen war Gustafsson richtiggehend begriffsstutzig. Beim Bier nach der Sauna hatte er plötzlich eine ganz neue Theorie entwickelt und sich eine Stunde lang darüber ausgelassen, dass es sich auch um einen Serienkiller handeln könnte.

«Serienkiller?», fragte Munkenberg. «Und was spricht dafür?»

«Ich habe mich mit einem Kollegen darüber unterhalten. Er hat eine Menge Bücher über Jack the Ripper gelesen. Wenn man die Namen der Mädchen durchgeht, die Lander auflistet, dann könnte man meinen, dass es sich um einen Nachahmungstäter handelt.»

«Welche Namen?»

Gustafsson zog einen Zettel aus der Brusttasche. «Diese Journalistin hat sich für ihre Story mit den ermordeten Prostituierten beschäftigt. Borg und ich haben das mal diskutiert, und er hat ein paar Fragen gestellt. Also habe ich ihm das Material gezeigt, was wir von der Zeitung erhalten haben, und da fielen sie ihm auf.»

«Die Namen?»

«Ja, die Namen.» Gustafsson nickte. «Also», fuhr er fort und strich den Zettel auf der zerkratzten Tischplatte glatt. «Marie, Catrine, Elisabeth und Marianne. So hießen die Frauen von der Liste über unaufgeklärte Morde an Prostituierten. Und hier die Liste der Opfer Jack the Rippers von vor hundert Jahren: Mary Ann Nichols, Elisabeth Stride, Catherine Eddowes und Mary Kelly.» Er sah Munkenberg mit großen Augen an. «Dieselben Namen. Elisabeth Stride war noch dazu Schwedin.» Er tippte mit dem Zeigefinger auf das Papier. «Und weißt du, was das Schlimmste ist?»

«Nein.»

«Die verschwundene Journalistin heißt Annie. Weißt du, wie das fünfte Opfer von Jack the Ripper hieß?»

Munkenberg sah Gustafsson schweigend an. Er wusste, was kommen würde. Er verachtete ihn.

«Annie Chapman.»

Idioten, dachte er, während er in Annie Landers Aufzeichnungen blätterte. Er hatte sich bereit erklärt mitzuhelfen, wenn man ihm Einsicht in die Unterlagen gewährte. Er mahnte sich selbst, nicht zu viel Umgang mit Gustafsson zu pflegen. Er wollte nicht so werden wie die anderen und musste sich nach Möglichkeit distanzieren. Die effektivste Methode war vielleicht die, Gustafssons Fall zu lösen und das Resultat direkt dem Chef zu präsentieren. Am Morgen hatte Munkenberg Kay Orha vor dem Kaffeeautomaten getroffen und ihm von der Jack-the-Ripper-Theorie erzählt. Orha hörte ihm interessiert zu. Dann schüttelte er nur den Kopf. Als Munkenberg zur Pointe, dem fünften Opfer, kam, lachte Orha, bis ihm die Tränen kamen. Munkenberg verstand nicht so recht, warum, stimmte jedoch in das Lachen ein. Die anderen sahen sie nur erstaunt an. Orha wischte sich schließlich mit einer Serviette die Tränen aus den Augen und entschuldigte sich. Meinte, eigentlich sei das alles äußerst tragisch. Eine bizarre Theorie über einen so tragischen Fall, der ihn wirklich betroffen mache.

«Es freut mich, dass du dich um den Fall kümmerst, Munkenberg. Da ist er in den richtigen Händen», sagte Orha und legte Munkenberg die Hand auf die Schulter. Orha hatte sich einen Kompass auf den Unterarm tätowieren lassen. Ein Relikt aus seiner Zeit als Seemann auf den Kapverdischen Inseln.

In den richtigen Händen, dachte Munkenberg und trommelte mit den Fingern auf die Schreibtischplatte. Allerdings!

Er hatte in der Redaktion angerufen, und Annies Chef Wikholm hatte ihm von Annies Beurlaubung am Tag ihres Verschwindens erzählt. Sie hatte ohne Erlaubnis einen Artikel publiziert, und nun sei möglicherweise mit einer Verleumdungsklage zu rechnen. Der Inhalt ihres Artikels sei vollkommen aus der Luft gegriffen, das Produkt einer überehrgeizigen Journalistin, die keine Grenzen kenne. Munkenberg hatte den Artikel gelesen und musste Wikholm zustimmen. Ihre Mutmaßung, es gebe einen Club, in dem Frauen ermordet wurden, hielt er für unrealistisch. So sah die Welt nicht aus. Höchstens in den Diskussionen der Journalisten. Konspiration und Männer in dunklen Mänteln. In Munkenbergs Wirklichkeit wurden Verbrechen von Junkies aus Sollentuna begangen. Er wollte den Artikel später noch einmal genauer lesen, jetzt war es ihm wichtiger, die letzten Spuren von Annie Lander zu finden.

Von ihrem Arbeitgeber hatte er erfahren, Annie Lander habe oft in der Kungliga Biblioteket gearbeitet. Munkenberg hatte einen Beamten mit einem Foto von Annie dorthin geschickt. Sie sah wirklich gut aus und blieb den Leuten ohne Zweifel im Gedächtnis. Am Nachmittag hatten sie einen Treffer gelandet. Ein Kommunistenpärchen, das die Bibliothek besuchte, weil dort einst schon Lenin saß, hatte Annie Lander gesehen. Die beiden waren sich ganz sicher. Sofern der Beamte sie nicht missverstanden hatte, war es zum Streit gekommen, weil der Mann Annie Lander hinterhergestarrt hatte. Daraufhin hatten sie die Bibliothek an diesem Tag unverrichteter Dinge und in Zwietracht verlassen. Jetzt saßen sie wieder im Lesesaal. Sie waren Forschungsstudenten oder so etwas. Jedenfalls konnten sie etwas Neues zum Fall beitragen: Annie Lander hatte weinend neben dem Münztelefon gestanden. Der Mann war sich seiner Sache sicher, deswegen hatte er sie ja auch angeschaut. Und nicht, weil sie eine Schönheit war. Das hatte dann wieder zu Streit geführt.

Jedenfalls stand eindeutig fest, dass Annie am Freitagnachmittag in der Kungliga Biblioteket gewesen war. Sie hatte geweint. Ihr Mann war Musiker und arbeitete in einem Club in der Brunnsgatan. Sofern sie nicht seinetwegen geweint hatte, hatte sie vermutlich die Birger Jarlsgatan überquert, um sich von ihm trösten zu lassen.

Munkenberg trat an den Stadtplan an der Wand und legte den Finger auf die Birger Jarlsgatan. Von der Kungliga Biblioteket zum Club in der Brunnsgatan, Ecke Malmskillnadsgatan konnte sie die Norrlandsgatan entlang- oder die Treppen der David Bagaresgatan hinaufgegangen sein. Munkenberg wollte dort Zettel mit ihrem Foto und einer Telefonnummer aufhängen lassen. Vielleicht brachte das nichts, aber einen Versuch war es wert. Vorausgesetzt, jemand hatte gesehen, wie Annie zu Max' Club gegangen war, dann bestand Erklärungsbedarf. Ihr Mann hatte ausgesagt, sie am vorhergehenden Abend zuletzt gesehen zu haben. Sie hatten gestritten, er war auf der Couch eingeschlafen, und als er aufwachte, war sie nicht mehr da. Danach: nichts. Annie war von der Redaktion aus in die Kungliga Biblioteket gegangen. Dort hatte sie telefoniert, geweint und war kurz nach drei gegangen. Vielleicht kam es zu einem Treffen mit diesem Sture Hult, den Kay Orha erwähnt hatte. Sie hatte Orha erzählt, Hult habe Informationen über ihre Mutter. Orha und Lander kannten sich offenbar. Munkenberg hatte die Anweisung erteilt, Sture Hult ausfindig zu machen, ihn nach seinem Verhältnis zu Annie Lander zu befragen und in Erfahrung zu bringen, was er über ihre Mutter wusste. Dass sie ermordet worden war, stellte an sich schon eine Spur dar. Möglicherweise waren beide Frauen vom Unglück verfolgt. Annie Lander hatte die Bibliothek verlassen, und jemand hatte sie ermordet. Vielleicht lag sie wie eines der von ihr beschriebenen Opfer im Humlegården im Gebüsch. Das wäre ärgerlich, denn dann würde Gustafsson mit seiner idiotischen Theorie recht behalten. Bislang hatte jedoch noch kein Hundebesitzer angerufen, um einen Leichenfund zu melden.

Munkenberg beschloss, sich mit den Prostituierten in Verbindung zu setzen, die Annie interviewt hatte. Vielleicht hatte sie den Straßenstrich in der Malmskillnadsgatan angesteuert, nachdem sie die Bibliothek verlassen hatte. Das Schlimmste an den Prostituierten war, dass sie für eine Tasse Kaffee und ein Käsebrot alles Erdenkliche zu Protokoll gaben. Zeigte man ihnen ein Foto, sagten sie immer, ja, verdammt, diese Person habe ich vor fünf Minuten noch gesehen. Er würde sich auch ein Foto von Annie Landers Ehemann besorgen und mitnehmen. Vermutlich brachte das nichts, aber Munkenberg wollte nichts unversucht lassen. Sein Vorhaben musste jedoch warten, denn er spürte, dass es Zeit für seinen allabendlichen Toilettenbesuch war, und nahm eine Zeitung aus der Schreibtischschublade.

Kaum hatte er die Klotür von innen verriegelt, hörte er, wie nach ihm gerufen wurde, und öffnete die Tür einen Spaltbreit. «Munkenberg, Telefon!»

«Hat das nicht Zeit?», rief er zurück.

«Es geht um die verschwundene Journalistin.»

Munkenberg trat auf den Korridor und versteckte die Zeitung hinter seinem Rücken. «Was gibt's?»

«Eine Sabine Skog hat die Meldung in der Zeitung gelesen und behauptet zu wissen, was passiert ist.»

4

Björn Dufwa hatte einen weißen Spitzbart und dunkles, strähniges Haar, das seine Ohren bedeckte. Er trug immer dasselbe hellbraune Jackett mit Flicken auf den Ellbogen, einen seiner fünf Rollkragenpullover und, je nachdem ob er sich in der Bibliothek oder zu Hause befand, Pantoffeln. Er war seit seinem

Studium mit keiner Frau mehr ausgegangen und verbrachte seine Freizeit damit, Artikel für die Mitgliederzeitschrift *Legatus Mensae* der Vereinigung Mensa zu übersetzen. Er verfügte über ein fotografisches Gedächtnis, und was er durch seine Augen wahrnahm, vergaß er nie, selbst wenn es sich nur an der Peripherie seines Gesichtsfeldes befand. Er erinnerte sich an die Personenkennziffer auf einem Führerschein, den jemand vorzeigte, um sich bei der Buchentleihe auszuweisen. An den Namen und die Adresse des Ladens auf einer Quittung, die aus einem Portemonnaie fiel. An einen Einkaufszettel, bei dem jemand auf dem Leihtresen mit einem geliehenen Kugelschreiber etwas ergänzte. Das hatte ihm vor einigen Jahren etliche Probleme eingebracht. Damals hatte er noch in einer Bücherei in Uppland gearbeitet. Etwas unüberlegt hatte er preisgegeben, dass er mehr über eine Nutzerin wusste als erlaubt. Sie hatte ihm vorgeworfen, er habe ihre Handtasche durchsucht. Er hatte seine Unschuld beteuert, doch sein Arbeitgeber hatte ihm nahegelegt zu kündigen. Der Ehemann der Frau war Polizist und hatte ihn eines Abends zusammen mit einem Kollegen aufgesucht und ihm geraten, aus der Stadt zu verschwinden. Und so hatte es ihn in die Kungliga Biblioteket verschlagen. Seit elf Jahren arbeitete er in der Mikrofilmabteilung. Als er die beiden Männer erblickte, die sich seinem Tresen näherten, wusste er, dass sie noch nie in seiner Abteilung gewesen waren. Einer der beiden war Max Lander, Annie Landers Mann, Åsögatan 144. Sein Foto steckte in ihrer Brieftasche neben ihrem Personalausweis, den er sich jedes Mal zeigen ließ, obwohl er ihre Daten im Kopf hatte. Darüber verlor Björn Dufwa, aus Erfahrung klug geworden, jedoch kein Wort.

Stattdessen bestätigte er rasch, dass Annie Lander seine Abteilung am Freitagnachmittag aufgesucht habe. Er habe sie allerdings nicht gehen sehen, vermutete aber, sie sei um kurz vor vier aufgebrochen, denn da sei er eben nicht am Platz gewesen.

«Gibt es vielleicht eine Liste, aus der hervorgeht, welche Mikrofilme sie angesehen hat?», wollte Patrik wissen.

Björn Dufwa überlegte einen Augenblick und antwortete: «Das kann ich herausfinden. Einen Moment bitte.» Er verschwand in einem Hinterzimmer. Kurz darauf kam er mit einem Zettel zurück, auf dem er aus dem Gedächtnis alles notiert hatte, und war den beiden behilflich.

«Das hier», sagte er, als er den Film in das Lesegerät einlegte, «ist die Tageszeitung *Folket*, Jahrgang 1953.» Er trat einen Schritt zurück. «Jetzt kann man den Text lesen.» Als sich Max vorbeugen wollte, hielt Björn Dufwa ihn zurück.

«Übrigens hat sie den Film im Lesegerät liegenlassen.»

«Wie meinen Sie das?»

«Man leiht sich den Film aus, legt ihn ins Gerät und gibt ihn nach beendeter Arbeit zurück. Aber sie hat die Bibliothek verlassen, ohne ihn aus dem Gerät zu nehmen, was gar nicht ihre Art ist.»

Max beugte sich vor und begann zu lesen.

«Vielleicht hat sie das Gelesene so aus der Fassung gebracht», meinte Björn Dufwa, «dass sie gar nicht mehr daran gedacht hat.»

«Oder sie hatte es plötzlich sehr eilig», überlegte Patrik.

«Ja, mag sein», erwiderte Björn Dufwa. «Vielleicht findet sich die Antwort auf dem Mikrofilm.»

«Ein Artikel über ihre Mutter.» Max schaute hoch. «Da steht, dass sie ertrunken ist. Aber das ist eigentlich nichts Neues.» Er las Patrik und Björn Dufwa den Text vor, und beide hörten konzentriert zu.

«Darf ich mal?», fragte Patrik. Er überflog den Artikel. «Irgendetwas übersehen wir. Kann man den Text auch ausdrucken?»

«Ja», antwortete Björn Dufwa. «Der Kopierer steht da hinten. Sie müssen dann nur die Seiten noch bezahlen.» Er nahm seinen Mut zusammen und fuhr fort: «Wenn ich weitere Filme finde, die sie sich angesehen hat, soll ich die dann auch ausdrucken?»

«Geht das sofort?»

Björn Dufwa warf einen Blick auf die Uhr. «Wir schließen in einer halben Stunde. Mal sehen, wie schnell es geht.»

Eine Viertelstunde später verließen Max und Patrik die Kungliga Biblioteket mit einem Umschlag voller Kopien. Björn Dufwa hatte nicht alles ausgedruckt, was Annie sich angesehen hatte, sondern nur das, was sie ausgedruckt hatte. Die Ausdrucke hatten Max so viel gekostet wie ein besserer Restaurantbesuch.

Sie betraten Patriks Haus, als Lisa ihnen auf der Treppe entgegenkam.

«Max, Telefon.» Sie hatte die Augen weit aufgerissen und war kreideweiß. «Die Polizei.»

Max rannte die beiden letzten Treppenabsätze hoch. Er hatte Leif Gustafsson Patriks und Lisas Nummer gegeben, damit er auch erreichbar war, wenn er nicht zu Hause war. Als Max zum Hörer griff, konnte er seinen Herzschlag hören.

Ein Beamter namens Munkenberg meldete sich und erklärte, er habe den Fall von Gustafsson übernommen. Munkenberg sprach langsam und in kurzen Sätzen. Er stellte ein paar knappe Fragen, die Max beantwortete. Sie vereinbarten einen Termin und beendeten das Gespräch.

Max starrte ins Leere und Patrik nahm ihm den Hörer ab.

«Was ist passiert, Max?»

«Ich soll ins Präsidium kommen», sagte Max und sah erst Patrik und dann Lisa an. «Zu einer Vernehmung.»

5

Max und sein Anwalt saßen auf einer Seite am Tisch. Patrik hatte Max davon überzeugt, einen juristischen Beistand mitzunehmen, egal was die Polizei von ihm wollte. Der Anwalt hieß Henrik Olsson, C. hatte ihn empfohlen, und der Anwalt hatte aus Gefälligkeit C. gegenüber eingewilligt. Die Wahrheit war die, dass C. regelmäßig Pokerturniere veranstaltete und dass Olsson Einsätze verspielt hatte, die ihm gar nicht gehörten. «Sieh zu, dass mit meinem Freund alles glattgeht, dann kriegst du die Sachen zurück», hatte C. erklärt, und dieser Henrik Olsson hatte das Angebot ohne Zögern angenommen.

Auf der anderen Seite am Tisch saßen Leif Gustafsson und Kriminalinspektor Munkenberg. Das Zimmer war klein und der Tisch sehr schmal. Es roch nach Desinfektionsmittel. Der Korridor, den sie entlanggegangen waren, erinnerte an ein Irrenhaus, und Henrik Olsson hatte Max zugeflüstert, man brächte ihn in einen Vernehmungsraum des Untersuchungsgefängnisses, um ihn einzuschüchtern. Henrik Olsson suchte etwas in seiner Aktentasche, als Munkenberg das Wort ergriff.

«Max, erzählen Sie uns von Ihrer Beziehung zu Sabine Skog.»

Max sah Kriminalinspektor Munkenberg fragend an, und Henrik Olsson hielt in seiner Sucherei inne. Leif Gustafsson betrachtete Max mit einem säuerlichen Lächeln.

«Ich möchte Ihre Erinnerung ein wenig auffrischen», meinte Munkenberg, der seine Schadenfreude kaum verbergen konnte. «Sabine Skog ist die junge Frau, die Sie vor zwei Jahren in einem Keller misshandelt haben.»

Sabine. Max hatte das Gefühl, ein Abgrund würde sich vor ihm auftun. Er hatte sich eingeredet, dass es nie geschehen war, dass alles nur ein Traum war, von dem nur er etwas wusste und von dem er niemandem erzählen konnte. Aber die Beamten wussten Bescheid. Es war also doch wahr.

Ein paar Monate nachdem er mit Annie zusammengekommen war, hatte er nach einem Auftritt die späte Party eines Clubgängers in einem Einfamilienhaus in Tyresö besucht und war dort mit einer jungen Frau ins Gespräch gekommen. Sabine Skog, die nur Zeit für ihn zu haben schien. Er war noch etwas betrunkener als sonst und hatte Koks geschnupft, obwohl er eigentlich damit aufgehört hatte, seit er Annie kannte. Aber dieser Abend war so etwas wie ein kindischer Ausbruchsversuch aus einem Leben gewesen, das ihm plötzlich so stinknormal vorgekommen war.

Sabine hatte sich in ihn verguckt. Sie schleppte ihn in den Keller oder ins Schlafzimmer ab. Er erinnerte sich nicht mehr. Er dachte, sie wolle einen Joint mit ihm rauchen, aber sie begann ihn zu küssen. Er erwiderte ihre Küsse, dann versuchte sie, seine Hose zu öffnen. Er wies sie grob zurück. So grob, dass sie stürzte. Das war nicht nur seine Schuld. Sie war betrunken und trug hohe Absätze. Er jedenfalls hatte das nicht gewollt. Sie hatte sich verletzt, und es gab Zeugen, in deren Augen er sich nicht von seiner besten Seite gezeigt hatte. Sie weinte, und ihre Freundinnen drohten ihm. Er stürmte aus dem Haus und vergaß seine Jacke, er wusste auch nicht mehr, wo er sie ausgezogen hatte. Seine Jacke mit seinen Wohnungsschlüsseln und seinem Geld. Vollkommen verfroren stand er bei Annie auf der Schwelle. Sie wohnten damals noch nicht zusammen. Er erfand eine Geschichte und erzählte, er sei ausgeraubt worden, und Annie kümmerte sich um ihn. Es war ein Albtraum, den er zu verdrängen versuchte, was ihm auch recht gut gelang. Er hatte Annie gegenüber anschließend kein Wort über die Sache verloren. Jetzt hatte Sabine Skog oder irgendein Idiot, den sie kannte, den Artikel über Annies Verschwinden gelesen und mit der Zeitung und der Polizei Kontakt aufgenommen. Erzählt, was für ein schlimmer Mensch er sei. Gewalttätig und vermutlich drogensüchtig. Ein Mann, der Affären und möglicherweise etwas mit Annies Verschwinden zu tun hatte.

Max ließ seinen Blick auf den Beamten ruhen. Leif Gustafsson stellte fest: «Wir haben den ganzen Tag Zeit. Wir können hier sitzen bleiben, bis Sie uns alles erzählt haben.»

Seine Zunge klebte am Gaumen. «Könnte ich ein Glas Wasser bekommen?»

Ihm wurde ein Plastikbecher mit Wasser gebracht.

«Es war ganz harmlos», begann er, nachdem er den Becher geleert hatte. «Ein Missverständnis. Auf einer Party habe ich eine Frau kennengelernt. Wir sind uns nähergekommen, sie wollte mehr, ich nicht. Da habe ich sie weggeschoben, und sie ist hingefallen. Das war alles.»

«Der Bericht, der uns von Sabine Skog vorliegt, unterscheidet sich in einigen Punkten von Ihrem», meinte Munkenberg. «Sie haben sie angequatscht, sie auf eine Party begleitet, sind mit ihr in den Keller gegangen, dort plötzlich ausgeflippt, haben sie zu Boden gestoßen und sind aus dem Haus gestürmt. Sie hatte Nasenbluten, und es gibt Fotos, die das bestätigen. Erstaunlicherweise hat sie damals keine Anzeige erstattet. Körperverletzung, Max.»

«Ich weiß nichts von Nasenbluten. Ich war dort, aber ich kann mich nicht erinnern, was genau passiert ist. Ich wollte Annie nicht untreu werden, also bin ich gegangen.»

Munkenberg nickte mit der überlegenen Miene eines Mannes, der sein Opfer in die Falle gelockt hat. «Wissen Sie noch, was Sie Gustafsson über Ihr Verhältnis zu Ihrer Frau erzählt haben? Ich zitiere: ‹Ich bin meiner Frau nie untreu gewesen.› Waren das Ihre Worte?»

«Ja.»

«Sie haben also gelogen?»

«Ich würde das nicht als Untreue bezeichnen. Ich habe einfach nicht mehr daran gedacht. Das ist lange her, und außerdem war ich betrunken. Ich begreife nicht, warum das wichtig sein soll.»

Munkenberg schlug mit der Faust auf den Tisch und brüllte: «Was hier wichtig ist, überlassen Sie gefälligst uns.»

Henrik Olsson beugte sich vor und machte eine beschwichtigende Handbewegung. «Immer mit der Ruhe. Das bedeutet doch nur, dass Max seiner Frau nicht alles erzählt hat. Das mag bedauerlich sein, spielt aber in diesem Zusammenhang keine Rolle.»

«Da irren Sie sich aber», brauste Munkenberg mit erhobenem Zeigefinger auf. «Er hat einen Polizisten belogen, kann es also wieder tun.» Er starrte Henrik Olsson an, wandte sich dann wieder an Max und deutete auf ihn. «Kennen Sie Sture Hult?»

«Wen?»

«Ihre Frau hat in einem Telefonat erzählt, dass ein Mann namens Sture Hult mit ihr Kontakt aufgenommen habe. Er wohne in Flen und habe Informationen über den Tod ihrer Mutter. Das war an dem Tag, an dem sie beurlaubt und in der

Kungliga Biblioteket gesehen worden ist. Dieser Sture Hult könnte etwas mit dem Verschwinden Ihrer Frau zu tun haben. Das Problem ist nur, dass es in Flen keinen Sture Hult gibt. Es gibt einen in Borlänge, einen in Skövde und einen in Karlstad. Wir haben uns mit allen in Verbindung gesetzt. Sie kennen keine Annie Lander und noch weniger ihre Mutter, die seit dreißig Jahren tot ist. Ich frage Sie noch mal: Wissen Sie etwas darüber?»

Max vergrub sein Gesicht in den Händen. «Ich weiß weder etwas über irgendeinen Sture noch über Annies Mutter, außer dass sie sich das Leben genommen hat. Annie hat mir erzählt, dass sie sich ertränkt hat.» Er ließ die Hände sinken.

«Das mit Ihrer Schwiegermutter war kein Selbstmord», erwiderte Munkenberg. «Sie wurde ermordet.»

Max starrte ihn an. «Das kann nicht sein. Sie müssen sich irren.»

«Oder Sie wollten uns weismachen, dass Annies Familie suizidal vorbelastet ist.»

«Warum sollte ich Ihnen das einreden wollen?»

«Diese Frage können nur Sie beantworten», meinte Munkenberg, und ein hinterhältiges Lächeln breitete sich auf seinem geröteten Gesicht aus.

«Ich weiß nur, dass meine Frau und das Kind, das wir erwarten, verschwunden sind und es niemanden wirklich zu interessieren scheint, was ihr zugestoßen sein könnte.»

Munkenbergs Lächeln erlosch. Gustafsson nickte grimmig. Max konnte nur mit Mühe seine Tränen zurückhalten.

«Hören Sie», sagte Henrik Olsson, der lässig zurückgelehnt zugehört hatte. «Meinem Mandanten geht es nicht gut. Seine schwangere Ehefrau wird vermisst, und Sie behandeln ihn schon wie einen Mörder. Wenn Sie sonst nichts zu dem Fall beizutragen haben, schlage ich vor, dass wir diese Vernehmung beenden.»

Munkenberg verließ das Zimmer und kehrte fünf Minuten später zurück. Er sah Leif Gustafsson an und schüttelte den Kopf.

Max und Henrik Olsson gingen in ein Café in der Bergsgatan. Sie schwiegen. Henrik Olsson trank seinen Kaffee und aß eine Zimtschnecke. Max rührte seine Tasse nicht an.

Alle wussten Bescheid.

In der Redaktion.

Bei der Polizei.

Die Einzige, die nichts davon wusste, war Annie.

Er war sich sicher, dass sie ihn verlassen würde, wenn sie davon erfuhr. Bei dem Gedanken, dass ihr etwas zugestoßen sein könnte und dass sie die Sabine-Story nicht von ihm erfahren würde, wurde ihm übel. Es gab Gründe. Außerdem war er damals ein ganz anderer gewesen. Er hatte Probleme gehabt. Er hatte sie angelogen. Was hätte er tun sollen? Er hatte schlecht erzählen können, dass er betrunken gewesen war, gekokst hatte, einer jungen Frau vertrauensvoll in den Keller gefolgt war, sie geküsst und erst mit dem Küssen aufgehört hatte, als ihm klargeworden war, dass sie mehr wollte.

Annie war immer auf seiner Seite gewesen. Sie wollte, dass er zur Polizei ging. Sie hatte ihm eine neue Brieftasche geschenkt, die jetzt auch in seiner Tasche lag. Sie hatte getan, was man so tut, wenn jemand, den man liebt, Hilfe braucht. Er hatte keine Sekunde ihrer Aufmerksamkeit verdient. Er hatte es damals gewusst und wusste es jetzt, aber er hatte alles wie ein liebeskranker Golden Retriever geschehen lassen und dadurch alles nur noch schlimmer gemacht. In den Augen der anderen war er ein derart schlechter Mensch, dass es ihm sogar zuzutrauen war, etwas mit ihrem Verschwinden zu tun zu haben.

Max sah auf und begegnete Henrik Olssons Blick. Er aß unbekümmert seine Zimtschnecke.

«Ich habe nichts mit ihrem Verschwinden zu tun.»

Henrik Olsson spülte die Zimtschnecke mit einem Schluck Kaffee hinunter. «Die Polizei hat nichts gegen Sie in der Hand, aber es ist immer unklug, sich bei einer Lüge erwischen zu lassen. Das wirkt verdächtig.» Er trank noch einen Schluck. «Aber das klären wir, machen Sie sich keine Sorgen.»

«Wie denn?»

«Fahren Sie nach Hause und tun Sie nichts Unüberlegtes. Ich rufe den Staatsanwalt an und schaue, was ich herausfinden kann. Ich vermute, dass nichts gegen Sie vorliegt, sondern dass wir es mit einem jungen, ehrgeizigen Beamten zu tun haben, der alle verdächtigt, die sich mal eine Notlüge erlaubt haben.» Er lachte. «Als dieser Streber aus dem Vernehmungsraum raus ist, hat er sicher den Staatsanwalt angerufen und ihm den Fall vorgetragen, woraufhin der Staatsanwalt ihn angewiesen hat, Sie laufen zu lassen. Aber es ist durchaus denkbar, dass der Staatsanwalt vorschlägt, Sie observieren zu lassen.»

«Wie bitte?»

«Die Staatsanwaltschaft erkundigt sich beim Leiter der Ermittlungen, ob er genug Leute hat. Wenn ja, wird Ihr Haus observiert. Beispielsweise jeden Abend ab 19 Uhr. Sie sollten also jetzt keine Dummheiten machen. Sie sprechen nicht mehr mit der Polizei, sondern nur noch mit mir, auch nicht mit jemandem von der Zeitung, und Sie tun nichts, was den Verdacht der Polizei erhärten könnte. Haben wir uns verstanden?»

«Ja.»

«Also, was geschieht jetzt?»

«Ich fahre nach Hause, bleibe dort und spreche nur noch mit Ihnen.»

«Braver Junge. Sie werden sehen, dass alles ganz glattgeht.» Henrik Olsson schaute auf die Uhr.

Sie verließen gemeinsam das Café, gingen aber getrennte Wege. Als Max die Hantverkargatan überquerte, fühlte er sich schuldig. Er wusste nur nicht, warum.

Max stieg an der U-Bahn-Station Slussen aus und ging das letzte Stückchen zu Fuß. Um ihn herum strömten die Passanten wie immer. Als sei nichts passiert. Als sei alles wie am Vortag und vermutlich auch wie am nächsten Tag. Langsam ging er die Götagatan entlang. Er fühlte sich vollkommen leer. Ein einzelner Regentropfen traf seine Stirn, aber er wischte ihn nicht weg. Er biss sich auf die Unterlippe. Sie hätten ihm im Präsidium genauso gut zehn Elektroschocks geben können. Er hatte Patrik versprochen, ihn anzurufen und zu erzählen, wie es gelaufen war. Aber dazu war er nicht imstande und würde es vielleicht nie mehr sein. Denn dann müsste er ihm in die Augen sehen und sagen müssen, dass er seine Frau belogen hatte. Dass er ihn belogen hatte. Patrik war für ihn da gewesen. Sie waren alle für ihn da gewesen. Sie hatten Fragen gestellt, und er hatte geantwortet. Aber er hatte vergessen, das zu erwähnen, was die Polizei jetzt wusste. Er hatte versagt. Als Mann, als Freund und vor allem als Mensch.

Als er nach Hause kam, zog er die Schuhe aus und hängte seine Jacke neben eine von Annie. Erst als er in der Diele am Boden zwischen all den Briefumschlägen, die vermutlich Rechnungen enthielten, einen Zettel entdeckte, begann er sich Gedanken über die Frau zu machen, die ihm im Treppenhaus begegnet und mit gesenktem Blick die Treppe hinuntergeeilt war.

Mit dem Zettel in der Hand ging er rasch ins Wohnzimmer, öffnete das Fenster und schaute auf die Straße, aber die Frau war weg. Er las noch mal die mit schnörkeliger Handschrift geschriebene Nachricht.

«Annie ist nicht aus freien Stücken weg.
Misstrauen Sie der Polizei.
Suchen Sie Sonja auf.
Sie sind allein.
Sissi»

Max überlegte. Wer war Sissi? Und wer war diese Sonja, die er aufsuchen sollte? Doch dann begriff er: Es musste sich um zwei der Frauen handeln, über die Annie geschrieben hatte. Er ging ins Schlafzimmer, zog die beiden obersten Schreibtischschubladen heraus und leerte ihren Inhalt auf das Bett. Mappen. Zettel mit Notizen. Auf der Schreibmaschine getippte Artikelentwürfe. Telefonnummern. Kay Orha. Marcus, der Fotograf. Auszüge aus dem Personenregister der Meldebehörde. Fotos von Frauen, die dem Aussehen nach die Prostituierten von dem Interview sein konnten. Zeitungsausschnitte mit Fotos von ernsten Männern in dunklen Anzügen. Zwei Abschriften von Interviews, eines mit Sissi und eines mit Sonja.

Max brauchte fast vier Stunden, um das alles zu lesen und zu sortieren. Die Fragen häuften sich. Die Polizei glaubte, dass Max etwas verschwieg, und wartete nur darauf, dass er einen Fehler machte. Solange sie glaubte, dass er etwas mit der Sache zu tun hatte, würde sie sich nicht anstrengen, um den wirklichen Grund für Annies Verschwinden herauszufinden. Sie würde ihm nicht helfen. Patrik würde alle Unterlagen durchgehen, die er in der Kungliga Biblioteket bekommen hatte. Max musste sich an jemand anders wenden, um Antworten zu erhalten. Er musste so vorgehen wie Annie. Er musste mit den Frauen auf dem Strich reden. Er musste Sonja finden.

6

In Johan Droths Wohnung saßen Jonsson, Olofsson, Theorin, Hellsten, Buster und Droth selbst im Konferenzraum. Der Tisch war oval. Der offene Kamin in der Ecke verströmte Wärme. Die Stimmung war schlecht. Schon als die Männer die Papiere zurechtrückten, die vor ihnen lagen, wussten sie alle, was für ein Meeting es werden würde.

In der Nacht war Johan Droth von einem wirren Traum geweckt worden, der so realistisch gewesen war, dass er sich die Hände auf der Toilette mit kochend heißem Wasser abgespült hatte. Dann hatte er sie ins Licht gehalten, um sich zu vergewissern, dass es verschwunden war. Das Blut, das an seinen Händen klebte. Sein Gewissen machte ihm nachts zu schaffen. Vermutlich lag das an dem Krebs, der ihn von innen auffraß wie einen fauligen Apfel. Sein Gewissen, das er fast dreißig Jahre lang betäubt hatte und das von dem toten Gewebe Nahrung erhielt, das der Krebs zurückließ, war ihm auf den Fersen. Er war schweißgebadet erwacht, schwitzte morgens immer noch und wechselte bereits vor dem Meeting das Hemd. Als er die Besprechung eröffnete, war er gedanklich immer noch in dem Traum, und erst beim letzten, dem 18. Punkt der Tagesordnung, «Tätigkeitsfeld USA», gelang es ihm, ihn zu verdrängen und so energisch aufzutreten wie der Chef, der er war.

«Aufgrund der momentanen Lage habe ich beschlossen, in

Bezug auf die USA einige Umstrukturierungen vorzunehmen.» Er ließ seinen Blick auf Buster ruhen, der von seinen Papieren aufsah. «Da die Fusion von Scansteel und der österreichischen Firma nach Plan verlaufen ist, werden wir wahrscheinlich versuchen, die Gesellschaft in der ersten Hälfte des nächsten Jahres an die New Yorker Börse zu bringen.»

Die Männer sahen sich lächelnd an. Eine gute Nachricht. Buster griff zu seinem Stift.

«Aus diesem Grund», fuhr Droth fort, «werde ich Jan Karlvik auch die Verantwortung für die Firmen in den USA übertragen. Er hat gute Arbeit geleistet und ist der richtige Mann, um unsere Interessen in den USA voranzutreiben.»

Buster blickte in die Runde, sah dann Johan an und lachte. «Jan Karlvik? Ich dachte, ich sei für die USA zuständig.»

«Ja, aber das hat sich jetzt geändert.»

«Und was soll ich jetzt tun?»

«Für dich wird es Aufgaben auf dem heimischen Markt geben. Martin braucht Hilfe in organisatorischen Dingen. Da kannst du dich sehr nützlich machen, Buster.»

«Du nimmst mir also die USA weg, damit ich stattdessen Akten sortiere? Verstehe ich das richtig?»

«Das sind deine Worte, Buster, nicht meine. Jeder hier am Tisch ist schon einmal versetzt worden, gelegentlich auch gegen seinen Willen. Es geht immer darum, dass die richtige Person am richtigen Ort ist. Wir haben immer nur das Beste des Konsortiums vor Augen.»

«Darf ich fragen, warum ich nicht mehr die richtige Person bin?»

Johan Droth schwieg ein paar Sekunden und antwortete dann: «Der Beschluss steht fest. Dass ich das hier überhaupt erwähne, dient nur der Information.»

«Ist es, weil ich den Kredit an das amerikanische Konsortium befürwortet habe, oder? Sei wenigstens ehrlich.»

Das Kaminfeuer knackte diskret, als habe man es gebeten, sich unauffällig zu verhalten.

«Die Gründe können wir unter vier Augen diskutieren, Buster. Deinetwegen.»

Buster warf seinen Stift auf den Tisch. «Ich habe gegen eine offene Diskussion nichts einzuwenden. Wer weiß, vielleicht stimmt mir ja sogar jemand zu. Hast du davor etwa Angst, Papa?» Bewusst benutzte er diese Anrede, weil er wusste, wie sehr Johan dies in offiziellen Zusammenhängen verabscheute.

«Hier geht es nicht darum, wer recht, sondern wer das Sagen hat. Ich habe meinen Beschluss gefasst. Dein Vorschlag, mit diesen Leuten Geschäfte zu machen, war dummdreist und nicht durchdacht. Keiner der hier Versammelten befürwortet einen derartigen Vorschlag. Das würdest du verstehen, wenn du dich mehr an den Erfahrungen routinierter Geschäftsleute orientieren würdest, statt immer deinen eigenen Weg gehen zu wollen. Wir haben uns informiert, die Vorschläge analysiert, einen Beschluss gefasst und den Betroffenen mitgeteilt, dass wir ihrem Wunsch nicht nachkommen können.»

«Manchmal kann man sich wirklich fragen, welche die besseren Geschäftsleute sind, wir oder die.»

«Geschäftsleute?» Droth schüttelte fassungslos den Kopf. «Von wegen! Das Syndikat, mit dem du verhandelt hast, wird von Gangstern kontrolliert. Von Leuten, die Strümpfe häufiger über dem Gesicht als an den Füßen tragen.» Johan erhob sich und drehte den Männern den Rücken zu. «Mein Beschluss, die USA-Verantwortung Karlvik zu übertragen, kommt mir immer klüger vor.» Er drehte sich um und bedachte Buster mit einem Blick, der einem jungen Gewerkschaftsboss in Cochabamba bedeutet hätte, dass sein letztes Stündlein geschlagen hat. Schaum hatte sich in Busters einem Mundwinkel angesammelt, und Johan begann zu ahnen, dass mit seinem Sohn wirklich nicht alles stimmte.

«Damit ist das letzte Wort gesagt, Buster. Bitte verlasse das Zimmer.» Er wedelte mit der Hand, als wolle er an einem Spätsommertag eine träge Fliege vertreiben. «Wir anderen machen weiter.»

Buster erhob sich und riss sein Sakko so heftig von der Stuhllehne, dass der Stuhl umfiel. Er verließ die Runde, ohne den Stuhl aufzustellen.

Johan Droth hatte Richter, Politiker, Polizeibeamte und sogar vereinzelte Behörden in der Hand, und es quälte ihn, dass er sein eigenes Fleisch und Blut nicht zügeln konnte. Ohne Familie war alles sinnlos. Das irritierte ihn. Aktien, Häuser und Autos zu besitzen war eine Sache, Menschen zu besitzen etwas ganz anderes. Nichts war so frustrierend wie das Scheitern.

«Er war schon immer ein Querkopf», sagte Johan Droth, ohne die anderen vier am Tisch anzusehen. Buster war der einzige Sohn und deswegen auch der Erbe. Johan und auch Buster selbst wussten, dass er nicht der Fähigste der Geschwister war, aber die Tradition schrieb einen männlichen Erben vor. Einmal, als Buster zwölf oder dreizehn Jahre alt gewesen war, hatte Johan eine Unterhaltung mitgehört, die Buster mit ein paar Klassenkameraden geführt hatte. «All das wird einmal mir gehören», hatte er mit einer ausholenden Geste gesagt. «Wann?», hatte jemand wissen wollen. «Wenn ich Chef werde!» – «Von was?» –«Von Stockholm. Oder noch mehr. So viel, wie nur geht.» Damals hatte Johan Droth eingesehen, dass der Junge nicht nach ihm geriet. Aber er hatte nicht aufgegeben. Jetzt war es dafür vielleicht an der Zeit.

Er sah die Männer am Tisch mit einem traurigen Blick an. «Ich weiß über das Syndikat in den USA Bescheid und weiß, was davon zu halten ist. Ich kenne ihre Doktrin, denn ich bin im Laufe der Jahre oft mit ihnen in Berührung gekommen.»

«Ich rede mit Buster», sagte Martin Hellsten. «Er wird schon wieder Vernunft annehmen.»

«Gut», erwiderte Johan. «Wenn es sonst nichts gibt, können wir die Besprechung beenden.»

Theorin räusperte sich und sah seinen Chef an, der müde und abgespannt wirkte. «Da wäre noch etwas.»

«Ich hoffe, keine weiteren Probleme.»

«Jan Karlvik hat mich heute Morgen angerufen.»

«Und?»

«Vor ein paar Wochen hat ihn offenbar eine Journalistin aufgesucht.»

«Komm zur Sache.»

«Sie hat Fragen über dich gestellt. Ich habe sofort Martin angerufen.»

Droth sah erst Theorin, dann Martin Hellsten an. «Ich hoffe, Karlvik weiß, wie man diese Art von Fragen beantwortet.»

«Natürlich», antwortete Martin Hellsten.

«Wo liegt dann das Problem?»

Theorin starrte auf die Tischplatte, und Martin Hellsten antwortete: «Der Grund, warum er Göran angerufen hat, war der, dass er in der Zeitung gelesen hat, dass die betreffende Journalistin verschwunden ist. Es geht also um Annie Lander.»

Johan Droth erblasste.

«Karlvik wollte wissen, ob er der Polizei», ergänzte Theorin, «von diesem Besuch erzählen soll.»

«Und was hast du geantwortet?», fragte Droth und goss sich mit zitternder Hand ein Glas Wasser ein.

«Dass es richtig war, mich zu verständigen, und dass ich alles Nötige veranlasse, wenn er mir den Zeitpunkt des Treffens mit der Journalistin nennt. Und dass er sich darüber keine Gedanken mehr zu machen braucht.»

«Warum hat er so lange gewartet, bis er uns informiert hat?» Johan wandte sich an Hellsten.

Dieser zuckte mit den Achseln. «Er meinte, er sei so beschäftigt gewesen, dass er nicht gleich geschaltet hat. Aber ich vermute, er hat so lange gewartet, weil er nicht recht wusste, wie er die Sache vorbringen soll. Er hat wohl das Gefühl, dass das ein Fehler war.»

Droth nickte. «Und du hast den zuständigen Beamten angerufen?»

«Ja. Heute Vormittag.»

«Und was hat er gesagt?»

«Er hat sich für die Information bedankt, wirkte aber nur mäßig interessiert. Offenbar verfolgt er eine andere vielversprechende Spur.»

«Die Sache ist also aus der Welt?»

«Ja.» Theorin ergriff das Wort. «Aber ich finde trotzdem, wir sollten Jan Karlvik zum Essen einladen, um sicherzugehen, dass ihm Annie Landers Fragen nicht irgendwelche Flausen in den Kopf gesetzt haben.»

«Gute Idee, Martin, kümmer dich drum.»

«Schon geschehen. Nächsten Donnerstag im Herrenbund.»

Johan Droth nickte und trank einen Schluck Wasser. «Neue Regel bis auf weiteres: Jegliche Kommunikation über Dinge, die neben der Buchführung laufen, erfolgt über dich, Martin. Sonst niemanden. Keine Telefongespräche. Keine Meetings. Auch nicht wegen Bagatellen. Verstanden?»

Die anderen nickten.

«Martin teilt den Betroffenen alles Nötige mündlich mit. Das gilt ab sofort.» Johan Droth verstummte. «Mir drängt sich die Frage auf, was sie von Karlvik wissen wollte und warum sie sich ausgerechnet an ihn gewandt hat?» Droth schien mehr mit sich selbst als zu den anderen Anwesenden zu sprechen.

Martin Hellsten erhob sich. «Das werden wir bald wissen.»

Buster Droth kniete in Johans Gäste-WC vor der Toilette, der Deckel war geschlossen. Die Nasszelle war seine eigene gewesen, als er noch zu Hause gewohnt hatte. Die Kälte des Fußbodens drang durch seine Hosen, und er beugte seinen Kopf wieder zurück. Er sah sein Spiegelbild in den blanken weißen Fliesen. Es war einer Hinrichtung gleichgekommen. Vor Publikum. Niemand stand auf seiner Seite. Jedenfalls nicht im Augenblick. Wenn sie erfahren würden, was er wusste, wäre es vielleicht anders. Aber sie würden es nie erfahren. Der Alte würde ihn nach Möglichkeit zum Schweigen bringen. Vielleicht sogar endgültig. Ich bin sein einziger Erbe, aber das kümmert ihn nicht. Blut war für Johan Droth nur bis zu einem gewissen Punkt dicker als Wasser. Das war schon früher so gewesen. Nichts war ihm heilig. Buster wusste das.

Als Buster Droth klein war, musste er nachts oft auf die Toilette. Das waren die Nerven. Er konnte vor dem Zubettgehen nicht pinkeln und stand mitten in der Nacht auf. Eines Nachts hörte er aus dem Esszimmer Stimmen. Die Erwachsenen hatten spät gegessen, und er war früh zu Bett gegangen. Das Kindermädchen hatte ihm eine Geschichte vorgelesen. Unbemerkt hatte er in der Tür gestanden und dem Gespräch gelauscht. An diesem Abend erfuhr er, dass er eine uneheliche Schwester hatte, die sein Vater nicht anerkannte. Plötzlich hatte Johan ihn entdeckt und ihm eine Ohrfeige gegeben, dass ihm der Schädel gebrummt hatte. Dann war er wieder auf sein Zimmer gebracht worden. «Es gibt Dinge, die sind nichts für Kinder», sagte Johan am nächsten Morgen beim Frühstück. «Ich denke nur an dein Bestes, mein Junge. Was du spürst, ist meine Liebe.» Buster konnte sich noch gut daran erinnern, wie sehr ihn die Erkenntnis schockiert hatte, dass man nur unter gewissen Bedingungen Johans Familie angehörte. Wurde ein Gebot des Häuptlings übergangen, wurde man verstoßen und existierte nicht mehr. Man hätte genauso gut tot sein können.

Buster schnupfte das letzte Koks vom Klodeckel und stellte sich vor den Spiegel. Seine Augen waren blutunterlaufen.

«Er lässt mir keine Wahl», sagte er zu seinem Spiegelbild. «Er hat mich in die Ecke gedrängt.» Er lachte auf. Es war ein Duell. Er würde schneller ziehen. Er würde mit seinen eigenen Fonds beginnen. Die dürften eine Weile reichen. Dann das Geld von den Geheimkonten in Curaçao. Er würde das Geld wieder einzahlen, ehe jemand merkte, dass es fehlte. Etliche Buchhalter waren käuflich. Er rieb sich mit dem Finger die Nase und fuhr mit der Zunge über die Oberlippe. Er lehnte sich so nah an den Spiegel, dass er beschlug. «Eine neue Ära ist angebrochen», sagte er. «Die Schweine werden schon sehen, wozu ich fähig bin.»

Als Buster nach Hause kam, schnupfte er den Rest Koks. Er mischte sich einen Gin Tonic, rief seinen Dealer Kenneth an, bestellte zehn Gramm und bat ihn, per Kurier zu liefern.

«Der Mann, der dein Geld wäscht», sagte Buster. «Bei dem du investierst.»

«Was ist mit ihm?»

«Wie heißt der gleich noch?»

«Vitomir», antwortete Kenneth widerwillig. «Vitomir Jozak.»

«Ich will ihn kennenlernen. Kannst du ein Treffen arrangieren?»

«Ich weiß nicht. Er trifft sich nicht mit Leuten, die er nicht kennt.»

«Sag ihm, dass ich mit zwanzig Millionen rechne, vielleicht vereinfacht das ja die Sache.»

Er beendete das Gespräch, ließ den Hörer auf die Couch fallen und betrachtete sich im großen Wandspiegel. Mit Goldrahmen. Kleidsam. Er leerte sein Glas und warf es in den offenen Kamin. Eine Scherbe fiel auf den Boden: Das Droth'sche Familienwappen war entzweigebrochen.

Vielleicht würde er Göran anrufen, damit er ihm ein Mädchen besorgte. Es war schon ewig her, seit er eine so richtig rangenommen hatte. Heute Abend brauchte er das wirklich.

7

Sissi wollte mit Annies Verschwinden nichts zu tun haben. Ihr eigenes Leben war schon schwer genug. Aber ganz untätig wollte sie auch nicht bleiben, und deswegen hatte sie den Zettel geschrieben, durch den Briefkastenschlitz geschoben, war zur U-Bahn gelaufen und wieder nach Kärrtorp zurückgekehrt. Unentwegt hatte sie sich nervös umgeschaut und damit gerechnet, dass es plötzlich durch den U-Bahn-Wagen schallen würde: «Verdammt, Sissi, wo hast du gesteckt?» Als Sissi in Kärrtorp ausstieg, konnte sie erleichtert feststellen, dass es ihr geglückt war, ungesehen zu Annie Landers Wohnung und wieder zurück zu fahren.

Das Glück war auf ihrer Seite geblieben, denn als sie das

Haus erreichte, bemerkte sie eine Limousine mit Dick auf dem Beifahrersitz. Den Mann am Steuer konnte sie nicht erkennen. Glücklicherweise hatte man sie nicht gesehen. Es war kalt, und sie sehnte sich ins Warme, in die Geborgenheit der sicheren Wohnung hinter der verschlossenen Tür. Das Haus hatte keinen anderen Eingang, und sie wollte nicht in Erfahrung bringen, weshalb Dick zurückgekehrt war und wer außer ihm noch in dem feinen Auto saß. Sie drehte sich um und ging wieder Richtung U-Bahn-Haltestelle. Als sie eine Stunde später zurückkehrte, war das Auto verschwunden. Sie überquerte mit raschen Schritten und eingezogenem Kopf die Straße und hatte dabei das Gefühl, durch ein Zielfernrohr beobachtet zu werden.

8

Ranko saß am Steuer, Vitomir neben ihm. Das Innere des Wagens war von ebenso dichtem Nebel erfüllt wie die Abendluft. Vitomir Jozak zog an seiner Zigarette und blies Ringe in die Luft. Die Kasse klingelte, der AIK hatte das letzte Spiel gewonnen, und morgen würde ein Lastwagen mit Zigaretten und einem Riesenpaket Heroin eintreffen. Wenn alles glattging, würden sie am Jahresende sehr viel Geld verdienen. Einiges würde er in die Kasse legen, einen Teil würde er in weiteres Heroin investieren, und ein Teil war für Bestechungen vorgesehen. Zoll, Polizei, Fahrer. Je mehr Geschäfte er tätigte, desto mehr Leute musste er bezahlen. Und je größer die Geschäfte wurden, desto mehr Geld verlangten sie. Aber so sahen die Spielregeln aus, und er war ein guter Spieler. Der Bulle, den er schmierte, hatte einen gehobenen Posten bei der Norrmalmer Polizei. Vitomir erinnerte sich nicht, bei welchem Dezernat, aber das spielte auch keine Rolle. Der Bulle verfügte über viele gute Kontakte, kannte die Chefs und konnte das meiste in Erfahrung bringen. Manchmal gab er Vitomir den Tipp, sich unauffällig zu verhalten, manchmal stoppte er auch eine Aktion oder lieferte Informationen über die Konkurrenz. Für diese Dienste wurde er gut bezahlt, denn Vitomir Jozak wünschte, dass seine Freiheit dem Polizisten ein Anliegen war. Wenn er hinter Gittern saß, gab es kein Geld, und der Bursche brauchte Kohle. Er tat also alles, um behilflich zu sein. Nicht Vitomirs wegen, sondern seinetwegen. Das war ausreichend. Alle waren käuflich. Und alle unterschätzten ihn.

«Der Typ, den wir treffen wollen, ist ein Bulle», sagte Vitomir und taxierte Ranko. «Ein ziemlich hohes Tier. Er hilft uns, aber wir können ihm nicht trauen. Denk daran. Wir erzählen ihm nur Dinge, die er wissen soll. Kapiert?»

Ranko nickte.

«Gut. Ich nehm dich auch nur mit, damit er erfährt, dass du mein Bruder bist. Damit er dir auch aus Versehen keinen Ärger macht. Okay?»

«Okay.»

«Also, bleib ruhig, beobachte ihn und achte darauf, wie er auf meine Worte reagiert. Präg dir sein Gesicht ein.» Er tippte sich mit dem Zeigefinger an die Schläfe, und Ranko nickte erneut. Vitomir musterte die Passanten. «Die gleichen Kleider, die gleichen Autos, der gleiche Job», sagte er. «Da.» Er deutete auf einen Mann, der vor ihrem Auto, das am U-Bahnhof Bromma geparkt stand, die Straße überquerte. «Und auch die Häuser sehen alle gleich aus.» Als er sich die nächste Zigarette anzündete, kam der Mann, auf den sie warteten, aus der U-Bahn-Station hoch und schlug seinen Nachhauseweg ein.

«Da ist er», sagte Vito und deutete auf ihn. «Der Typ in dem beigen Mantel. Fahr ihm hinterher, aber nicht zu dicht. Wenn er in die Seitenstraße abzweigt, fahren wir an ihn ran.»

Ranko ließ den Motor an, wartete, bis der Mann die Straße überquert hatte, legte den Gang ein. Sie wussten, wo der Mann wohnte, er konnte ihnen also nicht entkommen. Vitomir wollte es jedoch vermeiden, ihn im Kreis seiner Familie zu behelligen. Der Mann schob den Ärmel hoch und sah auf die Uhr. Er beschleunigte seinen Schritt.

Vito schaute auf das Armaturenbrett. Halb sechs. «Er hat sich sicher zum Abendessen verspätet.» Er lachte. Dann deutete er nach vorne. «Auf Höhe des roten Autos fährst du an ihn ran.»

Ranko gab auf den letzten Metern richtig Gas, und der Mann zuckte beim Aufheulen des Motors zusammen. Sie hielten neben ihm, Vito ließ die Scheibe runter und lächelte ihn an.

«Steig ein.»

Der Mann wirkte nicht erfreut, ihn zu sehen. Er nahm die Hände aus den Manteltaschen und ließ seine Arme seitlich herabhängen. Gleichzeitig seufzte er und blickte ins Leere.

«Mach nicht so ein langes Gesicht», sagte Vito. «Steig ein, aber dalli.»

«Ich bin spät dran. Die Kinder warten.»

«Es bricht mir das Herz.» Vitomir klopfte sich in der Herzgegend auf die Brust. «Steig schon ein, bevor dich mein Bruder im Kofferraum verstaut.»

Der Mann erstarrte, als sei er es nicht gewohnt, so angeredet zu werden. Er schüttelte den Kopf, öffnete die Tür und setzte sich auf die Rückbank.

«Fahr ein paar Mal um den Block, dann können wir ihn an

derselben Stelle aussteigen lassen», sagte Vito auf Serbisch zu Ranko.

Sie fuhren los. Vito löste den Sicherheitsgurt und drehte sich zu dem Mann um, der mit verschränkten Armen hinter ihm saß. «Das hier ist mein Bruder Ranko. Ranko, das hier ist unser Freund, der Polizist.» Ihre Blicke trafen sich im Rückspiegel. Vitomir lachte. «Warum ziehst du so eine Fluppe?»

«Es gefällt mir gar nicht, auf diese Art in ein Auto genötigt und bedroht zu werden.»

«Wir haben doch nur Spaß gemacht», sagte Vito. «Aber vielleicht gefällt dir ja das hier», meinte er grinsend und warf dem Mann einen Umschlag zu. «Das reicht für eine Menge von dem Unsinn, den du an den Wochenenden so treibst.»

Der Mann öffnete den Umschlag. Er enthielt ein dickes Bündel Tausender. Er schaute zu Vito auf und nickte. «Wie viel?»

«Fünfzig.»

Der Mann stieß einen leisen Pfiff aus. «Wofür?»

«Als Zeichen meiner Dankbarkeit. Ich bin bei Leuten, die ich mag, immer großzügig. Außerdem habe ich gerade noch zwei Lokale gekauft. In Kungsholmen und Sundbyberg. Im letzten Jahr gab es gelegentlich Probleme mit deinen Kollegen. Dann fühlen sich die Gäste nicht wohl. Sie bleiben aus, wenn sie wissen, dass die Polizei regelmäßig vorbeischaut. Ich will also, dass ihr diese Lokale in Frieden lasst. Da gibt's eh nichts für euch, verstehst du?»

Der Mann nickte. «Von wem hast du die Lokale gekauft?»

«Von einem Typen, der verkaufen wollte.»

«Und? Hat der sein Geld bekommen?»

«Was geht dich das an?»

«Wäre gut zu wissen, falls ein verärgerter ehemaliger Restaurantbesitzer in der Stadt herumerzählt, dass du ihm seine Lokale abgeluchst hast. Es gibt viele neugierige Kollegen, die ich nicht im Griff habe.»

«Ich habe ihn bezahlt. Außerdem ist er Teilhaber und arbeitet weiterhin dort.»

«Wie viel?»

«Fünfzig.»

Der Mann schüttelte den Kopf. «Für zwei Restaurants in Stockholm ist das nicht viel.»

«Ich verstehe mich auf Geschäfte. Das weißt du. Außerdem hat er das Geld in bar bekommen, genau wie du. Dafür ist es genug, und er war mit dem Geschäft zufrieden. Was soll ich noch sagen?»

«Um welche Restaurants geht es?»

«Die Adressen stehen auf einem Zettel im Umschlag.»

«Okay.» Der Mann seufzte und steckte den Umschlag in die Innentasche seines Mantels. «Ich checke, ob eine Razzia geplant ist, verhindere, wenn möglich, Unannehmlichkeiten und warne dich, wenn sie nicht mehr abzuwenden sind. Soll ich nach etwas Bestimmtem Ausschau halten?»

«Du kennst ja meine anderen Lokale und weißt, was man dort kaufen kann. In den neuen läuft das genauso. Ich expandiere einfach. Wie McDonald's, wenn du verstehst.» Er lachte. «Ranko wird an der Kasse stehen und sich erkundigen, ob es noch weitere Wünsche gibt.» Er schlug seinem Bruder auf die Schulter, als dieser gerade das Tempo drosselte und wieder an derselben Stelle hielt.

Der Mann nickte. «Ich höre mich um und melde mich dann.»

Vitomir Jozak lächelte. «Ich wusste, dass ich mich auf dich verlassen kann.»

«Da wäre noch etwas.»

«Was? Mehr Kohle kriegst du nicht.»

«Darum geht es nicht. Ich brauche etwas anderes.»

«Onkel Vito ist ganz Ohr.» Vito lächelte.

«Ketamin. Kannst du das besorgen?»

Vito zuckte mit den Achseln, ohne den Mann aus den Augen zu lassen. «Kein Problem. Ranko kann alles beschaffen», sagte er und deutete mit dem Kopf in Rankos Richtung. «Aber sei vorsichtig. Schließlich wollen wir nicht, dass du stirbst. Wir brauchen dich noch.»

Der Mann öffnete die Tür und setzte einen Fuß auf den Asphalt.

«Du», sagte Vito, «glaubst du, dass viele in dieser Gegend dasselbe Hobby haben wie du?»

Der Mann sah ihn durchdringend an, stieg aus und schlug die Tür zu.

«Ketamin? Was zum Teufel will er damit?», fragte Ranko mit hochgezogenen Augenbrauen.

«Übles Zeug», antwortete Vito und bedeutete Ranko, weiterzufahren. «Zu pervers, um das jemandem zu erzählen, den ich mag. Dieses perverse Schwein hat wirklich den Tod verdient.»

Er bekreuzigte sich, als der Wagen anrollte.

ERWIESENE DIENSTE UND HINWEISE

1

Kay Orha trug sein graues Haar seitlich gescheitelt. Er hatte hohe Wangenknochen, eine krumme Nase, zwischen den Augen zwei tiefe Falten und einen weißen Knebelbart. Er trug einen dunkelgrauen Anzug mit Weste, ein weißes Hemd und einen roten Schlips. Um Schultern und Brustkorb herum war er füllig geworden, wie das bei Männern in seinem Alter zu sein pflegte, die von Blätterteiggebäck, Automatenkaffee und schlechtem Essen aus dem Chinarestaurant lebten. Das jugendliche Funkeln in seinen Augen war erloschen. Es gab ohnehin nichts Neues mehr zu sehen. Orha stammte aus einer freikirchlichen Familie aus dem finnischen Kalanti, die in einen kleinen Ort nördlich von Uppsala übergesiedelt war. Seine Mutter hätte es gerne gesehen, wenn er Pfarrer geworden wäre. Er hatte jedoch von einem Beruf mit Macht geträumt. Seine Rachegefühle waren wie die bottnische Nacht, zäh und klebrig, und mussten ausgelebt werden, um alle Demütigungen zu verdrängen, die er in seiner frühen Jugend erlebt hatte. In der Schule in Schweden hatten alle über seine Aussprache gelacht. K statt G, krün statt grün und Krass statt Gras. Die absurden Kleider, die seine Mutter ihm aufzwang. Seine Antworten auf die Fragen des Lehrers.

«Wer ist von Gottes Gnaden der König Schwedens, Götalands und Vendlands? Kay?»

«Jesus Christus?»

Lachen, Kichern. Spott in der Pause. Das Abendgebet mit der Mutter. Rachegelüste. Er war ein paar Jahre zur See gefahren. Polizeihochschule. Jurastudium. Wieder Polizei. Er war einer der obersten Chefs der Stockholmer Polizei, aber das war seinem Büro nicht anzumerken. Auf dem Schreibtisch: Aktenstapel und eine längst vertrocknete Topfpflanze. Die Wände waren kahl und hellgelb. Keine Fotos. Keine Gemälde. Er und auch andere waren davon ausgegangen, dass er Hans Holmér als Bezirkspolizeichef ablösen würde. Aber dann hatte Sven-Åke Hjälmroth, ehemaliger Chef der Sicherheitspolizei, den Posten erhalten. Er war 67 Jahre alt. Eine politische Entscheidung, die einer Person zum Vorteil und einer anderen zum Nachteil gereichte, meinten jene, die ihn trösten wollten. Das berührt mich ebenso wenig wie Wasser einen ölverschmierten Vogel, dachte er und lächelte.

Göran Theorin, Noch-Chef des Rauschgiftdezernats im Bezirkskriminalamt, hatte gerade seinen Mantel aufgehängt und auf dem Besucherstuhl Platz genommen, als Kriminalinspektor Munkenberg an den Türrahmen klopfte. «Mist, ich wusste nicht, dass du Besuch hast», sagte er, als er sah, dass Orha nicht allein war. «Ich komme später noch mal.»

«Kein Problem. Bist du Theorin schon einmal begegnet?» Orha deutete auf seinen Gast.

«Nur kurz», erwiderte Munkenberg, lächelte höflich und schob sich über die Schwelle.

Theorin nickte reserviert und wandte sich wieder mit hochgezogenen Brauen Kay Orha zu. Dieser lächelte beschwichtigend. Er hatte Theorin an der Polizeihochschule unterrichtet, als er noch jung und unverdorben gewesen war. Seither war viel Zeit vergangen. Theorin war zehn Jahre jünger als er, durchtrainiert, sonnengebräunt und noch nicht von dem Leben gezeichnet, das sein Recht mit Wucherzinsen forderte und einen in den Polizeigriff nahm.

«Komm einfach rein, oder hast du es eilig?»

«Natürlich nicht», erwiderte Munkenberg, trat rasch ganz ins Zimmer und schloss die Tür hinter sich.

Orha merkte, dass Munkenberg geschmeichelt war. «Nimm doch Platz», sagte er und deutete auf den Stuhl neben Theorin. «Erzähl uns, was dich umtreibt.»

«Ich wollte über die Frau sprechen, die dich angerufen hat und dann verschwunden ist.»

«Und? Was gibt's?»

«Also, irgendwie ist ihr Mann in diese Sache verwickelt. Er hat die Vermisstenanzeige aufgegeben, und ich bin mir sicher, dass er etwas zu verbergen hat. Der Diensthabende war Gustafsson.»

«Wie kommst du denn darauf?»

«Eine Frau hat sich gemeldet, weil sie von Landers Verschwinden in der Zeitung gelesen hat.»

«Und was wusste sie?»

«Sie hat Max Lander vor ein paar Jahren auf einer Party getroffen, und da war wohl was zwischen ihnen. Aber dann ist Lander gewalttätig geworden und einfach abgehauen, ohne seine Jacke mitzunehmen. Seitdem ist ihm die Frau nie mehr begegnet, hat sich aber an alles erinnert, als sie den Artikel in der Zeitung gesehen hat. Sie ist sich vollkommen sicher, dass er etwas mit dem Verschwinden seiner Frau zu tun hat.»

«Habt ihr mit ihm gesprochen?», wollte Orha wissen.

«Ja, wir haben ihn sofort vorgeladen.»

«Und? Was hat er gesagt?»

«Er hat die Geschichte zum Teil bestätigt, meinte aber, das

Ganze wäre ein Missverständnis. Er war betrunken und ist plötzlich zur Besinnung gekommen. Dann ist er in Panik geraten und ohne Schlüssel und Brieftasche aus dem Haus gestürzt. Seiner Frau hat er erzählt, dass er bestohlen worden ist.»

«Ein Klassiker», murmelte Theorin.

«Und dann?», meinte Orha und lehnte sich zurück.

«Wir haben ihn etwas unter Druck gesetzt, er ist zusammengebrochen, hat jedoch nichts gestanden. Er bereut es, dass er seiner Frau nicht die Wahrheit erzählt hat. Seltsam ist auch, dass seine Schwiegermutter sich ihm zufolge das Leben genommen hat, in Wirklichkeit aber ermordet wurde. Es besteht kein Grund zu der Annahme, dass Annie Lander das nicht gewusst hat, denn es lässt sich in allen Unterlagen nachlesen. Schließlich ist sie Journalistin und weiß, wie man an Informationen rankommt. Sie hat sicher alles über ihre Herkunft herausfinden wollen. Vielleicht hat sie das ihrem Mann verschwiegen. Und er hat mit anderen Frauen rumgemacht.»

«Die Wege des Herrn sind unergründlich», stellte Orha lächelnd fest. «Was habt ihr nach der Vernehmung mit dem Burschen gemacht?»

«Wir haben ihn laufenlassen. Ich habe mit dem Staatsanwalt gesprochen. Wir haben nicht genug gegen ihn in der Hand. Gustafsson hält ihn für unschuldig, für einen harmlosen Kerl, einen Looser.»

«Man sollte ein Buch nicht nach dem Umschlag beurteilen», meinte Theorin. «Nicht alle Mörder haben einen Mörderblick.»

«Nimm dir zu Herzen, was Theorin sagt, Munkenberg. Er hat von uns allen die meisten Schurken hinter Schloss und Riegel gebracht. Aber jetzt will er sich zur Ruhe setzen», meinte Orha spöttisch, «und als Berater im privaten Sektor, wo das ganze Geld ist, tätig werden.»

«Davon habe ich gehört.» Munkenberg nickte.

«Glaub bloß nicht alles, was du hörst.» Theorin seufzte. «Aber lass dir gesagt sein, dass solchen Leuten gegenüber Misstrauen angezeigt ist. Da ist etwas Paranoia nicht fehl am Platze.»

Munkenberg nickte erneut. «Ich schreibe ihn keineswegs ab. Ich will ihn überwachen lassen.»

«Gute Arbeit, Munkenberg. Du hast den richtigen Riecher.»

«Danke.»

«Abartig», sagte Orha und legte eine Kunstpause ein. «Die eigene Frau umzubringen, während sie das erste Kind erwartet. Was geschieht eigentlich mit diesem Land? Ohne wie ein mürrischer alter Mann klingen zu wollen, muss ich dir sagen, Munkenberg, und darin stimmt mir Göran sicherlich zu, dass die Verbrechen in diesem Land mit jedem Jahr perverser werden. Als ich so viele Dienstjahre hinter mir hatte wie du, wären Ärzte, die tote Prostituierte zerstückelten, oder Alkoholiker, die Ministerpräsidenten erschießen, undenkbar gewesen. Oder Ehemänner, die ihre schwangeren Frauen umbringen.» Er schüttelte den Kopf. «Das sind Zeiten!» Dann setzte er sich hastig auf. «Und das ist, was dich erwartet, Munkenberg, wenn wir zu Hause sitzen und unsere Rente genießen.»

«Ich werde mein Bestes tun.» Munkenberg lächelte.

«Hast du Familie, Munk?»

Er sah Orha fragend an. «Nur meine Mutter.»

«Hier in der Stadt?»

«Ich wohne bei ihr.» Munkenberg starrte zu Boden. «Nur vorübergehend. Sie ist krank, und ich helfe ihr.»

«Was fehlt ihr denn, wenn ich fragen darf?»

«Sie hat Krebs», antwortete Munkenberg. «Im Augenblick ist sie im Södersjukhuset auf der Onkologischen, aber sie kommt bald wieder nach Hause. Sowie sie wieder auf den Beinen ist, suche ich mir was Eigenes.»

«Ich halte ihr die Daumen, Munk. Und dir, dass du den Fall mit der Journalistin löst. Nicht leicht, aber wenn du es schaffst, gebe ich dir einen Whisky aus.»

Theorin schmunzelte.

Munkenberg strahlte.

2

Max hatte sich die ganze Nacht hin und her gewälzt. Es regnete. Er lauschte den Regentropfen, die gegen die Fensterscheibe prasselten und die Musik aus der Stereoanlage mit arhythmischer Schlagzeugbegleitung unterlegten. Er schlafwandelte, wachte im Wohnzimmer wieder auf, lief ins Schlafzimmer zurück, um nachzusehen, ob alles nur ein Traum gewesen war. Dann weinte er, als er das leere Bett sah, konnte nicht wieder einschlafen und legte sich auf die Couch. Er horchte auf den Wind. In der Dämmerung hörte er das Müllauto und den Zeitungsboten. Irgendwann schlief er ein, und als er wieder aufwachte, war Vormittag.

Diejenigen, die zur Arbeit mussten, waren bereits gegangen. Wasserspülungen waren betätigt worden. Kaffeemaschinen hatten gegurgelt. Kinder hatten geschrien und Paare gestritten. Jetzt war es still im Haus. Nur draußen war noch Lärm.

Max machte sich zwei Tassen starken Kaffee. Seit Annie verschwunden war, hatte er nicht mehr eingekauft. Alles, was es im Haus an Vorräten gab, hatte sie eingekauft. Sie hatte diese Dinge berührt und sich Gedanken gemacht. Bald würden auch jene verschwunden sein. Sie kaufte ein, er putzte. Er machte die Wäsche, sie bügelte. Er würde von nun an hungrig und mit knittrigen Hemden durchs Leben gehen.

Die Kälte schlug ihm entgegen, als er auf die Straße trat. Er atmete tief ein und spürte die kalte Luft in der Lunge. Sein Blut zirkulierte wie Quecksilber in seinen Adern. Er war hellwach, aber auf eine Art, als sei er gerade von einem Messerstich in den Bauch geweckt worden. Er knöpfte auf dem Weg zur U-Bahn seine Jacke zu und wickelte sich den Schal fester um den Hals. Er hatte keine Ahnung, wann die Prostituierten mit ihrer Arbeit begannen, würde aber, wenn nötig, warten.

Fünf Stunden später war er vollkommen durchgefroren. Die Wangen brannten, seine Strümpfe fühlten sich klamm an. Seine Kleider stanken nach den Urinpfützen, durch die er gestiefelt war. Die Stimmen der Prostituierten hatten sich wie eine zweite Haut auf ihm abgelagert. Er spürte ihren Hass wie einen sauren Geschmack im Mund. Ein Typ mit einer großen Entzündung im Gesicht hatte ihn für einen Polizisten in Zivil gehalten. Eine Frau hatte geschrien, er sei ein Vergewaltiger, und war mit einem Regenschirm auf ihn losgegangen. Wenn er da nicht zufällig C.s Bruder Farao getroffen hätte, wäre er, vermutlich noch bevor er Sonja ausfindig machen konnte, im St.-Göran-Krankenhaus gelandet. Farao versicherte einem stämmigen Mann namens Teddy, der sich in Gesellschaft der Frau mit dem Regenschirm befand, Max sei einer von den Good Guys.

Er wollte gerade unverrichteter Dinge den Heimweg antreten, als er eine Frau in blonder Perücke entdeckte, die wusste, wo sich Sonja aufhielt, und sich bereit erklärte, ihn für etwas Geld dorthin zu bringen.

«Du musst mir was spendieren», meinte Sonja. «Es ist schlecht fürs Geschäft, wenn ich hier zu lange mit dir rumsitze, und das gibt dann Ärger. Ich mag Annie, aber du weißt ja, wie's ist.» Sie rieb Daumen und Zeigefinger gegeneinander. «Du musst mir also was ausgeben.» Sie erschauerte. «Vorzugsweise ein Glas Bier oder zwei.»

Sonja trank einen großen Schluck und zündete sich eine Zigarette an. Sie hielt Max die Schachtel hin, aber er schüttelte den Kopf. «Selber schuld», meinte Sonja und inhalierte tief. Sie blies den Rauch über den Tisch. Max leerte sein Glas und bestellte die nächste Runde.

«Die Polizei folgt der falschen Spur», begann er, nachdem der Kellner wieder gegangen war. «Die glauben, ich hätte etwas mit Annies Verschwinden zu tun, was aber nicht stimmt. Ich habe also beschlossen, sie selbst ausfindig zu machen. Du bist eine der Personen, mit denen sie geredet hat. Sie hat alles Erdenkliche getan, um Frauen in deiner Situation zu helfen. Jetzt ist sie weg, und ich bin auf deine Hilfe angewiesen.»

«Vielleicht hast du das ja nicht mitgekriegt, aber für meine Freundin, die bereit war, mit Annie zu reden, ist es echt mies gelaufen.»

«Ich weiß nichts über sie und erwarte auch gar nicht, dass du eine Aussage machst. Ich muss einfach nur wissen, was du Annie erzählt hast. Um die Zusammenhänge zu begreifen.»

«Genau das hat Annie auch gesagt. Dass uns nichts passiert.» Sie fuhr sich mit der Zunge über ihre trockenen Lippen und zeigte dabei ihre schadhaften Zähne. «Ich vertraue niemandem. Damit dir das klar ist. Schon allein, dass ich mit dir hier sitze, kann bedeuten, dass ich etwas ausplaudere. Dass du ein Bulle bist.»

«Ich verstehe. Aber wenn ich mich nicht irre, hat sich Annie nach den Freiern erkundigt. Ich würde gerne wissen, wer sie sind, wie sie heißen und wo ich sie finden kann.»

Sonja sah ihn an und trank ihr Bier.

«Bitte.»

Sonja stand hastig auf und verschwand mit ihrer Handtasche auf der Toilette. Zehn Minuten später kehrte sie zurück und bat um ein weiteres Bier. Max bestellte noch eine Runde und dazu zwei Whisky.

«Ich erzähle fünf Minuten lang und trinke dabei mein Bier. Dann gehe ich und will dich nie wieder sehen. Kapiert?»

Er nickte.

«Ich habe deine Antwort nicht gehört!»

«Ja, ich habe kapiert.»

Sie beugte sich vor. «Ich bin nun schon eine Weile nicht mehr dabei. Als ich Drogenprobleme hatte, wollten sie mich nicht mehr haben. Aber seit den Siebzigern sind es dieselben Leute. Mal kommt ein Neuer dazu, und ein anderer scheidet aus Altersgründen aus und stirbt, aber sonst sind es dieselben. Die Reichen, denen niemand etwas anhaben kann, falls du verstehst, was ich meine. Polizeichefs und Richter und Minister und alle möglichen anderen auch. Und wenn sich eine aufgelöste Leidensschwester über solche Leute beklagt, hört ihr kein Schwein zu. So ist es einfach.» Sie zündete sich eine Zigarette an und rauchte mit zusammengepressten Lippen. «Ich will nicht das Risiko eingehen, aussagen zu müssen und alle meine Kunden zu verlieren, weil die glauben, dass ich jedem ersten Besten ihre Namen verrate. Denn ich weiß, wie der Hase läuft. Die Einzige, die das Nachsehen hat, bin ich. Also habe ich Annie nicht alles erzählt, denn dann hätte sie sofort eine Schlagzeile daraus gemacht, und dann …»

Max vermutete, dass sie mit nichts Positivem rechnete.

«Aber dir kann ich es ja erzählen, weil sie dir sowieso nicht zuhören.»

«Wer?»

«Jene Leute, die Annie ernst genommen haben.»

«Ich verstehe nicht.»

«Die Polizei scheint keine sonderlich tolle Meinung von dir zu haben. Ein paar Beamten haben den Mädchen ein Foto von dir gezeigt und sie gefragt, ob sie dich hier im Viertel gesehen hätten, als seist du so ein verdammter Vergewaltiger.»

«Ist das dein Ernst?»

Sie lachte, bis sie husten musste. «Was dachtest du denn? Dass das alles nur hilfsbereite Kerle sind?» Sie schüttelte den Kopf und drückte die Zigarette im Aschenbecher aus. Ihre Finger waren nikotingelb. «Sie haben beschlossen, dass an dir was faul ist, und wollen das auf Biegen und Brechen beweisen. Wer weiß, was du angestellt hast, um sie derart wütend zu machen.» Sie zündete sich die nächste Zigarette an und lehnte sich zurück.

«Kein Wunder, dass alle auf dem Strich so wirken, als wollten sie mich verprügeln.»

«Ach was, das lag eher an den Drogen. Du kannst froh sein, dass sich die Bullen nach dir erkundigt haben. Denn wenn ich nicht begriffen hätte, dass die Bullen nicht auf deiner Seite sind, wer weiß, ob ich dann überhaupt mit dir geredet hätte. Du wirst mir schon keine Probleme machen können. Denn keiner wird dir zuhören. Deswegen kann ich dir auch alles erzählen.» Sie inhalierte tief. «Es gibt da einen Typen, den sie den Papst nennen.»

«Den Papst?»

«Er hat verdammt viele Namen, aber die Mädchen nennen ihn den Papst.»

«Und sein richtiger Name?»

«Vielleicht habe ich den ja mal gewusst, habe ihn aber inzwischen vergessen. Ein stinkreicher Typ und ziemlich vornehm. Es kann auch sein, dass seine Familie die Kohle hat. Vielleicht ist er ein Graf oder so was. Jedenfalls ist er total verrückt. Meine Freundin, die, die Vitamin genannt wird, wurde einmal in einer Torte versteckt, die für eine von seinen schicken Partys geliefert wurde. Selbst der König war geladen, ich weiß aber nicht, ob er hingegangen ist. Davon ist vorher immer die Rede. Dass der König mit seinen Freunden kommt, aber ich kenne niemanden, der ihm schon mal begegnet ist. Jedenfalls: Manchmal werden Feste veranstaltet, und da lassen sie dann ein paar Mädchen kommen. Die holen sie sich allerdings nicht direkt aus dem Schwulenpark, sondern beauftragen eine Puffmutter, eine Gruppe zusammenzustellen, die sie sich dann bringen lassen. Dann müssen sich die Mädchen als Kellnerinnen verkleiden, obwohl alle wissen, was Sache ist. Ist wohl so 'ne Art Rollenspiel. Früher fanden die Feste in einer Wohnung in Östermalm statt, in einer Villa auf Djurgården oder in einem Saal auf Blasieholmen.»

«Was sind das für Leute?»

«Die, die das Sagen haben», meinte sie. «Und sie erlauben sich alles, weil sie das können.» Sie schaute auf die Uhr und leerte ihr Bierglas. «Das sind dann Sachen, über die man später in der Zeitung liest», fügte sie hinzu. «Danke für das Bier. An deiner Stelle würde ich die Nachforschungen einstellen, solange du noch lebst. Wie gesagt, das sind keine netten Leute, denen du da nachspionierst.»

Er sah zu ihr auf, als sie neben dem Tisch noch einmal innehielt.

«Aber was soll ich dir gute Ratschläge geben.» Sie lachte. «Ich bin ja nur ein einfaches Mädchen aus Årsta.»

«Du», sagte Max, als sie auf die Tür zuging. Sie drehte sich um. «Was ist eigentlich aus dieser Sissi geworden?»

Sonja taxierte ihn, dann lächelte sie schief: «Sie ist mit einem blauen Auge davongekommen, aber andere hat es noch viel übler erwischt.»

3

«Ich bin die Zeitungen von der ersten bis zur letzten Zeile durchgegangen.»

«Und?», fragte Max. «Was gefunden?» Er telefonierte von einer Telefonzelle auf der Regeringsgatan aus mit Patrik. Er hatte nur wenige Münzen und viele Fragen und versprach, später von der Vernehmung zu berichten.

«Zwei Dinge kehren in allen Artikeln wieder: ein Mann, Johan Droth. Oder eigentlich eine Familie, denn sowohl Vater als auch Sohn heißen Johan, aber Droth Senior ist schon lange tot. Nachdem ich die aktuelleren Artikel gelesen hatte, habe ich mir noch einmal die alten über Annies Mutter angeschaut. In der Zeitung gab es auch eine Reportage über einen Gutshof der Droths in Sörmland, den Gutshof Töversta bei Flen. Er ist in derselben Nacht abgebrannt, in der Annies Mutter ertrunken sein soll. Annie muss diesen Artikel auch gesehen und die beiden Vorfälle miteinander in Verbindung gebracht haben.»

«Und sonst?»

«Einen der Clubs, über die sie geschrieben hat. Es handelt sich um mehrere Clubs, die zu ein und demselben Netzwerk gehören, aber sie scheint sich besonders auf einen eingeschossen zu haben. Den Herrenbund. Über den gibt es ein Dutzend

Artikel, überwiegend aus Boulevardzeitungen, die davon handeln, dass keine Frauen zugelassen sind und dass der Club prominente Mitglieder hat. Auch in diesem Zusammenhang wird Johan Droth einige Male erwähnt.»

«Handelt es sich um einen Geheimbund?»

«Nein, eher so etwas wie einen privaten Club für die Reichen und Mächtigen. Ich bin mit etlichen Mitgliedern durch meine Arbeit in Kontakt gekommen. Ich glaube nicht, dass man da einfach reinstiefeln kann, aber ich war mehrere Male dort eingeladen und finde nicht, dass er sonderlich bemerkenswert aussieht.»

«Wo liegt dieser Herrenbund?»

«In der Nähe des Grand-Hotels, auf Blasieholmen.»

«Blasieholmen?»

«Ja.»

«Blasieholmen. Scheiße!»

«Wieso?»

«Ich habe mich gerade mit einer von den Frauen unterhalten, die Annie interviewt hat. Sie hat Annies Bericht über die Feste mit Prostituierten als Kellnerinnen bestätigt und hat erzählt, dass die schon seit den Siebzigern veranstaltet und von einem Mann organisiert werden. In einem Saal auf Blasieholmen haben einige dieser Feiern stattgefunden.»

«Unglaublich», erwiderte Patrik.

«Ich frage mich, ob das der Mann ist, nach dem Annie gesucht hat», meinte Max nachdenklich. Er stützte sich mit einer Hand an der kalten Scheibe der Telefonzelle ab. «Johan Droth.»

«Du meinst, Johan Droth soll an dem Tod von dieser Prostituierten schuld sein? Der ist doch bestimmt schon über siebzig!»

«Ja, aber vielleicht gehören da auch noch andere dazu. Wie auch immer. Annie scheint sich für ihn zu interessieren, und ich würde wirklich gerne wissen, warum.»

«Was hast du jetzt vor?», fragte Patrik besorgt.

«Ich werde rauskriegen, ob sie ihn gefunden hat.»

Patrik wollte gerade einwenden, dass es nun vielleicht an der Zeit sei, die Polizei einzuschalten, aber das Geld war zu Ende.

4

Neben dem Eingang des Warenhauses Nordiska Kompaniet lehnte ein Mann an der Wand, und nachdem Max die Hamngatan überquert hatte, folgte er ihm auf der anderen Straßenseite. Vor dem Kungsträdgården wechselte er auf Max' Straßenseite, hielt aber immer 15 Meter Abstand. Als Max am Berzelii-Park zwei Männer ansprach, blieb er stehen und tat so, als würde er sich die Schnürsenkel binden.

Max hatte sich bei den Männern nach dem Herrenbund erkundigt und bog nun in die Arsenalsgatan Richtung Blasieholmstorget ein. Als er vor dem gesuchten Haus stehen blieb, legte sich eine schwere Hand auf seine Schulter.

«Ich bin Ihnen von der Hamngatan aus gefolgt», sagte eine Stimme, und Max stieg der strenge Geruch von Rasierwasser in die Nase. «Ich wollte sehen, wo Sie hinwollen. Ich habe das Schlimmste befürchtet und recht behalten.»

Der Mann drehte ihn um, und Max schaute Henrik Olsson ins Gesicht. «Haben Sie vollkommen den Verstand verloren?», fragte er aufgebracht, packte Max am Arm und zog ihn von der Tür weg. Max wollte sich losmachen, stellte aber zu seinem Erstaunen fest, dass Henrik Olsson viel stärker war. Er ließ ihn erst los, als sie zwanzig Meter von der Tür des Herrenbundes entfernt waren. Henrik Olsson zündete sich eine Zigarette an, ohne Max eine anzubieten.

«Was denken Sie sich eigentlich, Max? Was hatte ich Ihnen eingeschärft?»

Henrik Olsson deutete mit der Zigarette auf Max, wollte etwas sagen, schüttelte aber nur den Kopf. «Ich habe den Auftrag übernommen, Ihnen zu helfen, Max. Ich verwende darauf sehr viel Zeit, aber Sie sind alles andere als kooperativ.»

«Entschuldigung.»

Henrik Olsson zwang sich zu einem Lächeln und zog die Brauen hoch. «Sie sollen sich nicht bei mir entschuldigen, Sie sollen mit mir zusammenarbeiten. Ist Ihnen denn nicht klar, dass ich mich dafür ins Zeug lege, dass alles gut ausgeht?»

Max hätte sich fast noch mal entschuldigt. Henrik Olsson trat einen Schritt auf ihn zu und legte ihm die Hand auf die Schulter. «Es tut mir leid, dass ich vorhin ein wenig laut geworden bin, aber ich musste Sie da weglotsen, bevor jemand die Tür aufmacht. Sie sind mir doch nicht böse?»

«Nein», antwortete Max.

«Gut. Wissen Sie, was Sie jetzt tun sollten?»

«Woanders hingehen?»

Henrik Olsson lachte. «Sie sollen nach Hause gehen und keinen Fuß vor die Tür setzen, höchstens um Milch zu kaufen. Ich rufe Sie an. Sagen Sie ja, wenn Sie mir zustimmen, oder schweigen Sie, wenn Sie nicht ja sagen wollen.»

«Ja», antwortete Max und breitete resigniert die Arme aus.

«Gut. Sie helfen niemandem, indem Sie sich hier aufhalten, Max.» Henrik Olsson zündete sich eine weitere Zigarette an. «Weder sich selbst noch Annie.» Er blies den Rauch in die Luft.

«Gehen Sie jetzt nach Hause und nehmen Sie ab, wenn ich anrufe.»

Max setzte sich in Bewegung und versuchte, sich bei jedem Schritt einen schlauen Einwand auszudenken, der es ihm ermöglichen würde umzukehren. Als er die Ecke der Kungsträdgårdsgatan erreichte, war ihm immer noch nichts eingefallen. Er drehte sich um. Henrik Olsson war verschwunden.

5

Vitomirs Blick fiel auf eine Blondine mit rosa Lippenstift, die an seinem Tisch stehen geblieben war. Er lehnte sich zurück, trank einen großen Schluck Bier und bewegte den Kopf im Takt der Musik. Er interessierte sich nicht für sie. Und auch für keine andere. Noch nicht.

«Vielleicht wäre die ja was für dich, Henrik», sagte er, klopfte mit dem Zeigefinger auf den Tisch und nickte in Richtung Blondine. «Dein neuer Anzug zahlt sich aus.»

Henrik Olsson betrachtete erst das Mädchen, dann Vitomir. Er lächelte. «Ich bestelle mir nur noch einen Kaffee, dann nehme ich sie mit nach Hause. Danke für den Tipp.»

Vitomir lachte, dann lächelte er dem Mädchen zu und zündete sich eine Zigarette an. Avram und Ranko hatten ihn ein paar Stunden zuvor zu Hause abgeholt. Dann hatten sie sich mit Henrik Olsson getroffen, gegessen, und jetzt war der Tisch mit Gläsern vollgestellt.

Am Vorabend war ein neuer Lastwagen eingetroffen. Ihr Kontakt beim Zoll in Trelleborg hatte gute Arbeit geleistet. Die Fahrt war reibungslos verlaufen, und am Morgen hatten sie alles problemlos in Västberga abgeholt. Ein halbes Kilo braunes Heroin, das gestreckt, umgepackt und dann weiterverteilt werden würde. Siebenhundertfünfzigtausend würde er dafür bekommen. Bald erreichte sein Umsatz den siebenstelligen Bereich. Sie hatten bereits etwas mehr als drei Kilo verkauft, konnten aber noch mehr absetzen, wenn sie den Preis etwas senkten. Sie mussten jedoch vorsichtig sein, um den Markt nicht kaputt zu machen. Sie verstanden sich darauf, Geld einzutreiben, aber sie konnten es sich auch erlauben, den Zwischenhändlern hin und wieder Kredite zu gewähren. Schließlich verkaufte er nicht an die Junkies direkt, sondern an die Dealer, die die Ware in einem der von ihm kontrollierten Restaurants abholten. Die Zwischenhändler waren sein Puffer gegen Dealer, die den Idioten, die sich das Zeug tatsächlich in die Armbeuge spritzten, das Päckchen übergaben. Viele Leute also, die ihren Anteil erhielten, aber es lohnte sich, denn dadurch streute er das Risiko. Das Dope, das er verkaufte, war zu 75 Prozent rein im Gegensatz zu dem Dreck aus Estland. Deswegen ließ es sich noch etwas strecken. Dope aus Estland war nur zu zehn Prozent rein, und sogar Junkies verlangten Qualität. Für nächstes Jahr setzte er sich das Ziel, zehn Kilo zu verkaufen. Er wollte sich weitere Restaurants für die Distribution zulegen, vielleicht auch ein paar Pizzerien. Er dachte auch an ein paar Kuriere, die mit präparierten Autos unterwegs sein würden. Er hatte eine Vereinbarung mit einem Automechaniker getroffen, der Autos umbaute, sodass sich darin größere Drogenmengen unauffällig verstauen ließen. Er würde das Geld in der Kasse dafür verwenden, eine größere Partie zu kaufen und die Kuriere zu bezahlen. Einige hatten Schulden bei ihm und wussten noch nichts von ihrem Glück. Auf diese Weise würden sie ihre Schulden begleichen.

Die Zeiten waren gut. Er hatte nichts gegen Olof Palme gehabt, aber ein erfreulicher Nebeneffekt seiner Ermordung war der, dass alle Dezernate, auch das Rauschgiftdezernat, Beamte für die Mordermittlung abstellen mussten. Die Drogenermittler hatten ein paar Jahre damit vergeudet, nach Kurden statt nach Kokain zu suchen. Vitomir hatte in dieser Zeit seine Handelskette aufgebaut. Mit etwas mehr Geld würde er ein neues Niveau erreichen. Und es stand mehr Geld ins Haus. Am Vortag hatte er in Henriks Kanzlei Buster Droth getroffen, und das Treffen war erfolgreicher verlaufen als erwartet.

«Sie können sofort zwei Millionen haben», sagte Buster, streckte zwei Finger in die Luft und sah Vitomir an. «Und wenn alles gut läuft, kommt das große Geld.» Buster saß auf Henrik Olssons Ledersofa.

«Von welchen Summen sprechen wir?», wollte Henrik Olsson wissen.

«Zehn Millionen Dollar als Anfang. Jedes Mal. Vielleicht mehr. Danach hängt alles davon ab, wie viel Vitomir zu welchen Bedingungen entgegennehmen kann.»

Ein Gewährsmann Busters hob das Geld auf Curaçao oder in Breganzona ab und verstaute es in Sporttaschen im Handgepäck. Ein Gewährsmann Vitomirs war in der umgekehrten Richtung unterwegs. Vielleicht begegnen sie sich ja auf dem Weg, dachte Vitomir.

«Und wie sehen die richtigen Bedingungen aus?»

«Dass keine Spur zu mir zurückführt, falls etwas schieflaufen sollte. Ich weiß, wozu Sie das Geld verwenden, möchte aber über Details nicht unterrichtet werden.»

«Es ist nicht so, dass ich Ihnen auf Ansichtskarten mitteile, wie es läuft, Partner. Ich habe die Verantwortung dafür, dass das Produkt problemlos sein Ziel erreicht», sagte Vitomir. «Wenn alles verkauft ist, teilen wir das Geld.» Bei solchen Größenordnungen musste er mit Božko verhandeln und ihm eine Gewinnbeteiligung anbieten, damit er das Heroin aus Mazedonien ausführen durfte.

«Was springt also für jede investierte Million heraus?», fragte Buster Droth.

Vitomir sah Henrik Olsson an, und dieser antwortete: «Mindestens das Dreifache.»

Buster nickte. «Und falls unterwegs was passiert?»

«Dann ist das Geld weg», sagte Vitomir. «Ihres und meins. Ich investiere genauso viel wie Sie. Das ist Ihre Garantie dafür, dass alles klargeht.»

«Wem übergebe ich das Geld?»

«Ranko ruft Sie an.»

Buster Droth streckte die Hand aus. «Partner.»

«Zwei Dinge, ehe wir zu betrunken sind», sagte Henrik Olsson und lehnte sich vor, bis Vitomir seine Cognacfahne riechen konnte. «Ich habe Kenneth die Zinsen ausgezahlt. Er wollte wissen, ob er noch mehr investieren kann.»

«Und was hast du gesagt?»

«Dass im Augenblick keine Möglichkeit besteht.»

«Gut. Aber halte ihn dir warm. Man weiß nie.»

«Verstanden. Und das andere ...» Henrik Olsson wurde von dem Mädchen mit dem rosa Lippenstift unterbrochen. Sie hatte sich hinter ihn gestellt, beugte sich vor und flüsterte ihm etwas ins Ohr. Henrik hörte lächelnd zu und schaute gleichzeitig in ihren Ausschnitt. Um den Tisch entstand ein Gedränge. Mädchen wollten Drinks, und Männer wollten Vitomir die Hand schütteln. Normalerweise hätte Vitomir alle weggeschickt, aber an diesem Abend hatte er gute Laune.

Ranko kam von der Toilette zurück. Vitomir versuchte, seinen Blick aufzufangen. Ranko hob sein Glas, um ihm zuzutrinken. Vito und Avram griffen zu ihren Gläsern und tranken. Henrik Olsson schaute in eine andere Richtung. Ranko und Avram diskutierten lebhaft und klopften sich dann gegenseitig auf die Schulter. Vitomir betrachtete Henrik Olsson, der sich zurückgelehnt mit dem Mädchen mit dem rosa Lippenstift unterhielt. Vitomir konnte kein Wort verstehen, lächelte aber. Bald würde ihm diese Stadt gehören. Alles. Vielleicht das ganze Land. Er würde flächendeckender sein als McDonald's.

«Henrik», sagte Vitomir und legte ihm eine Hand auf die Schulter. Er sah Vitomir an und dann das Mädchen, um sich einen Augenblick zu entschuldigen.

«Ja?»

«Da war doch noch was?»

«Ja, verdammt», antwortete Olsson. «Könntest du mir einen Gefallen tun? Ich habe einen Mandanten, der nicht weiß, was gut für ihn ist und deswegen in Schwierigkeiten gerät. Er soll friedlich zu Hause bleiben, aber ich habe allen Grund anzunehmen, dass es ihm schwerfällt, diese Anweisung zu befolgen. Ich brauche jemanden, der ihn ein paar Tage lang beschattet. Nichts Aufwendiges. Nur ein Wagen, der ihm folgt, und ein Anruf bei mir, falls er irgendwelche Dummheiten macht.»

«Sonst nichts? Nur beschatten?»

Henrik Olsson zuckte mit den Achseln. «Ich will nur, dass er keinen Unsinn macht, denn sonst kann ich seinen Prozess nicht gewinnen, falls es dazu kommen sollte. Es ist mir ein persönliches Anliegen, dass er keinen Ärger kriegt, um es einmal so auszudrücken. Nicht nur als sein Anwalt.» Er lächelte. «Kannst du mir behilflich sein?»

Vitomir Jozak nickte. «Ranko», rief er über den Tisch. «Dein letzter Drink. Du hast Arbeit.»

Als Vitomir Jozak sich am nächsten Tag im Badezimmerspiegel sah, fand er, dass er erschöpfter aussah denn je. Er war auch hässlicher denn je. Selbst das Pinkeln schmerzte. Sie hatten bis in die Morgenstunden gesoffen, aber es lag nicht nur daran. Er hatte in letzter Zeit einfach viel um die Ohren gehabt und daher am Vorabend ungewöhnlich viel getrunken. Weil er das brauchte. Er hatte einen pelzigen Geschmack im Mund, und aus seinem Halsausschnitt drang der Geruch eines Körpers, der ohne den Umweg über eine Dusche aus einem fremden Bett nach Hause zurückgekehrt war. Ein verdammt guter Abend, der in einen Tag danach überging, an dem er sich zwei Tage zurück wünschte. Er fühlte sich immer fett, wenn er einen Kater hatte. Seltsamerweise dachte er dann an früher. Würde er immer noch so viel schaffen wie damals? Würde er vierundzwanzig Stunden in der Stuttgarter Kälte ausharren und den Albaner erschießen können, der die Nationale Bewegung zur Befreiung des Kosovo gegründet hatte? Damals war er noch geschmeidig wie ein Tiger gewesen. Und heute? Aber das waren sinnlose Gedanken. Der Albaner war tot. Er selbst hatte einen Kater. Aber seine Gedanken ließen ihm keine Ruhe. Tränen, Schussverletzungen, aufgeplatzte Haut, splitternde Schädelknochen, vergebliches Flehen. Er hatte einfach seine Aufträge erfüllt. Einige hatten ihn verflucht, die meisten hatten jedoch um ihr Leben gefleht. «Ist dir klar, worauf du dich einlässt?», hatte er Ranko vor vielen Jahren gefragt, als dieser ihn gebeten hatte, für ihn arbeiten zu dürfen. «Alle, die du umbringst, verfolgen dich. Sieh mich an. Eine ganze Prozession ist hinter mir her. Lauter Gespenster mit Frisuren aus den Siebzigern.»

Das Telefon klingelte.

Er ging in die Diele und hob ab.

«Nichts», sagte Ranko. «Er ist immer noch in seiner Wohnung. Wie lange soll ich warten?»

«Bis er rauskommt. Folge ihm und ruf an, wenn dir was komisch vorkommt.»

«Weißt du, warum wir ihn überwachen? Wer ist er?»

«Ein Idiot, der nicht selbst auf sich aufpassen kann. Eine Gefälligkeit für Henrik Olsson. Jetzt steht er in unserer Schuld. So musst du das sehen.»

«Das scheint der langweiligste Dienst zu werden, den ich jemals jemandem erwiesen habe.»

Vitomir dachte: Du bist ganz unten in der Hierarchie, Ranko. Er sagte: «Jammer nicht. Man weiß nie, was irgendwann mal wichtig sein kann.»

ECHOS

1

«Wer spricht da?»

«Max Lander, und wer sind Sie?»

«Mein Name ist Sture Hult», sagte die Stimme am anderen Ende. «Wissen Sie, wer ich bin?»

«Ja», erwiderte Max, ohne zu wissen, ob er wütend werden oder Angst bekommen sollte. «Die Polizei hat von Ihnen gesprochen, aber behauptet, dass Sie nicht existieren.»

«Es gibt mich, und ich weiß auch, dass Sie in Södermalm wohnen. Können wir uns in einer Viertelstunde auf dem Medborgarplatsen treffen? Vor dem Hotel Malmen?»

«Ja», antwortete Max. «Wie erkenne ich Sie?»

«Ich finde Sie schon», erwiderte Sture Hult und legte auf.

Sture Hult streckte die Hand aus. «Max?»

«Ja.»

«Hallo», sagte der andere und schüttelte Max kräftig die Hand. «Ich bin Sture Hult.» Er war klein, hatte einen gepflegten weißen Bart und einen wachen Blick. «Das ist mein richtiger Name, ehrlich. Ich könnte nie jemanden belügen, dem ich gleichzeitig die Hand schüttele», sagte er lächelnd. «Die Polizei, das sind richtige Schwachköpfe, ich habe aus guten Gründen nach meiner Heirat den Nachnamen meiner Frau, Ericsson, angenommen. Nach ihrem Tod habe ich meinen Namen wieder angenommen, aber das muss die Polizei übersehen haben. Egal. Das hätte ich Annie alles bei unserem Treffen erzählt.»

Max musste einen Augenblick gegen die Tränen ankämpfen. Sie war weg, so unglaublich weit weg.

«Ich würde gern einen Kaffee trinken», meinte Sture. «Können wir in ein Café gehen?»

«Natürlich», sagte Max. «Es gibt eins hier um die Ecke.»

Ihr gemeinsames Viertel. Max fürchtete sich vor der Zeit, wenn es nur noch sein Viertel sein würde.

Als Kaffee und Zimtschnecken auf dem Tisch standen, begann Sture zu erzählen, wie er Annies Artikel «Ein Plädoyer für die Offenheit» in der Zeitung entdeckt hatte und ihm klargeworden war, dass sie Karins Tochter sein musste. Das Mädchen, das in einer Pflegefamilie aufgewachsen war. Es war ein unglaublicher Zufall, dass er den Artikel überhaupt gesehen hatte. Ohne eine Sekunde zu zögern, hatte er sie angerufen. Annie habe viele Fragen über ihre Mutter gestellt, und er habe ihr erzählt, dass er zu wissen glaubte, wer ihre Mutter ermordet habe.

«Ermordet? Ich dachte, sie hätte sich ertränkt.»

Sture schüttelte den Kopf. «Sie wurde ermordet. Das Haus, in dem sie erschlagen wurde, wurde in Brand gesteckt, um Spuren zu zerstören. Dann wurde Karins Leiche in den Båven geworfen, damit es so aussah, als sei sie ertrunken. Es dauerte recht lange, bis die Polizei feststellte, dass es sich um Mord handelte, aber sie gab sich keine Mühe, den Täter zu finden.»

«Und aus welchem Grund wurde sie ermordet?»

Sture Hult zuckte mit den Achseln. «Eifersucht. Liebe. Vielleicht war es einfach praktisch. Ich hatte keine Gelegenheit, den Täter zu fragen.»

«Aber Sie wissen, wer es war?»

«Ich weiß, wem der Gutshof gehörte, auf dem sie vermutlich ihr Leben verlor.»

«Den Droths?», sagte Max.

Sture Hult sah ihn erstaunt an.

«Das weiß ich aus einem Artikel, den Annie in der Kungliga Biblioteket gelesen hat», erklärte Max. «Er erschien einige Tage nach dem Tod ihrer Mutter.»

«Den Droths.» Sture nickte. «Ich habe nie begriffen, warum sie unter ihrem Dach wohnen wollte. Das Siegel des Baphomet hing dort an den Giebeln.»

«Aber welche Veranlassung hatte ein Mann wie Johan Droth, Annies Mutter zu ermorden?»

«Das wollte ich Annie erzählen. Deswegen habe ich sie angerufen. Ich glaube, Johan Droth ist Annies Vater. Er war bereits verheiratet. Dass seine Geliebte schwanger wurde und das Kind dann auch noch behielt, brachte ihn in Gefahr. Vielleicht musste sie deswegen verschwinden. Dann war nur noch Annie übrig, und sie war so klein, dass sie sich an nichts würde erinnern können. Sie wurde einer Pflegefamilie übergeben und erfuhr nie etwas über ihre Herkunft.»

Max trank einen Schluck Wasser und sehnte sich nach einer Flasche Gin. «Entschuldigen Sie, aber das ist jetzt alles etwas viel.» Er starrte auf die Tischplatte. «Weiß Annie davon?»

«Nein, ich dachte, wir hätten mehr Zeit. Wir hatten uns verabredet, und als sie nicht aufgetaucht ist, habe ich bei Ihnen zu Hause angerufen. Dann habe ich aus der Zeitung erfahren, dass sie verschwunden ist. Ich habe etliche Male bei Ihnen angerufen, aber Sie waren schwer zu erreichen.»

«Warum haben Sie nicht die Polizei verständigt?»

«Weil jemand aus Polizeikreisen die Gegenseite informiert. Ich weiß aber nicht, wer. Ich traue keinem von denen.»

Max dachte an Munkenbergs Gesichtsausdruck, als er behauptet hatte, es gebe keinen Sture Hult. Was sollte er tun? Warum hatte ihm Annie nichts erzählt? «Wir fangen noch einmal von vorne an», sagte Max und wünschte sich, Patrik wäre bei ihm. «An welchem Tag haben Sie Annie angerufen?»

«Letzten Freitag. Also morgen vor einer Woche. Ich habe am Nachmittag angerufen, und wir haben ein Treffen für das Wochenende vereinbart. Dann bin ich nach Stockholm gefahren, um meine Tochter zu besuchen. Seither bin ich hier in der Stadt.»

«Und Sie haben Annie am Telefon erzählt, dass ihre Mutter ermordet wurde und sich nicht das Leben genommen hat?»

«Das wusste sie bereits.»

Max verspürte ein Stechen in der Brust.

«Was ich dazu beitragen konnte», fuhr Sture Hult fort, «waren Einzelheiten darüber, wie ihre Mutter gefunden worden ist. Wie nachlässig die Ermittlungen durchgeführt worden sind. Und meine Vermutung, dass ihr leiblicher Vater der Mörder ist.»

«Okay», erwiderte Max und schluckte. «Sie war also in der Kungliga Biblioteket, um Ihre Angaben zu überprüfen. Deswegen ging sie die alten Zeitungen durch.»

«Das klingt naheliegend.» Sture Hult nickte.

«Ich weiß, dass sich Annie eine Ausgabe von damals, als ihre Mutter zu Tode gekommen ist, angesehen hat. Dort gab es zwei Artikel: einen über den Fund der Leiche und einen über den Brand des Droth'schen Gutshofes.»

«Das klingt schlüssig.»

«Und was hat Annie dann gemacht?»

«Das weiß ich nicht», antwortete Sture Hult mit Nachdruck. «Können Sie mich einen Augenblick entschuldigen?» Er verschwand Richtung Toilette.

Max fiel ein, dass sich Johan Droths Name bereits vor Sture Hults Anruf auf Annies Liste befunden hatte, weil sie den Verdacht hatte, Johan Droth habe an den Festen mit den Prostituierten teilgenommen. In der Kungliga Biblioteket war ihr dann vermutlich aufgegangen, dass ihr Vater, der Mörder ihrer Mutter und der Mann vom Herrenbund ein und dieselbe Person waren. Welch haarsträubender Zufall! Vermutlich hatte sich Annie beim Verlassen der Bibliothek in einem Schockzustand befunden.

Max ging zum Tresen. «Gibt es hier irgendwo ein Telefon?»

«Leider nicht», antwortete die Kellnerin und trat einen Schritt beiseite, als wollte sie das Telefon verbergen, das hinter ihr an der Wand hing.

«Es ist wichtig», fuhr Max fort.

Die Kellnerin sah ihn schweigend an.

Max warf einen Blick Richtung Toilette und dann Richtung Tisch, auf dem ihre Tassen standen. Er sah auf die Uhr. Was konnte ihm ein alter Mann schon nützen? Er war dankbar für die Informationen, die ihm Sture Hult geliefert hatte, aber jetzt konnte Hult nichts mehr für ihn tun.

«Ich bin mit einem älteren Herrn hier», sagte Max zu der Kellnerin. «Er ist gerade auf der Toilette. Könnten Sie ihm bitte ausrichten, dass ich mich später bei ihm melde? Ich muss dringend telefonieren.»

Sie nickte mit sichtlich schlechtem Gewissen, das sie jedoch nicht dazu veranlasste, ihm das Telefon des Cafés zu überlassen.

«Richten Sie ihm bitte meinen Dank aus.»

Henrik Olsson trat in Begleitung eines Mädchens zur Tür herein, als das Telefon klingelte. Er betrachtete es eine Weile und beschloss, nicht dranzugehen, denn dazu hatte er weder Zeit noch Lust. Er hatte hingegen Zeit und Lust, mit dem Mädchen zu schlafen, das er in die Kanzlei mitgebracht hatte.

Max ging zu dem Auto, das vor der Wohnung stand. Er hatte Henrik Olsson telefonisch nicht erreicht und sich entschieden, seine Anweisungen einfach zu ignorieren. Er musste etwas unternehmen. Plötzlich glaubte er zu wissen, was Annie getan hatte, als ihr aufgegangen war, wer der Gesuchte war. Logisch oder nicht, aber sie hatte den Ort aufgesucht, an dem alles begonnen hatte, den Gutshof Töversta.

VIER

Freitag, 20. Oktober – Dienstag, 31. Oktober 1989

OKTOBER 1959

1

Er saß am Küchentisch, trank eine Tasse Kaffee und las Zeitung. Auf dem Gut erhielt er die Zeitung immer erst kurz nach dem Mittagessen, manchmal sogar noch später. Während er seinen Kaffee trank, hörte er die Frau im Obergeschoss rumoren. Sie hatten gestritten, und er wusste, wonach sie suchte, aber alle brisanten Dinge hatte er in der Geheimkammer versteckt. Falls sie diese wider Erwarten entdeckte, würde in der Küche eine Lampe aufleuchten.

Sie hatten diese Diskussion schon tausendmal geführt. Sie wollte heiraten, damit ihre Tochter nicht als uneheliches Kind aufwachsen musste. Aber in seinen Kreisen ließ man sich nicht scheiden. Er war oft untreu gewesen, aber nur ein einziges Mal war eine Geliebte schwanger geworden. Er hatte jahrelang für beide gesorgt, aber was sie jetzt von ihm verlangte, wollte er ihr nicht geben.

Während einer hitzigen Diskussion am Vorabend hatte sie ihm gedroht, publik zu machen, dass der große Finanzmann Johan Droth ein Kind mit einer ehemaligen Fabrikarbeiterin hatte. Soweit sie wusste, war es durchaus möglich, dass es noch weitere uneheliche Kinder gab. Jetzt durchsuchte sie seine Sachen, um Beweise dafür zu finden. Sie wusste, dass ihr Wort im Vergleich zu seinem nichts wog. Das hatte er ihr auch gesagt: «Wem werden sie wohl glauben? Dir oder mir?»

Nun hörte er sie die Treppe herunterkommen. Offenbar war das Mädchen aufgewacht und hatte Hunger. Diese Situation musste ein Ende haben. Karin durfte sein Leben nicht zerstören. Mit dem spießigen Glück, von dem sie träumte, wollte er nichts zu tun haben. Das würde er ihr sehr deutlich machen.

Als Karin an diesem Nachmittag die Küche betrat, lief die Situation schnell aus dem Ruder. Schreiend drohte sie ihm damit, einem Journalisten, den sie kannte, alles zu erzählen, falls er seine Tochter nicht anerkannte. Daraufhin stieß er sie im Zorn von sich.

Karin fiel mit dem Kopf gegen den gusseisernen Ofen. Das kleine Mädchen begann aus vollem Hals zu schreien, und plötzlich sah Johan Droth rot. Wie von Sinnen prügelte er auf Karin ein. Als er wieder zu sich kam, war sie tot. Er schleppte sie zum See hinunter, damit es so aussah, als wäre sie ertrunken. Dann holte er seine vor Schreck wie gelähmte Tochter aus dem Haus und zündete es an, um alle Spuren zu verwischen. Als die Feuerwehr und die Polizei eintrafen, gab er Karin die Schuld. Sie habe das Haus angezündet und sei dann ins Wasser gegangen. Sie sei ausgerastet, als er sie habe verlassen wollen. Erst glaubte man ihm nicht, aber dann ließ er seine Beziehungen spielen, und die Ermittlungen wurden eingestellt. Die Tochter kam in eine Pflegefamilie, und die ganze Geschichte wurde der düsteren Vergangenheit zugeordnet. Jetzt brachte sie sich jedoch albtraumhaft wieder in Erinnerung.

Damals vor dem Club hatte Johan Droth die junge Frau sofort erkannt. Sie war ihrer Mutter wie aus dem Gesicht geschnitten. Als er mit Martin allein im Wagen saß, bat er ihn herauszufinden, was sie vor dem Club zu suchen gehabt hatte. Die Antwort hatte seine Laune nicht gehoben.

Nicht zum ersten Mal versuchte jemand, unbequeme Dinge über die Familie herauszufinden. Dieses Mal bestand der Unterschied darin, dass es sich um seine eigene Tochter handelte.

Johan Droths Vorleben holte ihn rasch ein, und er versuchte ebenso rasch, sich eine Zukunft zu sichern. Er wollte in den Süden reisen. Falls es ein Meeting gab, das man als das wichtigste seines Lebens bezeichnen konnte, dann befand er sich vermutlich gerade auf dem Weg dorthin.

BLUT UND GEHEIMNISSE

1

Vitomir riss ein Streichholz an und zündete sich die erste Zigarette der zweiten Schachtel des Tages an. Es war vier Uhr. Der Barkeeper hatte ihm ein kaltes Bier und eine Flasche Mineralwasser gebracht. Vitomir fing mit dem Bier an. Er hatte nicht zu Mittag gegessen. Er beugte sich über den Tisch und barg sein Gesicht in den Händen. Er hatte nur schlecht geschlafen. Das war immer so, wenn eine Lieferung kam, und jedes Mal hoffte er, dass es anders sein würde. Sein Puls war derselbe: Wenn er in einer Lagerhalle zuschaute, wie abgeladen wurde, und wenn er sich die Zähne putzte. Trotzdem. Er war müde. Er trank einen Schluck Bier und zündete sich die nächste Zigarette an. Das ist dieses verdammte Land, dachte er. Fast rund um die Uhr ist es dunkel. Noch ein paar Lieferungen, dann wollte er verreisen. Sonne und Strand. Vielleicht Thailand. Da fuhr man hin, hatte er sich sagen lassen. Oder Südafrika. In Schweden wollte er jedenfalls nicht bleiben. Er hatte Verwandte in den USA, vielleicht war das eine Idee.

«Vito, Telefon!» Der Barkeeper hielt einen Hörer in die Höhe. «Ranko.»

Vito erhob sich und spürte, dass ihn ein leichter Schwindel erfasste. Nach dem nächsten Bier würde es ihm bessergehen. «Gib mir noch ein Bier», sagte er, als er sich den Hörer über den Tresen reichen ließ.

«Ranko, was ist los?»

«Der Typ ist an die frische Luft.»

«Wohin?»

«Er hat mit einem alten Mann in der Folkungagatan Kaffee getrunken. Jetzt sitzt er in seinem Auto.»

«Was für ein alter Mann?»

«Weiß nicht. Ein alter Mann eben.»

«Und wo ist er jetzt?»

«In der Hornsgatan. Offenbar ist er Richtung Süden unterwegs.»

«Hast du Henrik angerufen?»

«Der geht nicht dran.»

«Probier's noch mal. Verfolge ihn, bis er irgendwo anhält, und versuch es dann wieder.»

2

In jeder Kurve glitten die Scheinwerfer über die Baumstämme an der schmalen Landstraße, und jedes Mal hatte Max das Gefühl, beobachtet zu werden. Der Wind rauschte. Seine Hände waren feucht, und er umklammerte das Lenkrad. Er konzentrierte sich auf das Licht in der Mitte der Straße und versuchte, die Dunkelheit zu ignorieren.

An einer Tankstelle machte er halt. Außer dem Tankwart war niemand dort. Max stieg aus und sah sich um. Die Welt sah aus wie immer. Es roch wie in kleinen Orten mit einer Tankstelle und einer Imbissbude. Die vollkommene Stille machte ihm Angst.

Der Mann war hilfsbereit und zeigte Max auf dessen Landkarte, wie er in wenigen Minuten Töversta erreichte. Dann wollte er wissen, warum es Max in diese abgelegene Gegend verschlagen hatte. Max antwortete, dass er einen Bekannten besuchen wollte.

Von der Landstraße zweigte ein Fahrweg ab, der in einen Privatweg mündete. Nun führten ein paar hundert Meter zum Gutshof Töversta. Max hielt auf der kiesbestreuten Auffahrt vor der Veranda, machte den Motor aus und blieb eine Weile sitzen. So dunkel war es in der Stadt nie. Einige hundert Meter unterhalb des Hauses ließ sich ein See erahnen. Zwischen Gutshaus und See stand ein kleineres Haus, in der Diele brannte Licht.

Max stützte das Kinn auf das Lenkrad. Er hatte immer noch die Möglichkeit, den Motor wieder anzulassen, zu wenden und die ganze Sache der Polizei zu überlassen. Falls Johan Droth aufmachte, würde Max wahrscheinlich einem Mörder gegenüberstehen. Er musste gelassen bleiben. Wachsam. Ohne Zögern. Zur Tat bereit. Wegen Annie. In Gedanken ging er noch mal seinen Auftritt durch. Er wollte anklopfen, nach Johan Droth fragen und sich, falls dieser vor ihm stand, nach seiner Tochter Annie erkundigen. Die folgenden Sekunden würden entscheidend sein, er musste eine neue Version von sich selbst finden. Den Mann, der er als Zwanzigjähriger gewesen war und der er damals hatte bleiben wollen. Einen, der die kommenden zehn Sekunden bewältigen würde.

Er zog den Zündschlüssel ab und öffnete die Fahrertür. Eigentlich war es unnötig, das Auto abzuschließen, aber er wollte auf Nummer sicher gehen. Er legte Brieftasche, Wohnungsschlüssel und die Schlüssel des Jazzclubs auf den Beifahrersitz, stieg aus und schloss ab. Er wollte den Autoschlüssel auf einen Reifen legen, kam aber zu dem Schluss, dass das beste Versteck seine Unterhosen waren. Falls es Probleme gab, würde er sich aus dem Staub machen. Er ging auf die Tür zu. In einem Fenster im östlichen Flügel brannte Licht. Er zog den Reißverschluss seiner Jacke zu und hatte die erste Treppenstufe erreicht, als die Haustür geöffnet wurde.

Der Mann war Anfang fünfzig und trug ein dunkles, kariertes Hemd, das ihm über eine braune, viel zu große Cordhose hing. Er sah Max freundlich, aber fragend an. «Kann ich Ihnen irgendwie helfen?», erkundigte er sich nach kurzer Stille.

«Ich würde gerne mit Johan Droth sprechen. Das hier ist doch sein Haus?»

Der Mann schwieg einen Augenblick und antwortete lächelnd: «Ja und nein. Ich dachte, er wäre eben zurückgekommen. Kein Auto kann hier unentdeckt vorfahren.» Er lachte und streckte die Hand aus. «Göran», sagte er. Max ergriff die Hand. Sie war warm.

«Max», erwiderte er.

«Ich bin der Pächter», sagte der andere, als er Max' Hand losließ. «Ich weiß nicht, ob Ihnen das Haus Richtung See aufgefallen ist? Dort wohne ich, wenn sich Johan übers Wochenende hier aufhält. Unter der Woche wohne ich feudal im großen Haus und sorge dafür, dass alles in Ordnung ist.»

«Kommt er jedes Wochenende?», fragte Max.

«Wenn er Lust und Zeit hat», antwortete Göran. «Für dieses Wochenende hat er sich angekündigt. Wenn Sie wollen, können Sie reinkommen und hier auf ihn warten.» Göran trat einen Schritt beiseite und deutete in die Diele.

«Ich glaube, ich fahre lieber eine Runde», meinte Max und trat wieder auf den Vorplatz. «Ich komme später wieder.»

«Wie Sie wollen», erwiderte Göran, immer noch lächelnd.

Max drehte sich um und spähte an seinem Auto vorbei in die Dunkelheit. Die Windschutzscheibe war von der feuchtkalten Luft beschlagen. Göran stand noch in der Tür, und Max konnte die Wärme und das Licht in seinem Rücken spüren. Er drehte sich wieder um. «Ich glaube, ich nehme Ihr Angebot doch an.»

«Das freut mich. Ich habe gerade eine Flasche guten Whisky aus dem Keller geholt. Sie trinken doch Whisky?»

Er war zwar mit dem Auto unterwegs, aber schließlich war er hier, wo der Pfeffer wuchs. «Ja, danke», antwortete Max. «Einen Whisky nehme ich gern.»

Max hängte seine Jacke auf und betrat eine große Küche, die neben der Diele lag. Göran kam ihm mit zwei Gläsern entgegen. Er reichte Max das eine und ging durch die Küche in ein kleineres Zimmer mit zwei Sofas vor einem offenen Kamin, in dem das Feuer niedergebrannt war.

«Oban, vierzehn Jahre alt. Von der schottischen Westküste», sagte Göran und hob sein Glas in Max' Richtung.

Max hielt das Glas schräg und roch an dem Getränk.

«Na dann, skål», sagte Göran, «und willkommen auf Töversta.»

Sie tranken. Die Wärme des Whiskys und des Zimmers bewirkten, dass Max zum ersten Mal seit langem nicht mehr fror.

«Ich vergaß zu fragen», sagte Göran. «Woher kennen Sie Johan?»

«Kennen wäre zu viel gesagt. Ich will ihn ein paar Dinge fragen.»

«Oh», erwiderte Göran und zog die Brauen hoch. «Ich hoffe doch, es geht um nichts Ernstes?»

«Ich weiß nicht», erwiderte Max. «Sie haben vielleicht in der Zeitung von einer Stockholmer Journalistin gelesen, die verschwunden ist?»

Göran schüttelte den Kopf und verzog das Gesicht. «Hier draußen liest man nicht so viel Zeitung.»

Max nickte. «Diese Journalistin ist meine Frau, und ich habe Grund zu der Annahme, dass sie sich kurz vor ihrem Verschwinden mit Johan Droth unterhalten hat. Darüber würde ich gerne mit ihm reden. Vielleicht weiß er etwas.»

«Um Gottes willen», sagte Göran und stellte sein leeres Whiskyglas auf den Tisch. «Haben Sie die Polizei verständigt?»

«Ja, aber bislang haben sie keine überzeugende Spur, soweit ich unterrichtet bin.»

Göran nickte. Er klopfte mit dem Zeigefinger auf das leere Glas. «Trinken Sie aus. Dann hole ich uns noch einen Drink. Den können Sie brauchen.»

Max leerte sein Glas und reichte es über den Tisch. Göran verließ das Zimmer.

Max schaute in die Glut des offenen Kamins. Sein Gesicht brannte, und er öffnete den obersten Hemdknopf. Er hätte den Whisky nicht trinken sollen. Vielleicht hätte er gar nicht herkommen sollen. Er wusste es nicht. Vielleicht war alles ein Fehler gewesen, und es wäre das Beste, wieder ins Auto zu steigen und zu verschwinden. Er lehnte den Kopf zurück und war plötzlich furchtbar müde. In seinen Waden kribbelte es. Er wollte aufstehen, verlor aber das Gleichgewicht und versuchte, sich am Tisch abzustützen, aber seine Arme hatten jegliche Kraft verloren und fühlten sich an wie Gummi.

Göran trat wieder ein und nahm ihm gegenüber auf dem Sofa Platz. Max hob den Kopf und versuchte seinem Blick zu begegnen. Göran nippte an seinem Whisky und betrachtete

Max mit einem Lächeln, das er nicht deuten konnte. Max wusste nicht, wie viel Zeit vergangen war.

«Ich muss zugeben, Max», begann Göran und schlug die Beine übereinander, «dass ich Ihnen gegenüber nicht ganz ehrlich war. Ich muss Ihnen», er zählte schweigend an den Fingern ab, «drei Geständnisse machen.» Max musste sich anstrengen, um halbwegs aufrecht sitzen zu bleiben. «Nummer eins: Ich habe natürlich von der verschwundenen Journalistin Annie Lander gehört. Nummer zwei: Ich habe Ihnen etwas in Ihren Whisky gemischt, und Sie werden gleich einschlafen und eine ganze Weile nicht aufwachen. Ich habe die Mischung allerdings noch nie ausprobiert und musste etwas improvisieren. Ich hatte nicht mit Besuch gerechnet, am allerwenigsten mit dem Ihren. Und abschließend», sagte er in dem Augenblick, als Max das Gleichgewicht verlor, zu Boden fiel und den staubigen Teppich im Gesicht spürte: «Johan Droth ist seit dreißig Jahren nicht mehr hier gewesen.»

3

Am ersten Tag hatte Ranko allein im Auto vor Max' Wohnung gesessen, sich den Allerwertesten abgefroren und Kaffee getrunken. Am zweiten Tag hatte er Djordje dazu gezwungen, ihm Gesellschaft zu leisten, dann Avram. In der Gosse unter der Seitenscheibe lagen Hunderte von Kippen.

Jetzt froren sie sich im Wald den Arsch ab.

Der Typ war im Haus.

«Wir warten noch eine Weile», meinte Avram. «Dann rufen wir den Anwalt an.»

«Wie wär's mit einem Kartenspielchen?», fragte Djordje vom Rücksitz.

«Kein Licht, du Idiot», antwortete Ranko und sah ihn im Rückspiegel an.

Ranko öffnete den Aschenbecher und schloss ihn wieder. Er trommelte auf das Lenkrad. Er erzählte von dem Mädchen, mit dem er ausgegangen war, ehe er Belgrad verlassen hatte. Sie sprachen über das, was in ihrer Heimat geschah, und ließen das Haus nicht aus den Augen. Sie sahen nichts.

Als sie eine Dreiviertelstunde gewartet hatten, wählte Ranko Henrik Olssons Nummer.

4

Munkenberg hatte so lange am Schreibtisch gesessen und auf Akten gestarrt, dass ihm die Augen brannten. Vor genau einer Woche war Annie Lander verschwunden. Er hatte an eine einfache Lösung geglaubt: den Ehemann. Aber der verfügte, wie sich herausstellte, über ein Alibi. Die Nachbarschaftsbefragung hatte ergeben, dass Max sehr laut Musik gehört hatte und von einem Nachbarn zur Rede gestellt worden war. Als Annie Lander die Bibliothek verlassen hatte, war Max Lander also zu Hause gewesen und hatte so laut Jazz gehört, dass es im ganzen Viertel zu hören gewesen war. Kein Schwein wusste, wohin sie gegangen war. Sie hatte die Bibliothek verlassen und sich in Luft aufgelöst. Munkenberg war von dem Ergebnis seiner Nachforschungen enttäuscht. Er bereute es, den Fall übernommen zu haben.

Um vier Uhr bekam er Bauchschmerzen und musste eilends

die Toilette aufsuchen, denn seine Eingeweide feuerten für gewöhnlich ihre Ladung schneller ab, als ein Cowboy den Revolver ziehen konnte. Da geschah es. Als er später im Auto saß, stellte er fest, dass er zwar kein einzigartiges Gespür, aber einen einzigartigen Magen besaß. Jedes Mal, wenn er die Toilette aufsuchte, gab es einen Durchbruch. Seine Eingeweide stellten eine Art Seismograph dar. Er wollte gerade die Toilettentür verriegeln, als ein Kollege seinen Namen rief. Verdammt, schoss es ihm durch den Kopf.

«Eine Frau will mit dir reden», sagte der Kollege. «Sie ruft wegen des Anschlags in den Treppenhäusern an.»

Munkenberg eilte in sein Büro zurück und nahm das Gespräch entgegen. Zwanzig Minuten später saß er bei Eleanor Olsson auf der Couch, weitere zwanzig Minuten später saß er wieder in seinem Auto und musste einen Beschluss fassen.

Eleanor Olsson war 73 Jahre alt und verwitwet. Ihr Mann war drei Jahre zuvor an Lungenkrebs gestorben, und nach den gelben Tapeten zu urteilen, war er ein starker Raucher gewesen. Nach dem Tod des Gatten hatte sie sich einen Hund namens Ingvar zugelegt. Ein ungewöhnlicher Name für einen Hund, aber es handelte sich auch um einen ungewöhnlichen Hund. Eleanor Olsson war klein wie ein Vogeljunges, hatte dünnes, weißes Haar und große, graue Augen. Sie trug auch in der Wohnung Straßenschuhe und hinkte leicht. Als sie auf dem Sessel die Beine übereinanderschlug, dachte Munkenberg an seine Mutter. Wenn er nicht gewesen wäre, hätte sie vielleicht auch einen Hund gekauft.

Eleanor Olsson ging mit ihrem Hund jeden Tag dieselbe Runde, von ihrem Haus in der Johannesgatan die David Bagaresgatan entlang und zurück. Jeden Tag pinkelte der Hund an den gleichen Orten. Ein ausreichend langer Spaziergang für eine alte Frau und ihren kleinen Hund, fand sie. Diese Woche war sie jedoch bettlägerig gewesen. Woran das lag, war schwer zu sagen. Sie hatte eine Schublade voller Tabletten, die sie täglich schluckte. Die Nachbarin war mit Ingvar spazieren gegangen, und das hatte weder der Nachbarin noch dem Hund gefallen. Eleanor hatte Zeitung gelesen und Radio gehört, Fernsehen interessierte sie nicht. Wie auch immer, nun war sie endlich wieder auf den Beinen und hatte einen ersten Spaziergang mit ihrem Hund unternommen und dabei etwas gefunden. «Das hier», sagte sie und hielt Munkenberg ein kleines, schwarzes Buch unter die Nase. Sie hatte es sofort neugierig aufgeschlagen und dabei den Namen jener Journalistin entdeckt, von der sie in der Zeitung gelesen hatte und die auf dem Aushang im Treppenhaus erwähnt wurde.

«Ich bin zwar alt, aber immer noch klar im Kopf.»

Im Auto blätterte Munkenberg das Notizbuch durch. Es hatte auf einem Verteilerkasten in der David Bagaresgatan gelegen. Wenn Annie Lander es dort hingelegt und vergessen hatte, bewies das, dass sie von der Kungliga Biblioteket aus die David Bageresgatan hochgegangen war. Munkenberg hatte sich mit dem Clubbesitzer unterhalten, aber der hatte Annie schon seit längerem nicht mehr gesehen. Vielleicht war sie auch in die Malmskillnadsgatan gegangen. Aber dort hatte sie an diesem Freitag niemand gesehen. Vielleicht war sie ausgeraubt und entführt worden, und vielleicht hatte jemand ihre Sachen auf die Straße geworfen und jemand anders diese auf dem Verteilerkasten sortiert und die Wertgegenstände an sich genommen. Erst als Munkenberg die letzte Seite aufschlug, wusste er, dass er fündig geworden war. Mitten auf der Seite stand:

Samstag, den 17. Oktober
Gutshof Töversta, Helgesta, Flen, JD jr.

Der Eintrag war von einer erregten Hand mehrfach unterstrichen worden. 17. Oktober, dachte Munkenberg. Vor drei Tagen. Aber das war kein Samstag gewesen, sondern ein Dienstag. Der Samstag war der 14. gewesen. Am Vortag war Annie Lander zuletzt gesehen worden. Er klopfte mit einem Finger aufs Lenkrad und versuchte sich zu konzentrieren. Wäre das Notizbuch einem gewöhnlichen Polizisten in die Hände geraten, hätte er es vermutlich mit der Feststellung, dass Annie Lander irgendwann am Freitag, dem 13. Oktober, dem Tag ihres Verschwindens, von der Bibliothek aus die David Bagaresgatan hinaufgegangen war, zu den Ermittlungsakten gelegt. Aber Munkenberg war kein normaler Polizeibeamter. Er lehnte sich über den Beifahrersitz, zog eine Landkarte aus dem Seitenfach und breitete sie auf dem Lenkrad aus. Nach einer Weile hatte er Flen gefunden. Wo Helgesta lag, würde er in Flen schon erfahren. Er schaute auf die Uhr. Es war kurz vor fünf. Wenn er jetzt nicht nach Flen fuhr, würde er nach einem kurzen Besuch bei seiner Mutter den ganzen Abend zu Hause sitzen, aber Flen lag nicht in seinem Zuständigkeitsbereich. Wenn er jedoch die dortige Polizei anrief, würde er nur den Bescheid erhalten, man würde sich nächste Woche darum kümmern, jetzt sei Freitagabend und alle wollten nur so schnell wie möglich nach Hause zu ihren Familien. Die Krabben wären bereits gepult und der Wein gekühlt. Aber was wäre, wenn Annie Landers letzte Notiz vor ihrem Verschwinden doch etwas zu bedeuten hatte? Dann war er der Held. Er legte die Landkarte auf den Beifahrersitz, ließ den Motor an und spürte, wie sein Adrenalinspiegel stieg. Er betrachtete den Notizbucheintrag. Annie Lander hatte vielleicht den Samstag nach ihrem Verschwinden gemeint. Oder den 17., den Dienstag drei Tage davor. Aus irgendeinem Grund hatte sie den falschen Wochentag erwischt. Aber das spielte jetzt keine Rolle. Wenn er erst einmal dort war, würde er schon eine Erklärung finden. Er musste sich beeilen, denn sonst kam er vielleicht zu spät.

5

Max schlug die Augen auf. Es war stockdunkel, und nur der Geruch von Holz verriet, dass er auf dem Rücken am Boden lag. In seinem Schädel rumorte es, und in seinem Mund schien etwas gestorben und dann dort liegen geblieben zu sein. Stechende Schmerzen durchzuckten seinen Kopf und lösten Übelkeit aus, sobald sie an die Schädeldecke stießen. Sein Haar war verschwitzt. Max hätte nicht sagen können, ob er eine oder vierundzwanzig Stunden lang bewusstlos gewesen war. Er erinnerte sich an die Autofahrt, den Whisky auf dem Sofa, daran, wie er zu Boden gestürzt war. Er war betäubt worden. Der Mann hatte gewusst, wer er war und was er wollte. Max holte tief Luft und drehte sich auf den Bauch. Es roch nach Erbrochenem, und er spürte seinen Mageninhalt zwischen den Fingern.

Er richtete sich auf, rutschte auf den Knien ein Stück nach rechts und stieß an eine Wand. Er machte kehrt und kroch auf allen vieren in die Gegenrichtung. Seine Hände berührten etwas. Da lag jemand. Eine Frau. Sie war nackt. Sein Puls beschleunigte. Er erhob sich und machte einen großen Schritt über den Körper hinweg auf die nächste Wand zu. Er tastete nach einer Türklinke oder einem Lichtschalter, während er der

Wand im Uhrzeigersinn folgte. Schließlich spürte er einen Schalter unter den Fingern. Als er ihn betätigte, ging die Deckenlampe an, der Strom setzte seinen Weg ins Untergeschoss fort. Seit dreißig Jahren funktionierte dieses alte, schlichte Alarmsystem einwandfrei. Sobald die Beleuchtung in dem Zimmer, in dem Max erwacht war, eingeschaltet wurde, leuchtete an der Wand in der leeren Küche ein Lämpchen auf.

Max befand sich in einem zwanzig Quadratmeter großen, schmalen Zimmer mit Dachschräge. An einer Wand stand eine Kommode. Darauf lag eine aufgeklappte Ledertasche mit etlichen Glasampullen, die das Licht von der Glühlampe an der Decke reflektierten. Am anderen Ende des Zimmers stand eine Videokamera auf einem Stativ. In der Wand mit dem Lichtschalter befand sich die klinkenlose Tür. In der Mitte des Zimmers lag Annie mit gefesselten Armen und Beinen nackt auf dem Rücken. Ihr schöner, weißer Körper, neben dem er so oft gelegen hatte. Er hat eine andere Form angenommen, dachte er, als er neben ihr kniete, um nachzufühlen, ob sie noch lebte. Ihr Körper sah geborsten aus wie der einer Porzellanpuppe, die immer wieder zerbrochen und wieder zusammengeleimt worden war. Ihre wunderbaren Wimpern waren blutverklebt, und ihr Mund stand offen. Blut war von der Nase hineingelaufen und auf der Lippe und auf einem Schneidezahn getrocknet. Max beugte sich über sie und weinte, und aus seiner Nase und seinen Augen tropfte es auf ihren Bauch. Aber in seinem Innern herrschte vollkommene Leere, dort waren die Gefühle versiegt. Sein Inneres war tot und karg wie die Wüste von Nevada nach einem Atomwaffentest. Max beugte sich ganz nah über Annies Gesicht und sagte ihren Namen, aber sie antwortete nicht. Dann legte er seine Hand an ihren Hals, um ihren Puls zu fühlen. Ihr Herz schlug. Schwach, aber es schlug. Dann legte er ihr die Hand auf den Bauch, um zu fühlen, ob sich Mingus regte, aber alles war still. Annies Haut war kühl. Sonst war sie doch immer so warm.

«Annie», flüsterte er. «Hörst du mich?» Nichts.

Er schaute sich um. Er musste etwas finden, womit er ihre Fesseln durchschneiden konnte. Er stand auf und ging zu der Kommode. Die Ledertasche war, abgesehen von den Ampullen, leer. Er hielt eine davon gegen das Licht. Vermutlich hatte Annie dasselbe Mittel bekommen wie er. Max zog die Kommodenschubladen heraus, aber alle waren leer. Dann ging er zur Tür und presste sein Ohr dagegen. Er hörte nichts. Vielleicht war die Tür zu dick, aber das spielte keine Rolle. Er musste jetzt unbedingt etwas zum Schneiden finden. Er lehnte sich gegen die Tür und drückte sie sacht auf. Vorsichtig schaute er durch den Spalt. Der Raum, vermutlich ein Arbeitszimmer, stand leer. Die Lampe an der Decke blendete ihn, und er hielt sich eine Hand vor die Augen, während er sich nach einem scharfen Gegenstand umsah. Dann ging er zum Schreibtisch und zog die Schubladen heraus, in denen sich Papiere, Fotos, Stifte und ein recht stumpfer Brieföffner befanden. Max ließ den Blick über die Regale wandern, die die Tür zu dem Zimmer verbargen, in dem er aufgewacht war. Nichts.

Da fiel ihm plötzlich etwas ein. Er schob die Hand in seine Unterhose. Sein Autoschlüssel war noch dort. Er kehrte zu Annie zurück, kniete sich neben sie und begann, die Kabelbinder, mit denen Annie gefesselt war, aufzusägen. Nach etwa einer Minute hielt er inne. Der Kabelbinder hatte eine kleine Kerbe. Wenn er zu zwei Dritteln durch war, würde er ihn durchreißen können. Er brauchte eine Viertelstunde, um den ersten Kabelbinder durchzusägen. Beim zweiten ging es schon schneller.

«Wir müssen hier weg, Liebes», flüsterte er und machte sich an den Kabelbindern an ihren Fußgelenken zu schaffen. «Ich bringe uns in Sicherheit.»

Nachdem er den letzten Binder gekappt hatte, schleifte er Annie ins Arbeitszimmer.

«Annie», flüsterte er und strich ihr die Haare aus dem Gesicht. «Hörst du mich?»

Ihr Brustkorb hob und senkte sich langsam. Adrenalin schoss Max in die Adern. Er brauchte etwas, womit er sie tragen konnte. Es gab aber nichts, was er hätte um sie legen können.

Er lauschte an der Tür, dann legte er eine Hand auf die Klinke. Abgeschlossen. Er schaute durch das Schlüsselloch. Der Schlüssel steckte. Diese Tür stellte den einzigen Fluchtweg dar. Um sie zu öffnen, wollte er eine Methode anwenden, die er kurz vor seinem zehnten Geburtstag erlernt hatte. Er zog das größte Buch, das er finden konnte, einen Bildband im A3-Format, aus dem Regal und riss zwei Seiten heraus. Dann schob er die Buchseiten nebeneinander durch den Spalt unter der Tür, brachte den Autoschlüssel in das Schlüsselloch, begann behutsam, den Türschlüssel hinauszuschieben, und konnte dabei nur hoffen, dass er auf einer der beiden Buchseiten landete.

Endlich fiel der Schlüssel aus dem Schloss und landete mit leisem Klirren auf dem Boden. Er spähte durch den Spalt unter der Tür. Der Schlüssel lag, wo er liegen sollte. Fünfzehn Sekunden später hatte er ihn zu sich herangezogen und die Tür aufgeschlossen. Er öffnete sie einen Spaltbreit, und sein Blick fiel auf eine Diele mit grünem Teppichboden, von der aus eine Treppe ins Untergeschoss führte. Max wartete einen Augenblick. Er musste Annie tragen, erst die Treppe hinunter, dann zum Auto. Und dann nichts wie weg. Auf einem Stuhl neben dem Treppengeländer lag eine Decke. Mit Mühe gelang es ihm,

Annie in diese Decke zu wickeln. Er küsste sie auf Stirn und Wangen und beugte sich zu ihr hinunter, um sie hochzuheben, aber sie glitt ihm aus den Armen.

«Du musst mir helfen, Liebling. Hörst du mich?»

Er küsste sie vorsichtig auf den Mund, sie öffnete die Augen und sah ihn an. Ihm begegnete ein Blick, den er nicht kannte.

«Du bist hier», flüsterte sie fast unhörbar.

Er nickte und konnte nur mit Mühe seine Tränen zurückhalten.

«Wir hauen hier ab», sagte er. «Wir fahren nach Hause. Wir drei. Erinnerst du dich?»

Sie versuchte etwas zu sagen, aber er legte ihr einen Finger auf die Lippen. «Wir müssen jetzt hier weg, Liebling. Versuch dich zu entspannen. Hast du große Schmerzen?»

Ihre Glieder waren vollkommen kraftlos, und sie hatte ihre Augen wieder geschlossen. Er knotete die Decke über ihrer Brust zusammen und hob sie hoch.

Er strich ihr eine Haarsträhne aus dem Gesicht und tastete nach dem Puls an ihrem Hals.

«Alles wird gut, Annie. Wir sind jetzt auf dem Weg nach Hause. Du und Mingus und ich.»

Er hörte nicht, wie sich die Tür hinter ihm öffnete, sondern spürte nur den Schlag auf seinem Kopf. Die Haut platzte auf, Annie rutschte aus seinen Armen, und sie stürzten beide zu Boden. Sein Blut vermischte sich mit ihrem.

«Wohin des Weges?», fragte Göran.

Ein anderer Mann lachte.

Max registrierte Schritte. Dann wurden er und Annie von den beiden Männern über den Boden geschleift.

6

Als Henrik Olssons Telefon klingelte, streckte er seine Hand danach aus und freute sich, dass er ein schnurloses gekauft hatte, denn so konnte er auf der Couch sitzen bleiben, telefonieren und dabei das Mädchen betrachten, dass gerade seinen Penis im Mund hatte. Einige Abende zuvor hatte er ihre Telefonnummer erhalten und sie nun zum Mittagessen eingeladen. Anschließend waren sie in seine Kanzlei am Karlaplan gegangen und hatten nicht viel Zeit mit Konversation verschwendet. Er hatte ihr die Aussicht und die Bilder an den Wänden gezeigt und mit dem vielen Geld angegeben, das er verdiente. Dann hatte er sie gefragt, ob sie mit ihm schlafen wolle. Sie hatte ihn kichernd zur Couch gezogen. Dort hatte er vor genau drei Minuten mit aufgeknöpfter Hose Platz genommen.

«Henrik Olsson», sagte er und bedeutete dem Mädchen weiterzumachen.

«Hier ist Ranko.»

«Hallo, Kumpel. Womit kann ich dienen?»

«Dein Typ hat sich aus dem Staub gemacht. Avram, ein Freund und ich sind ihm gefolgt. Was sollen wir jetzt machen?»

«Scheiße», sagte Olsson, setzte sich aufrechter hin und legte dem Mädchen eine Hand auf den Kopf. «Wo seid ihr?»

«Auf dem Land.»

«Wo?»

Ranko wandte sich an Avram und fragte auf Serbisch: «Wo sind wir?»

«Irgendwo in der Gegend von Gnesta», antwortete Avram.

Ranko gab die Information weiter. «Er ist in ein Haus gegangen, und sein Auto steht vor der Tür. Er versteckt sich.»

«Dieser verdammte Schwachkopf! Ich wusste es. Klopft an und teilt ihm mit, dass er wieder in seine Wohnung zurückkehren und sich nicht vom Fleck bewegen soll.»

«Und wenn er sich weigert?»

Das Mädchen baute sich vor ihm auf und zog sich ihr Kleid über den Kopf.

«Du, Ranko, ich kann jetzt nicht reden. Geh zum Haus und sag ihm, er soll mitkommen. Wenn er nicht will, dann lass dir halt was einfallen.»

Ranko behielt das Telefon in der Hand und sah Avram an.

«Was hat er gesagt?», fragte Avram.

«Ich glaube, er hat gerade gefickt.»

«Mir ist scheißegal, was er gerade macht», erwiderte Avram und schlug Ranko mit der flachen Hand auf den Kopf. «Ich will nur wissen, was wir machen sollen?»

«Anklopfen und ihn mitnehmen.»

«Na, dann los», meinte Avram und öffnete die Beifahrertür. «Bleibt sitzen, dann sage ich unserem Freund mal die Meinung.» Avram stieg aus, und die beiden anderen sahen ihm nach. Plötzlich verließ er die Auffahrt, um an einen Baum zu pinkeln.

«Verdammt», sagte Ranko, als Avram eine Minute lang dort gestanden hatte. «Wie lange sollen wir denn noch hier im Wald rumsitzen? Wenn er sich so viel Zeit lässt, dann mach ich's eben selbst.»

«Er hat gesagt, dass wir im Auto warten sollen», sagte Djordje von der Rückbank.

Ranko öffnete die Fahrertür und stieg aus. Dann schaute er noch einmal in den Wagen und sagte zu Djordje: «Du bleibst im Auto und gehst ans Telefon, wenn es klingelt.» Er schloss die

Tür und joggte auf das Haus zu. Er legte eine Hand an die Schläfe und spürte seinen Puls. Dann tastete er mit der schweißnassen Hand nach der Pistole. Er kniff die Augen zusammen und versuchte, in der Dunkelheit etwas zu erkennen. Nur das Geräusch seiner Sohlen auf der Wiese war zu hören. Hinter den Fenstern regte sich nichts. Er nahm die Treppe mit zwei großen Schritten und klingelte. Niemand öffnete. Er klopfte drei Mal. Hinter seinem Rücken hörte er Avram, der nicht mehr pfiff. Wahrscheinlich schüttelt er ihn gerade ab und hadert damit, dass er so alt und langsam ist, dachte Ranko grinsend. Er drehte sich rasch um und sah, dass Djordje in seine Richtung gestikulierte, aber er begriff nicht, was er ihm mitteilen wollte. Als er sich wieder der Tür zuwandte, wurde der Schlüssel im Schloss gedreht, und Ranko fasste seine Pistole fester. Die Tür wurde geöffnet.

Sie starrten sich an.

Drei Sekunden, die beiden wie eine Ewigkeit vorkamen, verstrichen.

«Was willst du denn hier?», fragte Göran Theorin.

Ranko Jozak hatte diesen Mann schon einmal gesehen.

Ranko Jozak wusste plötzlich, wen er vor sich hatte. Vitomirs Polizist.

Ranko Jozak war klar, dass sie eigentlich nicht beide gleichzeitig in diesem Wald sein sollten, er und der Perverse, der den Tod verdient hatte.

Ranko Jozak wusste, dass hier etwas faul war, so richtig faul, und wollte seine Pistole ziehen. Aber noch ehe der Lauf seine Jacke verlassen hatte, zückte Göran Theorin den Revolver, den er hinter seinem Rücken versteckt hatte, und feuerte eine Kugel ab, die über Rankos rechtem Auge in die Stirn drang und ihm seinen Hinterkopf wegsprengte. Er war bereits tot, ehe die Reste seines Schädels auf der Erde auftrafen. Seine Pistole war ihm aus der Hand geglitten und auf den halbkreisförmig angeordneten Steinplatten vor der Treppe gelandet. Sein linker Fuß zuckte, als Göran Theorin einen Schritt über ihn hinweg machte.

7

Munkenberg hielt an einer Tankstelle in Gnesta und fragte den Mann an der Kasse nach dem Weg zum Gutshof Töversta in Helgesta. Er antwortete erst einsilbig, wurde dann aber mitteilsamer, als ihm Munkenberg seinen Ausweis unter die Nase hielt.

«Sind Sie im Dienst?», fragte der Mann erstaunt.

Munkenberg legte einen Finger an die Lippen und schaute sich um. Bis auf einen Mann am Zeitungsständer war die Tankstelle leer. «Ich kann nur so viel sagen, dass es wichtig ist», antwortete er, woraufhin der Mann an der Kasse rasch einen Zettel hervorholte und den Weg skizzierte. Dabei murmelte er noch etwas über Zigeuner, die Benzin stahlen und mit einem Messer zwischen den Zähnen in seinen Laden kamen und alles einsteckten, was ihnen gefiel. Munkenberg nickte verständnisvoll, zahlte und ging. Verdammte Bauern, dachte er, als er wegfuhr. Wenn die Zigeuner ihre größte Sorge sind, dann haben sie wirklich nichts kapiert.

8

Zu spät sah Avram Ranko auf der Treppe stehen. Er blickte erst auf, als die Tür geöffnet wurde und Licht ins Freie fiel. Dann schien sich alles wie in Zeitlupe zu ereignen. Der Mann in der Tür war nicht der Typ, dem sie gefolgt waren. Er zog einen Revolver, und Rankos Kopf explodierte. Avram zog seine Waffe und ging in die Hocke. Der Mann in der Tür hatte ihn nicht gesehen und begann, auf ihr Auto zuzugehen. Avram registrierte eine Bewegung an einem Fenster im Obergeschoss. Der Mann hob den Arm und schoss auf das Auto. Die Kugeln durchschlugen die Windschutzscheibe, und Djordje duckte sich auf dem Rücksitz. Der Mann hatte nun den Wagen fast erreicht. Avram sah nochmals zum Fenster im Obergeschoss hinauf. Nichts. Entweder war jemand vom Fenster zurückgetreten, oder er war auf dem Weg nach unten. Der Mann, der Ranko erschossen hatte, zielte erneut, um auch wirklich zu treffen, mit ausgestrecktem Arm ins Dunkel und bewegte sich dabei nicht. Avram trat einen Schritt vor, ging wieder in die Hocke und stützte sich mit dem Ellbogen auf seinem Knie ab. Er traf den Mann zwischen den Schulterblättern. Die Wirbelsäule gab nach, wie ein Zweig, der unter seiner Schneelast bricht. Der Mann fiel nach vorn, vollführte im Fallen eine halbe Umdrehung und prallte gegen das Auto. Sein Blick wanderte zur Treppe und schien jemanden zu suchen. Avram behielt seine Position bei und schoss ein weiteres Mal. Das Projektil durchschlug den Hals und blieb im linken Kotflügel stecken. Blut sprudelte stoßweise auf die ausgestreckten Beine des Mannes und in den Kies. Er sackte leblos zur Seite.

«Djordje», rief Avram. «Alles okay?»

«Ja», ertönte eine dumpfe Stimme aus dem Auto. «Kann ich rauskommen?»

Avram sah zum Haus hinüber. Keine Bewegung. Er zielte über Ranko hinweg auf die Tür. «Steig auf der anderen Seite aus und ziel auf die Tür.»

Djordje öffnete die rechte hintere Tür und kroch aus dem Wagen. Dann duckte er sich und zielte auf die Haustür. «Was zum Teufel ist passiert?»

«Der Tote hat Ranko erschossen. Aber da ist noch einer im Obergeschoss.»

«Unser Typ?»

«Ich weiß nicht.»

«Was sollen wir machen?»

«Ranko ist tot. Nimm das Telefon und ruf Vitomir an.»

«Verdammt», rief Vitomir und bedeckte seine Augen mit einer Hand. Er saß in seinem kleinen Büroraum im Restaurant. Avram schwieg am anderen Ende. Der Barkeeper hatte den Aufschrei gehört und erschien in der Tür.

«Alles okay?»

Vitomir blickte auf und sah den Barkeeper durchdringend an. «Hast du eine Waffe?»

«Du hast immer gesagt, dass …»

«Ich weiß, was ich gesagt habe, verdammte Scheiße», brüllte Vitomir. «Aber jetzt brauche ich eine Waffe! Kannst du mir die besorgen oder nicht?»

Die Unterlippe des Barkeepers zitterte. «Ich habe keine.»

«Ruf Henrik Olsson an. Sag ihm, er soll herkommen. Er hat fünf Minuten, sonst bringe ich ihn um. Jetzt!»

Vitomir schlug mit dem Hörer auf den Tisch und hielt ihn wieder ans Ohr. «Avram, was zum Teufel ist passiert?»

«Ranko hat angeklopft, ein Mann hat aufgemacht und ihn sofort erschossen, ohne eine einzige Frage zu stellen. Er hat noch etwas gesagt, aber ich habe nicht gehört, was.»

«Und wer war der Mann?»

«Das wissen wir nicht. Er ist tot.»

«Ist außer dem Typen, den ihr verfolgt habt, sonst noch jemand dort?»

«Im Obergeschoss hat sich etwas bewegt, aber ich weiß nicht, ob er das war. Was ist jetzt, Vito? Sag mir, was wir jetzt tun sollen!»

«Warte kurz.» Vito legte den Hörer auf den Schreibtisch. Er musste sich sammeln. Ihre Mutter. Was würde sie sagen? Reiß ihn nicht mit ins Verderben, hatte sie gesagt. Er ist ein guter Junge. Ich verspreche, einen Mann aus ihm zu machen, Mama. Ich kümmere mich um ihn. Mama, hier ist Vitomir, Ranko ist tot.

Vitomir nahm einen Eiswürfel aus der Schale neben seinem Bierglas und schob ihn in den Mund. Er kaute, bis er sich aufgelöst hatte. Dann schloss er die Augen, lehnte den Kopf zurück und atmete durch die Nase. Nicht zum ersten Mal sah er sich mit einer unerwarteten Situation konfrontiert, die auf einen plötzlichen Todesfall zurückzuführen war. Dabei war es allerdings nie um seinen kleinen Bruder gegangen, aber er hatte keine Veranlassung, sich jetzt anders zu verhalten als sonst. Er hatte etliche Freunde verloren und war dadurch gezwungen worden, gewisse Richtlinien zu entwerfen, nach denen vorzugehen war. Er trommelte kurz mit den Fingern auf den Tisch und griff wieder zum Hörer.

«Avram, hörst du mich?»

«Sag, was ich tun soll.»

«Eine oder mehrere Personen sind noch im Haus.» Vitomir

spürte, wie das Adrenalin durch seine Adern schoss. «Eine von ihnen ist an Rankos Tod mitschuldig. Töte alle. Alle. Geh kein Risiko ein. Und sorg dafür, dass niemand in einem offenen Sarg beigesetzt werden kann. Bring Ranko zum Hausarzt, wenn du fertig bist. Wir sehen uns dort.»

Avram gab Djordje eine Uzi aus dem Kofferraum. «Vitomir sagt, kein Risiko eingehen.»

Sie durchsuchten das Untergeschoss. Auf dem Küchentisch stand Essen. In einem kleinen Zimmer neben dem Esszimmer stand ein Fernseher. Die Glut im offenen Kamin spendete immer noch Wärme. Sie hörten nichts als den Wind, das Knacken in den Wänden und das Ticken der Küchenuhr. Wer sich außer ihnen noch im Haus befand, rührte sich nicht.

«Ich hab oben was gesehen», flüsterte Avram und ging Richtung Treppe. «Er hat uns sicher schon gehört. Sobald sich etwas regt, schießt du. Bloß kein Risiko eingehen. Er hatte viel Zeit, sich vorzubereiten, falls er bewaffnet ist.»

Sie schlichen die Treppe hinauf, und Avram zielte mit seiner Waffe über Djordjes Kopf hinweg, bis sie in der Diele im Obergeschoss standen. Im schwachen Licht der Wandlampen erkannten sie eine etliche Zentimeter breite, dunkelbraun rötliche Spur auf dem Teppich, die unter einer Tür verschwand. Avram befühlte sie mit einem Finger, den er dann Djordje hinhielt.

«Frisches Blut.» Er fuhr mit der Hand über den Teppich, hielt inne und hob etwas auf. «Und ein ausgeschlagener Zahn. Hier wurde gekämpft.»

Avram deutete auf die Tür. Djordje ging an ihr vorbei, während sich Avram an die Wand lehnte und bis drei zählte. Dann drückte er die Klinke hinunter und schob die Tür auf. Schweigend hielten sie inne. Avram schaute in das Zimmer. Leer. Die feuchte Blutspur verlief über die Bohlen auf eine Regalwand zu und nahm dort ein jähes Ende. Avram und Djordje traten gleichzeitig ins Zimmer. Eine Weile starrten sie auf das Regal. Avram spähte durch das Fenster nach draußen, wo Ranko immer noch lag.

«Es war dieses Fenster», sagte er. «Jemand hat sich hier bewegt.»

«Jetzt scheint er aber nicht mehr da zu sein», erwiderte Djordje. «Vielleicht ist er durch eine Hintertür entkommen.»

Avram schrie: «Scheiße!»

Vitomir würde ihn mit bloßen Händen erwürgen, wenn der Schuldige entkam. Er hätte einfach nicht erwähnen dürfen, dass er noch jemanden gesehen hatte. Nichts von dem hier hätte geschehen dürfen. Er musste unbedingt noch eine Leiche vorweisen können.

9

Annies Atemzüge hallten in ihrem Kopf wider. Sie öffnete das linke Auge. Das rechte blieb geschlossen. Die Reibung von Augenlid und Auge klang wie Schmirgelpapier auf Holz. Sie versuchte vergebens, den rechten Arm zu bewegen. Die Kälte des Fußbodens durchdrang ihren Körper. Ein beißender Geruch stieg ihr in die Nase. Max war nicht mehr da. Vielleicht lag er aber auch so, dass sie ihn nicht sehen konnte. Vielleicht war er auch gar nicht da gewesen. Etwas weiter entfernt stand ein Mann, den Rücken ihr zugewandt. Er schien eine Waffe in der Hand zu halten, die gegen die Wand gerichtet war. Sein Kopf war von Licht umgeben, und Annie dachte, dass er vor einem kleinen Fenster stand, durch das Licht einfiel. Er war einer der beiden Männer. Sie hatte ihre Gesichter nicht gesehen, aber gemerkt, dass es zwei waren. Sie versuchte, Max' Namen zu sagen, aber sie brachte keinen Laut über die Lippen. Sie versuchte, die Aufmerksamkeit des Mannes auf sich zu lenken, aber ihre Stimme wollte ihr nicht gehorchen. Was tun Sie mit uns und unserem Kind?, wollte sie schreien. Ihr Schweigen kam ihr wie Verrat vor, schlimmer als der Tod. Langsam drehte sie den Kopf zur Seite. Sie hörte Geräusche, die nicht von dem Mann an der Wand stammten, sah aber niemanden. Einen halben Meter von ihrem Kopf entfernt stand eine Bierdose. Die Männer hatten nach Bier gestunken. Sie hätte gerne die Dose gepackt, sie zu einem Messer geformt und es beiden Männern in die Brust gerammt. Sie streckte ihre Hand danach aus. Ihr linker Arm war steif, ließ sich jedoch bewegen. Ihr fehlten nur noch ein paar Zentimeter. Sie rutschte ein wenig näher, unternahm einen neuen Versuch und konnte die Dose mit dem Mittelfinger berühren. Annie rutschte noch ein paar Zentimeter weiter und versuchte, die Dose mit zwei Fingern zu greifen. Sie war halb leer, von außen beschlagen und rutschte Annie aus der Hand. Die Dose fiel zu Boden und rollte ein kleines Stück. Als Annie aufblickte, hatte sich der Mann umgedreht und sah sie mit aufgerissenen Augen an. Ihre Blicke trafen sich. Eine Tausendstelsekunde schien die Welt stillzustehen. Sie erkannte ihn. Sie wusste, wer er war. Sie kannten einander. Und er wusste, dass sie es wusste. Er wollte etwas sagen, aber sein Körper wurde von kleinen Explosionen erschüttert, wobei das Blut so heftig aus ihm herausspritzte, dass es wie ein warmer Regen auf ihrem Gesicht landete. Ein Kugelhagel riss den Mann herum und zerfetzte sein Hemd, das sich rot verfärbte.

Staub von zerfetzten Buchseiten und der Geruch von frischem Blut hingen in der Luft. Die Wand mit dem Bücherregal war von Kugeln durchsiebt. In der Mitte hatte sich die Tür einer Geheimkammer aufgetan.

Der Mann, der in der Kammer gewesen war, lag auf dem Bauch vor ihnen. Avram legte ihm zwei Finger an den Hals, ehe er ihn umdrehte. Der Tote war fast in der Mitte durchtrennt worden, aber Gesicht und Kopf waren unverletzt. Avram setzte ihm die Mündung seines Revolvers an die Wange, um sein Versprechen Vitomir gegenüber zu erfüllen, doch Djordje unterbrach ihn.

«Was soll der Scheiß?», fragte er, ohne eine Antwort zu erwarten.

In der Geheimkammer hinter dem Bücherregal lag eine Frau. Ein Stück von ihr entfernt lag der Typ. Beide waren von Blut überströmt, dessen Ursprung nicht auszumachen war. Die Menge ließ darauf schließen, dass beide tot waren. In dem Raum stand eine Videokamera auf einem Stativ. Avram betrat mit gerümpfter Nase langsam den Raum und trat einen raschen Schritt beiseite, als sich ein Rinnsal Blut seinen Schuhen näherte.

«Was ist hier los?», fragte er und deutete auf den Boden. Er ging in die Hocke und prüfte den Puls der Frau. Dann ging er zu dem Typen. Er sah Djordje an und zuckte mit den Achseln.

«Ich weiß nicht. Ich spüre nichts. Vielleicht ganz schwach. Vermutlich für alles zu spät, aber wenn wir zum Hausarzt wollen, müssen wir uns beeilen. Besser, dass sie am Leben bleiben, solange wir nicht wissen, was passiert ist.»

Avram ging zu der Kamera, nahm die Kassette heraus und schob sie in die Innentasche seiner Jacke. «Wir tragen die beiden raus», sagte er, «legen sie und Ranko in die Autos und fahren mit beiden Autos zurück. Du nimmst die Frau und ich den Typen.»

Djordje betete ein stilles Vaterunser. «Was ist das hier?», fragte er. «Was haben die mit ihnen gemacht?»

Avram schüttelte den Kopf.

Djordje trug Annie die Treppe hinunter. Avram legte sich Max über die Schulter und blieb einen Augenblick vor dem Mann am Boden stehen, griff mit seiner freien Hand nach seiner Pistole und schoss ihm den Unterkiefer weg. Dann legte er Max vorsichtig ab und nahm ein Messer aus der Jacke.

«Für Ranko», sagte er und betrachtete den skalpierten Kopf des Mannes. Er hob Max wieder auf seine Schulter und ging zur Treppe.

10

Im Nachhinein konnte Munkenberg nicht genau sagen, warum er sich das Kennzeichen des zweiten Wagens notiert hatte, der ihm auf dem privaten Zufahrtsweg nach Töversta entgegengekommen war. Wahrscheinlich war er ihm zu schnell gefahren. Jemand hatte es eilig wegzukommen. Eiliger, als es abends auf einer Landstraße im dunkelsten Sörmland üblich war. Ein beiger Toyota mit dem Kennzeichen ONO 430 oder ONO 480. Genau konnte er das nicht erkennen, denn er hatte eine leichte Sehschwäche und trug keine Brille. Aber diese Angaben genügten, um ein Fahrzeug und dessen Besitzer ausfindig zu machen.

Er hätte sich die Nummer gar nicht aufzuschreiben brauchen, denn die Erinnerung brannte sich in sein Gedächtnis ein, als er die Auffahrt erreichte und im Scheinwerferlicht die Leiche Göran Theorins im Kies erblickte. Munkenberg erkannte ihn sofort am Profil. Er sah, dass sein Hemd blutgetränkt und sein Kopf seltsam verdreht war. Er war mausetot. Was zum Teufel hatte Theorin hierhergeführt?

Die Haustür schlug im Wind, und Munkenberg zuckte auf seinem Weg vom Auto, an Theorin vorbei, zum Haus jedes Mal zusammen. Er zog seine Waffe und hielt sie fest umklammert. Nur eine Lampe neben der Tür spendete schwaches Licht. Vielleicht stand da jemand in der Dunkelheit und richtete eine Pistole auf ihn. Jederzeit konnte sein Adamsapfel explodieren. Geduckt eilte er ins Haus. Mit rasendem Puls durchsuchte er das Erdgeschoss. Rasch um jede Ecke in jedes Zimmer, wie er es auf der Polizeischule gelernt hatte.

Im Obergeschoss blieb er wie angewurzelt auf der Türschwelle stehen. Er fühlte sich, als hätte er einen Schlag auf den Kopf erhalten. Eine vollkommene Leere breitete sich in ihm aus. Vor ihm lag die zerschossene Leiche von Kay Orha.

Munkenberg hatte noch nie einen Toten, geschweige denn einen halbierten, gesehen. Orhas Schädel leuchtete rot. Der Täter hatte ihn skalpiert und seine Beute wie ein wildes Tier auf den Boden geworfen. Auf dem Tisch neben dem Telefon lag eine handgeschriebene Mitteilung. Ein Geständnis, das nicht unterschrieben, sondern mit blutigen Fingerabdrücken übersät war, die ihm die Schwammdrucktapeten seiner Mutter in Erinnerung riefen. Munkenberg las es, setzte sich und dachte, dass jetzt alles einen Sinn ergab. Er hatte das Gefühl, eine spitze Gabel verschluckt zu haben. Er griff zum Telefon und wählte die Notrufnummer. Wie zum Teufel waren Orha und Theorin hierhergeraten? Hatten sie auf eigene Faust nach Annie Lander gesucht und waren dabei diesem verdammten Irren in die Hände geraten?

Borg hatte recht, dachte Munkenberg, während er in den Hörer lauschte, aber ich werde die Ehre dafür einheimsen. Der Mörder hat Jack the Ripper nachgeahmt. Munkenberg hätte das schon viel früher begreifen müssen, aber egal, er begriff es jetzt. Ein schwedischer Serienkiller. Das würde sich gut in seinem Lebenslauf machen. Als erste Streife bei der noch warmen Leiche Olof Palmes eingetroffen zu sein war nichts dagegen! Ihm war ein Sechser im Lotto geglückt!

Alles passte. Wenn er bei Max Lander anrief, würde niemand drangehen. Max Lander hatte einen Toyota, und der würde nicht vor seiner Wohnung stehen. Wenn die Fingerabdrücke auf dem Brief von Lander stammten, war er der Mörder, den er, Thomas Munkenberg, überführt hatte.

Der Anruf ging bei der Notrufzentrale in Eskilstuna um 18.23 Uhr ein. Eine Männerstimme ertönte, deren Erregtheit nicht zu entnehmen war, ob sie Ausdruck unendlichen Glücks oder unendlichen Schreckens war.

«Kriminalinspektor Munkenberg, Kripo Norrmalm. Ich fordere Verstärkung an. Zwei Polizisten sind erschossen worden. Ich wiederhole: Zwei Polizisten sind erschossen worden.»

«Okay. Was ist passiert?»

«Zwei Polizisten sind erschossen worden. Ich brauche zwei Krankenwagen.»

«Und wo befinden Sie sich?»

«Töversta-Gutshof in Helgesta zwischen Gnesta und Flen.»

«Sagten Sie, zwischen Gnesta und Flen?»

«Ja. Am Båven, dem See Båven.»

«Sagten Sie zwei Erschossene? Gibt es Verletzte?»

«Nein. Schreiben Sie einen beigen Toyota mit dem Kennzeichen ONO 430 oder ONO 480 zur Fahndung aus. Er gehört dem Täter.»

«Und bei den Erschossenen handelt es sich um Polizisten?»

«Ja, zwei Polizisten sind ermordet worden.»

11

Als er am Abend mit Avram bei dem Hausarzt in einem Zimmer saß, dachte Vitomir, dass Ranko sich für dieses Leben entschieden hatte. «Er wusste, dass so was passieren konnte», sagte er und sah Avram an. «Stimmt's?»

Avram nickte. Rankos Leiche lag im Nebenzimmer. Seine Mutter würde Ranko nicht anschauen dürfen, ehe sie ihn begruben. Sein Kopf glich einer dünnen Maske mit zahllosen Rissen.

«Wenn man nicht aufpasst, kann so was passieren», fuhr Vitomir fort. «Das wusste er. Er wollte diese Risiken eingehen. Das hier hatte er gewählt.»

Avram nickte. «Hast du mit deiner Mutter geredet?»

Vitomir schüttelte den Kopf. «Noch nicht.» Er stand auf und trat ans Fenster. «Ich werde seinen Leichnam nach Belgrad bringen und ihm dort ein richtiges Begräbnis geben. Dann bleibe ich eine Weile dort.» Er drehte sich um. «Wir fahren in ein paar Tagen. Ich vereinbare einen Termin mit Božko. Jetzt ist Schluss mit dem ganzen Kleinkram, Avram. Restaurantbesitzern ein paar schlappe hunderttausend abzupressen lohnt nicht. Jetzt konzentrieren wir uns auf das große Geschäft. Wir werden der größte Importeur Nordeuropas. Die fette Kohle kommt angerollt.» Vitomir sah Avram aus blutunterlaufenen, müden Augen an. «Big time, Avram.» Er nahm wieder Platz. «Bevor wir fahren, will ich, dass du herausfindest, wer in diesem Haus war, wem es gehört und was den Typen und das Mädchen dorthin geführt hat. Vielleicht war das alles ein Zufall. Vielleicht auch nicht. Erkundige dich, wie der Typ an Henrik Olsson geraten ist. Frag unsere Leute bei der Polizei. Sag Milan, er soll uns einen Videorekorder besorgen, damit wir die Kassette anschauen können. Vielleicht sehen wir dann etwas klarer und können einen Beschluss fassen.»

«Was für einen Beschluss?», erwiderte Avram unsicher.

«Wen es erwischt», antwortete Vitomir Jozak, strich sich mit der Hand über die Wange und starrte in die Luft. «Bevor Ranko im Sarg liegt, beißt noch einer ins Gras. Wir müssen nur noch entscheiden, wer.»

JÄGER UND GEJAGTER

1

Zwei Polizeibeamte waren getötet worden. In einer Nachrichtensendung im Fernsehen hieß es, es handelte sich dabei um die ersten Polizistenmorde in Schweden, seit Holger Pohjanen 1984 in Gällivare erschossen worden war. Ein Psychiater des Karolinska Institutet äußerte sich: «Wenn ein Polizist gewaltsam zu Tode kommt, so geschieht dies meist während eines Zugriffs, beispielsweise wenn er eine gewalttätige Person bei einem Verbrechen überrascht. Bei einem Mord an einem Polizisten kann es sich auch um Rache an einem einzelnen Beamten oder an der Polizei als Ganzes handeln. In gewissen kriminellen Kreisen ist der Hass auf die Polizei sehr ausgeprägt, und es kann sogar vorkommen, dass ein Polizist ermordet wird, weil dadurch das Ansehen des Täters erhöht wird.»

Blutproben aus dem Haus waren an das Staatliche Kriminaltechnische Labor, SKL, geschickt worden. Zwecks Erstellung eines DNA-Profils war um Hilfe aus England ersucht worden. Die auf einem Brief gesicherten Fingerabdrücke und dessen Wortlaut bildeten die forensische Grundlage der Ermittlungen des sogenannten «Terrors von Töversta», eines Verbrechens, bei dem es sich vermutlich um die Spitze eines Eisbergs handelte. Jeder Polizist suchte Max Lander. In den Zeitungen war von ihm als der «Zweiunddreißigjährige» die Rede. Er war der Polizistenmörder. Man ging davon aus, dass er auch seine Frau ermordet und ihre Leiche beseitigt hatte. Der Frauenmörder. Sein Auto war in der Gegend von Fruängen entdeckt worden. Es handelte sich dabei um dasselbe Auto, das der heldenhafte Beamte, der als Erster bei dem Haus am Båven eingetroffen war, hatte wegfahren sehen. Die Hypothese der Polizei, Max Lander habe in den vergangenen zehn Jahren mehrere Frauen ermordet, hatte sich rasch herumgesprochen. Er hatte seine Frau und die Polizisten ermordet, weil man ihm auf die Spur gekommen war.

Dringlichstes Ziel der Polizei war, Max Lander zu finden. Dringlichstes Ziel Vitomir Jozaks war, das zu vereiteln. Noch an dem Abend, als die Verletzten zum Hausarzt gebracht worden waren, sah sich Vitomir das Video an, das die beiden Männer und die am Boden liegende, gefesselte Annie Lander zeigte. Er fertigte eine Kopie an und übergab sie Avram, der sie einem Fünfzehnjährigen aushändigte, damit der sie für hundert Kronen ins Präsidium brachte und dort einem Beamten namens Munkenberg übergab. Vitomir war sich sicher, dass die Polizei nichts unternehmen würde. Sie hatten Opfer, Täter und Helden. Die Wahrheit war überflüssig. Er schickte ihnen die Kassette nur, um sich diese Erkenntnis bestätigen zu lassen, und damit er mit Sicherheit wusste, wer seine Gegner waren. Das konnte bei dem Ringen um die Oberhand von entscheidender Bedeutung sein. Aber die Polizei durfte nicht die ganze Wahrheit erfahren. Denn wenn nicht Max Lander die Beamten ermordet hatte, dann war es jemand anders gewesen, und Vitomir Jozak wollte es nicht riskieren, in die Sache verwickelt zu werden. Max Lander musste also bis auf weiteres der Hauptverdächtige bleiben, und zwar ohne entdeckt zu werden.

2

Die farbige Frau saß auf einem Stahlrohrsessel mit braunem Cordbezug im Büro des Hausarztes. Max konnte die Umrisse des kleinen Körpers unter ihren Kleidern sehen. Leonard Mingus Lander, 2,7 kg schwer, 46 cm groß. Gerettet von einem Kriminellen, der an diesem Tag seinen einzigen Bruder verloren hatte. Max hörte, wie die Frau seinen Sohn stillte. Milan hatte es ihm erklärt. Das Kind brauchte eine Brust, und nur die farbige Frau konnte sie ihm geben. Mingus glaubte wahrscheinlich, dass sie seine Mutter war. Annie war zu geschwächt zum Stillen. Milan hatte dunkles Haar und eine Lesebrille, die an einem Band auf seinem weißen Kittel hing. Avram und Djordje hatten Max und Annie von Töversta in seine Praxis gebracht. Milan hatte um Annies Leben gebangt und daher die Geburt eingeleitet. Man nannte ihn den Hausarzt, und er erzählte Max, er habe in Belgrad Medizin studiert.

«Ein paar Jahre nach dem Dichter Pavlović», sagte er zu Max. «Dann bekam ich Probleme.»

«Und zwar?»

«Die schlimmsten. Politische.»

Milan hatte sich der antikommunistischen Bewegung in Jugoslawien angeschlossen. Als Medizinstudent hatte er zusammen mit Kommilitonen nach Totenschädeln auf einer Ebene gesucht, auf der die Bauern ihre Tiere nicht weiden lassen wollten. Da hatte er zum ersten Mal das Ausmaß des kommunistischen Terrors begriffen. Er war geflohen und nach Schweden gekommen. Mehr als einmal hatte ihn der Gedanke gestreift, dass ihn vielleicht Kollegen von Vitomir Jozak innerhalb der UDBA gejagt hatten, aber darüber redeten sie nicht. Was Vitomir tat, hatte nichts mit Ideologie zu tun. Inzwischen waren sie sich ohnehin einig, dass die Kommunisten die Feinde waren.

Die stillende Frau schien ein paar Jahre jünger als Max zu sein. Sie hatte ein rundes, freundliches Gesicht, blendend weiße Zähne, schmale Brauen und trug über einem hellblauen Kopftuch ein rotschwarzes Käppchen. Max war sich unsicher, ob er das Zimmer verlassen sollte, bis sie fertig war, oder ob das unhöflich gewesen wäre. Die Frau schien das zu spüren, sagte etwas ihm Unverständliches, sah Milan an und wiederholte lächelnd ihre Worte. Max sah sie an, und sie deutete auf das kleine Mädchen, das zu ihren Füßen auf einer Decke lag.

«Sie sagt, ihre Tochter heiße Gargaaro», erläuterte Milan. «Das bedeutet die Helfende. Sie hilft dir.» Milan lächelte.

«Welche Sprache spricht sie?», fragte Max und lächelte die Frau gleichzeitig dankbar an.

«Das spielt keine Rolle», antwortete Milan und wandte sich ab. «Wir sprechen jedenfalls beide dieselbe Sprache, aber nicht Schwedisch.» Er lachte. «Sie heißt Ambia.»

Max streckte seine Hand aus und sagte seinen Namen. Sie ergriff sie nach kurzem Zögern. Ihre Hand war zart.

«Sie kam vor einigen Jahren nach Schweden», fuhr Milan fort. «Ich helfe ihr. Sie kam aus Baidoa über den Grenzfluss Juba nach Kenia und von dort über Holland hierher. Ihre Familie ist noch in Somalia, und das Baby ist hier.» Er sah Max an. «Ein hartes Leben», sagte er ernst.

Ehe Max weitere Fragen stellen konnte, erzählte Milan, dass gleich Besuch käme. Der Chef.

Vitomir Jozaks Blick überzeugte Max davon, dass sein letztes Stündlein geschlagen hatte. Dass es Gründe gegeben hatte, ihn am Leben zu lassen, diese aber nun wertlos waren. Jozak war groß, trug eine gelbe Trainingshose zu einer schwarzen Lederjacke, und seine Hände waren so riesig wie Langspielplatten. Er hatte das Lächeln eines Kindes und die Augen eines Mörders. Sie waren rot und tränten, als hätte er gerade auf leeren Magen eine Flasche Wodka getrunken. Vitomir Jozak nahm Platz und erläuterte, wie sich Max' verbleibende Zeit gestalten würde, ungeachtet dessen, wie lang oder kurz sie ausfiel. Avram zog sich einen Stuhl heran und setzte sich dazu. Ambia war gegangen. Milan verließ ebenfalls das Zimmer und schloss die Tür hinter sich.

Vitomir Jozak sah Max in die Augen.

«Ich habe euch das Leben gerettet und will, dass es euch erhalten bleibt.»

Max nickte.

«Aber mein Bruder Ranko ist tot.»

Max wischte sich seine schweißnasse Hand an der Hose ab, die er vom Hausarzt bekommen hatte.

«Ranko muss gerächt werden. Und du stehst in meiner Schuld, weil ich euer Leben gerettet habe. Vielleicht brauche ich irgendwann mal eure Hilfe. Dann melde ich mich bei euch, und ihr tut, was ich sage.»

Max überlegte, worum ihn Vitomir wohl bitten würde, schob diesen Gedanken jedoch rasch beiseite.

«Ich werde euch finden, da ich euch mit neuen Pässen ausstatte.» Er klopfte zweimal auf seine Jackentasche. «Ihr werdet Schweden verlassen. Wegen des Mordes an zwei Polizisten und an deiner Frau wird nach dir gefahndet. Du kannst ihnen nicht die Wahrheit sagen, denn dann kapiert die Polizei, dass du nicht allein warst. Dann werden sie suchen und vielleicht auf uns stoßen. Das will ich nicht. Du stehst in meiner Schuld. Ich schenke dir dein Leben und deine Freiheit, und das ist der Preis, den du zahlst. Wir schaffen euch hier raus. Sobald ihr euren Aufenthaltsort wechselt, schickt ihr uns eine Postkarte, damit ich weiß, wo ihr seid. Wenn ihr ohne Mitteilung umzieht, gibt's Probleme. Kapiert?»

Max nickte wortlos.

«Gut. Du schickst deine Mitteilungen an zwei Adressen, damit in jedem Fall eine ankommt. Eine hierher und eine in Belgrad. Jeden Monat. Bleiben die Karten aus, fangen wir an zu suchen. Kapiert?»

Max nickte erneut.

«Findest du das gerecht?»

«Ja», antwortete er mit schwacher Stimme. Er legte eine Hand auf seinen Kehlkopf und wiederholte: «Ja.»

«Gut.» Vitomir Jozak stand auf und hielt ihm die Hand hin. «Dann sind wir uns einig.»

Max streckte die Hand aus. Sie verschwand vollkommen in Vitomirs. Nachdem Vitomir das Zimmer verlassen hatte, um mit Milan zu sprechen, erschien Avram und erklärte, sie würden Pässe mit neuen Namen erhalten. Max müsse sich keine Sorgen machen, es seien perfekte Fälschungen. Sie würden noch ein paar Tage beim Hausarzt bleiben, bis Annie sich etwas erholt habe, aber dann müssten sie los, denn überall werde nach ihm gefahndet. Man würde sie via Kopenhagen nach Amsterdam bringen, wo sie eine Weile bei Freunden von Vitomir untertauchen könnten, bis es weiterginge.

«Paris», sagte Max. «Wir wollen nach Paris.»

Avram lächelte. «Erst mal müsst ihr raus aus Schweden, und das wird nicht leicht.»

3

Munkenberg starrte auf Annie Landers letzten Notizbucheintrag. «Samstag, den 17. Oktober, Töversta-Gutshof.» Er hatte sich die Zeit genommen, alle Aufzeichnungen durchzugehen. An ihrem letzten Eintrag störte ihn etwas. Lass gut sein und ruh dich auf deinen Lorbeeren aus, hatte sein Chef zu ihm gesagt, bevor er nach Hause gegangen war, aber Munkenberg konnte das nicht. Da stimmte etwas nicht, und das quälte ihn wie ein Juckreiz, gegen den sich nichts unternehmen ließ. Der 17. Oktober war zweifellos ein Dienstag gewesen. Entweder hatte sich Annie Lander getäuscht, oder das Datum bedeutete etwas anderes. Da er nicht glauben konnte, dass sie sich geirrt hatte, musste es also etwas anderes bedeuten.

Er nahm ein leeres Blatt Papier und schrieb das Datum in die Mitte. Dann ergänzte er die Jahreszahlen. Letztes Jahr war der 17. ein Montag, dachte er. Das Jahr davor war ein Schaltjahr, und der 17. Oktober 1987 fiel in der Tat auf einen Samstag.

«Das könnte es sein», sagte er laut ins leere Zimmer. Er nahm ein neues Blatt Papier, um zu notieren, wann der 17. Oktober tatsächlich ein Samstag gewesen war. Aber noch ehe er den Stift aufs Papier setzte, hielt er in der Bewegung inne. Er erhob sich rasch und ging zum Aktenschrank. Er zog die oberste Schublade heraus und suchte nach der Mappe, in die er die Kopie der Ermittlungsakte in dem Mord an Annie Landers Mutter gelegt hatte.

Ehe er die richtige Seite gefunden hatte, war er sicher, dass ihm die Akte bestätigen würde, dass Annie Landers Mutter am Samstag, dem 17. Oktober, ermordet worden war, und dass sich der Platz, an dem ihre Leiche gefunden worden war, zu Fuß vom Gutshof Töversta aus erreichen ließ.

Er setzte sich mit der aufgeschlagenen Mappe auf die Schreibtischkante. Nach einer Stunde hatte sich seine freudige Erregung in ein intensives Unbehagen verwandelt. Der Empfang rief an und teilte mit, es sei etwas für ihn abgegeben worden. Munkenberg begab sich ins Erdgeschoss und erhielt einen gefütterten Umschlag ohne Absender, der eine unbeschriftete Videokassette enthielt. Irgendetwas stimmte nicht, er wusste nur nicht, was.

4

Max war vor dem Fernseher eingeschlafen, den Milan ihnen ins Zimmer gestellt hatte. Er wachte auf, weil Annie mit den Armen fuchtelte. Als er sich im Bett aufsetzte, um sie aus ihrem Traum zu wecken, schrie sie und riss die Augen auf. Max sah in ihre von Entsetzen geweiteten Augen und dachte, dass die besorgten Blicke ihrer Freunde und Kollegen nach ihrem Verschwinden auch nicht annäherungsweise an das Grauen heranreichten, das ihr Blick ausstrahlte.

Er legte ihr eine Hand auf die Stirn, und sie begann ruhiger zu atmen. Dann beugte er sich über sie zu dem kleinen Tisch neben dem Bett und reichte ihr das Wasserglas. Sie trank gierig, bis es leer war.

Während ihrer kurzen wachen Momente weinte Annie stets leise, im Schlaf hatte sie Albträume und schrie viel. Sobald sich ihr Blick für einen Moment klärte, wurde sie von einem Gefühl des Entsetzens übermannt. Milan hatte erklärt, er verabreiche

Annie so viel Beruhigungsmittel, wie er verantworten könne, und Max glaubte ihm.

«Du bist gekommen», flüsterte sie, «und hast mich gerettet.»

«Was blieb mir anderes übrig?», versuchte Max zu scherzen und strich ihr vorsichtig über die Stirn. «Du weißt, wie schnell ich mich einsam fühle.»

Genau dieselben Worte hatte sie in der vergangenen Nacht gesagt, und er wusste nicht, ob sie das wieder vergessen hatte oder ob sie sie einfach noch ein weiteres Mal sagen wollte. Einen Augenblick lang war sie wieder da, die Frau, in die er sich verliebt hatte, als wäre alles so wie immer.

«Geht es Mingus gut?», fragte sie.

Er nickte.

«So schnell ich kann, werde ich ...»

Max legte ihr einen Finger auf die Lippen. «Lass dir Zeit», sagte er. «Wir warten beide, bis du bereit bist.»

Max sah ein, dass sich alles verändert hatte. Was er an ihr geliebt hatte, war von etwas ersetzt worden, was er erst zu lieben oder zumindest zu ertragen lernen musste. Früher waren ihre Augen und ihre Stimme voller Leidenschaft gewesen, die sich nun in eine Härte verwandelt hatten, die ihn körperlich schmerzte.

«Du musst dich damit abfinden, dass ich dir nie etwas erzählen werde, Max», sagte sie, als hätte sie seine Gedanken gelesen. «Ich werde vergessen und mit dir fliehen. Ich will, dass du das auch tust.»

Er nickte.

«Versprich es mir», sagte sie.

Er versprach es, und seine Lüge war so klein, dass nicht einmal er sie bemerkte.

5

Munkenberg legte die Kassette in den Videorekorder, drückte auf Play und erkannte Annie Landers Gesicht wieder, obwohl es vor Angst verzerrt war. Ihr nackter Oberkörper zitterte. Zwei Männer tauchten im Bild auf. Sie trugen schwarze Masken. Einer von ihnen legte Annie von hinten die Hand um den Hals, beugte sich vor und flüsterte ihr etwas ins Ohr. Sie riss die Augen auf, und ihre Nasenlöcher weiteten sich. Plötzlich stutzte Munkenberg. Er spulte zurück, drückte wieder auf Play und dann auf Pause. Er berührte den Monitor beinahe mit der Nase. Das Bild war nicht perfekt, aber es konnte kein Zweifel daran bestehen, was er auf dem Unterarm des einen Mannes erblickte. Sein Ärmel war hochgerutscht und hatte die sechzehn Spitzen der Kompassrose enthüllt, eine Tätowierung, die er sich auf den Kapverdischen Inseln zugelegt hatte.

6

Patrik nahm immer denselben Weg von und zu seiner Arbeit und war dabei meistens in Eile. Es war schon nach zehn, und Max wartete schon seit über einer Stunde hinter der Handelshochschule auf ihn. Er hatte Mingus in einem gestohlenen Kinderwagen dabei, weil er davon ausging, dass nicht nach einem Vater mit Kinderwagen gefahndet wurde. Außerdem bekam Annie eine so hohe Dosis Beruhigungsmittel, dass sie nicht einmal aufwachen würde, wenn ein Einsatzkommando die Wohnung stürmte. Als Patrik nur noch ein paar Meter entfernt war, trat Max aus dem Gebüsch, in dem er sich versteckt hatte. Patrik blieb wie angewurzelt stehen und starrte ihn an.

«Mensch, Max, was ist passiert?», fragte er besorgt.

Nachdem Max alles erzählt hatte, umarmte ihn Patrik, so fest er konnte. Er wollte ihn gar nicht mehr loslassen, und erst nach einer Weile merkte Max, dass Patrik die Tränen über die Wangen liefen. Nach einigen Minuten hatte er sich etwas beruhigt. Er beugte sich über den Kinderwagen.

«Hallo, Kleiner, du hattest wirklich einen turbulenten Start ins Leben!»

Zum ersten Mal seit langem lachte Max wieder, dann erzählte er, dass sie die Stadt verlassen mussten.

«Ich möchte dich um zwei Gefallen bitten, Patrik.»

«Alles, was du willst.»

«Hör dir erst einmal an, um was es geht», sagte Max. «Als Erstes will ich, dass du zu meiner Mutter gehst und ihr erzählst, was passiert ist. Und warum. Sag, dass alles wieder ins Lot kommt. Sie soll aber den Mund halten.» Er lächelte. «Kein Wort zu Tante Vivi.» Sie lachten. «Sie liebt dich über alles. Ich will also, dass du mit ihr sprichst. Ruf sie nicht an, sondern fahr hin.»

Patrik nickte. «Wird erledigt.»

«Dann ist da noch etwas.» Er bückte sich und holte eine Plastiktüte unter dem Kinderwagen hervor. «Ich habe alles aufgeschrieben, was ich weiß. Über alles, was geschehen ist und was Annie herausgefunden hat.» Er machte eine gequälte Miene. «Und alles, was an jenem Abend in Töversta passiert ist, und davor. Wirklich alles.» Patrik nickte und nahm die Plastiktüte. «Ich will, dass du sie an einem sicheren Ort verwahrst.»

«Natürlich.»

«Sie enthält auch eine Namensliste. Jeden Monat schicke ich dir in der ersten Woche eine leere Ansichtskarte. Falls die

Karte ausbleibt, kopierst du das Material und schickst es an die Personen auf der Liste. Das sind alles Journalisten. Okay?»

Patrik nickte. Er schien sich zu überlegen, wo er diese Lebensversicherung seines besten Freundes aufbewahren sollte. «Ich kümmer mich drum.»

«Wenn ich jemanden von der Liste streichen will, verwende ich ihn als Absender einer Ansichtskarte. So verfahre ich auch mit eventuellen Ergänzungen. Hast du verstanden?»

«Klar.»

«Dann war da noch was ...»

«Ein dritter Wunsch?», fragte Patrik lächelnd.

Max nickte. «Du müsstest mir etwas Geld leihen.»

«Wie viel?»

«Ich weiß nicht. Wir müssen eine Weile über die Runden kommen, bis wir irgendwo Arbeit finden. Was glaubst du? Wie viel brauchen wir?»

«Wo wollt ihr denn hin?»

«Nach Paris.»

Patrik lachte und schüttelte den Kopf. «Gut, dass ihr euch was Billiges gesucht habt!»

«Wir haben gute Gründe», erwiderte Max und schlug Patrik auf die Schulter.

«Sure, Paris», meinte Patrik, schaute in den Himmel, spitzte die Lippen und rechnete. Der Atem stand ihm wie Rauch vor dem Mund. Nach einer Weile senkte er den Blick. Dann sah er Max an. «Wir werden uns nie mehr wiedersehen, oder?»

Max fühlte sich auf einmal sehr alt. «Nein, Kumpel, wahrscheinlich nicht.»

Patrik nickte schweigend. «Du bist mein bester Freund, Max, und ich liebe dich wie meine eigene Familie. Und jetzt werden wir uns vielleicht nie mehr wiedersehen.» Er schluckte.

«Ich habe etwas über hunderttausend auf der Bank. Erspartes. Ich hebe morgen davon so viel wie möglich ab. Dann kannst du wieder hier stehen und frieren. Denn Rest lasse ich dir auf irgendeine andere Art zukommen. Wir finden schon eine Lösung. Damit solltest du eine Weile durchkommen.»

«Bist du dir sicher?»

«Ich war mir meiner Sache nie sicherer», antwortete Patrik. Max kämpfte gegen die Tränen an. Er umarmte Patrik und wollte ihn gar nicht mehr loslassen. «Ich muss es Lisa schonend beibringen, wenn sie wieder davon anfängt, ein Sommerhaus zu kaufen», sagte Patrik mit einem schiefen Grinsen. «Offenbar hat sie was bei Söderköping im Auge.»

Max musste lachen, und schließlich lachten beide wie früher so sehr, dass ihnen die Tränen herunterliefen und in der Kälte auf den Wangen brannten.

Am Abend darauf erhielt Max das Geld. Patrik und er umarmten sich ein letztes Mal.

«Wenn Lisa nicht so eifersüchtig wäre, hätte ich dir auch einen Kuss gegeben», sagte Max, als sie sich trennten.

«Max», rief ihm Patrik hinterher, als Max ein paar Schritte gegangen war.

Max drehte sich um.

«Wir haben gewonnen. Gegen Everton. Drei zu eins. Rush hat zwei Tore geschossen.» Das letzte Spiel. Patrik machte das Victory-Zeichen.

Max nickte und hob den Daumen. «Und wer hat das dritte Tor geschossen?»

«Barnes», antwortete Patrik mit einer Stimme, die kaum noch trug.

Eine Weile standen sie noch da, dann drehten sie sich um und gingen ihrer Wege, ohne sich noch einmal umzusehen.

7

Das verdunkelte Zimmer wurde von einem Bildschirm erleuchtet, auf dem unscharf und nur für die erkennbar, die das Video von Anfang an gesehen hatten, zwei Männer und eine Frau zu sehen waren.

«Max Lander ist unschuldig», sagte Munkenberg und versuchte, den Blick der beiden Männer ihm gegenüber und des Mannes, der im hinteren Teil des Raumes an der Wand lehnte, aufzufangen. «Er ist keiner der beiden Männer in dem Video. Ich weiß, wer sie sind.» Munkenberg hatte dem Chef des Dezernats für Gewaltverbrechen, Björn Dahlén, von dem Video erzählt, woraufhin dieser die informelle Besprechung zu viert einberufen hatte.

«Was spricht dagegen, dass das Video nicht zu einem früheren Zeitpunkt aufgenommen worden ist?», fragte Björn Dahlén. «Annie Landers Mann könnte es selbst hergeschickt haben.»

«Videosequenzen sind mit Datum und Uhrzeit gekennzeichnet. Sie wurden zu Zeiten aufgenommen, als sich Max Lander nachweislich andernorts aufhielt. Beispielsweise hier bei uns.» Munkenberg sammelte sich. «Außerdem erkenne ich das Zimmer wieder, in dem die Aufnahmen gemacht wurden. Es liegt in dem Haus, in dem sich auch alles andere ereignet hat.»

«Was soll das heißen?», wollte Klas Lindholm vom Landeskriminalamt wissen.

«Das Video ist auf dem Gutshof Töversta aufgenommen worden. Zu sehen ist, wie Annie Lander von zwei Männern gefoltert wird. Der eine weist dieselbe Tätowierung auf dem Unterarm wie Kay Orha auf, der Körperbau des anderen erinnert an Göran Theorin. Beide wurden erschossen in Töversta aufgefunden. Annie Lander ist verschwunden. Die Person, die uns das Video geschickt hat, weiß das natürlich alles und bewahrt das Original an einem sicheren Ort auf.»

Im Zimmer wurde es still.

«Wie können wir wissen, dass nur wir dieses Video bekommen haben?», fragte Klas Lindholm nach einer Weile.

«Ich glaube, die Absicht ist, Max Lander zu entlasten. Die Schuldigen sind bereits tot. Orha und Theorin. Das Video ist eine Drohung, eine Mitteilung. Stellt die Ermittlungen ein, sonst geht das Material auch an andere.»

«Und was sollen wir deiner Meinung nach tun?», fragte Dahlén.

«Wir müssen die Wahrheit bekannt geben.»

«Und bekennen, dass wir zwei Irre beschäftigt haben?»

«Falls sie überhaupt mit den Männern auf dem Video identisch sein sollten», meinte Lindholm. «Schließlich reden wir hier von zwei Beamten mit strahlender Karriere.»

«Wir sind hinter dem Falschen her», meinte Munkenberg vorsichtig. «Es geht hier um ein Menschenleben.»

«Meine Herren», sagte der Mann, der bislang geschwiegen hatte, Bo Nathansson, Chef des Nachrichtendienstes des Landeskriminalamts. «Darüber brauchen wir gar nicht mehr lange zu reden. Wir sind uns alle einig, dass etwas Schreckliches geschehen ist. Es gibt Opfer und Täter, und darüber, wer was ist, lässt sich streiten. Das spielt auch eine untergeordnete Rolle. Denn was wir tun werden, ist, dieses Video zu vergessen. Selbst wenn deine Behauptungen zutreffen sollten, Munkenberg, wäre es ausgeschlossen, dies publik zu machen. Die Öffentlichkeit würde das Vertrauen in die Polizei vollkommen verlieren. Und falls es sich bei den beiden Männern auf dem Video wirklich um unsere Kollegen handeln sollte, so sind sie bereits tot. Sie haben ihre Strafe erhalten. Was spricht dagegen, dass Max Lander sie erschossen hat? So genau müssen wir es mit der Wahrheit nun auch wieder nicht nehmen ...»

«Das kann ich nicht akzeptieren», sagte Munkenberg. «Das wäre nicht rechtens, Orha und Theorin waren schließlich Kriminelle. Und es gibt noch andere Dinge, die ...»

«Selbst wenn allerhand dafür spricht», fiel ihm Nathansson ins Wort, «können wir uns nicht ganz sicher sein, oder? Schließlich können wir weder Göran Theorin noch Kay Orha fragen.»

«Schon, aber das Video beweist doch, dass ...»

«Wir sehen jetzt einmal von dem Video ab, denken an die jüngsten Ereignisse und überlegen uns, was es für einen Unterschied macht, wenn wir den Inhalt dieses Films bekannt geben.» Nathansson baute sich hinter Lindholm und Dahlén auf, die sich beide ein wenig duckten. «Auch du wirst dabei zu dem Schluss kommen, dass die Vorteile in keinerlei Verhältnis zu den Nachteilen stehen. Letztere sind einfach zu schwerwiegend.»

«Niemand weiß, wie oft Theorin und Orha diese Art von Straftaten begangen haben. Es könnte weitere Opfer geben», wandte Munkenberg atemlos ein.

Nathansson trat noch einen Schritt vor und beugte sich zwischen seinen beiden schweigenden Kollegen über den Tisch. «Wer hat schon eine ganz weiße Weste? Du etwa, Munkenberg?», sagte er und sah Munkenberg eindringlich an.

Munkenberg antwortete nicht.

«Deine Loyalität ist wichtig, du musst dir die Folgen für die gesamte Polizei vor Augen führen. Können wir auf dich zählen?»

Nathansson stand nun so dicht vor Munkenberg, dass er seinen Atem an der Wange spürte.

«Es könnte dich teuer zu stehen kommen, kein Team-Player zu sein», flüsterte er.

«Was willst du damit sagen?»

«Auch du hast Geheimnisse, und wie würde es aussehen, wenn die publik würden?»

Munkenberg starrte ihn an.

Nathansson beugte sich noch weiter zu ihm vor. «Ich weiß, dass du der Kollegin Cecilia Andén in einer Dezembernacht vor einem Jahr gefolgt bist. Sie hatte dir bei der Weihnachtsfeier die kalte Schulter gezeigt. Als sie die Party verließ, bist du ihr gefolgt und ins Treppenhaus eingedrungen. Du hast mitten in der Nacht an ihrer Wohnungstür geklingelt. Als sie nicht öffnete, hast du durch den Briefeinwurf gerufen, sie sei eine Hure. Dann hast du durch ebenjenen Briefschlitz gepinkelt.» Nathansson sah sich rasch um. Die beiden anderen starrten auf den Tisch. «Ein Verhalten, das einer vielversprechenden Karriere schaden könnte, nicht wahr?»

Nathansson betrachtete Munkenberg, der zu Boden starrte. Nathansson war dort gewesen. Er hatte in der Diele gestanden, hatte die Pisse in die Wohnung strömen sehen und Cecilia davon abgehalten, die Tür zu öffnen, um der Rotznase eins mit ihrem Schlagstock überzuziehen. Nathansson hatte ihr versprochen, dass Munkenberg noch seine wohlverdiente Strafe bekommen würde. Jetzt bot sich eine Gelegenheit. Cecilia würde aussagen, wenn er sie darum bat. «Du musst dich für eine Seite entscheiden und das Richtige tun. Die Wahrheit spielt in diesem Fall keine Rolle. Du wirfst dem Volk vor die Füße, was es begehrt, und zwar einen Schuldigen, und das reicht. Haben wir uns verstanden?»

Munkenberg blickte auf und schaute Nathansson an.

Dieser trat einen Schritt zurück, klopfte Munkenberg auf die Schulter und wandte sich seinen beiden Kollegen zu. «Ungeachtet dessen, was auf diesem Video zu sehen ist, spricht einiges dafür, dass sich Max Lander ähnlicher Vergehen schuldig gemacht hat. Es besteht also keine Veranlassung, ihn zu bemitleiden. Es gibt technische Beweismittel, die zweifelsfrei belegen, dass Max Lander die in Rosersberg aufgefundene Prostituierte ermordet hat.»

«Und was sind das für Beweismittel?», wollte Dahlén verblüfft wissen. «Davon wusste ich nichts.»

«Lies morgen die Zeitung», antwortete Nathansson und setzte ein Lächeln auf, das seine Kollegen verabscheuten, weil es so unerträglich selbstbewusst war.

Bo Nathansson verließ den Raum in der Gewissheit, dass man seine Anweisungen befolgen würde.

Dass sich Kay Orha und Göran Theorin dabei gefilmt hatten, wie sie eine Frau vergewaltigten, war wirklich skandalös. Bo Nathansson schien jedoch vor allem zu bekümmern, dass sie sich dabei hatten erwischen und erschießen lassen.

8

«Wo zum Teufel hast du gesteckt?», schrie Buster Droth ins Telefon. «Ich versuche schon seit Tagen, dich zu erreichen!»

«Hier geht alles den Bach runter», antwortete Kenneth. Er klang so, als erwarte er jeden Moment, dass sich jemand hinterrücks an ihn heranschlich. «Ranko ist tot.»

«Ranko?»

«Vitomirs Bruder.»

«Ich weiß verdammt noch mal, wer das ist. Und er ist tot?»

«Jetzt ist alles ungewiss.»

«Scheiße», antwortete Buster und dachte an das Geld, das zu Vitomir Jozak unterwegs war.

«Es ist zwecklos, mit Vitomir zu reden. Er ist vollkommen durchgedreht.»

«Was ist passiert?»

«Es heißt, die Jungs haben jemanden gesucht, der dann seine Waffe gezogen und Ranko ins Gesicht geschossen hat. Dann war die Hölle los. Sein Kumpel Djordje hat mir das unter dem Siegel der Verschwiegenheit erzählt. Echt Scheiße alles.» Kenneth lachte nervös.

«Hm.» Buster klang geistesabwesend.

«Hast du von dem Psychopathen gelesen, der die Bullen abgeknallt hat?»

«Yes», antwortete Buster und begann sich langsam, einen Reim auf die Sache zu machen.

«Er soll fünf Mädchen auf dem Gewissen haben. Vielleicht sogar mehr. Hoffentlich finden sie das Schwein und knallen ihn ab. Ich habe einen Freund, dessen Bruder ist bei der Streife. Man hat sich offenbar darauf geeinigt, ihm keine Chance zu geben, falls er aufgegriffen wird. Sie suchen die ganze Stadt ab. Unentwegt gehen Hinweise von Leuten ein, die es auf die Belohnung abgesehen haben. Die Polizei geht davon aus, dass sie ihn bald haben.»

«Was für eine Belohnung?»

«Zwei Millionen für den Tipp, der zu seiner Festnahme führt. Das hat mir Mogge gestern erzählt. Zwei Millionen. Irgendeiner wird ihn verraten und das Geld einstecken. Da kannst du dir sicher sein.»

Ohne zu antworten, legte Buster auf.

Alles ergab einen Sinn. Der Schweiß von seinen Handflächen hinterließ Flecken auf dem Tisch. Er stand auf und begann durch die Wohnung zu tigern. Offenbar wusste die Presse nicht, dass Ranko auf der Strecke geblieben war. Es beunruhigte ihn, dass sich Vitomir vermutlich auf dem Kriegspfad befand. Göran Theorin und Kay Orha hatten einiges riskiert. Jetzt hatte er niemanden mehr, der seine Interessen teilte, der ihm entgegenkommende Mädchen zuführte und half, wenn es Probleme gab.

Die Mädchen hatten nur selten Angst. Es ging ihm nicht um den sexuellen Akt. Der Sex war nur ein Vorwand, um sie dorthin zu bekommen, wo er sie haben wollte. Er wollte seine Macht demonstrieren. Bisweilen musste er sich selbst daran erinnern. Die Frauen waren ein Mittel zum Zweck. Er hatte nichts gegen Prostituierte. Gelegentlich war er jedoch zu weit gegangen, und die Frauen waren gestorben. Mit einer Frau aus einem der Ostländer war es einmal ausgeartet, als Orha, Theorin und er einige Monate zuvor ein feuchtfröhliches Fest im Gutshaus gefeiert hatten. Sie hatten sie in den Wald geworfen. Laut Polizei hatte es sich um einen tragischen Unfall gehandelt. Er war damit ein unnötiges Risiko eingegangen. Jetzt waren die beiden Zeugen tot. Das war schön. Aber Buster hatte ohnehin nie befürchtet, gefasst zu werden, weder mit noch ohne Zeugen. Denn die Eingeweihten beseitigten stets alle Spuren. Der Chef der Gerichtsmedizin in Solna war einer von ihnen, und wenn die Mädchen in der Pathologie landeten, waren sie sauberer denn je. Überall gab es Leute, die sich für Vertuschung bezahlen ließen und so gewährleisteten, dass alles nach Wunsch lief.

Deswegen war es sehr ärgerlich gewesen, als diese Journalistin Annie Lander begonnen hatte, Nachforschungen anzustellen. Eine vage Erregung hatte ihn ergriffen, als ihm bewusst geworden war, dass sie seine uneheliche Schwester war. Bei so viel griechischer Tragödie hatte er sich ein Lächeln nicht verkneifen können. Eine Laune des Schicksals bot ihm die perfekte Gelegenheit, sowohl sein Erbe zu sichern als auch ein Ärgernis loszuwerden.

Rasch war ihm die zündende Idee gekommen, und er hatte Theorin und Orha mit der Durchführung betraut. Diese hatten Annie Lander nach Töversta gebracht, aber dort war alles aus dem Ruder gelaufen. Theorin und Orha hatten offenbar nicht an sich halten können, ihr Mann hatte irgendwie spitzgekriegt, wo sie sich aufhielt, und mehr Entschlossenheit an den Tag gelegt, als ihm zuzutrauen gewesen war. Er hatte die Jugogang angeheuert und war hingefahren.

Dann war alles Schlag auf Schlag gegangen. Einer knallte Ranko ab. Die anderen erschossen Orha und Theorin und verschwanden mit dem Mädchen. So musste es gewesen sein. Was folgte daraus? Dass Lander und ihr Mann noch am Leben waren und sich auf freiem Fuß befanden. Dass Vitomir Jozak den gleichen Schluss ziehen würde wie Buster. Er würde, sobald er sich mit dem Mädchen unterhalten hatte, eine Verbindung zwischen Theorin, Orha und ihm herstellen. Wer wusste schon, was Kay Orha ausgeplaudert hatte, ehe man ihm das Gesicht zerschossen hatte? Vielleicht wusste Vitomir Jozak längst Bescheid. Der Name Droth würde auf der Liste derer auftauchen, die an dem Mord an Ranko Jozak beteiligt waren. Buster hatte keine Angst vor der Polizei, er hatte Angst vor Vitomir Jozak.

9

Nathansson saß an seinem Schreibtisch. Er wusste, was passierte, wenn bekannt wurde, dass die beiden toten Polizisten eine Frau vergewaltigt und diese Tat auch noch gefilmt hatten. Alle würden begreifen, dass der Mann die Polizisten nur erschossen hatte, um seine Frau aus der Gefangenschaft zu befreien. Theorins und Orhas Treffen mit Annie Lander würde sich nicht als Zufall darstellen lassen. Hätten sie sich amüsieren wollen, hätten sie vermutlich eine Prostituierte aufgelesen, keine mäßig bekannte Journalistin einer übermäßig bekannten Zeitung. Es lag nahe, dass Annie Lander aus einem besonderen Grund entführt worden war. Die logische Frage lautete: Warum ausgerechnet sie? Und die logische Antwort: Weil darum gebeten wurde. Sie haben einen Auftrag ausgeführt. Daraufhin würden sich zu viele Leute zu intensiv mit dem Material der Journalistin auseinandersetzen, und keiner der Beteiligten konnte sich sicher fühlen. Seine Aufgabe war, die Sicherheit zu gewährleisten. Ein talentierter Zeitungsschmierer würde vielleicht das schlecht gehütete Familiengeheimnis Johan Droths aufstöbern: dass Annie Lander seine uneheliche Tochter war.

Buster hatte Nathansson vor einem Jahr von ihrer Existenz erzählt. Wenn sich das herumsprach, würden sich alle überlegen, was aus ihrer Mutter geworden war, und man brauchte nicht lange zu suchen, bis man herausfand, dass sie fünf Minuten von dem abgebrannten Haus Johan Droths im Wasser gelegen hatte. Es würde der Eindruck entstehen, dass die Familie Droth so einiges zu verbergen hatte.

Nathansson sah plötzlich vor sich, was geschehen würde. Entweder würde Buster die Aufmerksamkeit der Öffentlichkeit auf sich lenken, denn fast jede Stockholmer Hure würde ihn bei einer Gegenüberstellung erkennen, was suspekt wirken würde. Oder die Blicke aller würden sich auf Johan richten. Wenn die Geschichte von seiner Tochter und ihrer Mutter bekannt wurde, war er am Ende. Außerdem würde die unzureichende Ermittlungsarbeit begutachtet werden, und dann war nicht nur Johan Droth geliefert. Auch dieser Umstand verdiente Beachtung. Er griff zum Hörer und wählte die Nummer seines Auftraggebers.

10

Buster legte auf, ging zur Tür und überzeugte sich davon, dass abgeschlossen war. Er sah aus dem Fenster und betrachtete das gegenüberliegende Haus. Vielleicht war Jozak bereits unterwegs. Nathansson hatte neue Informationen gehabt, und Buster hatte erwidert, der Umstand, dass Ranko Jozak, Orha und Theorin ihr Leben gleichzeitig verloren hatten, könne kein Zufall sein. Es müsse eine Verbindung zwischen Max Lander und Jozak geben. Nathansson hatte gefunden, das könne die Art erklären, wie sie gestorben seien. «Es ist wahrscheinlicher, dass ein jugoslawischer Killer zwei Polizisten umlegt als ein Jazzgitarrist.»

«Das stellt ein Problem dar», meinte Buster. «Jetzt müssen wir nicht mehr nur die Polizei und die Öffentlichkeit belügen, sondern auch Jozak. Irgendwann werden ihm die Zusammenhänge klar, und dann ist die Familie Droth am Ende. Oder Papa begreift alles noch vor Jozak, und dann bin ich am Ende.» Johan würde merken, dass er von dem Konto in Curaçao unerlaubt

Geld abgehoben hatte, oder er würde, was noch schlimmer war, von den rituellen Festen und den toten Frauen erfahren. Damit wäre Buster Droth geliefert, dachte er.

«Oder wir belügen niemanden», meinte Nathansson.

«Wie meinst du das?»

«Es gibt forensische Beweise gegen Max Lander, die die Presse und die Polizei noch lange beschäftigen werden. Wir verständigen Jozak und teilen ihm unsere Version der Ereignisse mit.»

«Du musst übergeschnappt sein, Nathansson. Sollte er der Polizei mehr vertrauen als den eigenen Leuten?»

«In gewissen Situationen ist Angriff die beste Verteidigung, Buster.»

«Und?»

«Dies ist eine solche Situation.»

Angriff ist die beste Verteidigung, dachte Buster und griff zum Telefon, um den ersten Zug zu machen.

11

Annie und Max sahen fern, als Vitomir Jozak mit einer Zeitung das Zimmer betrat.

«Schaut euch das mal an», sagte er und schlug die Zeitung auf. «Zweiunddreißigjähriger in Mord an Siebzehnjähriger verwickelt?», lautete die Schlagzeile. Vitomir begann langsam vorzulesen. «Aus Polizeikreisen verlautet, dass eine DNA-Spur aus Töversta mit Spuren, die bei der Obduktion der vor einem Jahr in Rosersberg tot aufgefundenen Siebzehnjährigen übereinstimmt. Dies legt den Schluss nahe, dass der Zweiunddreißigjährige für weitere Morde im Stockholmer Raum verantwortlich ist.» Vitomir ließ die Zeitung sinken und sah Max an. «Was sind das verdammt noch mal für Beweise?»

«Das ist doch alles erfunden», schnaubte Milan.

«Das ist nicht aus der Luft gegriffen.» Annie sah Vitomir an.

Alle sahen sie mit großen Augen an.

«Nicht aus der Luft gegriffen?», fragte Milan.

Annie schüttelte den Kopf. «Sie haben Blutspuren aus dem Haus in Töversta mit Sperma aus einem Kondom abgeglichen, das im Magen der Ermordeten aus Rosersberg entdeckt wurde. Die Übereinstimmung war wohl groß genug.»

Die anderen starrten sie schweigend an.

«Vor einiger Zeit habe ich mich mit einem Bekannten unterhalten. Er ist Gerichtsmediziner und erzählte mir von diesem Kondom, das genügend biologische Spuren enthielt, um von einem englischen Unternehmen ein DNA-Profil erstellen zu lassen. Wahrscheinlich haben sie Blut aus Töversta an dieselbe Firma geschickt und ein übereinstimmendes Resultat erhalten. Aber dann haben sie einige Fakten durcheinandergebracht. Vielleicht mit Absicht. Sie wollen glauben machen, das Blut aus dem Haus stamme von Max. Aber dieses zweite DNA-Profil wurde von meinem Blut angefertigt.»

«Von deinem Blut?», fragte Milan.

«Ja, von meinem Blut.» Annie nickte.

«Und von wem stammt das Kondom?», fragte Vitomir Jozak.

«Von Johan Droth», antwortete Annie. «Ich habe den Verdacht, dass er das Mädchen ermordet hat. Er oder sein Sohn, vielleicht sollte ich ihn auch als meinen Halbbruder bezeichnen.» Sie schauderte. «Ich habe kürzlich erfahren, dass Johan

Droth mein Vater ist. Bei einem DNA-Profil sieht man sofort, ob es sich um einen Mann oder eine Frau handelt. Aber wenn man bedenkt, wie wichtig es ihnen ist, Max etwas anzuhängen, dann sehen sie selbst darüber hinweg.»

Vitomir Jozak kniff die Augen zusammen. Er schaute zweifelnd zwischen Annie und Max hin und her und holte tief Luft, als das Telefon klingelte, das Avram in der Hand hielt.

«Vitomir.»

«Buster hat gerade angerufen», sagte Henrik Olsson am anderen Ende.

«Was wollte er?»

«Dich treffen.»

«Warum?»

«Er sagt, er hat Informationen über die Ereignisse auf dem Gut.»

Vitomir ließ seinen Blick auf Max und Annie ruhen und erwiderte: «Wo ist er?»

«Er hat von zu Hause aus angerufen.»

«Und wo ist das?»

«Warte einen Augenblick.» Henrik Olsson legte den Hörer beiseite. Nach einer Weile kam er zurück. «Danderydsgatan 6.»

«Wir treffen uns in einer halben Stunde dort.»

Vitomir beendete das Gespräch, sah Max und Annie an und schlug Avram die Zeitung gegen die Brust. «Bis zu meiner Rückkehr habt ihr Zeit, um Avram zu erklären, was hier gespielt wird. Ich will alles wissen. Und wenn mir eure Version nicht gefällt, dann war eure Rettung vollkommen überflüssig.»

12

Leif Gustafsson war in den letzten Tagen Hunderte von Hinweisen durchgegangen. Die ihm vorliegende Beobachtung eines gewissen Harry Modin wies keinerlei Besonderheiten auf. Ein paar Leute waren am Tag der Polizistenmorde in eine Wohnung eingezogen. Die neuen Mieter hielten sich tagsüber in der Wohnung auf und verließen sie nur nachts. Leif Gustafsson wollte den Ausdruck schon auf den Stapel mit den unwichtigen Tipps legen, überprüfte aber doch noch rasch die Adresse. Ein Mann namens Milan Gvero war dort gemeldet. Gustafsson versuchte sich einzureden, dass es keine Vorurteile waren, die ihn dazu veranlassten, den Zettel auf den Stapel mit den ernstzunehmenden Hinweisen zu legen. Irgendwie kam ihm der Name bekannt vor.

13

Max musste noch etwas erledigten, ehe sie sich in das Auto setzten, das sie nach Kopenhagen bringen sollte. Sie mussten alles zurücklassen: ihr Zuhause, Fotos, Schallplatten, Möbel, die sie zusammen gekauft hatten, Kleider, die man ihnen geschenkt hatte, Briefe, einfach alles. Aber seine Gitarre musste er holen. Er hatte sie von Annie bekommen. Sie zurückzulassen kam nicht in Frage. Er wartete, bis Annie eingeschlafen war, und nahm die U-Bahn in die Stadt.

Die Brunnsgatan war wie ausgestorben. Es war nach drei, und der Club war schon seit ein paar Stunden geschlossen. C. hatte ihm einen Schlüssel gegeben, damit er im Club üben konnte. Den hatte er noch. Vorsichtig schob er ihn ins untere Schloss und drehte ihn um. Die Tür ging langsam auf. Er hielt einen Moment inne, trat ein und blieb reglos in der Dunkelheit stehen. Es roch nach Zigaretten, Bier und Schweiß. Es war vermutlich ein guter Abend gewesen. Max überlegte, ob man wohl über ihn geredet hatte und was gesagt worden war.

Er nahm sich ein Bier aus dem Kühlschrank – C. konnte ihm ruhig ein letztes ausgeben –, trank ein paar große Schlucke und ging in die Kammer hinter der Küche, die sie scherzhaft die Loge nannten. Er nahm den Gitarrenkasten, legte ihn auf den Tresen und öffnete ihn. Die Gitarre lag darin. Und ein Foto von Annie.

Er schloss den Kasten wieder und stellte die Bierflasche unter den Tresen. Er schloss die Tür ab und stand einen Augenblick mit dem Schlüssel in der Hand da. Dann warf er ihn durch den Briefkastenschlitz. Klappernd fiel er auf den Fußboden. C. wusste, von wem er war, und C. mochte die Polizei nicht.

Die U-Bahn verließ die Innenstadt und raste in die Dunkelheit. Max war allein im Wagen. Ein Betrunkener stieg in Hornstull zu und ließ sich im dunkelsten Teil des Wagens nieder. Max konnte sein Gesicht nicht sehen. Kälte drang an jeder Station in den Wagen.

Avram hatte einen Volvo Kombi besorgt. Djordje würde am Steuer sitzen und mit dem Wagen auf die Fähre von Helsingborg nach Dänemark fahren. Max würde unter einer Decke auf der Ladefläche liegen, Annie und Mingus würden auf der Rückbank sitzen. Die kleine Familie würde so tun, als wäre sie auf dem Weg in die Ferien. Sie mussten zügig aufbrechen. Alles war gepackt, falls es plötzlich eilig wurde. Avram war sehr ungehalten gewesen, weil Max die Gitarre geholt hatte, hatte aber

Vitomir Jozak nichts davon erzählt. Die Polizei hatte den gesamten Süden Stockholms abgesucht, und Milans Nachbarn würden sicher bald misstrauisch werden. Avram rechnete damit, dass ihnen nur noch wenige Tage blieben.

14

Von oben war die Anweisung erfolgt, Hinweise, die Kriminelle mit jugoslawischem Hintergrund betrafen, besonders ernst zu nehmen. Leif Gustafsson blätterte, bis er auf den Tipp über Milan Gvero stieß. Er überprüfte ihn auf eventuelle Vorstrafen und holte bei der Steuerbehörde Informationen ein. Interessant war Gveros Verbindung zu Vitomir Jozak. Ein paar Telefonanrufe später wusste Gustafsson, dass Gvero Arzt war und sich darauf spezialisiert hatte, Verletzten beizustehen, die Krankenhäuser mieden, um ihre Verletzungen vor der Polizei zu verheimlichen. Das Staatliche Kriminaltechnische Labor hatte Blutspuren von Kay Orha, Göran Theorin und mindestens drei weiteren Personen am Tatort in Töversta gefunden. Max Lander und seine Frau hatten Verletzungen davongetragen, und wenn sie schwer waren, stellte Gvero möglicherweise ihre einzige Rettung dar. Wie waren sie nur mit ihm in Kontakt gekommen? Irgendetwas sagte Gustafsson, dass Vitomir Jozak seine Hand mit im Spiel hatte. In Gangsterkreisen hieß es, Ranko sei tot. Konnte er die dritte Person in Töversta gewesen sein? Leif Gustafsson glaubte nicht, dass Max schuldig war, und hatte deswegen die Weiterleitung dieses Hinweises so lange wie möglich hinausgezögert, ohne sich eines Dienstvergehens schuldig zu machen. Aber jetzt kam Druck von oben. Er hatte

Max Lander ein paar Tage Vorsprung gegeben. Mehr konnte er nicht tun.

Er griff zum Telefon und wählte die Nummer von Bergqvist, der die Fahndung leitete.

«Ich habe da vielleicht etwas von Interesse», sagte er, als er Bergqvist am Apparat hatte.

Rakel Björck wohnte im dritten Stock und machte sich nie die Mühe, im Treppenhaus das Licht anzuschalten, wenn sie von ihrer Wohnungstür zum Müllschlucker ging. Es war kurz nach sieben, und die Lichtschalter leuchteten wie orangene Fingerspitzen in der Dunkelheit. Sie hatte ihr Ziel fast erreicht, da brandete ihr eine Welle schwarz gekleideter, bewaffneter Männer entgegen, die rasch und auf leisen Sohlen die Treppe hinaufeilten. Mit der Mülltüte in der Hand drückte sie sich an die Wand. Einer der Männer erklärte, sie seien Polizisten, sie müsse sich nicht fürchten, solle sich aber in ihre Wohnung begeben und dort bei geschlossener Tür warten.

Harry Modin, der im vierten Stock des gegenüberliegenden Hauses wohnte, hatte der Polizei den Tipp gegeben. Seine Frau hatte im Schlafzimmer im Sterben gelegen, und er hatte entweder neben ihrem Bett oder auf seinem Sessel im Nebenzimmer gesessen und ihren röchelnden Atemzügen gelauscht, die mit jedem Tag schwächer, aber mit der Botschaft, dass sich das Leben, wie er es bisher gekannt hatte, seinem Ende zuneigte, auch nachdrücklicher geworden waren. Jetzt litt er an Schlaflosigkeit, und statt sich hin und her zu wälzen, bis er sich vollkommen in seinem Laken verheddert hatte, saß er in der Küche und starrte aus dem Fenster. Das war der Ort in der Wohnung, an dem er es noch am ehesten aushielt. Er hatte zu rauchen begonnen. Was spielte das jetzt noch für eine Rolle? Er war siebzig Jahre alt und wieder alleinstehend. Beim Rauchen war ihm der junge Mann mit dem Kinderwagen aufgefallen. Wer zum Teufel geht schon mitten in der Nacht mit einem Kinderwagen spazieren, hatte er gedacht, und bleibt tagsüber außerdem zu Hause? Er hatte sein Fernglas aus dem Wohnzimmerschrank geholt. Dann hatte er die Fenster des Hauses gegenüber abgesucht, bis er die richtige Wohnung gefunden hatte. Die Vorhänge waren zugezogen, aber trotzdem hatte er den Eindruck gewonnen, dass sich etliche Leute in der Wohnung aufhielten. Irgendetwas war da faul. Er hatte die Polizei verständigt, die erst jetzt zu reagieren schien.

Die Beamten bezogen vor der Wohnungstür Position. Im Treppenhaus war es vollkommen still. Der Polizist vor der Tür hielt eine MP-5-Maschinenpistole in der Hand. Falls sich der Polizistenmörder wirklich in der Wohnung aufhielt, würden sie schießen. Der Mann mit der Maschinenpistole hieß Torsten Enlund, war seit fünfzehn Jahren Polizist in Stockholm und hoffte darauf, dass das Schwein dort drinnen ihm einen Vorwand liefern würde, einen Polizistenmörder zu erschießen. Bei der geringsten Unklarheit würde es knallen. Niemand würde ihm vorwerfen, dass er auf Nummer sicher ging, so wie dieser Typ die Kollegen zugerichtet hatte. Die beiden Polizisten vor ihm nickten, und nach zwei Sekunden hatten sie die Tür eingetreten und stürmten Max' und Annies einzigen Zufluchtsort.

Milan Gvero stürzte aus dem Zimmer, das ihm als Büro diente, als er die krachende Tür hörte. Er verstand kein Wort, wusste aber, wer sie waren und was er tun musste. Er hob die Hände und wurde unsanft an die Wand gedrückt. Dann sah er in die Mündung einer Maschinenpistole.

«Wo sind sie?», schrie einer der Polizisten.

«Wer?», wollte Milan wissen.

Der Polizist mit der MP5 kam Milan so nahe, dass er den sauren Geruch seines Magengeschwürs in der Nase hatte. «Wir wissen, dass sie hier sind.»

«Warum fragen Sie dann nach?», erwiderte Milan, was mit einem Schlag in seinen Bauch quittiert wurde. Er schloss die Augen und tat, was zu tun war. Er hielt die Polizisten hin.

Milan hatte einen weißen Vorhang vor der Schlafzimmertür angebracht. Nicht etwa, weil er etwas zu verbergen gehabt hätte, sondern um für eine gewisse Privatsphäre zu sorgen, wenn er mehrere Patienten gleichzeitig behandelte. Damit sie nicht versehentlich ins falsche Zimmer gingen. Nicht auf alle seine Patienten war Verlass. Ein Beamter zog den Vorhang beiseite, und derjenige, der ihn geschlagen hatte, schnaubte verächtlich. Sie bauten sich vor der Tür auf. Einer der Polizisten legte seine Hand auf die Klinke. Milan wusste, dass abgeschlossen war. Der Beamte ging ein paar Schritte zurück, holte aus und trat die Tür in Höhe des Schlosses ein. Die dünne Holztür flog auf, und die Polizisten strömten in den Raum.

Vom Auto aus sahen Max, Annie und Djordje, wie Milan, flankiert von zwei Polizisten, das Haus verließ. Mingus schlief auf dem Rücksitz. Die Nachbarn starrten aus den Fenstern. Djordje hatte die Streifenwagen entdeckt, als er in die Garage fahren wollte, war dann aber so rasch wie möglich weitergefahren. Erst in Södertälje hielten sie an. Djordje rief Vitomir an, während die anderen im Auto warteten. Max bemerkte, dass sich Djordje wiederholte Male zum Auto umdrehte.

«Was hat er gesagt?», fragte Max, als Djordje die Fahrertür öffnete.

«Milan ist festgenommen worden. Die Polizei weiß über die Verbindung zwischen Milan und Vitomir Bescheid. Vielleicht kennen sie auch meinen Namen. Vitomir glaubt, dass sie alle kennen, die für ihn arbeiten. Wir sind aufgeflogen, sagt er.»

«Und das heißt?»

«Ich kann nicht mit euch weiterfahren. Ihr müsst allein klarkommen.»

«Allein?», sagte Annie. «Wie denn?»

«Lasst euch was einfallen», erwiderte Djordje und wurde rot.

«Was soll uns denn einfallen?», meinte Max entrüstet. «Wir haben ein Kind dabei! Wie sollen wir verdammt noch mal allein zurechtkommen?»

«Vitos Anweisung.» Djordje starrte ins Leere. «Habt ihr keine Verwandten?»

Max schüttelte den Kopf. «Jedenfalls niemanden, der in so einer Situation in Frage käme.» Eine Weile lang schwiegen alle. «Dann bleiben wir eben», sagte Max. «Das ist unsere einzige Möglichkeit.»

Djordje sah Annie an. Diese nickte.

Djordje schüttelte den Kopf. «Ihr könnt nicht bleiben. Vito hat das gesagt, das ist zu riskant. Er hat das Sagen. Basta.»

Djordje ließ den Motor an. «Ich habe da nicht mitzureden. Ich mache mich jetzt aus dem Staub.»

Sture Hult sah einen Volvo in seine Auffahrt einbiegen. Er dachte, er hatte sich verfahren und wollte nur wenden, als die Fahrertür geöffnet wurde. Ein Mann ging um den Wagen herum, ohne die Tür zu schließen. Der Motor lief. Zwei weitere Personen stiegen aus, luden einen Kinderwagen aus und kamen langsam auf das Haus zu, während der Volvo aus der Einfahrt zurücksetzte. Sture Hult erkannte Max Lander erst wieder, als er auf der Treppe stand und klingelte.

«Kommt schon rein. Beeilt euch», sagte er, als er die Tür öffnete. «Die Nachbarn sind neugierig, und ihr seid in den Nachrichten.»

Sture blieb mit Annie in der Diele stehen, während Max den Kinderwagen ins Wohnzimmer schob.

«Darf ich die Toilette benutzen?», fragte Annie. Sture Hult nickte wortlos und ließ sie dabei nicht aus den Augen.

Max kam aus dem Wohnzimmer und deutete mit einem Kopfnicken zur Tür. Sture führte ihn in die Küche.

«Was in aller Welt ist passiert, und was machen Sie hier?», fragte der alte Mann. «Und was haben Sie da für ein Kind dabei?» Er schaute durch die offene Tür Richtung Wohnzimmer.

«Das ist unser Sohn.» Max sah Sture an, der einen Schritt zurücktrat und sich an die Spüle lehnte. «Was mir die Zeitungen andichten, stimmt nicht», meinte Max, als Annie die Küche betrat und sich neben Max an die Wand lehnte.

«Ja, das ist mir klar», erwiderte Sture. «Was ist denn um Gottes willen geschehen?»

«Wir haben jetzt keine Zeit, alles zu erzählen», sagte Annie. «Wir müssen so schnell wie möglich das Land verlassen, und Sie sind der Einzige, an den wir uns wenden können. Helfen Sie uns, dann erzählen wir Ihnen unterwegs alles.»

«Wie kann ich Ihnen denn helfen?»

«Sie könnten uns mit Ihrem Auto über die Grenze bringen», sagte Max. «Wir wollen nach Amsterdam und müssen schnell weiter», sagte er und fingerte nervös am Tischtuch. «Wenn sie uns finden, weiß niemand, was geschieht.»

«Können Sie nicht einfach die Wahrheit sagen?», meinte

Sture und setzte sich auf einen Stuhl. «Sich an die Presse wenden?»

Annie schüttelte den Kopf. «Es gibt zu viele Leute, die das zu verhindern wissen.» Sie sah Sture Hult traurig an. «Mir ist seit unserem letzten Gespräch so einiges über unser Land klargeworden.»

«Die Polizei?», meinte Hult.

«Unter anderem», erwiderte sie.

«Und ich bin mitten hineingeraten, könnte man sagen», fügte Max hinzu. «Sie haben einen Sündenbock gefunden, und an den werden sie sich halten.»

«Aber wieso können Sie nicht einfach zeigen, dass Sie am Leben sind, Annie? Alle glauben doch, dass Sie von Ihrem Mann ermordet wurden.»

«Es gibt gewisse Umstände», sagte sie und zuckte mit den Achseln, «die dies unmöglich machen.»

«Gibt es denn niemanden bei der Zeitung?»

«Auf den ich mich verlassen könnte?»

Sture Hult nickte.

Sie dachte nach. «Es gibt dort viele Leute, die ich mag und respektiere, und das beruht auf Gegenseitigkeit. Sie würden mir sicherlich zuhören und mir helfen wollen, aber was können sie schon tun? Sie haben keinen Einfluss darauf, was gedruckt wird. Sogar Bergström würde mir vermutlich helfen wollen, obwohl ich ihn reingelegt habe, aber das würde bedeuten, dass er dafür seinen Job opfern müsste. Aber wozu? Nichts würde sich ändern. Carl von Konow würde weiterhin auf seinem Posten sitzen. Wikholm würde das Richtige tun wollen, da bin ich mir sicher, aber er will gleichzeitig auf seine vollen Pensionsbezüge nicht verzichten.»

«Also niemand bei der Zeitung», stellte Sture fest.

«Ich glaube nicht.»

«Und die Polizei?» Sture zog die Brauen hoch. «Oder ist das eine dumme Frage?»

«Da gab es einen gewissen Gustafsson, mit dem ich gesprochen habe», meinte Max. «Ich hatte das Gefühl, dass er mir geglaubt hat. Aber jetzt sieht die Welt anders aus. In den Zeitungen ist von technischen Beweisen die Rede. Ich kann dieses Risiko nicht eingehen.»

«Und an Ihrem Arbeitsplatz? Gibt es da jemanden?»

«C. Er traut mir so eine Tat nicht zu, will aber keinen Ärger. Er schaut, wenn möglich, weg. Sieht nichts, hört nichts, sagt nichts. Er ist mir schon mal mit seinen Beziehungen behilflich, und ich stehe eher in seiner Schuld als umgekehrt.»

Sture nickte entmutigt. «Und Freunde?»

Max sah Annie an und zuckte mit den Schultern. «Ein Jurist, ein paar Bankangestellte.»

«Und ein paar Jazzmusiker», fügte Annie lächelnd hinzu.

«Damit ließe sich doch schon eine Armee gründen», meinte Sture.

Sie lachten.

«Aber jetzt im Ernst», sagte Sture, «wenn Sie alles erzählen würden, was Sie wissen, ergäbe das doch eine glaubwürdige Geschichte. Mit einem eindeutig Schuldigen und einer Erklärung dafür, wie es so weit kommen konnte.»

«Durchaus», antwortete Annie.

«Sicher?»

«Hundertprozentig», sagte sie, ohne zu zögern. «Es gibt ausreichend viele Beweise und Indizien, um auch die Abgebrühtesten zu beeindrucken, wenn sie publik gemacht würden. Das Problem ist nur, dass wir diese Informationen nicht an die Öffentlichkeit bringen können, es sei denn, wir verteilen Flugblätter. Würde eine schwedische Zeitung wagen, diese Story zu veröffentlichen, würde ihr das massiven Ärger mit der Polizei und der Familie Droth einbringen, noch ehe die Druckerschwärze getrocknet wäre.»

«Das bringt mich auf einen Gedanken.»

«Was?»

«Keine schwedische Zeitung würde so etwas drucken wollen. Alle haben Angst vor Verleumdungsklagen und fürchten um ihren Ruf und ihre guten Beziehungen zur Polizei. Nicht wahr?»

«Ja, das meinte ich.»

«Wie wäre es mit einer anderen Zeitung?»

«Wie meinen Sie das?»

«Eine, die weder die Droths noch die schwedische Polizei fürchten», meinte Max.

«Eine von Schweden unabhängige Zeitung, die aber eine Neuigkeit aus dem ordentlichen Land im Norden interessant findet.»

Sie schwiegen eine Weile.

«Sie wenden sich mit Ihrer Story an eine ausländische Zeitung, die Interesse an einer Nachricht dieser Art haben könnte. *Le Figaro* in Frankreich, die *FAZ* in Deutschland. Wenn die das bringen, können sich die schwedischen Zeitungen einfach darauf berufen, und die Behörden müssten irgendwie reagieren. Alles käme ans Licht.»

«Da könnte was dran sein», meinte Annie.

«Natürlich!» Sture schlug mit der Faust auf den Tisch.

«Aber das hilft uns im Moment nicht weiter», meinte Annie. Die beiden Männer sahen sie enttäuscht an. «So eine Story zu lancieren kostet Zeit. Ich verfüge nicht über die nötigen Kontakte. Ich müsste erst Kontakte knüpfen, das Material übersetzen, den Hintergrund erläutern, das Quellenmaterial ordnen. Das ließe sich innerhalb von ein paar Monaten machen. Aber diese Monate haben wir nicht. Wir haben bestenfalls vierundzwanzig Stunden.»

«Das ist wahr», meinte Max. «Wir können jetzt nichts tun. Später vielleicht, aber jetzt nicht.»

Sie verstummten, und schließlich stand Sture Hult auf und nahm drei Gläser aus der Anrichte. Er stellte sie mit einer halbvollen Flasche Whisky auf den Tisch. Dann ließ er sich schwer auf seinen Stuhl fallen. Er schenkte sich ein, hielt die Flasche über das nächste Glas und sah Max an.

«Nein, danke.»

«Ein Glas Wasser», sagte Annie, stand auf und ging zur Spüle.

«Selber schuld», meinte Sture Hult und leerte sein Glas. Er verzog das Gesicht und goss sich noch ein Glas ein. Er lehnte sich zurück und sagte: «Ich gehe morgens mit dem Hund der Nachbarin spazieren. Sie hat Nachtschicht, und ihr Mann ist geschäftlich auf Reisen. Ich helfe ihnen.» Er klopfte mit dem Zeigefinger an sein Glas. «Sie fängt um Mitternacht an, hört gegen acht auf und fährt dann nach Hause.» Er sah Max an. «Sie haben zwei Autos. Die Autoschlüssel liegen im Haus. Es kommt vor, dass ich mir einen Wagen leihe, wenn ich einkaufen will und das Wetter zu schlecht ist.»

Max' Miene hellte sich auf. «Glauben Sie, das wäre möglich?»

Sture sah auf die Uhr und stand auf. «Wir müssen während der Fahrt essen.» Er öffnete die Speisekammer, nahm ein paar Esswaren heraus und reichte sie Annie, die sie auf den Tisch stellte. «Sobald die Nachbarin zur Arbeit gefahren ist, geht's los. Morgen lade ich Sie in Amsterdam ab.»

Annie sagte: «Sie ahnen gar nicht, wie sehr Sie uns damit helfen.»

Sture Hult drehte sich zu ihr um. «Ich habe meine guten Gründe», sagte er, verließ die Küche und kehrte mit einem Foto in einem kleinen Rahmen zurück. «Das ist für Sie», sagte er und überreichte es Annie.

Es war das Foto ihrer Mutter, das er aufgenommen hatte, als sie gerade nach Flen gezogen war. Annie ließ sich auf Max' Schoß sinken und starrte das Bild an. Ihre Mutter und sie sahen sich zum Verwechseln ähnlich.

Kurz nach Mitternacht löschten sie in Stures Haus das Licht und gingen zu den Nachbarn. Sture schloss die Tür auf, und Max sah, wie in der Küche das Licht anging. Nach ein paar Minuten kehrte er mit den Autoschlüsseln zurück, und sie packten ihre Sachen in den Wagen.

«Jetzt fahren wir», sagte Sture, warf Annie auf dem Rücksitz einen Blick zu und ließ den Motor an. «Nun brauchen wir alle etwas Glück. Und Gottes Segen», fügte er hinzu, als der Wagen langsam anrollte.

Sie fuhren die ganze Nacht und sprachen über alles, was geschehen war, und schliefen abwechselnd bei Mingus auf dem Rücksitz. Am frühen Morgen hielten sie auf einem Rastplatz bei Ängelholm, und während Sture und Annie ein letztes Mal durchgingen, wie sie sich an der Grenze zu verhalten gedachten, ging Max zu einer Telefonzelle, um Vitomir Jozak mitzuteilen, dass bislang alles glattgegangen war, und um zu fragen, wie es Milan Gvero ergangen war.

15

Als es an der Tür klingelte, dachte Sissi, es sei Tomas. Jeden Morgen vergaß er etwas, seine Brieftasche, seine Butterbrote oder seinen Autoschlüssel. Sie lachte, als sie zur Tür ging, um aufzumachen. Sie freute sich schon auf seine beschämte Miene, wenn er sie darum bat, ihm das Vergessene zu holen. Sie schloss die Tür auf und öffnete, ohne durch den Spion zu schauen. Als sie den Jugo Avram Gavrić im Treppenhaus sah, versuchte sie die Tür zuzuschlagen, aber es war zu spät. Er stand bereits in der Diele.

FÜNF

Donnerstag, 2. November 1989 – Freitag, 9. Februar 1990

ENDE

1

Vor ein paar Tagen war Johan Droth Richtung Süden gefahren. Jetzt befand er sich auf der A 4 wieder kurz vor Sarre-Union auf dem Weg nach Norden. Es war nur wenig Verkehr. Erik Satie erklang leise aus der Stereoanlage, und die Autobahn wurde von dichtem Wald und hellbraunen Äckern gesäumt. Die Erde war schneefrei, aber in den Bäumen funkelte Raureif.

Diese Gegend hatte einmal zum Römischen Reich gehört. Später zum Deutschrömischen, in dem man gerne an eine Tradition anknüpfen wollte, die zweitausend Jahre zuvor begonnen hatte. Dann war das Land in französische, deutsche und wieder in französische Herrschaft übergegangen. Hitler hatte 1940 vor der Straßburger Kathedrale am Rednerpult gestanden und seine Zuhörer gefragt: «Sollen wir den Franzosen dieses Juwel zurückgeben?» Das Publikum, überwiegend deutsche Soldaten, hatte euphorisch mit «Nie» geantwortet. Anschließend hatte Hitler Elsass-Lothringen an zwei seiner Gauleiter übergeben. Robert Wagner aus Baden hatte im Elsass das Sagen gehabt, und Josef Bürckel aus der Saarpfalz in Lothringen. Das hatte vielen nicht gefallen. Die Franzosen waren der Meinung, dass diese Region ihnen gehörte, und das Innenministerium und Göring waren der Meinung, dass die Provinzfürsten der Partei zu mächtig wurden. Am schlimmsten war es natürlich für jene, denen diese Region das Paradies auf Erden war. Hitlers

Auftrag an Wagner und Bürckel lautete, die Region wieder deutsch zu machen, und die beiden nahmen sich dieser Aufgabe energisch an. Zehntausend Juden flüchteten nach Frankreich, was die Vichy-Regierung so beunruhigte, dass sie plante, diese in die französischen Kolonien in der Karibik zu schicken. Soweit Johan Droth wusste, war dieser Plan nie umgesetzt worden.

Er flüchtete sich gern in die Geschichte, wenn er Ablenkung brauchte. In seinem Haus in Luxemburg gab es eine große Büchersammlung über den Zweiten Weltkrieg. Mit Gedanken an Ereignisse, die weit zurücklagen, ließ es sich angenehm ausruhen, denn sie würden morgen und in aller Zukunft noch genauso aussehen. Die Geschichte änderte sich nicht, sie hatte Bestand.

Er war in der Freiburger Uniklinik gewesen. Und hatte dort einen alarmierenden Befund erhalten. Der Krebs habe gestreut, hieß es, und bereits die Knochen befallen. Er verstand nicht alles, was der Arzt sagte, aber seiner bekümmerten Miene war zu entnehmen gewesen, dass sich die Prognose nicht mit einem langfristig geplanten Leben vereinbaren ließ. Widersprüchliche Gefühle bemächtigten sich seiner. Droth war zerstreut und fühlte sich alt, gelassen und kindlich-trotzig zugleich. Nichts hatte er richtig gemacht. Er hatte sich an die angeblich besten Ärzte Europas gewandt. Sie sind topfit, hatten diese bei seinem letzten Besuch gesagt. So ein Unsinn. Er fuhr an einem Schild vorbei, Rastplatz 1 km, und drehte die Stereoanlage leiser.

«Verdammter Mist», fluchte er halblaut und unterstrich jede Silbe mit einem Schlag aufs Lenkrad. Ein Tropfen fiel auf sein Hemd. Er legte die Hand auf die Stirn und stellte fest, dass es sich um Tränen handelte und nicht um Schweiß, was ihn enttäuschte.

«Reiß dich zusammen, Johan», sagte er und betrachtete sich im Rückspiegel. «Jetzt ist es wirklich höchste Zeit, sich zusammenzunehmen.» Nicht zum ersten Mal standen ihm schwere Zeiten bevor. Sein Leben war von ihnen geprägt worden. Man wurde erst zum Mann, wenn man Schwierigkeiten überwand und hinter sich ließ. Trotz seiner Metastasen war er immer noch ein Mann.

Der Krebs war nur die eine Hälfte des Ärgers. Buster war vollkommen aus dem Tritt geraten, und Johan Droth wusste nicht mehr, wem er noch vertrauen konnte. Außer Hellsten. Vielleicht war nicht einmal mehr ihm zu trauen. Wer konnte überhaupt noch etwas garantieren? Alles fiel in sich zusammen, sein Körper und sein Königreich. Er würde sterben, und nichts würde ihn überleben. Was er von seinem Vater geerbt hatte, würde zugrunde gerichtet sein, noch ehe die Maden mit ihm fertig sein würden. Gäbe es eine Familienchronik, so würde sein Einsatz darin als Versagen bewertet werden. Sobald er in seinem Haus angelangt war, würde er die Heimreise buchen. Vielleicht war seine Abwesenheit für ihn gefährlicher als sein Krebs.

Er nahm die Abfahrt 43 südlich von Sarre-Union, um eine Pause einzulegen und etwas frische Luft zu schnappen. Hinter der großen Ausfahrtschleife tauchte ein Lastwagenparkplatz auf. Unweit davon lag ein Restaurant, in dem er einmal gegessen hatte, Windhof Kehne. Es war recht einfach, aber überraschend gut gewesen. Aber jetzt war er nicht hungrig. Er brauchte nur etwas frische Luft. Er hielt an, stellte den Motor ab und blieb eine Weile sitzen, ohne an etwas anderes zu denken als daran, wie sich der Asphalt wohl unter seinen schwachen Beinen anfühlen würde.

Er stieg aus, lehnte sich an die Tür, schloss die Augen und

atmete tief durch. Der Lärm der Autobahn vermischte sich mit den Geräuschen der Natur, dem Wind und dem Zwitschern der unsichtbaren Vögel. Er ging zwei Mal um sein Auto herum. Immerhin funktioniert mein Gehör noch einwandfrei, dachte er und lächelte. Deutsche Vögel saßen hoch oben in den Bäumen. Schon seit langem. Er wusste nicht viel über Vögel, auch nicht, wie lange sie lebten. Er dachte an den Schriftsteller Malaparte, den er am Vorabend im Original gelesen hatte. Malaparte schrieb über Vögel. Dass sie frei und unbekümmert zwitscherten und sich nicht vor dem Tod fürchteten. Ihre Vorväter, falls man in der Vogelwelt von solchen sprechen konnte, hatten auf denselben Zweigen gesessen und trotz Kanonenfeuer und Maschinengewehrgeknatter weitergezwitschert, ohne vor Hitler, der SS und Gauleiter Wagner Angst zu haben.

Johan ging zu einem Wäldchen am Rand des Parkplatzes, hinter dem ein großer, brauner Acker lag. Die Natur ist die Natur, und das Leben ist das Leben, dachte er. Er blieb mit dem Rücken zu seinem Wagen stehen und betrachtete die flache Landschaft. Vielleicht war Julius Cäsar hier vorbeigeritten, als diese Wälder und Vögel Teil seines Reiches gewesen waren. Ein paar Tage vor seiner Ermordung war ein Königsvogel mit einem Lorbeerzweig im Schnabel in die Curia in Pompeji geflogen. Einige Vögel hatten ihn verfolgt und zu Tode gehackt. Johan Droth schaute zu, wie sich ein paar Vögel ihre Beute streitig machten. Ein Omen, dachte er. Aber ich glaube nicht an Omen.

Er kehrte zum Auto zurück. Als er sich am Kofferraum abstützte, sah er aus dem Augenwinkel ein Auto auf sich zurollen, das in etwa zwanzig Meter Entfernung zum Stehen kam. Noch jemand, der sich die Beine vertreten will, dachte er und öffnete die Fahrertür. Er beschloss, seine Jacke auszuziehen und auf den Rücksitz zu legen. Er öffnete die hintere Tür, und als er sie wieder schloss, sah er, wie sich ihm der Fahrer des anderen Wagens näherte. Vielleicht wollte er nach dem Weg fragen. Den konnte er ihm auch durch das geöffnete Seitenfenster beschreiben. Er war ein alter Mann, und niemand konnte ihm einen Vorwurf machen, wenn er sich setzte. Als der Mann seinen Wagen erreichte, saß er bereits hinter dem Lenkrad. Johan Droth sah auf und geradewegs in die Mündung eines Gewehrs. Er hielt den Atem an und wartete auf den Knall, der ihn früher als befürchtet in den Tod transportieren würde. Seine Gedanken überschlugen sich, während sich der Gewehrlauf seinem Gesicht näherte. Raubüberfall, dachte er, rechnete rasch nach und kam zu dem Schluss, dass er genügend Franc im Auto hatte, um jeden Räuber zufriedenzustellen. Er wurde aus seinen Überlegungen gerissen, als der Mann mit dem Gewehr fragte: «Nur um keinen Fehler zu machen, Sie sind doch Johan Droth?»

Johan Droth blickte in die engstehenden Augen des Mannes. Das eine war zusammengekniffen, als konzentrierte er sich aus reiner Gewohnheit auf das Korn seines Gewehrs, was unnötig war, denn die Schrotflinte in seiner Hand war keine fünf Zentimeter von Johan Droths Gesicht entfernt.

Johan Droth nickte.

«Gut», antwortete der Mann. «Ich verfolge Ihr Auto nun schon seit Straßburg, und es wäre ein Jammer gewesen, wenn ich an den Falschen geraten wäre.» Er lachte und schaute sich um.

«Was wollen Sie?», fragte Johan Droth. «Ich habe mindestens zehntausend Franc in der Brieftasche. Die können Sie gerne haben.»

Der Mann beugte sich abrupt vor und versetzte Johan Droth mit dem Lauf einen Schlag auf die Zähne. Blutgeschmack erfüllte seinen Mund. «Wenn Sie glauben, dass ich hier bin, um Sie auszurauben, sind Sie dümmer, als ich dachte.»

«Wovon reden Sie?», fragte Johan Droth mit Panik in der Stimme.

Der Mann lächelte. «Ich bin nicht hierhergekommen, um Sie auszurauben, ich bin gekommen, um Sie zu töten. Normalerweise befasse ich mich nicht mehr mit solchen Dingen, aber diese Angelegenheit ist zu wichtig, als dass ich sie delegieren wollte. Ich gehe also das Risiko ein, es selbst zu tun. Erraten Sie, warum?»

Johan Droth schüttelte vorsichtig den Kopf.

«Mein Bruder ist tot, und das ist Ihre Schuld», sagte der Mann.

«Ich habe niemanden umgebracht», zischte Droth. «Sie reden mit dem Falschen.»

«Ich behaupte auch gar nicht, dass Sie ihn umgebracht haben, ich sage, dass es Ihre Schuld ist.» Der Mann beugte sich vor. «Sie haben zwei Idioten damit beauftragt, eine Journalistin kaltzumachen. Einer dieser Idioten hat meinen Bruder erschossen. Sie sind am Leben, also müssen Sie zahlen. Denn ich will, dass jemand zahlt. Kapiert?»

«Sie haben den Falschen», wiederholte Droth. «Nennen Sie eine Summe. Sie sollen sie bekommen. Egal wie viel.»

«Ihr Geld habe ich bereits.»

Johan Droth sah den Mann erstaunt an.

«Ich mache mit Ihrem Kronprinzen Geschäfte. Er hat mir zwanzig Millionen von Ihrem Geld geliehen. Ich erwäge, das Geld nicht zurückzuzahlen.»

Buster, dachte Johan Droth und ließ den Kopf hängen.

«Vielleicht wussten Sie davon gar nichts, aber das spielt jetzt auch keine Rolle mehr.»

Die Gewehrmündung drückte gegen seinen Oberkiefer, der Metallgeschmack mischte sich mit dem seines Blutes.

«Man wird Sie jagen», sagte er.

«Meinen Sie, das kümmert mich?», fragte der Mann und krümmte den Finger.

«Sie haben den Falschen», sagte Johan Droth ein letztes Mal.

2

«Was für eine Welt», sagte Lennart an der Kasse. «Man kann nicht einmal mehr zum Pinkeln anhalten, ohne umgebracht zu werden.» Er warf Sture Hult einen Blick zu, der auf den Zeitungsständer starrte. «Gut, dass wir hier in Sörmland leben, Sture, findest du nicht auch?», fuhr Lennart fort. «Kaum verlässt man Schweden, wird man umgebracht.» Sein einziger Kunde antwortete nicht, und er wandte sich ab.

Sture Hult stattete dem Dorfladen den letzten Besuch der Woche ab. Er berührte die Boulevardzeitung, als wolle er sich vergewissern, dass die Schlagzeile keine Einbildung war. «Finanzmann Johan Droth Opfer eines Raubmords in Frankreich.» Das Konkurrenzblatt hatte eine ähnliche Schlagzeile, nannte den Namen des Opfers allerdings nicht. Er nahm die Zeitung in die Hand und blätterte, bis er die richtige Seite gefunden hatte. Dann setzte er sich an das Tischchen mit den beiden Stühlen. Lennart servierte Kaffee, der seit dem frühen Morgen auf der Warmhalteplatte geköchelt hatte. In dem Artikel stand, Johan Droth war erschossen auf einem Rastplatz südlich von Sarre-Union in Frankreich aufgefunden worden. Er hatte sich vermutlich auf dem Weg zu seinem Gutshof in

Luxemburg befunden. Ein Lastwagenfahrer hatte den Toten vor zwei Tagen entdeckt. Die Identifizierung war problematisch gewesen, denn er hatte keine Papiere bei sich gehabt. Vermutlich waren sie gestohlen worden. Die Police Municipale im Elsass hatte sich mit der Autovermietung in Verbindung gesetzt, bei der Johan Droth den Wagen gemietet hatte. Nach einem Gespräch mit den Angehörigen wurde die Identität des Toten mit Sicherheit festgestellt. Die französische Polizei ging davon aus, dass es sich um einen Raubüberfall handelte. Das Opfer war mit einer Schrotflinte gleichsam hingerichtet worden. Bislang gab es keinen Verdächtigen.

Eine Träne lief Sture Hult über die Wange, und er empfand so etwas wie Scham, als sie seine Oberlippe erreichte. Er wischte sie weg und nickte. Ein Mensch war gestorben, kein erfreuliches Ereignis, aber er empfand Freude. Er wusste, dass der Gerechtigkeit Genüge getan worden war. Er wusste nicht, von wem, aber er wusste genug, um von Gerechtigkeit sprechen zu können.

Sture Hult bezahlte rasch und ging in die Kälte hinaus, ohne etwas anderes als die Zeitung gekauft zu haben. Er blieb auf dem Parkplatz stehen und sah den wenigen vorbeifahrenden Autos nach. Es hatte dreißig Jahre gedauert. Der Fall Karin Åkesson konnte endlich als abgeschlossen betrachtet werden.

WAS ÜBRIG BLIEB

1

Der Fahrstuhl des Belgrad Interkontinental war auf dem Weg nach unten. Vitomir Jozak trug einen schwarzen Anzug. Er betrachtete sich in der Spiegelwand und zündete sich eine Zigarette an.

Nach Rankos Beerdigung war er in Belgrad geblieben. Seine Mutter hatte geweint, seine Tanten hatten geweint. Es sei seine Schuld, hatten sie gesagt. Der große Bruder habe seinen kleinen Bruder ins Verderben gestürzt. Schweigend hatte er ihre Worte und Ohrfeigen über sich ergehen lassen. Alte Freunde hatten mit grimmiger Miene am Grab gestanden. Einigen von ihnen war der Tote egal, aber sie waren gekommen, um der Familie ihre Achtung zu bezeugen. Nichts konnte Ranko wieder zum Leben erwecken.

Der Alte auf dem Parkplatz hatte um sein Leben gebettelt. Das taten alle. Selbst wenn sie so schwer verletzt waren, dass kein normales Leben mehr möglich war. Trotzdem wollten sie weiterleben. Vitomir hatte Droths Brieftasche, Armbanduhr und einen Ring an sich genommen und alles mitsamt dem zerlegten Gewehr in einen Sack gelegt. Auf dem Weg nach Straßburg hatte er den Sack in den Fluss Il geworfen und war dann mit einem falschen Pass in eine Maschine nach Belgrad gestiegen.

Er drückte die Zigarette im Aschenbecher aus, ehe sich die

Türen öffneten, verließ den Fahrstuhl und trat zum vereinbarten Zeitpunkt in die Lobby. Vor ihm stand der Mann mit dem Geld, der Macht, dem Ruf und dem amerikanischen Straßenkreuzer. Er breitete die Arme aus. Der polierte Fußboden und die hellen Lampen ließen Božko wie einen Filmstar erscheinen. In seiner riesigen, goldenen Uhr spiegelte sich die halbe Lobby. Hinter ihm hatten seine Gorillas Stellung bezogen. Ganz Belgrad hielt in Erwartung des ersten Schusses den Atem an. Vitomir Jozak kam allein.

Er bestellte Bier, Božko Orangensaft. Sie würden nicht lange reden, nicht viele Worte verlieren. Aber das würde genügen. Božko wusste Bescheid, und Vito war seine Worte in Gedanken hundertmal durchgegangen. Božko schwieg, während Vitomir das Wort ergriff.

«Jetzt haben wir Schweden in der Tasche», meinte Vitomir abschließend, nachdem sie alle Details besprochen und ihre Gläser geleert hatten. «Gemeinsam machen wir's möglich.»

«Ich werde hier gebraucht», antwortete Božko. «Es wird Krieg geben.»

«Ich weiß», erwiderte Vitomir. «Ich kümmere mich um alles. Ich habe einen idealen Strohmann. Einen Anwalt. Außerdem ist die Finanzierung gesichert. Aber wir müssen das Ding zusammen durchziehen. Zwei sind stärker als einer. Wir werden sehr viel Geld verdienen.»

Božko betrachtete ihn eine Weile. Dann sah er einen seiner Gorillas an und schob die Unterlippe vor. Er nickte, als hätte ihn der Kellner gerade gefragt, ob er noch ein Glas Orangensaft wünsche.

«Okay», sagte er und zuckte ganz leicht mit der linken Schulter.

Vitomir Jozak lächelte und nickte. Er streckte die Hand aus,

EPILOG

Eine rot uniformierte Stewardess teilte mit, dass der Landeanflug auf Madrid-Barajas begann. Der Himmel war wolkenlos, und es war etwa zwölf Grad warm. Die Stewardess ging den Mittelgang entlang und legte der jungen Frau, die zum ersten Mal flog, diskret eine Hand auf die Schulter. Sie wirkte genauso nervös und erwartungsvoll wie beim Start und starrte ständig aus dem Fenster, um den ersten beruhigenden Blick auf die Erde zu erhaschen. Sofia Kärnström atmete tief ein und sah die Stewardess an.

Ein neues Leben erwartete sie. Sie nahm ihren Pass in die Hand, betrachtete das Foto und fuhr mit dem Finger über den Namen. In ihrem neuen Leben würde sie Sofia Kärnström heißen. Sie würde keine Aliasse mehr verwenden.

Auf dem Küchentisch in Kärrtorp hatte sie etwas Geld gelegt und einen Zettel für Tomas zurückgelassen. Sie hatte, nachdem der Jugo mit dem Geld gekommen war, keine Zeit verloren. Burschikos hatte er sich in die Diele gedrängt. Sie hatte damit gerechnet, wegen einer offenen Drogenrechnung misshandelt zu werden, aber er hatte ihr Geld gegeben. Sehr viel Geld. Es lag jetzt in der Tasche unter dem Sitz, die sie selbst auf die Toilette mitgenommen hatte. Es würde länger reichen, als sie überhaupt planen konnte. Der Jugo hatte ihr nicht sagen wollen, wo es herkam. Aber sie ahnte es.

Die Zitate auf Seite 5 stammen aus:

Fjodor Dostojewskij: Aufzeichnungen aus dem Kellerloch. Aus dem Russischen von Swetlana Geier.

Claire Sterling: Die Mafia. Der Griff nach der weltweiten Macht. Aus dem Amerikanischen von Michael Martin.

MIX
Papier aus verantwortungsvollen Quellen
FSC® C083411
www.fsc.org

Das für dieses Buch verwendete FSC®-zertifizierte Papier
Holmen Book Cream liefert Holmen, Schweden.